KB062883

참을수없는
존 재 의
MBTI

**명작 속에서
나를 발견하다**

임수현 지음
이슬아 그림

참을 수 없는 존재의 MBTI

différance

일러두기

- 외국 인명, 도서명, 지명 등은 국립국어원의 외래어 표기법을 따랐으나,
  예외성을 두어 대중적으로 사용되는 용어로 표기한 경우도 있다.

- 이 책은 저작권법에 의하여 보호를 받는 저작물이므로 무단 전재와 복제를 금한다.

도스토옙스키는 나에게 인간 심리에 대해 알려 준 유일한 사람이다.

니체

나는 고전 속 어떤 인물일까?

여러분의 MBTI는 무엇인가요?

이 책을 펼쳐 든 독자라면 적어도 한 번쯤은 MBTI 테스트를 해보셨을 것이라 생각합니다. 또한 자신과 가까운 지인들의 MBTI 유형이 무엇인지 이미 알고 있는 분도 꽤 계실 것이라 여겨집니다. MBTI 유형이 자신의 실제 모습을 제대로 반영하고 있다고 느끼셨나요? 또 실제로 상대방과 소통하고 교류하는 데 있어 MBTI로부터 많은 도움을 얻으셨나요? MBTI란 여러분에게 어떤 의미인가요?

MBTI 성격유형검사는 스위스의 정신분석학자인 칼 융Carl Gustav Jung, 1875~1961의 심리 유형론Theory of Psychological Types을 토대로 고안된 자기 보고식 성격 유형 검사 도구입니다. MBTI가 선풍적인 인기를 끌자 이에 대한 반론도 만만치 않게 제기되어 왔죠. 자기 보고형 심리 검사의 한계, 심리학 비전공자가 만들었다는 사실에 대한 지적에서부터 비과학적이라는 비판에 이르기까지 다양한 반론에도 불구하고 그 대중적 인기와 관심은 식지 않고 있습니다. 우리는 과연 MBTI를 어떻게 받아들여야 할까요?

MBTI의 가치를 제대로 이해하고 활용하기 위해서는 그 이론적 토대에 대한 정확한 인식이 반드시 선결되어야 합니다. MBTI 이론의 기반인 칼 융의 심리 유형론은 1921년 출간된 그의 저작 『심리 유형 Psychological Types』에 등장합니다. 유념해야 할 것은, 심리 유형론을 구성하는 밑바탕이 과학이 아닌 철학이라는 것이죠. 융은 독일의 철학자 프리드리히 니체Friedrich Wilhelm Nietzsche, 1844~1900의 '디오니소스형 Dionysisch' / '아폴론형Apollinisch' 인간 유형 분류에서 인사이트를 얻어 고유의 심리 유형 이론 체계를 발전시켰습니다. 간단하게 말해서 '디오니소스형'은 고대 그리스 신화 속 광기의 신 디오니소스에서 이름을 따온 데서 추측할 수 있듯이 도취, 광란, 본능, 무질서, 열광, 환상 등의 이미지를 표상하고, '아폴론형'은 이성의 신 아폴론이 연상시키듯 균형, 조화, 합리성, 절제, 지식, 질서 등의 이미지를 표상하죠.

니체의 대립항에서 아이디어를 얻은 융은 인간 유형을 크게 인식자(Perceiver)와 판단자(Judger)로 나누고, 구체적으로 감각(Sensing)을 선호하는 사람과 직관(Intuitive)을 선호하는 사람, 사고를 선호하는 사람(Thinker)과 감정을 선호하는 사람(Feeler), 그리고 태도에 따라 내향성(Introvert)과 외향성(Extravert)을 가진 사람으로 나눌 수 있다고 주장했습니다. MBTI는 이러한 분류를 기반으로 인간의 성격을 열여섯 개 타입으로 구분하고 각 유형별로 타고난 선호와 경향성에 대한

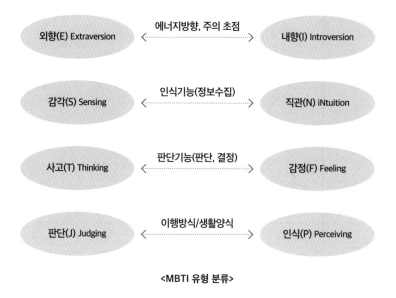

외향(E) Extraversion	에너지방향, 주의 초점 ⟨·········⟩	내향(I) Introversion
감각(S) Sensing	인식기능(정보수집) ⟨·········⟩	직관(N) iNtuition
사고(T) Thinking	판단기능(판단, 결정) ⟨·········⟩	감정(F) Feeling
판단(J) Judging	이행방식/생활양식 ⟨·········⟩	인식(P) Perceiving

<MBTI 유형 분류>

설명을 제공하고 있죠.

　MBTI의 기반은 이처럼 과학이 아니라 철학에 가깝습니다. 이 말인 즉슨 MBTI가 엄밀하고 객관적으로 개인의 성격을 진단하는 과학적 도구로서보다는, 스스로의 내면을 돌아보고 삶의 방향을 바로잡는 철학적 길잡이로서의 가치를 더 크게 가질 수 있다는 것이죠. 테스트 문항에 답하는 과정에서 자신의 성향에 대한 이해를 돕는 한편, 타고난 강점은 극대화하고, 약점은 보완하도록 도와주는 거울로서의 역할을 MBTI가 수행할 수 있다면, 이걸 굳이 활용하지 않을 이유도 없겠죠. MBTI를 똑똑하고 현명하게 활용할 수 있는 길은 얼마든지 열려 있으니까요.

　MBTI를 유용하게 활용하기 위한 핵심 작업은 바로 각 유형별 기본 4기능(주기능, 부기능, 3차기능, 열등기능)을 이해하고 응용하는 것입니

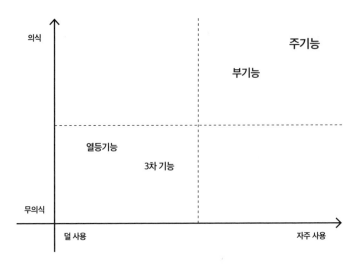

주기능(정체성): 가장 강력하고 의식적으로 선호하는 기능
부기능(조력자): 두 번째로 강력하며 주기능을 보조하는 기능
3차기능(놀이): 미숙함에도 불구하고 일상 환기식으로 부담 없이 자주 쓰게 되는 기능. 불건강
　　　　　할 경우 부기능을 건너뛰고 3차기능에 과도하게 집착하는 경향을 보임.
열등기능(약점): 노력으로도 개선되지 않는 기능. 포기하는 게 편함.

<MBTI의 4기능>

다. MBTI 기본 4기능은 자신이 어떤 기능에 특히 강점이 있고, 어떤
기능에 취약하고, 어떤 기능을 보완해 나가야 하는지, 또 어떤 기능은
포기하는 게 오히려 나은지 등에 대한 치트키를 제공해 줍니다.

　MBTI의 4기능이 어떻게 발현되는지 확인하는 흥미로운 방법 중 하
나는 바로 문학 작품 속 등장인물의 언행과 심리를 분석하는 것입니
다. 특히 작품의 완결성이 뛰어나고 인류에게 널리 읽혀 온 고전을 분
석 대상으로 하는 것이 바람직하겠죠. 소설에 등장하는 인물들은 극

　　　　　　　　　　　　　　　　　참을 수 없는 존재의 MBTI

의 전개에 기여하는 나름의 역할과 함께 창조되었기 때문에 현실 인물보다 MBTI 유형의 특성을 뚜렷하고 일관되게 드러내는 것이 특징입니다. 이들의 생각, 말투, 행동은 물론 행간에서 읽히는 모든 암시적 설명이 모두 분석의 열쇠입니다.

이 책은 세계인에게 꾸준히 사랑받아 온 고전 속 인물들의 MBTI 유형과 4기능의 발현 양상을 분석하고 있습니다. 레프 톨스토이, 헤르만 헤세, 조지 오웰, 장 폴 사르트르, 마르셀 프루스트, 표도르 도스토옙스키, 밀란 쿤데라, 스탕달, 마크 트웨인 등 이름만 들어도 가슴이 웅장해지는 위대한 작가들의 대표작에서 총 32인의 등장인물들을 선별하였습니다. 각 유형을 대표하는 캐릭터들이 어떠한 언어습관과 행태, 정서와 심리 상태를 드러내며 그것이 어떠한 결과를 야기하는가를 살펴봄으로써 타산지석他山之石의 깨달음은 물론 자아 성찰의 계기를 얻을 수 있을 것입니다.

최초로 MBTI를 만든 마이어스-브릭스Myers&Brigs 모녀는 '주변 사람들을 더 잘 이해하기 위해, 그리고 세상 사람들이 서로를 파괴하지 않고 존중할 수 있는 수단을 찾도록 돕기 위해' MBTI 검사를 만들었다고 밝힌 바 있습니다. 우리가 MBTI를 통해 나와 다른 누군가에 대해 '저 사람은 대체 왜 저럴까?' 하고 거부감을 갖기보다 각자의 타고난 성향과 선호를 인정하는 열린 마음을 갖게 하는 것이 MBTI의 기본적인 존재 의의라는 의미죠. 사실 이보다 더욱 중요한 것은 MBTI를 통해 나 스스로를 제대로 이해하는 작업일 것입니다. 내가 가장 잘할 수 있는 일이 무엇인지, 내가 어떤 성향과 선호를 가지고 있는지, 내 무의식 속에 어떤 열등감과 방어기제가 작동하고 있는지 등을 정확히 파악하고 인생의 중요한 순간에 더 나은 판단과 선택의 자양분으로 삼는다면 더욱 현명하고 지혜로운 삶이 가능해질 것입니다. 이 책 속에 등장하는 다양한 인간 군상에 비추어 스스로를 성찰하고 타인과의 조화로운 공존을 모색하는 소중한 시간 가져 보시기를 권합니다.

목차

10. INFP

11. INTJ

12. INTP

16. ISTP

ENFJ

『레 미제라블』, 장 발장

『주홍글씨』, 헤스터 프린

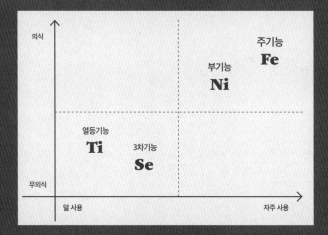

의식

주기능
Fe

부기능
Ni

열등기능
Ti

3차기능
Se

무의식

덜 사용   자주 사용

외향(E), 감각(S), 사고(T), 판단(J)
내향(I), 직관(N), 감정(F), 인식(P)

ENFJ

『레 미제라블』, 장 발장

척박한 땅 위에 정의의 싹을 틔우고
인류애의 꽃을 피운 위대한 성인聖人

프랑스의 소설가 빅토르 위고Victor-Marie Hugo, 1802~1885의 장편소설
『레 미제라블Les Misérables』(1862). 일명 '인간의 양심을 노래한 거대한
시편'이라고 불리는 이 방대한 분량의 서사는 역사, 정치, 철학, 사회,
종교 등 인간사의 모든 것을 집약하고 축적한 세기의 걸작으로 인정
받고 있다. 또 우리에게 친숙한 뮤지컬, 드라마, 영화 등 다양한 장르
로 재탄생하여 전 세계인들에게 꾸준한 사랑과 인기를 얻고 있는 유
명한 고전이기도 하다.

『레 미제라블』은 프랑스어로 '불쌍하고 비참한 사람들'을 뜻한다.
1789년 프랑스 대혁명 이후의 격변기를 살아가던 민중의 모습이 바로
그러했다. 날로 극심해지는 빈곤과 빈부격차, 굶주림으로 신음하던
그들은 자유와 평등을 부르짖으며 혁명에 온몸을 던져 피 흘리고 쓰
러졌다. 하지만 혁명 이후에도 보통 사람들의 삶은 전혀 나아지지 않

앗다. 대혁명 이후 더욱 걷잡을 수 없는 전쟁과 폭동의 소용돌이 속으로 빠져들면서 경제는 파탄 나고 민중의 고통은 극에 달했던 19세기 초반의 프랑스 사회를 배경으로 서사가 전개된다.

이 소설의 주인공 장 발장Jean Valjean은 참을 수 없는 가난에 시달리다 굶주리는 일곱 조카들을 위해 빵 한 조각 훔친 죄로 19년 동안 감옥에 갇혔다 나온 인물이다. 그는 어떻게 어두운 과거를 씻고 성인聖人으로 거듭나 비참한 시대의 가엾은 이들에게 한 줌의 빛이요, 온기가 될 수 있었을까.

장 발장은 프랑스 라브리 지방의 노동자였다. 추위에 떨며 굶주리고 있는 일곱 명의 조카들을 위해 한 조각 빵을 훔친 죄로 징역 5년 형을 선고받고 툴롱의 감옥에서 복역하다 네 차례 탈옥을 시도한 끝에 결국 19년 형을 살고 출소하게 된다. 자유의 몸이 되었지만 세상은 장 발장에게 그저 냉혹했다. 먹을 것도, 잠잘 곳도 없었던 혈혈단신의 장 발장을 따뜻하게 품어 준 단 한 사람이 있었으니, 바로 미리엘 주교 Bishop Myriel였다. 그러나 장 발장은 자신을 먹여 주고 재워 주며 호의를 베푸는 미리엘 주교를 배신하고, 값나가 보이는 은식기들을 훔쳐서 달아나려다 체포되고 만다. 미리엘 주교는 자신에게 배은망덕하게 행동한 장 발장을 앞에 두고 과연 뭐라고 말했을까.

"아! 드디어 나타나셨군! 당신을 다시 보게 되어 기뻐요. 그런데 영문을 모르겠군요! 내가 당신에게 촛대들도 드렸는데. 그것들도 다른 물건들처럼 은으로 만든 것이라, 팔면 이백 프랑은 받을 수 있을 것이오. 왜 은식기들과 함께 가져가시지 않았소?"

참을 수 없는 존재의 MBTI

장 발장은 사지를 벌벌 떨고 있었다. 그는 기계적으로, 또 넋을 잃은 듯한 기색으로 두 촛대를 받아 들었다. 주교가 그에게 말하였다.

"이제 편안히 가시오. 그리고 참, 벗이여, 다음에 오실 때에는 구태여 담장을 넘으실 필요가 없소이다. 길로 통하는 저 문으로 언제나 들어오시고 나가실 수 있소. 저 문은 낮이나 밤이나 걸쇠 하나만으로 닫혀 있다오."

주교가 그에게 다가가서 나지막하게 말하였다.

"잊지 마시오, 그대가 이 은(돈)을 정직한 사람 되는 데 사용하겠노라 약속한 사실을 결코 잊지 마시오."

자신의 은식기를 훔쳐 달아나려던 장 발장을 용서하고, 은촛대까지 내어 준 미리엘 주교. 도둑질을 할 때까지만 해도 악에 받쳐 있던 장 발장은, 자신을 감싸 주는 한없이 넓고 깊은 주교의 관대함 앞에서 커다란 감화를 받는다. 미리엘 주교를 통해 장 발장은 내면 깊숙이 회개하고, 결국 커다란 사랑을 온몸으로 구현하는 성자로 다시 태어나는 계기를 맞게 된 것이다.

그 후 장 발장은 '마들렌느Madeleine'라는 새로운 이름으로 개명 후 사업을 크게 벌이고 공장을 경영하며 많은 돈을 벌게 된다. 그는 튼튼한 신체와 강한 의지력으로 열심히 일하고 그 공적을 인정받아 몽트뢰유 쉬르메르Montreuil-sur-Mer시의 시장市長이 된다. 그는 가난에 시달리는 빈궁하고 가엾은 시민들을 아낌없이 도우며 모든 사람들의 존경을 한 몸에 얻게 된다.

다만 그에게서 의혹의 눈길을 떼지 않는 단 한 명의 남자가 있다. 바로 마들렌느에게서 '전과자이자 가석방 조건을 위반한 범죄자 장 발장'을 발견해 내는 예리한 눈빛의 사나이, 자베르Javert 경감이다. 자신이 자베르의 감시망에 놓였음을 알면서도 짐짓 태연하게 자신의 할 일을 해나가던 장 발장. 그는 어느 날 팡띤느Fantine라는 여직공의 기구한 사연을 접하게 된다.

팡띤느는 장 발장이 경영하던 공장에서 일하며 미혼모로 홀로 딸을 키우고 있었는데, 어느 날 공장의 감독관에게 억울하게 해고 통보를 받게 된다. 그녀에 대한 다른 직공들의 오지랖과 질투가 빚어낸 온갖 루머들이 눈덩이처럼 불어나면서 퇴출되어 길바닥으로 나앉게 된 것이다. 매춘으로 근근이 딸 꼬제뜨Cosette를 먹여 살리던 팡띤느. 그녀는 어느 날 술집 앞에서 싸움을 벌이다 현장을 지나던 자베르 경감에게 끌려가게 된다. 여기서 장 발장은 팡띤느와 마주하게 된다. 자신이 공장의 실질적 주인이자 시장인 장 발장의 명령에 의해 해고된 줄로 알고 있는 팡띤느는 과연 장 발장을 보고 어떻게 반응했을까.

"아! 시장님이란 작자가 바로 너구나!"

그러더니 깔깔 웃으며 장 발장의 얼굴에다 침을 뱉었다. 그는 얼굴을 닦은 다음 조용히 말하였다.

"자베르 형사님, 이 여인을 풀어 주시오!"

자베르는 자신이 미치려는 순간에 도달해 있다는 느낌을 받았다. 그는 그 순간, 평생 느껴 본 적이 없는 격렬한 감정을 연속적으로, 그리고 거의 뒤섞인 상태로 느꼈다. 일개 매춘부가 시장의 얼굴에

침을 뱉는 광경을 본다는 것, 그 사실이 하도 기괴하여, 그가 아무리 무시무시한 상상을 한다 하여도, 그러한 일이 가능하리라고 생각하는 것 자체를 신성모독 행위로 여겼을 것이다. 그리고 다른 한편, 그는 자기의 사념 가장 깊숙한 곳에서, 그 여인의 실체와 그 시장의 실체임직한 것을 어렴풋하게나마 접근시켜 보려 하였고, 그러자 여인이 감행한 엄청난 도발 행위 속에 자연스러운 그 무엇이 언뜻 보이는 듯하여 몸서리를 쳤다. 그러나 시장이, 그 고위 행정관이, 태연히 얼굴을 닦으며 '이 여인을 풀어 주시오'라고 하는 것을 보았을 때, 그는 너무나 놀라 현기증 비슷한 것을 느꼈고, 그 순간 그의 사유와 언어가 그 기능을 멈추었다. 그가 감당할 수 있는 놀라움의 총량이 초과되었기 때문이다. 그는 벙어리처럼 아무 말도 못 하였다.

처음 보는 여인의 얼굴에 침을 맞고도 장 발장은 동요하지 않는다. 오히려 가엾은 팡띤느의 사연을 듣고는 그녀에게 경제적 도움을 주겠다고 제안하기까지 한다. 이 모습은 예전에 자기에게 은식기를 도둑맞고도 은촛대까지 내어 주었던 미리엘 주교의 모습과 닮아 있다. 그는 주교로부터 얻은 깨달음을, 세상을 더욱 살기 좋은 곳으로 만들겠다는 의지와 정의감으로 발전시킨 것이다. 약자의 아픔과 애환에 깊이 공감하고 물심양면으로 지원하는 장 발장의 배려심은 ENFJ의 주기능인 외향감정(Fe)에 기반한다.

전과자에서 존경받는 공직자로 탈바꿈해 제2의 인생을 살게 된 그는 병들고 가난한 이들의 처지를 개선하고 그들에게 아낌없이 베풀며 새로운 삶의 의미를 찾는다. 그는 가엾은 이들에게 단순히 연민을 느끼는 차원을 넘어 그들에게 실질적인 도움을 주고, 나아가 더 나은 사회를 만드는 데 기여하고자 애쓰는 실천적 이상주의자이기도 하다. 이처럼 자신만의 분명한 인생 철학을 가지고, 삶의 의미를 끊임없이 탐색하며, 옳다고 믿는 바를 우직하게 실현해 나가는 장 발장의 모습에서 ENFJ의 부기능인 내향직관(Ni)의 작용을 엿볼 수 있다.

장 발장은 팡띤느를 향해 돌아서더니, 눈물을 보이지 않으려는 근엄한 사람처럼 말을 하기가 어려운 듯, 느릿느릿한 음성으로 그녀를 향해 입을 열었다.

"하시는 말씀을 다 들었습니다. 당신이 말씀하신 것들을 저는 아무것도 모르고 있었습니다. 저는 그것들이 사실이라고 믿으며, 사실임을 느낍니다. 저는 당신이 저의 공장을 떠나신 사실조차 모르고 있었습니다. 왜 저를 찾아와 그 사실을 알리지 않으셨습니까? 하지만 지금이나마 다음과 같은 조치를 취하겠습니다. 제가 당신의 빚을 모두 갚아 드리고, 사람을 보내어 당신의 아이를 데려오도록 하겠습니다. 혹은 당신이 아이를 만나러 가실 수도 있습니다. 당신은, 이곳이든 파리든, 원하시는 곳에서 사실 것입니다. 제가 당신의 아이와 당신을 돌보겠습니다. 원하시면 차후로는 일을 하지 않으셔도 좋습니다. 필요하신 돈은 제가 전액 부담하겠습니다. 당신은 행복을 되찾으시면 다시 정숙한 분이 되실 것입니다. 뿐만 아니라, 잘 들으십시오, 모든 것이 말씀하신 바와 같다면, 물론 저는 추호도 의심하지 않지만, 당장이라도 저는, 당신이 신 앞에서 미덕을 지키며

참을 수 없는 존재의 MBTI

경건하게 살기를 멈추지 않았노라고 선언합니다. 오! 가엾은 여인이여!"

팡띤느는 여관을 운영하는 떼나르디에Thénardier 부부에게 딸 꼬제뜨를 위탁해 두고 있었는데, 천성이 악랄한 떼나르디에 부부는 어린 꼬제뜨에게 잡일을 시키고 학대하며 노예처럼 부려 먹고 있었다. 장 발장은 그들에게서 꼬제뜨를 되찾아오기로 결심한다.

장 발장이 진료소 병상에 몸져누운 팡띤느를 돌보고 있던 어느 날, 그가 전과자 장 발장임을 확신한 자베르가 그를 체포하기 위해 들이닥친다. 자베르의 소름 끼치는 표정에 팡띤느는 공포를 느끼며 비명을 지른다. 장 발장의 멱살을 잡고 흉측하게 웃는 자베르를 보고 경악한 팡띤느는 그 충격으로 급사하고 만다. 그리고 장 발장은 다시 교도소에 갇히게 된다.

하지만 딸을 보살펴 주겠다는 팡띤느와의 약속을 지켜야만 했던 장 발장. 그는 탈주해서 떼나르디에 부부에게 값을 치르고 꼬제뜨를 구해 낸다. 평생 사랑이라곤 해본 적 없는 장 발장은 꼬제뜨를 바라보며 자기 안의 열정과 온기가 깨어나는 것을 느낀다. 여덟 살 꼬제뜨도 그간 짓밟혀 있던 감성과 꿈과 희망이 되살아나며 이 늙은 사내를 사랑하게 된다. 꼬제뜨는 장 발장을 '아버지'라 부르며 의지한다.

피 한 방울 섞이지 않은 꼬제뜨를 지켜 내는 것을 남은 생의 유일한 임무로 여기게 된 장 발장. 아무런 법적인 의무가 없는 일을 그가 자발적으로 떠안은 것은 오로지 자신이 뱉은 말을 지키기 위해서였다. 그는 자신의 모든 것을 희생하며 꼬제뜨를 돌본다. 그는 험한 세상 속에

참을 수 없는 존재의 MBTI

서 꼬제뜨를 안전하게 보호하고 그녀를 행복하게 해주기 위해서 무엇이든 할 준비가 되어 있다. 그가 일관되게 견지하는 진지하고 절실한 태도는 그의 이상주의적 성향을 여실히 보여 준다. 이처럼 현실적인 계산에 의해 움직이기보다 손해 보더라도 이상향을 좇는 경향성은 ENFJ의 3차기능인 외향감각(Se)의 부족에서 비롯된다. 세간에서 중시하는 부와 권력, 명예라는 가치의 척도로 본다면 그는 이미 모든 것을 잃었다. 하지만 그는 자신이 품은 꿈을 향해 나아가고 있기에 누구보다도 행복하다. 그의 가치 기준은 외부의 물질적인 것이 아니라 내면의 이상에 존재하기 때문이다.

그렇게 장 발장과 꼬제뜨는 과거의 상처와 아픔을 뒤로 하고 서로에게 힘이 되어 주며 파리에서 숨어 지낸다. 꼬제뜨는 무럭무럭 자라나 아리따운 숙녀가 되고 한 청년과 사랑에 빠지게 된다. 청년의 이름은 마리우스Marius로, 혁명을 꿈꾸는 시민군 청년이다. 자신이 목숨처럼 여기는 꼬제뜨가 어느덧 사랑하는 남자를 마음에 품고 있음을 알아챈 장 발장. 그는 딸의 남자에게 묘한 질투심을 느끼며 혼란해한다. 오로지 자기가 전부였던 꼬제뜨의 작은 세상에 웬 젊은 외간남자가 비집고 들어왔으니 서운함을 느꼈을 법도 하다. 하지만 그는 꼬제뜨의 행복을 진심으로 바랐기에 마음속으로 그를 인정할 수밖에 없었다.

그러던 어느 날 장 발장은 마리우스가 거리에서 정부군의 진압으로 부상을 입고 쓰러지는 모습을 보게 된다. 미래의 사위가 될지도 모를 그 청년의 위급한 상황을 그냥 지나칠 수 없었던 장 발장. 그는 마리우스를 들쳐 업고 어둡고 습한 하수도로 몸을 숨긴다. 제아무리 장 발장이라도 오랜 은신 생활로 늙고 쇠약해진 몸으로 장성한 청년의 무게를 지탱한다는 건 쉽지 않은 일이었다. 하지만 그는 두 번 생각하지 않는다. 자신에게 어떤 고통과 위험이 닥칠지에 대해 치밀하게 계산하지도 않는다. 그저 마음이 이끌리는 대로 움직인다. 이처럼 현실적인 숙고와 냉철한 계산 없이 순간적인 판단으로 위험을 감수하는 성향은 ENFJ의 열등기능인 내향사고(Ti)의 미숙에서 비롯된다.

전투 현장의 자욱한 연무 속에서 장 발장이 마리우스를 안중에 두고 있는 것 같지는 않았다. 그러나 실은, 그가 마리우스에게서 잠시도 눈을 떼지 않았다. 그리하여, 총탄 하나가 마리우스를 쓰러뜨리자, 장 발장은 호랑이처럼 날렵하게 껑충 뛰어가, 마치 먹이 덮치듯 달려들어 그를 가져가 버렸다.

그 순간, 공격의 소용돌이가 앙졸라와 선술집 출입문에 맹렬하게 집중되고 있었던지라, 장 발장이 기절한 마리우스를 품으로 감싸 부축하고 바리케이드 안쪽의 포석 벗겨 낸 마당을 건너, 코린토스의 건물 모퉁이로 돌아가는 것을 아무도 보지 못하였다.

장 발장은, 여전히 기절한 상태에 있던 마리우스와 함께, 일종의 긴 지하 복도에 들어와 있었다. 그곳에는 깊은 평온과 완벽한 적막과 어둠이 있었다.

장 발장은 마리우스를 등에 업고 하수구의 시궁창 속으로 침잠하며 죽음의 공포를 느낀다. 하지만 그러한 위기 속에서도 꼬제뜨를 떠올리자 다시금 괴력이 솟아오른다. 결국 마리우스와 함께 극적으로 바

참을 수 없는 존재의 MBTI

깜세상으로의 탈출에 성공한 장 발장. 그는 딸에 대한 지극한 사랑에서 비롯된 인간애를 발휘하여 목숨을 걸고 한 생명을 구해 낸다. 장 발장은 자신이 살려 낸 마리우스와 꼬제뜨 간에 부부의 연을 맺어줌으로써 자신이 이 세상에서 맡은 바 할 일을 모두 해냈다고 생각한다.

죽음을 앞둔 그는 꼬제뜨 부부를 앞에 앉혀 놓고 자신의 과거사를 모두 들려준다. 또한 사랑의 결실을 이룬 둘을 바라보는 자신이 얼마나 행복한지, 또 그 둘이 얼마나 축복받은 사람들인지에 대해 이야기한다.

"꼬제뜨, 이제 너에게 네 모친의 이름을 알려 줄 때가 되었구나. 그분의 이름은 팡띤느였다. 그 이름을 잘 기억해 두거라. 팡띤느이다. 그 이름을 입에 올릴 때마다 무릎을 꿇어라. 그분은 엄청난 고초를 겪으셨다. 또한 너를 지극히 사랑하셨다. 네가 행복을 누리는 것만큼이나 불행을 겪으셨다. 모두 신께서 내리신 분복이니라. 그분은 저 높은 곳에서 우리들 모두를 보시며, 저 거대한 별들 사이에서 당신께서 무슨 일을 하시는지 알고 계시다. 내 사랑하는 자식들아, 이제 나는 떠나야겠다. 항상 서로를 지극히 사랑하거라. 이 세상에, 서로 사랑하는 것 이외의 다른 것은 별로 없다. 이곳에서 죽은 가엾은 늙은이도 가끔 회상해 주기 바란다. 아이들아, 이제 눈앞이 흐려지는구나. 아직 할 말이 많지만, 상관없다. 가끔 내 생각을 하여다오. 너희들은 축복받은 사람들이다. 내게 무슨 일이 생긴 것인지 모르겠구나. 빛이 보이는구나. 더 다가오너라. 나는 행복한 마음으로 죽는다. 너희들의 사랑스러운 머리 위에 내 두 손을 얹도록 가까이 오너라."

꼬제뜨와 마리우스는 격정에 넋을 잃고 눈물에 숨이 막힌 채, 각자 장 발장의 두 손 아래에 무릎을 꿇었다. 그 엄숙한 손이 더 이상 움직이지 않았다. 그가 숨을 거둔 것이다.

이 땅 위에서 모든 소임을 다했다고 생각한 장 발장은, 이렇게 꼬제뜨와 마리우스가 지켜보는 가운데 평화롭게 숨을 거둔다.

총포 소리와 화약 냄새가 진동하던 거칠고 척박한 땅 위에 싹을 틔우고 꽃을 피운 뒤 스러져 간 위대한 장 발장의 이야기, 『레 미제라블』.

저자인 빅토르 위고는 거칠고 척박한 세상을 살아가는 이런 불쌍한 사람들의 모습을 연민 가득한 시선으로 그리고 있다. 고된 생활 속에서도 선함과 진실성을 잃지 않은 자들은 결국 사랑과 헌신, 그리고 용서를 통해 구원을 얻게 된다. 저자는 이들이 그 과정에서 겪는 혼란과 갈등, 고통과 좌절을 생생히 보여 주며 사회의 법과 정의가 나아갈 방향이 무엇인지에 대해서도 진지하게 묻고 있다. 혁명기의 프랑스를 배경으로 숭고한 한 인간의 일대기 속에 역사, 철학, 정치, 종교 등 인간사의 모든 것을 녹여 낸 빅토르 위고의 역작 『레 미제라블』. 이 책을 가득 채운 비장하고 철학적인 문장들은 시대를 뛰어넘어 독자들에게 인간 존재의 위대함과 역사의 올바른 방향성을 일깨워 준다.

ENFJ

『주홍글씨』, 헤스터 프린

내면의 죄의식을 약자를 위한
사명감으로 승화시킨 강철 멘탈의 소유자

『주홍글씨The Scarlet Letter』(1850)는 미국 낭만주의 문학의 선구자인 나대니얼 호손Nathanial Hawthorne, 1804~1864의 장편소설이다. 이 소설을 각색하거나 소설의 스토리로부터 모티브를 얻어 만들어진 영화도 여럿 있는 만큼, '주홍글씨'라는 제목 자체는 우리에게 결코 낯설지 않다. '어떤 사람의 잘못에 대해 형성된 사회적 낙인'을 뜻하는 일종의 관용적 표현으로도 쓰이고 있는 '주홍글씨'. 이 원작 소설의 주인공에게 새겨진 주홍글씨에는 과연 어떤 사연이 담겨 있을까.

이 소설은 17세기 중반 청교도 계율이 엄격하게 지배하던 미국 뉴잉글랜드 지방을 배경으로 하고 있다. 당시 영국의 분리주의 성향의 청교도들은 영국 국교회와의 갈등과 종교적 박해를 피해 신대륙으로 옮겨와 새로운 신앙 공동체를 건설하고자 했다. 그들은 급진적인 성향을 지녔던 만큼 새롭게 이주한 뉴잉글랜드 지역에서도 주민들에게

과도하게 엄격한 청교도 정신을 강요하고 심지어 유럽 근세의 마녀재판witch-hunt까지 차용해 무기로 삼으며 공포감을 조성하는 집단 광기를 보이기도 했다. 그들은 청빈한 삶을 영위하며 사치나 향락을 철저히 배척했고, 심지어는 인간을 나태하게 만든다는 이유로 소설, 연극, 음악 등을 금지하기도 했다. 즉 개인의 성실성이나 근면을 지나치게 강조한 나머지 인간의 본성과 감정을 인위적으로 억압했던 것이다. 이 소설의 주인공인 헤스터 프린Hester Prynne은 이 같은 급진적 청교도의 경직된 계율과 인습에서 비롯된 극단적 히스테리의 희생양으로 그려져 있다.

헤스터는 자신보다 훨씬 나이가 많은 늙은 의사와 결혼을 한 우아한 용모의 여인이다. 그녀는 신대륙 이주 과정에서 남편보다 먼저 뉴잉글랜드로 넘어오게 되는데, 곧 그녀의 뒤를 따라올 예정이었던 남편은 나타나지 않았고 소식마저 끊겨 버린다. 주변 사람들은 그녀의 남편이 죽은 것 아니냐고 수군댔다. 무려 2년이 넘도록 남편의 생사조차 모른 채 살아가던 그녀는, 교회의 젊은 목사 아서 딤스데일Arthur Dimmesdale과 사랑에 빠지게 된다. 그 허락되지 않은 사랑의 결과로 사생아 펄Pearl이 탄생하게 된다. '간음하지 말라'는 출애굽기의 일곱 번째 계명을 어겼다는 혐의로 결국 그녀는 청교도 법에 따라 재판에 넘겨진다.

그녀는 사형을 당할 처지에 놓이지만, 남편이 이미 사망했을 가능성이 참작되어 간신히 극형은 면하게 된다. 대신 그녀는 '간통(Adultery)'을 뜻하는 A자를 커다랗게 가슴에 새겨 평생 달고 살아야 하는 운명을 받아들여야 했다. 그녀는 이러한 판결로 인해 형대에 서서 거리의 군중 앞에 전시된 채 온갖 비난, 모욕, 경멸, 혐오에 무방비 상태로 노출되는 형벌을 받게 된다. 당시 체면과 명예를 중시하던 풍속에 의거해 볼 때 이러한 형벌은 사형보다 더 큰 굴욕감과 모멸감을 불러일으키는 중형이었다.

이 가엾은 죄인은 자기와 자기의 가슴에 집중된 몇 천의 냉혹한 시선에 중압감을 느끼며 여자의 힘으로 할 수 있는 최선을 다하여 자신을 가다듬었다. 그것은 참기 어려운 일이었다. 천성이 감정으로 격하고 열을 띠기 쉬운 그녀는 마음을 굳게 가다듬고 갖은 욕설로 공공연하게 내뿜는 가시와도 같고 독이 묻은 비수와도 같은 모욕을 견디어 낼 각오였다. 그러나 대중의 엄숙한 마음속에는 더욱더 무서운 것이 풍기고 있었다. 그래서 그녀는 차라리 그 엄격한 표정들이 자기를 멸시하는 야유로 변해 버렸으면 하는 마음이 간절했다. 그 무리의 입술이 남자, 여자, 그리고 목소리가 쨍쨍한 아이들까지 힘을 합하여 우레와 같은 웃음을 터뜨렸다면 헤스터 프린은 경멸하는 쓴웃음으로 이에 응답했을 것이다. 그러나 참고 견딜 수밖에 없는 이 납덩이같이 무거운 마음의 압박으로 말미암아 그녀는 목이 터지도록 소리를 지르고 형대에서 뛰어내리지 않으면 당장에 미칠 것만 같은 심정이었다.

헤스터는 극도의 고통 속에서도 끝끝내 내연남이 누구인지 밝히기를 거부한다. 그리고 마을 사람들의 경멸과 혐오를 묵묵히 견디며 의연하게 옥고를 치른다. 한편 헤스터의 간통 상대이자 펄의 아버지인 딤스데일 목사는 자기가 바로 그 내연남이라고 차마 세상에 밝히지 못하고, 알량한 죄책감에 사로잡힌 채 나날이 쇠약해져 간다. 청교도의 엄격한 계율을 설파하는 목사가, 자신이 떠든 온갖 윤리와 도덕을 스스로 무너뜨린 죄인이자, 자신의 죄를 숨기기에만 급급한 비겁자로 설정되어 있다는 건, 작가 호손이 들고 있는 비판의 칼날이 어디를 향하고 있는가를 명확히 드러내 준다. 심지어 그는 군중 앞에서 헤스터에게 아이 아버지가 누군지 밝히라며 뻔뻔하게 심문까지 한다. 헤스터가 자기를 가리키며 '바로 너!'라고 말했으면 어쩌려고 그랬을까. 위선의 끝을 보여 주는 대목이다.

딤스데일 목사는 머리를 숙이고 묵도를 올리는 듯하더니 마침내 앞으로 나섰다.

"헤스터 프린."

그 젊은 목사는 난간 위로 허리를 굽히고 그녀의 눈을 물끄러미 내려다보며 말을 시작했다.

"그대가 영혼의 평화를 위하여 필요하다고 느끼고 금생의 형벌이 구원을 위해 도움이 된다고 믿는다면, 함께 죄를 범하고 함께 괴로워하는 자의 이름을 말하시오. 그 자를 위한 잘못된 연민의 정이나 인정 때문에 침묵을 고집하지는 마시오, 헤스터."

젊은 목사의 목소리는 떨리면서도 아름답고, 굵고, 우렁찼지만, 또한 갈라지는 소리였다.

윌슨 목사는 아까보다 엄한 말투로 말했다.

"어찌하여 이름을 대지 않는고. 회개하면 그대의 가슴에 붙은 주홍글씨를 떼는 데 도움이 될 것이오."

"천만의 말씀입니다."

헤스터 프린은 윌슨 목사가 아니라 젊은 목사의 수심 어린 움푹한 두 눈을 쳐다보며 대답했다.

"그 글씨는 너무나도 깊이 낙인찍힌 듯하여 떼어 버릴 수가 없습니다. 제 자신의 고통은 물론이고 그 사람의 고통까지도 제가 견디어 낼 작정입니다."

딤스데일은 헤스터가 자기를 지켜 주기 위해 끝까지 이를 악물고 버티는 모습을 보며 과연 무슨 생각을 했을까. 호손은 이런 극적인 장면을 통해 헤스터와 딤스데일 목사의 태도와 성품을 극명히 대비시킴으로써, 동일한 죄를 저지른 두 인간이 각기 자신의 죄의식을 어떻게 처리하고 극복하는가의 차이에 초점을 맞춘다.

사람은 완벽하지 않다. 의도적이든 비의도적이든 수많은 실수를 저지르고, 자신의 잘못을 알면서도 스스로를 합리화하고 정당화하기도 하며, '상황 때문에 어쩔 수 없다'는 핑계를 대며 바람직하지 못한 선택을 하기도 하는 존재가 바로 인간이다. 헤스터가 평생 가슴에 새겨야 하는 'A'라는 글씨는 다름 아닌 인간 존재로서의 나약함과 불완전성의 증거다. 하지만 헤스터는 글씨를 가리거나 사람들의 눈을 피해 숨어 지내는 등의 방식으로 현실을 부정하는 것이 아니라, 오히려 'A'자를 눈에 띄는 주홍빛 천으로 만들어 그 둘레에 금실로 화려하게 수를 놓아 당당하게 달고 다닌다. 또 감옥에서 출소하고 나서도 마을을 떠나지 않고 그곳에 계속 눌러산다.

이처럼 헤스터가 빠르게 자신의 과오를 인정하고 형벌을 달게 받아들이는 것은 ENFJ의 주기능인 외향감정(Fe)의 영향이다. 사회의 보편타당한 가치에 대한 수긍, 특히 공동선public good에 대한 열망은 강한 외향감정에서 비롯된다. 여기에는 타인들을 의식하며 그들 사이에 안정적으로 소속되고자 하는 그녀의 욕구가 깃들어 있다. 더불어 그녀가 사람들 앞에서 딤스데일의 위선성을 비난하지 않고 모든 죄를 홀로 떠안는 것 또한 갈등보다 조화를 추구하는 외향감정에 기반한다. 성난 군중 앞에서 새로운 이슈를 제기하여 물의를 빚기보다는 자신이 감내할 수 있는 적정선에서 문제를 해결하고 수습하기를 원하는 것이다.

사실 헤스터의 이러한 행위들은 엄밀한 논리성과 합리성의 기준에는 부합하지 않는 것이 사실이다. 애초에 죄를 지은 것, 공범의 파렴치한 행동을 인내하며 감싸 준 것, 죄의 표식을 굳이 눈에 잘 띄게 가슴 정중앙에 장착한 것, 또 굳이 자신을 손가락질하는 사람들이 득실대는 마을에서 계속 살기로 한 것과 같은 행동들은 결코 합리적이라거나 효율적이라고 보기 힘들다. 이러한 비합리적 행위는 합당한 논거에 준해 성찰하고 판단을 내리는 내향사고(Ti) 기능의 결여에 기인한다. 내향사고와 충돌하는 외향감정을 주기능으로 갖는 ENFJ이기에 내향사고 기능은 결국 열등기능으로 퇴색되어 내부 깊숙이 숨어 들어가 버린 것이다.

헤스터 프린의 구금 기간이 끝났다. 감옥 문이 활짝 열리고 그녀는 볕이 나는 밖으로 나왔다. 누구한테도 똑같이 비치는 햇빛이지만 그녀의 병들고 아픈 마음에는 가슴에 붙은 주홍글씨를 드러내기

위해서만 빛나는 햇빛인 것 같았다.

자유로운 천지가 눈앞에 환히 트여 있는 데도 자기가 태어난 고향이나 유럽의 어떤 나라로 자유로이 가서 전혀 딴 사람이었던 양 새로운 환경 속에 정체를 감출 수도 있는데 그런데도 그녀가 그곳을 자기의 고향이라고 불러야 함은 어찌된 셈이었을까.

그녀 스스로가 억지로 믿으려 한 것, 즉 그녀가 드디어 뉴잉글랜드에 계속해서 살기로 정한 동기에 대한 그녀의 설명은 반이 진실이고 반이 자기기만이었다. 여기서 죄를 지었으니 벌도 여기서 받아야 한다는 생각이었다. 그래서 날마다 겪는 치욕의 고문이 어쩌다가 그녀의 영혼을 정화하여 그녀가 잃었던 영혼보다 더 순결한 영혼을 만들어 주고, 오히려 성자와도 같은 순결한 영혼이 되게 하여줄지도 모른다는 것이었다. 자기가 겪은 순교의 결과로 그렇게 될 것이라고 그녀는 혼자서 믿고 있었다.

헤스터는 보스턴의 변두리 해변가 외딴 곳 조그마한 초가집에서 딸 펄을 기르며 살아간다. 그녀는 자기에게 내려진 벌을 받고서 자유의 몸이 됐지만, 청교도 사회는 여전히 그녀를 냉대하며 죄인 취급한다. 모든 마을 주민이 그녀를 조롱하고, 멸시하며, 특히 목사들은 그녀를 보면 발길을 멈추고 서서 훈계를 퍼붓는다. 길을 걷다 마주치는 사람들의 시선이 한결같이 자기 가슴에 새겨진 'A'로 비수처럼 내리꽂히는 현실은, 죄인이 죗값을 정당히 치렀음에도 영원히 낙인찍혀 고통받아야 했던 청교도 사회의 경직성을 적나라하게 보여 준다.

하지만 그녀는 무너지거나 좌절하지 않는다. 그녀는 그마저도 자신이 감내해야 할 죄값이라 겸허하게 받아들이며 의연하게 현실을 버텨 낸다. 그러면서 깨닫게 된다. 사람들의 가슴속엔 저마다의 이유로 괴로움이 가득하다는 것과, 병들고 의지할 곳 없는 불쌍한 이웃들이 생각보다 너무나 많다는 것을. 그녀는 자신의 도움을 필요로 하는 이들에게 기꺼이 손을 내밀고 헌신하면서 자신의 죄의식을 씻어 낼 수 있는 길을 찾는다. 그녀는 삯바느질을 해서 가난한 사람에게 수예품을 나누어 주고, 전염병이 도는 마을에서 자신을 희생해 가며 헌신적으로 환자들을 간호하고, 재난이 일어난 곳에 발벗고 찾아 나서 힘을 보탠다. 그러자 서서히 마을 사람들의 생각이 바뀌기 시작한다. 그녀가 과거에 지은 죄는 외로움과 불안감으로 인해 저지른 실수였다고 생각하며 그녀를 용서하기 시작한 것이다. 이제 주홍글씨는 타락의 상징이 아닌, 선행의 증표로서 그녀의 가슴 위에서 찬연히 빛나게 된다.

그녀는 가진 것이 별로 없었지만 걸인이 요구하면 거리낌 없이 자기가 가진 것을 내어 주었다. 전염병이 읍내로 침입했을 때도 헤스터처럼 헌신적인 사람은 없었다. 재난이 있을 때마다 계절의 여하를 막론하고 전체적이건 개인적이건 가리지 않고 사회에서 버림받은 그녀는 불행으로 우울해진 가정을 손님으로서가 아니라 가족으로서 찾아온다. 거기서는 그녀의 수놓은 주홍글씨가 세상 빛과 다른 빛을 발하여 마음을 흐뭇하게 해주었다. 다른 곳에서는 그것이 죄의 상징이었으나, 병실에서는 방을 밝혀 주는 촛불이었다. 위급한 때에도 헤스터의 성품은 다정하고 푸근했다. 그녀의 부드러운 인간성의 샘물은 누구든지 원하면 마실 수 있고 아무리 마셔도 마르지 않는 샘이었다.

주홍글씨는 그녀의 사명감의 상징이었다. 그토록 그녀는 남에게 도움을 주었다. 일을 하는 힘도 남을 동정하는 마음도 한없이 크고 너그러워서 사람들은 주홍글씨의 'A'자를 본래의 뜻대로 풀이하기를 거절했다. 그들은 그 글자가 유능함(Able)을 뜻하는 것이라고 말했다.

헤스터가 이처럼 자신의 죄의식을 사명감으로 치환하는 것은 주기능 외향감정과 부기능 내향직관(Ni)의 합작의 결과다. 그녀는 죄책감과 인정 욕구라는 모순적인 두 가치의 충돌을 내면의 직관으로 통합하여 새로운 차원의 깨달음과 타협점에 도달한다. 그것이 바로 어려운 사람들을 도움으로써 죄과를 씻고 사회 성원으로 다시 인정받겠다는 장기적인 미래 비전이다. 이처럼 ENFJ의 가치 지향은 늘 타인과 공동체를 향한다.

헤스터의 가슴에 새겨진 'A'는 더 이상 부끄러운 죄의 의미로서가 아니라, '유능함(Able)' 혹은 '천사(Angel)', 나아가 '사랑(Amor)'의 의미로까지 해석되면서 세상은 그녀를 재평가하게 된다. 이건 신의 계시에 의한 것도 아니고, 누군가 시켜서 억지로 한 일도 아니며, 다름 아닌 헤스터 자신이 현실을 직시하고 스스로 운명을 개척하려 용기있게 나선 결과였다.

이처럼 세상과 맞대응하며 정면승부 하기란 결코 쉬운 일이 아니다. 세간의 비난과 모욕감과 멸시를 온몸으로 받아 내며 꿋꿋이 견디어 내기 위해서는 어마어마한 용기와 자기 확신이 필요하다. 또한 자신의 죄를 의연하게 인정하고, 선행을 실천하고 헌신하며 사는 길을 흔들림 없이 걸어가기 위해서는 강한 추진력과 진정성이 뒷받침되어야 한다. 헤스터는 강인하다. 세상의 시선과 자신의 죄의식에 압도당해서 스스로를 망쳐 버리는 게 아니라, 이 강렬한 에너지의 방향을 반대로 돌려 세상을 구하는 선한 영향력으로 치환했기에. ENFJ의 3차기능인 외향감각(Se)의 부족은 여기서 오히려 긍정적인 요소로 작용한다. 이는 그녀로 하여금 세간의 시선과 평가에 아랑곳하지 않고 장기적인 이상을 향해 정진하는 일관된 자세를 유지하도록 돕는다. 현재의 고통에 초연하고, 자신이 추구하는 미래를 내다보며 흐트러짐 없는 태도를 견지하는 헤스터. 세상이 싫고, 사람들이 밉고, 더 이상 살고 싶지 않았을 상황에서 그녀는 오히려 세상을 향해 두 팔을 크게 벌려 사람들을 감싸 안고 따뜻한 온기를 나누었다.

인간은 완벽하지 않다. 누구나 살면서 실수를 저지를 수 있고, 어쩔 수 없는 상황 때문에 잘못된 선택의 기로에 놓일 수도 있다. 인간은 이성과 감성을 모두 가진 존재이기에 대단한 사이코패스가 아닌 이상 자신의 그릇된 행동의 결과에 대한 일말의 죄의식을 느끼며 살아간다. 중요한 것은 '그러한 죄의식을 어떻게 처리하는가'의 문제라고 호손은 이 작품을 통해 말하고 있다.

오로지 자신의 죄의식을 용기와 노력으로써 선한 영향력으로 치환시킨 헤스터만이 이 세상에 살아 남는다. 입으로만 도덕과 종교 계율을 떠들어 대며 정작 자신의 죄 앞에서는 비겁하게 행동한 위선자 딤스데일, 그리고 복수의 칼을 갈며 그 나약한 인간을 벼랑 끝으로 몰아간 헤스터의 남편 모두 비참한 말로를 맞게 된다. 죄는 또 다른 죄를 낳으며 마치 부메랑처럼 과중한 벌이 되어 돌아온 것이다. 속죄의 과정 없이 죄를 그저 회피하거나, 혹은 죄로 인해 입은 피해를 죄로써 갚는 등 죄의식을 악하게 처리한 인간들은 비극적인 결말로 생을 마감하게 된다는 것을 호손은 보여 주고 있다.

헤스터는 사회로부터 낙인찍히고 버림받은 스스로를 오히려 세상에 내던지고 다시 한 번 삶의 기회를 움켜쥠으로써, 죄의식이 자극하는 미칠 듯한 정념을 선한 에너지로 불꽃처럼 승화시켰다. 이러한 헤스터의 모습은 자신의 운명을 개척하는 주체적인 인간형의 전형으로 제시된다. 불완전하고 나약한 존재인 인간이 살면서 결코 피할 수 없는 '죄와 벌'이라는 문제 앞에서 헤스터처럼 능동적이고 책임감 있게 처신해야 한다는 규범적인 판단이 이 소설에 내재되어 있다.

'하늘을 우러러 한 점 부끄럼 없이' 올곧고 투명하게 사는 것이 최선이라는 건 누구나 안다. 하지만 인간은 불완전하고 나약한 존재이기 때문에 털어서 먼지 한 톨 안 나오기란 결코 쉽지 않다. 실수로든 고의로든 잘못이나 죄를 저질렀다면 우선 깨끗하게 인정해야 한다. 그리고 세상의 질책과 비난을 담담하게 받아들이고 그에 상응하는 대가를 치러야 한다. 그 과정은 당연히 힘들 수밖에 없다. 세상에 대한 원망, 특정인에 대한 복수심, 차라리 죽어 버리고 싶다는 자괴감 등 등 만감이 교차하면서 몸과 마음이 괴로울 수밖에 없다. 하지만 헤스터처럼 모든 고통을 이겨 내고 부정적인 에너지의 방향을 전환시켜서 긍정적인 힘과 열정으로 승화시켜야 한다. 중요한 건, 살면서 발생한 죄의식을 어떻게 다루고 극복하는가의 문제라는 교훈을 『주홍글씨』는 우리에게 전해 주고 있다.

ENFP

『돈키호테』, 돈키호테

『크눌프』, 크눌프

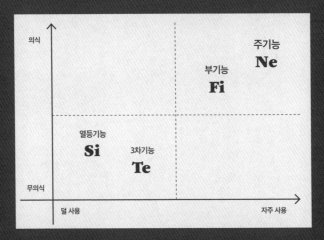

외향(E), 감각(S), 사고(T), 판단(J)
내향(I), 직관(N), 감정(F), 인식(P)

ENFP

『돈키호테』, 돈키호테

부딪히고 깨져도 지치지 않고
직진하는 뜨거운 가슴의 이상주의자

『돈키호테Don Quijote de La Mancha』(1605)는 스페인의 작가 미겔 데 세르반테스 사아베드라Miguel de Cervantes Saavedra, 1547~1616의 장편소설이다. 스페인 라만차 지방에 사는 중년의 한 신사가 한창 유행하던 기사도 문학에 지나치게 심취한 나머지 스스로 편력기사(Knight-errant: 이곳저곳 돌아다니면서 정의로운 선행을 베푸는 기사)라고 착각하며 무사수행을 떠나 좌충우돌 모험을 겪게 되는 이야기다.

돈키호테의 진짜 이름은 알론소 키하노Alonso Quijano. 그는 나이 쉰을 바라보는 지주 영감으로 중세 시대의 로망을 담은 '기사도 문학'에 심취하여 스스로에게 '라만차 지방의 돈키호테Don Quixote de La Mancha'란 이름을 붙인다. 그는 너무나 많은 기사소설에 지나치게 탐닉한 나머지 스스로가 소설 속에 나오는 편력기사라는 환상 내지는 망상에 빠져 무사수행에 나서기로 결심한다.

정말이지 그는 이제 분별력을 완전히 잃어버려, 세상 어느 미치광이도 하지 못했던 이상한 생각을 하게 되었다. 그것은 명예를 드높이고 아울러 나라를 위해 봉사하는 일로, 편력기사가 되어 무장한 채 말을 타고 모험을 찾아 온 세상을 돌아다니면서 자기가 읽은 편력기사들이 행한 그 모든 것들을 스스로 실천해 보자는 것이었다. 모든 종류의 모욕을 쳐부수고, 수많은 수행과 위험에 몸을 던져 그것들을 극복하면 영원한 이름과 명성을 얻을 것이라고 여겼다. 이 가엾은 자는 벌써 자기 팔의 용기로 적어도 트라피손다 제국의 왕좌쯤은 얻은 듯한 기분이었다. 이런 즐거운 생각을 하다 보니 거기서 오는 야릇한 희열에 이끌려 그는 자기의 꿈을 실천에 옮기려고 서둘렀다.

돈키호테는 오래된 갑옷을 걸치고, 비쩍 마른 당나귀 '로시난테Rocinante'를 이끌고 길을 떠난다. 그는 언젠가 마주친 적이 있는 이웃 마을에 사는 여인 알돈사 로렌소Aldonza Lorenzo를 밑도 끝도 없이 자신의 연인으로 낙점하고는, 그녀에게 자기 맘대로 '토보소 지방의 둘시네아Dulcinea del Toboso'라는 이름을 붙인다. 돈키호테는 옛 시대의 기사처럼 선행을 베풀어 둘시네아에게 영광을 바치기로 마음먹고 모험을 떠난다.

이처럼 상상을 통해 만들어 낸 가상의 이미지에 스스로를 투영하여 자기 정체성을 재정립하는 돈키호테의 모습은 ENFP의 주기능 외향 직관(Ne)의 왜곡된 작용에 기인한다. 외부 세계에 대한 호기심과 창의성의 발현이 도를 지나친 나머지 상상과 현실을 혼돈하는 이상증세로

나타난 것이다. 주변인들에게 각각의 내러티브를 부여하여 이름을 붙이고 스스로를 영웅으로 떠받들어 주인공 서사를 써나가려는 움직임은 주기능 외향직관과 3차기능인 외향사고(Te)의 합작에 의해 이루어진다. 하지만 외향사고가 미숙한 관계로, 목적 지향적 사고와 행위는 타인의 처지나 감정을 고려하지 않은 채 일방적이며 공격적인 형태로 나타난다. 거의 반백 살의 나이에 무작정 상상을 현실로 만들려 돌진하는 그의 모습은 주변인들로 하여금 아연실색하게 한다. 앞뒤 안 가리고 생떼를 부리는 듯한 치기와 광기는 스스로를 위험 상황으로 몰아넣기도 한다.

돈키호테는 첫 번째 출정에서 우연히 들른 지방의 객줏집을 성城이라고 상상하며 여관 주인을 성주城主라고 굳게 믿는다. 그런 광기 어린 행동의 결과로 그는 여행자들에게 비웃음의 대상이 되고 호되게 매를 맞기도 한다. 그가 만신창이가 되어 땅바닥에 나뒹굴며 고통을 호소하고 있을 때, 이웃인 페드로 알론소Pedro Alonso가 그를 알아보고 집으로 데려온다. 돈키호테가 집에서 요양하는 사이 마을 신부와 이발사는 그의 서재를 검열하고 책들을 불태움으로써 그의 광기를 치료하려 한다. 하지만 곧 거짓말처럼 자리에서 떨쳐 일어난 돈키호테는 마을의 어리숙한 농부 산초 판사Sancho Panza를 꼬드겨 함께 모험을 떠나자고 부추긴다. 나중에 손에 넣게 될 땅덩어리들 중 섬 하나의 통치권을 그에게 주겠다고 약속하면서 말이다. 산초는 곧 그의 충실한 종자가 되어 함께 모험을 떠나게 된다.

산초와 함께 떠난 이 두 번째 출정길의 초입에서 그 유명한 풍차 신이 등장한다. 돈키호테는 들판에 서 있는 수십 개의 풍차들을 마주친다. 그는 바람에 회전하는 날개들을, 자신을 향해 팔을 붕붕 휘두르며 위협을 가하는 거인의 모습이라고 확신하게 된다. 그러고는 그 거인들에게 정의의 싸움을 걸어 몰살시킴으로써 전리품을 얻어 내 부자가 될 것이라고 호언장담한다. 그것들이 거인이 아니라 풍차라고 지적하며 그를 만류하는 산초를 한심하다는 듯 비난하면서 말이다. 그러고는 말릴 새도 없이 풍차를 향해 고함을 지르며 돌진해 버린다.

"도망치지 마라, 이 비겁하고 천한 자들아! 너희들을 공격하는 사람은 이 기사 한 명뿐이다."

이때 바람이 불어와 풍차의 커다란 날개를 움직이기 시작했다. 이 모습을 본 돈키호테는 소리쳤다.

"비록 네놈들이 저 거인 브리아레오스(Briareus: 그리스 신화에 나오는 거인)보다 많은 팔을 휘둘러 댄다 할지라도, 네놈들아, 나한테 혼날 줄 알아라!"

이렇게 말하면서 그는 둘시네아에게 이런 위기에 처한 자신을 보호해 달라고 온 마음을 다해 빌었다. 그는 방패로 몸을 가리고 옆구리에 창을 낀 채 전속력으로 로시난테를 몰아 맨 앞에 있는 풍차로 돌진하여 날개에 창을 꽂긴 했으나, 바람이 세차게 불어 날개가 돌아가자 그 창은 박살이 나고 사람과 말도 함께 딸려 가다가 들판으로 사정없이 내동댕이쳐졌다. 산초 판사가 그를 구하려고 당나귀를 급히 몰아 달려가 보니 주인은 꼼짝달싹할 수 없는 상태였다. 로시난테가 함께 넘어지는 바람에 그 충격은 실로 컸다.

그의 모험 과정은 시트콤 내지 애니메이션을 연상케 한다. '아직도 안 죽었나?' 싶을 정도로 엄청나게 피 흘리고 상처 입어도 금세 멀쩡해져서 모험을 이어 가는 돈키호테. 그는 자기가 거인이 아닌 풍차를 공격한 것임을 깨닫자, 이번엔 마법사가 역시 거인들을 풍차로 변신시킨 것이라고 굳게 믿는다. 이처럼 돈키호테는 눈앞에 펼쳐지는 모든 것들을 스스로에게 유리하게 해석하면서 그의 머릿속에만 존재하는 꿈을 이루기 위해 무모하게 돌진한다. 그는 양 떼를 군대로 오인하기도 하고, 장례식을 괴물들의 행진으로 착각하기도 하며, 갤리선의 노예로 잡혀가는 죄수들을 맘대로 석방시키기도 한다.

이런 파란만장한 모험 과정에서 돈키호테는 거의 항상 부서지고 깨지기만 한다. 하지만 그는 자신의 가슴속에 뜨겁게 살아 숨 쉬는 이상향을 실현하기 위해, '꿈에 미친 사람'답게 직진만 한다. 한편 산초는 그의 옆에서 눈치를 살살 보며 자기 욕심을 채우기도 하지만, 겁도 많고, 인간적이며, 주인에게 충직한 면모를 지녔다. 이처럼 돈키호테와 산초는 극단적인 이상주의자와 현실주의자를 대변한다. 이 둘이 다양한 이슈에 대해 격렬히 충돌하며 공방을 벌이면서도 서로에게 맞춰 가며 동행하는 모습은 따뜻한 인간애와 해학을 자아낸다. 군사, 행정, 법, 경제, 문학, 철학 등 다양한 주제를 넘나드는 그들의 대화는 우리에게 생각할 거리들을 던져 주기도 한다.

돈키호테는 주변 사람들에 의해 또다시 우리에 갇히고 소달구지에 실려 강제로 집으로 돌려 보내진다. 그는 한 달간 집에서 몸을 추스르고 있던 중 이웃 사람들로부터 그의 모험이 전 유럽에서 유명해졌다는 말을 듣게 된다. 당연히 가만히 있을 그가 아니다. 여기에 탄력받은 돈키호테는 산초를 데리고 정의를 바로 세우기 위한 또 다른 모험을 떠난다.

이 모험에서 돈키호테는 그의 운명에 결정적인 영향을 미칠 도전을 받게 된다. 일명 '하얀 달의 기사Knight of the White Moon'로부터 말이다. 그는 휘황찬란한 달이 그려진 방패를 들고서 돈키호테를 향해 다가오며 큰 소리로 말한다.

"유명한 기사이자 한 번도 제대로 칭찬받지 못한 돈키호테 데 라만차여. 나는 '하얀 달의 기사'요. 세상에 알려진 바 없는 이 기사의 무훈들이 아마도 그대의 기억에는 남아 있을지도 모르겠소. 나는 그대와 겨루어 그대 팔의 힘을 시험하기 위해 왔소. 내 귀부인이 누가 되었든 간에 그대의 둘시네아 델 토보소와 비교도 되지 않을 정도로 더 아름답다는 것을 그대가 인정하고 고백하도록 만들기 위해서 말이오…우리가 겨루어 이겼을 때 내가 바라는 것은 오직 한 가지뿐이니, 그대는 무기를 버려 더 이상 모험을 찾아다니는 일을 삼가고 고향으로 돌아가 1년 동안 집에 들어앉아 손에 칼을 대는 일 없이 조용한 평화를 누리며 유익한 평온 속에서 살아야 하오. 이것이 그대의 재산을 불리고 그대의 영혼을 구하는 일이기 때문이오."

돈키호테는 도전에 응하지만, 허망하게도 결투가 시작되자마자 패배하고 만다. 그는 원통해하면서도 결투의 조건을 받아들여야 했기에, 결국 기사도를 포기하고 고향으로 돌아가게 된다. 그는 안타깝게도 이내 병에 걸리게 되고 죽음을 목전에 두게 된다. 평생을 몽상가로 살면서 모험을 이어 온 돈키호테는 죽기 직전 비로소 제정신을 되찾아 주변 사람들을 충격에 빠뜨린다.

"내 좋은 이들이여, 축하해 주시오. 나는 이제 돈키호테 데 라만차가 아니라 알론소 키하노라오. 나의 생활 방식이 그 이름에다 '착한 사람'이라는 별명을 달아 주었었지. 이제 나는 아마디스 데 가울라와 그와 같은 가문이 만들어 낸 숱한 잡동사니들의 원수요. 이미 편력 기사도에 관한 불경스러운 이야기들은 모두 나에게 증오스러운 존재가 되었소. 그런 책들을 읽음으로써 내가 빠졌던 아둔함과 위험을 이제야 나는 알게 되었다오. 하느님의 자비로 내 머리가 교훈을 얻어 그러한 책들을 혐오하게 되었소이다."

그들은 돈키호테의 말에 놀라 서로를 쳐다보았다. 비록 전적으로 믿을 수는 없었지만 그의 말을 의심하고 싶지 않았다. 그리고 미쳐 있었다가 그리 쉽게 제정신으로 돌아왔다는 것은 그가 정말로 죽어 가고 있다는 증거 가운데 하나였다.

사람이 안 하던 행동을 하면 곧 죽는다고 했던가. 그간 거의 작동하지 않던 부기능 내향감정(Fi)은 돈키호테가 죽기 직전에야 비로소 살아나 스스로를 바로 보게 해준다. 그는 자신이 돈키호테가 아니라 알론소 키하노이며, 자신이 기사도 문학에 미쳐 망상에 빠져 있었음을 인정한다. 그는 지난날의 부끄러운 과오를 담담하게 술회하며 삶의 궤적을 돌아본다. 심지어 열등기능인 내향감각(Si)까지 깨어나 과거의 경험을 하나하나 짚으며 무엇이 잘못되었는가를 되새기고 스스로 평

참을 수 없는 존재의 MBTI

가하기까지 한다. 망상과 광기의 아이콘이었던 그가 이토록 침착하게 성찰하며 내면으로 침잠하는 모습에 주위 사람들은 놀라면서도 슬퍼한다.

돈키호테는 삶의 끝에서 그렇게 완전히 기사도를 포기하고 서서히 눈을 감는다. 유산을 산초의 조카딸에게 남겨 주면서, 그리고 절대로 기사도의 책을 읽지 않는 남자와 결혼하라는 유언을 남기면서 말이다. 그 모습을 보며 산초는 오열한다. 임종을 앞둔 돈키호테를 붙잡고 '어서 일어나서 다시 편력기사의 모험을 떠나자'라며 울부짖는 산초의 모습을 보며 눈물 흘리지 않고 견딜 수 있는 사람이 얼마나 될까. 거대한 현실의 벽 앞에 허무하게 무너져 버린 인간 존재의 나약함을 새삼 인식하며 가슴에 비수가 꽂히는 듯 비통해지는 대목이다. 산초가 울면서 소리쳐도 돈키호테는 되돌아오지 못한다. 그렇게 주인공 돈키호테가 허망하게 세상을 떠나며 소설은 대단원의 막을 내린다.

돈키호테. 그는 분명 세속의 눈으로 보았을 땐 '미친 사람'이었지만, 그는 그 광적인 행동에 늘 진심이었고, 늘 거침없이 도전했으며, 쓰러지기 전까진 절대로 포기하지 않았다. 그가 제정신으로 돌아와 죽음을 맞는 장면은 그가 병자도, 외계인도, 만화 캐릭터도, 그 무엇도 아닌, 그저 마음속에 열정이 남들보다 뜨거웠던 보통의 사람이었을 뿐이라는 연민을 일으키며 우리 스스로를 돌아보게 만든다. 우리는 살면서 그토록 뜨거웠던 적이 있었나.

우리 모두는 각자의 마음속에 꿈과 이상을 가지고 새로운 시도를 하며 살아간다. 그만큼 무수한 실패를 경험하는 건 어찌 보면 당연한 이치다. 중요한 건 그 좌절의 순간을 지혜롭게 딛고 일어나 새로운 도전을 위한 발판으로 삼을 수 있느냐. '실패했다는 건 곧 살아 있다는 방증'이라는 긍정적인 마인드로, 어떤 경우에도 무너지지 않고 다시 일어나는 결기를 가져야 한다고, 돈키호테가 우리에게 온몸으로 말해 주고 있다.

ENFP

『크눌프』, 크눌프

내키는 대로 살면서도
더욱 격렬하게 자유를 갈망하는 방랑자

『크눌프Knulp』는 독일의 대문호 헤르만 헤세Hermann Karl Hesse, 1877~1962의 소설이다. 「초봄」, 「크눌프에 대한 나의 회상」, 「종말」이라는 세 개의 단편이 하나의 스토리를 이루는 작품으로, 자유롭고도 고독한 방랑자 크눌프의 생애가 1인칭 화자 '나'의 시선에서 계절의 흐름에 따라 그려져 있다.

크눌프는 집도 없고 직업도 없이 떠도는 '자유로운 영혼'이다. 그는 풍부한 유머 감각과 예민한 감수성을 지녔고, 틀에 갇히는 것을 극도로 혐오하며, 더욱더 격렬하게 자유를 갈망하는 인물이다. 그는 한 곳에 정착하거나, 누군가로부터 구속당하기를 거부한다. 또한 먼 앞일을 계획하거나 무언가를 약속하지도 않는다. 늘 본능이 이끄는 대로 깃털처럼 부유할 뿐이다. 그에게 세상이란 거대한 놀이터다. 그는

ENFP의 주기능인 외향직관(Ne)을 활용해 이곳저곳을 누비며 새로운 사람을 만나고 온갖 낯선 경험을 즐긴다. 넘치는 호기심과 상상력은 그에게 매순간 파티 같은 일상을 선사한다. 그의 자유분방하고 비현실적인 삶을 바라보는 주변인들은 신기해하기도 하고, 우려하기도 하며, 안타까워하기도 한다. 하지만 크뉠프는 개의치 않고 천진하게 '마이 웨이(my way)'를 견지한다.

현실 속에서의 그는 금지된 일을 저지르는 사람은 아니었지만 직업도 없는 방랑자로서 불법적이고 비천한 존재였다.

모든 경관들이 그에게 호의적이지 않았더라면 그가 이렇게 멋진 허구의 삶을 방해받지 않고 지속해 나가는 것은 완전히 불가능했을 것이다.

그들은 이 명랑하고 유쾌한 사내가 정신적으로 탁월하고 때때로 진지하다는 점을 존중해 주었으며, 가능한 한 그를 괴롭히지 않고 내버려 두었다.

그는 전과가 거의 없었으며 절도나 구걸을 하다가 들킨 일도 없었다.

또한 여러 곳에 점잖은 친구들을 가지고 있었다.

그래서 사람들은 그의 일을 내버려 두는 것이었다.

그것은 마치 가정집에서 모든 사람들의 관대한 용납을 받는 귀여운 고양이가, 다른 모든 사람들이 부지런히 힘겨운 삶을 살고 있는데 자신은 아무 걱정 없이 우아하게, 화려할 정도로 당당하게 지내고 있는 모습과도 같았다.

크눌프는 저 하는 대로 내버려 두는 게 좋다. 그는 제 성격대로 살며 그를 아무도 흉내 낼 사람이 없다.

크눌프는 명랑하고 솔직하며 유쾌하고 개성이 넘친다. 그는 스스로의 감정과 정서에 대해 정확히 파악하고 행동하기 때문에 주변 사람들도 그의 유니크한 삶을 인정한다. 크눌프는 일견 아무 생각이 없어 보이지만 내면에 정신적인 탁월함과 진지함을 갖추고 있다. 이는 ENFP의 부기능인 내향감정(Fi)에서 비롯된다. 그는 스스로가 특이한 만큼 타인을 있는 그대로 바라보는 열린 시각을 지녔고, 자신이 상처받기 싫은 만큼 타인에게 예의 있게 대한다. 그는 삶과 사람에 대한 깊은 성찰을 바탕으로 지금의 자유로운 삶을 이룩했다. 그가 아무 일도 하지 않으면서도 생계 걱정 없이 살아온 데에는 이러한 나름의 이유가 있었던 것이다.

크눌프에게는 그 어떤 의무감도, 책임의식도 없다. 그저 끊임없이 일을 저지를 뿐이다. 열등기능인 내향감각(Si)의 결여는 주기능 외향직관과 결합하여 일을 벌여 놓고 책임은 지지 않는 크눌프 특유의 '민폐' 캐릭터를 형성한다. 그는 현실적인 삶의 조건에 대해 전혀 관심이 없지만, 다행히 관대한 주변인들의 도움으로 잘 놀고먹으며 편히 지낸다.

쌀쌀한 2월의 어느 날, 병원에서 퇴원한 크눌프는 무두장이 친구 로트푸스Rothfuss의 집에서 며칠을 머물게 된다. 크눌프의 유쾌한 성격 덕분에 로트푸스의 집에는 자유롭고 활기찬 기운이 감돈다. 크눌프는 초봄의 생기를 만끽하며, 이웃의 순진한 여인과 함께 낭만적인 무도

회의 밤을 즐기기도 한다. 하지만 그는 친구와 그의 부인이 자신의 일상을 간섭하고 통제하려 한다고 느끼자마자 이내 홀연히 그 집을 떠나 버린다.

그는 위층의 거실에서 아직도 불빛이 빛나고 있는 것을 보았다.

그러니까 주인 여자가 앉아서 그를 기다리고 있는 것이었다.

그는 신경질적으로 침을 내뱉었다.

그 순간에 바로 그 자리를 떠나 어둠 속으로 도망쳐 버릴까 하는 생각이 들었다.

그러나 그는 피곤했고 곧 비가 올 것 같기도 했다.

또한 무두장이 친구에게 그런 식으로 행동하고 싶지도 않았다.

게다가 그는 이날 저녁 조금은 장난기를 느끼고 있었다.

그래서 그는 열쇠를 숨겨 두었던 곳에서 끄집어내고, 마치 도둑처럼 조심스럽게 문을 열고 안으로 들어와 문을 닫은 후, 입술을 앙다문 채 소리 내지 않고 문을 잠그고는 열쇠를 조심스럽게 원래 있던 자리에 가져다 두었다.

그러고 나서 그는 신발을 손에 들고 양말 바람으로 계단을 올라갔다.

반쯤 열린 거실의 문틈으로 불빛이 보였고, 오랜 기다림 끝에 잠들어 버린 주인 여자가 방 안의 소파에 누워 깊게, 천천히 내쉬는 숨소리가 들렸다.

그는 소리 나지 않게 자신의 방으로 올라가 문을 안쪽에서 단단히 잠그고는 잠자리에 들었다.

다음 날엔 떠나리라 결심한 채였다.

이렇게 외부로부터 간섭의 낌새가 조금이라도 느껴지면 지체 없이 떠나 버리는 크눌프. 소설의 화자 '나'와 크눌프가 만나게 되는 건 여름으로 접어든 무렵의 방랑길에서였다. 우연히 길 위에서 그를 만나 동행하게 된 화자는 그의 인생 이야기를 듣게 된다. 그가 어떤 계기로 평범한 삶에서 이탈하여 지금처럼 끝없이 방황하는 인생을 살게 되었는지, 그리고 그의 해맑고 낙천적인 성격의 이면에 어떠한 체념적인 자아가 도사리고 있는지에 대한 깊은 이야기가 펼쳐진다.

"자, 내 말 들어 보게. 난 지금까지 두 번 연애를 했네. 진실한 사랑이었다고 생각해. 두 번 다 영원히 계속되어 죽으면 죽었지 변치 않을 줄로 알았었네. 그런데 두 번 다 깨지고 난 아직도 이렇게 살아 있지 않나, 또한 고향에 친구도 하나 있었다. 일생 동안 정이 계속될 줄 알았었네, 그러나 벌써 오래전에 서로 헤어져 버리고 말았다네."

그러고 나서 한참이 지난 후 감정을 억누른 듯한 목소리로 그가 말했다.

"계획하고 생각한다는 것은 아무 의미가 없는 일이야. 사실 사람들도 자신이 생각하는 대로 행동하지 않거든. 실제로는 바로 자신의 마음이 원하는 대로 매순간 아주 무분별하게 행동한다고. 친구가 된다거나 사랑에 빠지는 경우가 아마도 내가 말한 경우에 해당되겠지. 하지만 결국 모든 사람은 자신의 몫을 철저히 혼자서 지고

참을 수 없는 존재의 MBTI

가는 것이고 다른 사람들과 공유할 수는 없는 거야. 누군가가 죽었을 경우에도 그걸 알 수가 있지. 하루, 한 달, 또는 일 년 동안 사람들이 통곡하며 애도하겠지. 하지만 그러고 나면 죽은 자는 영원히 죽은 거야. 그다음엔 그의 관 속에 고향도 없고 아는 사람도 없는 떠돌이 견습공이 누워 있다 해도 아무 상관없는 일이 되는 거야."

그는 청년 시절 경험한 아픈 사랑의 기억과 상처로 인해 그 누구의 말도 믿지 못하게 된 사연을 지니고 있었던 것이다. 위선과 가식으로 가득한 세상에서 결국 그가 택한 삶의 방식이란 어디에도 얽매이지 않고 아무런 기약이나 계획 없이 내키는 대로 자유롭게 살아가는 것이었다. 그렇게 이어져 온 크눌프의 인생 여정은 홀로 선 인간의 실존적 고독을 깨달아 가는 과정이었다.

이제 나이 들고 지친 그는 자신이 죽어 가고 있음을 느끼며, 주마등처럼 스쳐가는 지난날의 기억들을 떠올린다. 자신이 태어나고 자란 곳을 마지막으로 보고 싶다는 귀소본능에 이끌려 그는 고향을 찾는다. 그는 길 위에서 의사인 친구를 만나게 되는데, 병색이 짙은 크눌프의 쇠약한 모습을 본 친구는 그에게 입원을 권한다. 하지만 그는 요양원에 갇히기를 거부하고, 쌀쌀한 겨울바람을 맞으며 고향의 이곳저곳을 헤맨다. 소년기와 청년기의 추억이 담겨 있는 장소들을 찾아 옛일을 더듬으며 그는 회한과 상념에 젖는다.

그때 그 여자가 자기를 버리지 않았다면 모든 것이 달라졌을 것이라고 크눌프는 생각했다.

라틴어학교의 공부에는 게을렀으나, 그래도 좀 더 다르게 될 수 있는 힘과 의지는 가지고 있었을 것이다.

편안하고 명랑한 인생이 되었을 것이다.

그러나 그때에 그는 자포자기가 되어 아무것도 더 배우려고 하지 않았고, 주위에 있는 사람들도 내버려 두어 아무것도 그에게 요구하지 않았었다.

그리하여 그는 예외자, 방관자가 되어, 청년시절에 사랑을 받던 그가 지금에 와서는 늙고 병들어 외로운 몸이 되었다.

그 길고도 힘겹고 의미 없는 여행 내내 그는 어긋나고 뒤엉켜 버린 자신의 삶 속에 깊이깊이 빠져 들어갔다.

그것은 마치 질긴 가시덤불 속으로 빠져드는 것과 같았는데, 그는 자신의 삶에서 어떤 의미나 위로도 발견하지 못하고 있었다.

더 이상 아무런 목표가 없었는데도 그는 마치 예민한 사냥개처럼 사방을 쳐다보고 냄새 맡으며, 땅의 모든 침강, 모든 바람결, 모든 짐승의 흔적 등을 확인하면서 다녔다.

결국 크눌프를 방랑자로 만든 건 지난날의 상처였다. 그는 과거 탓을 하면서 마치 시위하듯 자신의 삶을 방종에 가까운 자유 속으로 내던졌던 것이다. 아픈 경험을 생산적인 방향으로 활용하지 못하고, 감정적으로 폭주하며 스스로를 방치하는 과정은 마치 막무가내로 생떼를 부리는 양상으로 나타난다. 이는 미숙한 3차기능인 외향사고(Te)를 왜곡된 방식으로 휘두른 데서 야기된 결과다. 뚜렷한 목표와 구체적인 이행 방안 없이 어설프게 공격에 나선 결과, 자기 자신 외에는 공격

참을 수 없는 존재의 MBTI

의 대상을 찾지 못한 칼날이 결국 스스로를 겨누게 된 형국인 것이다.

첫눈이 내리는 날, 그는 죽음으로 접어드는 환각 속에서 신과 대화를 나눈다. 그는 신을 원망하기도 하고, 허무하게 끝나가는 생애에 대해 한탄하기도 한다. 그러면서도 그는 자신의 안에서 울려 퍼지는 신의 목소리에 귀를 기울인다.

"크눌프! 이제 그만 만족하거라."

하느님께서 경고하듯 말씀하셨다.

"나는 지금 그대를 달리 만들 수 없다. 나의 이름으로 그대는 방황하였고, 그대는 정주하는 사람들에게 언제나 자유에 대한 그리움을 일깨워 주었다. 나의 이름으로 그대는 어리석은 일을 하여 세상 사람들의 웃음거리가 되었다. 다시 말하자면 그대 속에 있던 내 자신이 웃음거리가 되고, 또한 사랑을 받은 것에 불과하단 말이다. 그대는 나의 아들이고, 나의 동생이고 나의 분신이었다. 그래서 그대가 맛보고 겪은 모든 괴로움은 나도 똑같이 체험하지 않은 것이 없었다."

"예, 그렇습니다. 저는 그것을 언제나 잘 알고 있었습니다."

크눌프는 대답하며 머리를 정중히 숙였다.

"그럼, 이젠 더 탄식할 것이 없느냐?"

하느님의 묻는 음성이 들렸다.

"이젠 아무것도 없습니다."

크눌프는 긍정하며 부끄러운 듯 웃었다.

"그럼, 모든 것이 좋으냐? 모든 것이 제대로 되었느냐?"

"예, 모든 것이 되어야 할대로 됐습니다."

그는 이렇게 인정했다.

결국 신과의 대화를 통해 자신의 운명과 화해한 그는 조용히 눈을 감는다.

크눌프의 생애는 세속적인 관점에서는 '실패한 삶'이라고 볼 수도 있을 것이다. 삶에서 이룬 것 하나 없이 늘 떠돌고 얹혀살고 방황하며 세월을 허송했기 때문이다. 부와 명예와는 거리가 먼 삶, 순간순간의 본능과 충동에 충실했던 삶, 그러한 삶의 마지막 순간에 크눌프가 후회하며 신을 원망하는 모습은 '어떻게 살 것인가'에 대한 진지한 고찰을 촉구한다.

삶의 방식에 정해진 해답은 없지만, 인생의 마지막 순간에 자기 스스로의 삶을 어떻게 평가할 것인가를 늘 염두에 둠으로써 일정한 방향성은 찾을 수 있다. 크눌프는 비록 체념과 순응을 통해 운명을 안타깝게 마무리 지었지만, 온몸으로 인간 본연의 욕구를 실현한 방랑적 삶을 통해 사람들에게 인간 실존의 의미를 상기시켰다는 측면에서 값진 삶이었다고 볼 수 있을 것이다. 독자로 하여금 생애 최후의 순간을 생각하게 함으로써 현재에 충실하게 만드는 것. 이것이 바로 『크눌프』의 가치다.

3

ENTJ

『1984』, 오브라이언

『멋진 신세계』, 무스타파 몬드

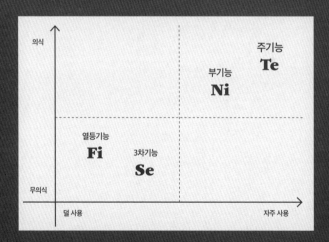

외향(E), 감각(S), 사고(T), 판단(J)
내향(I), 직관(N), 감정(F), 인식(P)

ENTJ

『1984』, 오브라이언

최선의 작전을 치밀하게 이행해
목표물을 포획하는 용의주도 전략가

『1984Nineteen Eighty-Four』는 조지 오웰George Orwell이라는 필명으로
널리 알려진 영국의 소설가 에릭 아서 블레어Eric Arthur Blair, 1903~1950의
디스토피아 소설이다. 『1984』라는 특이한 제목은 탈고 시점인
1948년에서 뒷 두자리 4와 8을 뒤집은 것이라는 비화가 널리 알려져
있다. 1948년 기준으로 먼 미래인 1984년, 상상에 의해 가공된 전체
주의 국가 오세아니아Oceania에서 자행되는 무자비한 독재와 통제가
이 소설 안에 비판적으로 묘사되어 있다. 소설 속 1984년의 국제 정세
는 영구적인 전쟁 상태로 묘사된다. 거대한 세 개의 초국가super-state들
에 의해 세계가 분할 통치되고, 이들이 서로 적당히 싸우며 승자도 패
자도 없이 영원한 전쟁이 지속되는 상황이다. 국가는 전쟁을 통해 국
민들을 굶주리게 만들어 반란을 예방하고, 전쟁으로 인한 긴장 상태

를 이용해 계급 사회를 존속시키고자 한다. "전쟁은 평화다"라는 당의 슬로건이 이러한 계략을 대변한다.

　오세아니아의 모든 국민들은 작업장, 거리, 집, 방 등 주변 모든 곳에 촘촘히 설치된 '텔레스크린telescreen'의 감시하에 놓여 있다. 텔레스크린에는 전지전능한 독재자인 '빅 브라더big brother'의 얼굴이 새겨져 있다. '빅 브라더'라는 지도자가 실존하는 인물인지 아무도 의심하지 않는다. 텔레스크린은 모든 국민이 국가에 전적으로 복종하고 모든 주제에 대해 완전한 의견 일치를 이루도록 강압하는 강력한 도구다. 국가는 온갖 교묘한 수단을 활용해 국민들의 일거수일투족을 속속들이 감시하고, 사상을 통제하고, 기억과 기록을 조작하고 날조한다.

　거리가 잘 내려다보이는 구석구석마다 포스터 속 검은 수염 얼굴이 날카로운 시선을 보내고 있었다. 윈스턴 집 바로 맞은편에도 포스터가 붙어 있었다. "빅 브라더가 당신을 보고 있다"라는 문구와 함께 검은 눈동자가 윈스턴의 눈을 노려보았다. 창문 바로 아래 거리에 한쪽 귀퉁이가 찢어진 또 다른 포스터가 바람에 나부끼고 있었다. 그때마다 '영사(INGSOC, 영국 사회주의England Socialism의 새로운 약어)'라는 글자가 보였다 가렸다 했다.

　번쩍거리는 건물 전면에는 당 슬로건이 우아한 글씨체로 적혀 있었는데 윈스턴의 집에서도 읽을 수 있을 만큼 크고 뚜렷했다.

　전쟁은 곧 평화이고
　자유는 노예를 만들어 내며

무지는 힘이 된다.

오세아니아의 유일당인 '영사'가 사회 내 무수한 조직의 관계망 속에서 절대적인 권력을 행사한다. 윈스턴 스미스Winston Smith는 39세의 외부당원으로, 과거의 언론 보도를 조작해서 당의 실책을 은폐하는 업무를 담당하고 있다. 그는 자신이 하는 일과는 별개로 체제에 대한 비판적인 의식을 갖고 있는 인물이다. 그는 당원 신분으로 사적인 기록물을 남기는 것이 금기시되어 있음을 알고 있으면서도 1984년 4월 4일부터 일기를 쓰기 시작한다. 당의 눈을 피해 틈틈이 연애도 즐긴다. 그러던 중 그는 반체제적인 내부당원 오브라이언O'Brien에 홀린 듯 이끌려 반체제집단 '브라더후드Brotherhood'에 입단하게 되고, 본격적으로 체제 전복을 위한 투쟁에 발을 들여놓게 된다.

윈스턴에게 형제단의 수장이 쓴 금서를 건네주며 함께 행동할 것을 독려하는 오브라이언의 모습은 자못 진중하고, 신뢰감을 주며, 카리스마적이고도 신비로운 느낌으로 묘사된다.

오브라이언은 핵심 당원으로서 윈스턴은 짐작도 가지 않는, 꽤나 요원하고 중요한 자리를 맡고 있었다. 오브라이언은 덩치가 크고 건장한 남자였다. 목이 두껍고 얼굴은 우스꽝스러우면서도 거칠고 잔인해 보였다. 외모는 험상궂게 생겼지만 그의 행동에는 특별한 매력이 있었다. 예를 들어 코에 걸친 안경을 고쳐 쓰는 동작은 상대방의 마음을 풀어 주고, 딱히 왜인지는 알 수 없지만 세련되게 느껴졌다. 그는 오브라이언에게 마음이 끌렸다.

그는 몸집이 매우 컸지만 동작은 놀랄 만큼 우아했다. 심지어 주머니에 손을 넣거나 담배를 다루는 동작마저 우아해 보였다. 강해 보이기도 하지만 그보다는 신뢰감이 넘치고 약간의 유머가 섞인 이해심이 엿보였다. 그가 얼마나 진지한지는 알 수 없었지만 광적인 사람들한테서 나타나는 맹목적인 모습과는 거리가 멀어 보였다. 그가 살인이나 자살, 성병, 사지 절단, 얼굴 성형 등을 이야기할 때는 마치 가벼운 농담 같은 분위기마저 풍겼다. '이건 어쩔 수 없는 일이야. 우리가 굴복하지 말고 해야 하는 일이야. 하지만 인생이 다시 살 만해지면 하지 않아도 되는 일이지.' 그의 목소리는 이렇게 말하는 듯했다. 오브라이언에 대한 윈스턴의 감정은 경탄을 넘어 거의 숭배에 가까워지고 있었다.

오브라이언은 말투, 분위기, 제스처 등 모든 측면에서 묘하게 사람을 끄는 마력을 발산한다. 강인하고도 여유로워 보이는 그의 태도는 윈스턴에게 무한한 신뢰감을 느끼게 한다. 사실 이 모든 요소들은 오브라이언이 윈스턴을 낚기 위해 하나하나 정교하게 계획한 장치였다. 오브라이언은 당의 스파이로서 윈스턴 같은 당 내부의 불순분자를 색출해 내기 위해 당이 파놓은 함정이었던 것이다. 무려 7년 동안 공을 들여 윈스턴을 완벽히 파악하고 그를 포획하기 위한 최상의 작전을 구상하여 치밀하게 이행해 온 오브라이언. 그는 ENTJ의 주기능 외향사고(Te)를 활용해 목표물을 포획하기 위한 전략을 짜고, 실행하고, 성공했다.

오브라이언의 덫에 걸려 반체제집단 브라더후드에 발을 들여놓은

윈스턴. 그가 마침내 덫에 걸리자 오브라이언은 그를 사상죄로 체포하여 모진 고문을 가하기 시작한다. 오브라이언은 윈스턴에게 물리적, 정신적으로 고통을 가하며, '틀린 것'을 단지 '맞다'고 인정하는 것을 넘어 정말로 '맞는 것'으로 믿게끔 세뇌시키려 한다. 이 과정에서 그가 ENTJ의 부기능인 내향직관(Ni)을 발휘하여 빈틈없이 치밀하게 정립한 당의 사상 체계가 드러난다. 극도로 치밀하게 짜여진 논리 속에서 윈스턴은 빠져나갈 구멍을 찾지 못한다. 오브라이언은 윈스턴에게 극도의 치욕을 주는 한편, 때때로 회유와 위로를 섞어 가며 당에 대한 무비판적인 충성을 종용한다.

"윈스턴, 자네는 전체 속에서 생겨난 아주 작은 흠이야. 자네라는 얼룩은 지워져야 하네. 내가 앞에서 당은 예전의 박해자들과 다르다고 설명하지 않았나? 우리는 겉으로만 복종하거나 절망에 빠져서 항복하는 것으론 만족하지 않아. 자네가 우리에게 복종할 때는 반드시 자유의지에 따른 것이어야 해. 이단자가 저항한다고 해서 파괴하는 게 아니야. 우리는 그들이 저항하는 한 파괴하지 않아. 당은 이단자를 설득하고 내면까지 포섭해 완전히 바꿔 버리지. 이단자의 겉모습뿐 아니라 마음과 영혼까지 우리 편으로 만드는 거야. 죽이기 전에 우리 가운데 하나로 만들어 버리지.
　지난날 전제군주는 '이렇게 해서는 안 된다'라고 했고 전체주의는 '이렇게 해야 한다'라고 했어. 우리 명령은 '너희는 원래 이래'라는 거야. 이곳에 끌려온 뒤 우리에게 맞선 자는 없어. 모두가 깨끗해졌지. 자네가 한때 죄가 없다고 믿었던 반역자들인 존스와 아론

슨과 러더퍼드도 마침내 굴복했어. 내가 그들을 심문했지. 그들은 점점 약해져서 훌쩍거리더니 눈물을 흘리며 애원했네. 그건 고통이나 공포 때문이 아니라 회개했기 때문이지. 심문이 끝났을 때는 빈 껍데기에 지나지 않았네. 자신들의 잘못에 대한 슬픔과 빅 브라더에 대한 사랑만 남았어."

극악의 고문이 이어지고 윈스턴은 괴로움에 신음한다. 오브라이언은 그러한 그의 모습을 보면서 조금도 동요하지 않으며 오히려 고문의 강도를 점진적으로 높여 간다. 눈앞의 인간을 자기 손으로 죽음의 공포와 고통에 몰아넣으면서도 양심의 가책이나 동정심을 전혀 느끼지 못하는 것은 ENTJ의 3차기능인 외향감각(Se)의 부족에서 비롯된다. 오브라이언은 외부의 자극에 대해 극히 무딘 반응을 보이는 한편, 고문의 강도를 높이며 쾌감을 느끼기까지 한다. 이처럼 상대방의 감정과 처지에 대해 조금도 공감하지 못한 채 잔인무도함을 드러내는 오브라이언의 반사회적, 반인륜적 행태는 열등기능인 내향감정(Fi)의 극단적 결여에 기인한다.

오브라이언은 윈스턴이 고문에 굴복하는 듯 보이자 고문실에서 일단 풀어 주고 당의 사상을 재교육시키려 한다. 하지만 순순히 놓아주지는 않는다. 오브라이언은 윈스턴이 정말 굴복한 것이 맞는지 의심하며 도중에 윈스턴을 떠보는 용의주도함을 보인다. 그 과정에서 윈스턴이 완전히 체제에 승복하지 않았음이 확인되자 오브라이언은 그를 고문실의 끝판왕 격인 '101호실'로 보내 버린다. 그곳에서 오브라이언은 윈스턴이 가장 두려워하는 쥐를 이용해 최종적으로 그의 정신을 말살시키려 한다. 결국 윈스턴은 죽음의 공포에 휩싸인 채 당의 가르침을 온전히 내면화하게 된다.

이후 풀려나 일상으로 돌아온 윈스턴은 완전히 당에 세뇌된 새로운 인물로 다시 태어났다. 자신이 '빅 브라더'를 진심으로 사랑하고 있음을 깨닫고 가슴 벅차 눈물을 흘리는 윈스턴의 모습이 페이드 아웃되면서 소설은 막을 내린다.

전체주의 체제 안에서 시스템에 저항하려 했던 한 개인이 결국 무릎 꿇고 파멸하는 과정을 치밀하게 묘사한 소설, 1984. 빅브라더의 사상을 절대 진리라고 받아들이면 평온, 아니라면 고통뿐이라는 이분법적 강요와 고문 속에 굴복하는 나약한 인간의 모습은 우리에게 형언할 수 없는 섬뜩함을 전해 준다.

조지 오웰이 그린 세계는 독재하의 극단화된 계급 사회지만, 양극화와 계급 분화가 점점 심화되어 가고 개개인에 대한 권력층의 감시 체제가 점차 체계화되어 가는 우리의 현실도 『1984』로부터 아주 멀리 떨어져 있지는 않다. 충격과 공포의 빅브라더 지배 체제가 현실화되지 않도록 모두가 경각심을 갖고 스스로의 존엄성을 지켜나가야 한다는 조지 오웰의 경고는 오늘날의 우리에게도 서슬 퍼런 경각심을 일깨워 준다.

ENTJ

『멋진 신세계』, 무스타파 몬드

저항할 수 없는 힘과 논리로
사회를 통제하는 냉혹한 독재자

『멋진 신세계Brave New World』는 영국 출신의 작가 올더스 헉슬리 Aldous Leonard Huxley, 1894~1963가 1932년 출간한 디스토피아 소설이다. 미국의 '자동차 왕' 헨리 포드Henry Ford, 1863~1947가 T형 자동차를 생산한 1908년을 기준연도로 하여 A.F.(After Ford) 632년, 즉 서기 2540년의 미래에 일어날 상상의 세계를 그리고 있는 작품이다. 과학 기술과 기계 문명이 고도로 발달한 가상의 미래를 배경으로, 대전쟁 이후 거대한 세계정부가 들어서서 '세계국World State'이라는 이름으로 전소 인류를 통제한다는 설정하에 플롯이 전개된다.

세계국에서는 컨베이어 벨트 위에 놓인 병 안에서 하나의 난자를 최대 96개로 분열시켜 인간을 대량 생산한다. 사회적 지위는 태어날 때부터 정해져 있다. '알파, 베타, 감마, 델타, 엡실론'의 5개 계급에 따라 생산 과정에서 선천적으로 능력을 조작하고, 출생 직후부터 차등적으로 세뇌 교육을 행한다. 여성이 임신하지 않으므로 가족이 사라진다. 모든 물자는 정부에 의해 철저하게 계획되어 생산되고 배분되며, 세계 인구는 약 20억 명 정도로 일정하게 유지된다. 마약 성분을 함유한 '소마soma' 라는 알약으로 고통을 완벽히 제거하므로 우울증이나 계급 갈등도 없다. 모두가 계급에 따라 직분을 배정받아 일사불란하게 수행하는 이 사회에서는 빈곤도, 실업도, 전쟁도 존재하지 않는다. 정부는 '공유community', '동질성identity', '안정성stability' 이라는 슬로건하에 구성원들을 감시하고 통제한다. 개성은 허용되지 않으며, 모든 것이 전체를 위해 존재한다.

'사회 안정을 위한 주요 수단'.

획일적으로 떼를 지어 태어나는 표준형 남자들과 여자들, 보카노프스키 처리를 거친 단 하나의 난자로부터 생산된 인력으로 몽땅 운영되는 하나의 작은 공장.

"96개의 똑같은 기계에서 96명의 일란성 쌍둥이들이 일한다!" 열띤 흥분으로 국장의 목소리가 떨리는 듯했다. "너희들은 자신이 어떤 현실에서 살아가는지를 확실히 알게 되었다. 역사상 처음으로 말이다." 그는 세계국의 표어를 인용했다. "공동체, 동일성, 안정성." 화려한 미사여구. "만일 우리들이 보카노프스키 처리를 무한히 실행하는 단계에 이른다면 모든 문제가 해결될 것이다."

표준형 감마들과 다양성이 없는 델타들과 획일화한 엡실론들에 의해서 해결이 된다. 수백만 명에 달하는 일란성 쌍둥이들. 대량 생산의 원칙이 마침내 생물학에도 적용된 것이다.

참을 수 없는 존재의 MBTI

신세계의 정점에는 독재자 포드Ford가 있고, 그 아래 총 10인의 총통이 각 지역을 관리한다. 이중 서유럽 주재 총통인 무스타파 몬드Mustapha Mond는 그 지역의 인구 및 생산 관리 등을 최상부에서 통할하며 막강한 권력을 과시하는 인물이다. 과거에 뛰어난 물리학자였던 그는, 한때 자신의 탁월한 재능을 오로지 체제 유지를 위해서만 발휘하며 고위직을 보장받을 것인지, 아니면 미개발 지역인 외딴 섬으로 추방될 것인지 선택의 기로에 놓였던 적이 있었는데, 전자를 택함으로써 지금의 지위에 오르게 된 것이다. 그는 자신의 선택에 대해 이렇게 이야기한다.

"전쟁은 사람들의 인식을 바꿔 놓았어. 사방에서 탄저열 폭탄이 터지는 마당에 진리나 아름다움이나 지식이 무슨 소용이 있겠나? 9년 전쟁 이후에, 그때부터 과학이 처음으로 통제를 받기 시작했지. 그때는 사람들이 식욕까지도 통제를 받을 각오가 되어 있었으니까. 평온한 삶을 위해서라면 무엇이라도 좋다는 식이었어. 우리들은 그 후부터 통제를 지속해 왔어. 물론 그것은 진실을 위해서는 별로 좋은 일이 아니었지. 하지만 행복을 위해서는 아주 좋은 일이었어. 인간은 무엇인가를 얻으려면 필연적으로 대가를 치러야 해. 행복은 대가를 치러야만 성취할 수 있다고. 자네들은 지금 그런 대가를 치르고 있어. 나도 역시 진리에 관심이 너무 많았기 때문에 대가를 치렀으니까."

"하지만 당신은 섬으로 가지는 않았잖아요." 한참 동안의 침묵을 깨뜨리고 야만인이 말했다.

무스타파 몬드가 미소를 지었다. "그것이 바로 내가 치른 대가였습니다. 행복을 섬기겠다는 선택에 의해서요. 그것도 내 행복이 아니라 다른 사람들의 행복을 말이에요."

무스타파 몬드가 암시하듯 세계국은 창조적인 재능을 가진 우수 인력들을 사회의 통합성을 해치는 위험분자로 간주하고 외딴섬에 격리시키거나, 철저하게 굴복시키고 체제에 순응케 하여 독재 정권의 앞잡이로 만드는 사회다. 이러한 파시즘적 사회 체제를 정당화하는 선봉장 격 인물이 바로 무스타파 몬드다. 그는 현 체제의 모순과 한계점을 분명히 인식하고 있으면서도, 체제의 유지에 기여하겠다는 스스로의 선택을 확고부동하게 지키며 그 누구도 반박하거나 저항할 수 없는 힘과 논리로써 사회를 통제한다.

무스타파 몬드는 ENTJ의 주기능인 강력한 외향사고(Te)를 활용해 상대방을 설득하거나 논리로써 굴복시키는 데 능하다. 체제 유지에 방해가 되는 불순분자들을 제거하는 최종 보스 격의 인물인 만큼, 자신의 의지대로 권력과 영향력을 행사하는 데에 있어서는 타의 추종을 불허하는 프로라고 할 수 있다. 합리성과 효율성을 우선시하며, 간결하고 직설적인 언어를 활용해 원하는 대로 상대방을 움직이는 것에서 희열을 느끼는 타입이기도 하다. 그는 목표 달성을 위한 강력한 추진력으로 무장하고 비인간적일 정도의 냉혹함으로 통치한다. 통치의 목표는 단 하나, 불필요한 개체들을 제거하여 전체를 안정적으로 유지시키는 것이다.

그를 총통이라는 높은 지위까지 끌어올린 것은 철저히 그의 능력

이었다. 그가 본래 과학자였다는 사실에 유념할 필요가 있다. 양심 있는 지성으로 남아 외딴섬으로 추방당할지, 아니면 양심을 버리더라도 체제에 투신하여 권세를 누릴지에 대한 선택을 종용당했을 때 그도 나름 치열하게 고민했다는 뉘앙스를 남긴다. '행복을 누리려면 대가를 치러야 한다'라는 그의 의미심장한 언급은 그가 체제의 모순과 비리에 대해 분명히 인지하고 있으면서도 그 부분은 의도적으로 철저히 무시하고 있음을 시사한다. 즉 나쁜 것을 알면서도 좋은 부분만 내세워 구성원들을 세뇌시키고 있다는 뜻이다. 무언가를 결심한 뒤에는 조금도 흔들리거나 뒤돌아보지 않는 단호함, 그리고 목적을 이루기 위해 수단과 방법을 가리지 않는 비정함으로 표상되는 냉혈한이 바로 무스타파 몬드다.

그는 체제를 정당화하고 대중을 선동하기 위한 탄탄한 논리 체계를 내부에 구축하고 있다. 부기능인 내향직관(Ni)에서 비롯된 깊은 통찰력으로 문제의 핵심을 간파하고 자신만의 대응 체계를 수립하는 것이 바로 ENTJ의 특징이다. 무스타파 몬드는 체제의 흠결을 은폐하고 자신의 주장을 뒷받침할 근거와 설득 수단을 언제나 준비해 두고 있기에 그 어떤 누구와 논쟁이 붙더라도 조근조근 논박하여 상대를 꺾어 버린다.

"양극은 서로 만납니다." 통제관이 말했다. "필연적으로 만나게 끔 되어 있어요."

어머니와 아버지, 형제와 자매가 있었다. 그리고 남편과 아내와 연인도 존재했다. 그뿐만이 아니라 일부일처제와 낭만이라는 것도 있었다.

"너희들은 아마 그것들이 무엇인지 이해조차 못 하겠지만 말이다." 무스타파 몬드가 말했다.

학생들은 머리를 끄덕였다.

가족, 일부일처제, 낭만. 그로 인해서 어디를 가나 배타성이 존재했고, 어디를 가나 관심은 한곳으로만 쏠렸고, 충동과 정력은 좁다란 분출구를 통해서만 발산되었다.

"하지만 모든 사람은 다른 모든 사람을 공유한다." 최면 학습에 나오는 잠언을 인용해서 그는 결론을 내렸다.

어둠 속에서 6만 2,000번 이상 반복하여 들었던 잠언인지라 학생들은 그 결론에 완전히 동의했다. 그들은 단순한 진실로서만이 아니라 자명하고 전혀 반박의 여지가 없으며 격언이 되다시피 한 진리로서 받아들이겠다는 뜻으로 머리를 끄덕였다.

모두가 비슷하게 사고하고 행동하는 세계국에도 물론 돌연변이는 존재한다. 최상위 계급인 '알파 플러스'의 성분을 지녔지만 체제 비판적인 문제의식을 지닌 버나드 마르크스Bernard Marx가 그중 하나. 그는 '야만인 보호구역'으로 여행을 떠났다가 그곳에 낙오되어 있는 여성 린다Linda와 그의 아들 존John을 신세계로 데려오면서 사회적 관심과 스포트라이트를 받게 된다. 존도 문명인들의 주목을 받으며 스타가 되지만, 이내 문명인들의 기계적인 사고방식에 환멸을 느끼게 되고, 특히 어머니 린다가 소마 과다복용으로 급사하게 되는 것을 계기로 문명사회를 혐오하게 된다. 결국 존은 소마 배급 현장에서 소마 약통을 내던지고 사람들에게 "자유를 찾으라!"라고 외치는 둥 난동을 부린다.

"여러분은 노예로 살아가는 신세가 좋습니까?"

"여러분은 자유롭고 인간다운 사람이 되고 싶지 않습니까? 여러분은 인간성과 자유가 무엇인지조차 이해하지 못합니까?" 격노는 그의 언변을 차츰 유창하게 만들었고, 그의 입에서는 어휘들이 마구 쏟아져 나왔다. "이해를 못 하겠나요?" 그가 되풀이해서 물었지만, 질문에 대한 응답은 없었다. 그는 음산하게 말을 이었다. "내가 여러분에게 길을 가르쳐 주고, 여러분이 원하든 원하지 않든 나는 여러분을 해방시킬 것입니다." 그러고는 병원 안뜰을 향한 창문을 열고 소마 정제가 담긴 약통들을 한 움큼씩 집어 마당으로 던져 버리기 시작했다.

이렇게 방자하고 신성모독적인 광경을 보고 놀라움과 공포로 돌처럼 굳어 버린 황갈색 군중을 잠깐 동안 침묵을 지켰다.

"자유를, 자유를 찾아요!" 야만인 존이 소리치며, 한 손으로는 계속해서 소마를 마당으로 집어 던졌고, 다른 손으로는 그를 공격하는 사람들의 얼굴을, 다 똑같아서 서로 구별이 가지 않는 얼굴들을 후려쳤다. "드디어 인간이 되어야 할 때입니다!" 그러면서 존은 주먹을 휘두르는 틈틈이 열린 창문으로 독약을 한 줌씩 집어 던졌다. "그래요, 인간! 인간요!"

이제 더 이상 독약은 남아 있지 않았다. "여러분은 자유를 찾았습니다."

참을 수 없는 존재의 MBTI

소마를 내던지며 난동을 부리다 경찰에 붙잡혀 무스타파 몬드의 서재로 끌려가게 된 야만인 존. 무스타파 몬드와 독대한 존은 문명사회에 대해 치열한 논쟁을 벌인다. 존은 신세계에서 소위 '야만사회'라 불리는 구세계의 도덕관념을 옹호하지만, 치밀한 논리로 조목조목 반박하며 문명사회의 우월성을 내세우는 총통 앞에서 결국 말문이 막혀버린다.

"이봐요, 젊은 친구." 무스타파 몬드가 말했다.

"문명은 숭고함이나 영웅성을 전혀 필요로 하지 않습니다. 그런 개념들은 정치적인 비능률성의 징후들이죠. 우리처럼 제대로 조직된 사회에서는 어느 누구도 숭고하거나 영웅적인 존재가 될 기회가 전혀 없어요. 그런 기회가 생겨나기 전에 여건들이 철저히 안정됩니다. 사람들이 마땅히 해야 할 일들은 전체적으로 볼 때 너무나 즐겁고, 너무나 많은 자연스러운 충동들을 자유롭게 실천하도록 용납되었으므로, 사실상 저항하고 싶은 유혹이 전혀 없습니다. 그리고 어떤 불운한 상황에 의해서 혹시 불쾌한 상황이 일어나는 경우라면, 소마가 언제라도 현실로부터 휴식을 마련해 줍니다. 분노를 진정시키고, 적들과 타협을 하고, 고통을 오래 견디고 인내하게 만들어 주는 소마가 항상 곁에 있단 말이에요. 과거에는 굉장히 많은 노력을 기울이고 여러 해 동안 힘든 도덕적인 훈련을 거쳐야만 이런 일들을 달성할 수가 있었어요. 하지만 이제는 어느 누구라도 덕망을 지니기가 쉬워요. 소마 덕분이죠."

"하지만 난 안락함을 원하지 않습니다. 나는 신을 원하고, 시를 원하고, 참된 위험을 원하고, 자유를 원하고, 그리고 선을 원합니다. 나는 죄악을 원합니다."

"사실상 당신은 불행해질 권리를 요구하는 셈이군요." 무스타파 몬드가 말했다.

"그렇다면 좋습니다." 야만인이 도전적으로 말했다.

"나는 불행해질 권리를 주장하겠어요."

"늙고 추악해지고 성 불능이 될 권리와, 매독과 암에 시달릴 권리와, 먹을 것이 너무 없어서 고생할 권리와, 이 투성이가 될 권리와, 내일은 어떻게 될지 끊임없이 걱정하면서 살아갈 권리와, 장티푸스를 앓을 권리와 온갖 종류의 형언할 수 없는 고통으로 괴로워할 권리는 물론이겠고요."

한참동안 침묵이 흘렀다.

"나는 그런 것들을 모두 요구합니다." 마침내 야만인이 말했다.

무스타파 몬드가 머리를 끄덕였다. "그렇다면 좋을 대로 해요." 그가 말했다.

이처럼 무스타파 몬드가 논쟁에서 여유롭고 강한 태도로 우위를 점하는 데에는 ENTJ의 3차기능과 열등기능이 관련된다. 우선 3차기능인 외향감각(Se)의 부족은 외부의 자극에 과민반응하거나 휘둘리는 것을 막고 내부의 사고 체계와 논리에 집중하게 한다. 그는 상대방의 언어와 행동에 흔들리지 않고 평정심을 유지하는 면모를 보인다. 또한 사고의 흐름에 집중하며 침착하고 냉정한 태도로 임하므로 수싸움에 능하며 돌발상황에도 여유 있게 대응하는 것이 특징이다. 한편 열등기능인 내향감정(Fi)의 결여는 상대방에 대한 이입과 공감능력을 저하시키므로 단호하고 일관되게 자기 논리를 밀어붙이는 데 기여한다. 앞선 논쟁에서 확인할 수 있듯 무스타파 몬드는 야만인이 추구하는 가치를 철저히 부정하며 나아가 정반대의 관점에서 그 의미를 규정해 버림으로써 타협의 가능성을 원천봉쇄한다.

결국 야만인 존은 무스타파 몬드의 철벽같은 공세에 질려 버린 채 황무지로 도망치고, 그곳에서 실성한 채 지내다가 결국 자살로 생을 마감하게 된다.

도덕성과 인간다움을 주장하다 마침내 무릎 꿇어 버린 야만인 존의 비극적인 결말은 과연 무엇을 시사하는가.

굶주림과 고통과 우울과 아픔이 존재하지 않는 '멋진 신세계'란, '멋진'이라는 반어법적 수사를 걷어 내고 나면 인간 존엄을 말살하는 비정하고 끔찍한 사회일 뿐이라는 것을 존의 죽음은 우리에게 말해 주고 있다.

기득권층은 언제나 대중이 우매하기를 원한다. 자신들의 과오와 부정부패에 대중이 관심을 갖기 시작하면 자신들의 권력 기반이 흔들릴 수 있기에. 과거 독재 정권이 행했던 3S 정책, 즉 대중의 관심을 스포츠와 영화, 성(性)적인 것으로 돌려서 정치에 무관심하게 만들려는 전략을 예로 들 수 있다. 이러한 악의적인 세뇌에 무비판적으로 길들여져 시스템의 부속품이 되어 버리는 비극적인 결말을 맞고 싶지 않다면 '생각'이란 것을 해야 한다는 준엄한 경고를 올더스 헉슬리는 우리에게 던져 주고 있다. 비판적인 사고, 주체적인 행동을 통해 스스로의 존엄을 지키고 모두의 운명을 올바른 방향으로 만들어 갈 수 있어야 한다는 교훈을 『멋진 신세계』로부터 우리는 깨달을 수 있다.

ENTP

『적과 흑』, 쥘리엥 소렐

『참을 수 없는 존재의 가벼움』, 토마시

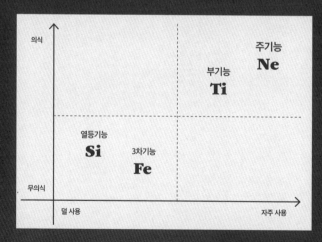

외향(E), 감각(S), 사고(T), 판단(J)
내향(I), 직관(N), 감정(F), 인식(P)

ENTP

『적과 흑』, 쥘리엥 소렐

불합리한 체제에 도전하며 권위를 비웃는
반항기 충만한 야심가 청년

『적과 흑』은 스탕달Stendhal이라는 필명으로 널리 알려진 프랑스 사실주의 문학의 시조 마리 앙리 벨Marie-Henri Beyle, 1783~1842이 1830년 펴낸 장편소설이다.

이 작품의 시공간적 배경은 19세기 초 왕정복고가 이루어진 시기의 프랑스다. 대혁명으로 구체제가 붕괴하고 나폴레옹 집권기를 거치면서 중하층 계급의 신분 상승 의지와 사회 유동성이 커졌지만, 1814년 왕정복고로 인해 반동적 질서의 벽이 다시금 높아지는 전환기를 맞이하던 시기다. 이에 저항하면서도 좌절과 절망감을 느끼던 프랑스 청년들의 처지를 사실적으로 대변하는 인물이 바로 주인공 쥘리엥 소렐Julien Sorel. 『적과 흑』은 사회 혼란상을 틈타 신분 상승을 꿈꾸는 청년 쥘리엥의 야망과 좌절을 전기 형태로 다루고 있는 사회소설이다.

쥘리엥 소렐은 프랑스 시대 전환기의 역사적, 사회적 산물이면서도 독특한 개성을 갖는 인물로서 작품의 흥미와 긴장감을 극적으로 끌어올리는 캐릭터다. 쥘리엥의 성격은 이 책의 제목인 '적赤과 흑黑'에 단적으로 드러나 있다. '적'은 당시 나폴레옹 군대의 군복 빛깔인 붉은색을 의미하고, '흑'은 가톨릭 신부들의 사제복 빛깔인 검은색을 의미한다. 왕정복고로 인해 하층민이 군인으로 출세할 길이 막히자 신분 상승을 꾀할 수 있는 유일한 방법은 성직자가 되는 길뿐이었던 당대의 시대상이 반영되어 있는 제목이다. 목수의 아들인 쥘리엥은 상류층으로 올라서겠다는 확고한 야망의 실현을 위해 안간힘을 쓰면서 온갖 우여곡절을 겪게 된다. 그는 귀족과 성직자, 대부르주아 등 기득권층에 대한 경멸과 적개심을 키우면서도, 그들과 가까이하며 출세하여 권세를 쥐고 싶어 하는 이율배반적인 면모를 보이는 인물이다.

총명한 두뇌와 준수한 외모를 타고난 쥘리엥은 우연한 기회로 레날 Rênal 시장 댁에 가정교사로 들어가게 된다. 쥘리엥은 가정교사로서의 직분에 충실하면서도, 교활하게도 레날 시장 부인의 은밀한 유혹을 즐기며 잠시 불장난에 빠지기도 한다.

쥘리엥은 레날 부인을 찬찬히 바라보았다. 은은한 달빛 아래 드러난 레날 부인의 모습이 그 어느 때보다 우아하고 아름다워 보였다. 쥘리엥은 문득 레날 부인의 손을 잡아 보고 싶다는 충동을 느꼈다.

'소스라치게 놀라며 벌떡 일어나 버리지 않을까?'

쥘리엥은 고개를 저었다.

'그 정도가 아니라 큰 망신을 당할 수도 있어.'

하지만 쥘리엥은 확인해 보고 싶었다. 어쩌면 인정사정없이 뺨을 후려칠 수도 있겠지만, 일반인이 조심스럽게 시도한 접촉에 반응하는 상류층 부인의 태도가 너무나 궁금했던 것이다.

'그렇지 않아도 적성에 맞지 않는 가정교사 자린데. 급료가 아깝기는 하지만 최악의 경우엔 그냥 나가 버리면 되지, 뭐!'

쥘리엥은 그렇게 생각했다. 그러고는 오른쪽에 앉아 있는 데르빌르 부인에게 들키지 않도록 세심한 주의를 기울이면서 레날 부인의 손을 살며시 잡았다.

그 순간 레날 부인의 몸이 움찔했다. 그래서 쥘리엥은 레날 부인이 곧 화를 낼 것이라고 예상했다. 하지만 아니었다. 오히려 고쳐 앉는 척하며, 데르빌르 부인이 그들이 손을 맞잡고 있는 광경을 절대로 볼 수 없도록 몸을 살짝 비트는 것이었다.

쥘리엥이 레날 부인의 손을 잡은 것은 순전히 호기심 때문이었다. 그녀를 사랑하는 마음이 있었던 것은 결코 아니었다. 하지만 기분은 좋았다. 귀족이라는 신분을 가진 여자의 손을 잡아 보았다는 것과, 레날 부인이 손을 빼기는커녕 오히려 자신이 시도한 은밀한 일탈을 도와주었다는 사실 때문이다.

귀족 여인의 마음을 훔쳤다는 쾌감에 사로잡힌 쥘리엥. 그는 호기심이 많고 모험심이 강하여 궁금한 것이 있으면 직접 부딪쳐 확인해 보아야 직성이 풀리는 성미를 가졌다. 이는 ENTP의 주기능인 강한 외향직관(Ne)에서 비롯된 것으로, 리스크 자체에서 스릴을 느끼며 마치 게임하듯 일단 시도해 보는 성향으로 발현된다. 그는 자신을 고용한 시장의 부인을 농락하면서도 두려움이나 죄책감을 느끼기는커녕 위험을 감수하고 스스로의 호기심을 충족시킨 것에 대해 만족감과 희열을 맛본다. 또한 고용 관계상 갑甲인 레날 부인이 자신에게 마음을 빼앗겨 을乙로 전락하는 모습을 보면서 내심 비웃으며 즐거워하기도 한다.

하지만 그는 시장 부인과의 부적절한 관계가 자신의 앞길을 막을까 우려하며 곧 일을 관두고 그 집에서 빠져나온다. ENTP의 부기능인 내향사고(Ti)의 작용으로 객관적이며 이성적인 견지에서 상황을 판단하여 자신의 위험 행동에 스스로 제동을 가한 것이다. 그리고 그는 자신의 원래 꿈인 성직자가 되기 위해 신학교에 입학한다.

하지만 신학교에서 그가 배운 것은 위선과 속물근성이 최선의 출세 전략이라는 것뿐이었다. 세상에 대한 냉소를 키우며 방황하던 쥘리엥. 그는 학교를 관두고 신학교 교장인 피라르Pirard 사제의 추천으로 권력과 명망을 보유한 파리의 라 모르 후작Marquis de la Mole 댁에 비서로 들어가게 된다.

이 집에서도 여지없이 쥘리엥의 모험은 계속된다. 후작의 딸 마틸드Mathilde가 자신에게 호감을 갖고 있는 것을 알아채자 또다시 도전 의식이 고개를 쳐든 것이다. 그녀의 관심이 싫지 않았던 쥘리엥은 그녀를 이용해 신분 상승의 꿈을 이루고자 마음먹는다.

쥘리엥의 입가에 미소가 환하게 번졌다. 마틸드의 마음을 얻기 위해 갖은 노력을 기울이고 있는 수많은 젊은 귀족을 당당하게 물리친 자신이 너무나 자랑스러웠다. 그리고 일이 잘 풀려 결혼까

참을 수 없는 존재의 MBTI

지 하게 된다면 자신도 누구 못지않은 귀족의 반열에 올라설 것이
었다.

'내가 꿈꾸었던 일들이 드디어 현실로 다가오기 시작한 거야!'

쥘리엥은 속으로 쾌재를 불렀다.

그러나 방으로 돌아온 쥘리엥의 머릿속은 다시 복잡하게 엉키기
시작했다. 자신을 철석같이 믿고 모든 것을 맡겨 준 라 모르 후작의
딸을 사랑한다는 것이 은혜에 대한 배신이라는 생각이 들었던 것이
다. 하지만 돌이켜서 마틸드를 생각하면 절대로 놓치고 싶지는 않
았다.

용의주도하게 계획을 실행에 옮겨 결국 후작으로부터 결혼 승낙까
지 받아 낸 쥘리엥. 결혼을 통해 상류층으로 다시 태어나려는 쥘리엥
의 꿈이 목전으로 다가온 순간이었다.

그러나 안타깝게도, 쥘리엥의 큰 그림은 실현 직전에 무참히 깨져
버리고 만다. 쥘리엥과 한때 부적절한 관계였던 레날 부인이 그 소식
을 듣고 질투와 애증에 몸을 떨며 후작에게 쥘리엥을 비방하는 편지
를 보냈던 것이다.

저는 후작님의 편지를 받고 몹시 고민을 했습니다.

후작님께서 저에게 쥘리엥의 사람됨을 물으셨기 때문입니다.

하지만 결국은 펜을 들게 되었습니다.

진실은 밝혀져야 한다는 생각을 했으니까요.

그의 가슴속에는 탐욕과 야망만 가득할 뿐, 진심이 없습니다.

후작님의 따님을 유혹한 것도 그런 이유일 것입니다.

출세와 신분 상승에 대한 욕망이 숨겨져 있을 거란 얘기지요.

제가 알기로 그에게는 신앙심도 없습니다.

그를 사위로 맞아들이면 머지않아 크게 후회를 할 것입니다.

편지를 읽은 쥘리엥은 분노로 온몸을 부들부들 떨기 시작했다. 나아가 그의 눈빛은 살기로 번뜩이고 있었다. 쥘리엥의 야심이 예상치 못한 사건으로 인해 수포로 돌아가게 된 것이다. 그러나 사실 이러한 결과는 쥘리엥이 자초한 것이기도 하다. 그가 자기중심적인 동기에서 쾌락과 이득을 위해 사람의 마음을 농락한 것은 분명한 사실이기 때문이다. 미숙한 3차기능인 외향감정(Fe)의 불건강한 발현으로 인해 그는 자신이 여인의 감정을 자극했으며 이러한 잘못된 판단이 나쁜 결과를 불러왔다는 것을 인정하지 못한다. 이성을 잃은 쥘리엥은 격분하며 레날 부인에게 달려가 그녀에게 총을 겨눈다.

레날 부인은 쥘리엥이 쏜 총에 맞지만 죽지는 않는다. 쥘리엥은 현행범으로 경찰에 붙잡혀 감옥에 갇히게 된다. 곧 재판이 시작되고 쥘리엥은 귀족 배심원들 앞에서 다음과 같이 담담하게 최후 진술을 한다.

"저는 조금도 여러분의 호의를 바라지 않습니다. 착각 같은 건 조금도 하지 않습니다. 저는 죽지 않으면 안 되고, 그것은 마땅한 귀결입니다. 모든 존경과 숭배를 받을 만한 부인을 저는 해치려고 했습니다. 레날 부인은 저에게 어머니 같은 존재였습니다. 저의 범행은 잔인했고 계획적이었습니다. 배심원 여러분, 그러므로 저는 사형에 처해져야 마땅합니다.

여러분! 저는 불행하게도 여러분의 계급에 속한 영예를 갖지 못했습니다. 여러분이 보시는 바처럼 저는 자신의 천한 신분에 반항한 일개 촌뜨기에 불과합니다. 이것이 저의 죄입니다. 여러분은 저를 벌함으로써 하층민으로 태어났음에도 훌륭한 교육을 받고 오만하게도 부자들만 모이는 사교계에 들어가려는 청년들의 의욕을 영원히 꺾어 버리게 될 것입니다."

쥘리엥의 최후 진술은 뉘우치는 척하면서 사실상 귀족을 돌려 까는 내용이다. 그는 이렇게 끝까지 냉소적이다. 자격지심과 피해의식에 사로잡힌 채 매사 삐딱하게 트집 잡는 성향은 열등기능인 내향감각(Si)의 과발현에 기인한다. 자신의 출신성분을 지나치게 의식하며 신분 세탁에 강박적으로 집착하는 모습, 또 그것이 좌절되자 자기 비하까지 해가며 스스로를 피해자이자 희생자로 몰아가는 모습에서 불건강한 ENTP의 성향이 드러난다.

쥘리엥의 뼈 있는 최후 진술을 들은 귀족 배심원들은 만장일치로 살인죄를 인정한다. 결국 사형을 선고받은 쥘리엥. 하지만 그는 항소하지 않고 담담하게 판결을 받아들인다.

그리고 사형대 위로 올라가 단두대의 이슬로 사라진다.

자신의 욕망과 욕구를 실현하기 위해 수단과 방법을 가리지 않았던 쥘리엥. 그는 목표 달성을 위해서 지극히 교활하고 자기중심적인 면모를 보였지만, 자신의 죄과에 따른 사회의 처벌을 거부하지 않고 순

참을 수 없는 존재의 MBTI

순히 받아들였다는 점에서 마냥 손가락질만 할 수는 없는 캐릭터다. 결국 기득권층에 의해 파멸을 맞이했지만, 그가 구시대적 사회의 불평등과 불합리를 비웃으며 패기 있게 맞선 결기 있는 인물이라는 것만은 분명한 사실이다.

그 시절의 신분제도는 이제 지구상에서 거의 사라졌지만 『적과 흑』은 여전히 실감 나게 읽힌다. 사회 계층화를 넘어 양극화가 심화되어 가는 요즈음, 극심한 경쟁 속에 고군분투하는 우리 현대인의 자화상을 책 속 쥘리엥에게서 발견할 수 있기 때문이다. 이상과 현실의 괴리로 인해 번뇌하는 쥘리엥의 모습은 오늘날에도 결코 낯설게 읽히지 않는다. 쥘리엥은 팍팍하고 부조리한 세상 속에서 좀 더 영리하고 즐겁게 살고 싶었던 것뿐이리라. 그 누가 감히 쥘리엥에게 돌을 던질 수 있을 것인가.

『참을 수 없는 존재의 가벼움』, 토마시

미탐험 지대를 향한 호기심의 추동으로
세상을 누비며 즐기는 자유인

체코슬로바키아 출신의 소설가 밀란 쿤데라Milan Kundera, 1929~의 1984년작 『참을 수 없는 존재의 가벼움The Unbearable Lightness of Being』. 이 소설은 '가벼움'과 '무거움'이라는 개념적 이분법을 기반으로 인간의 삶과 존재의 본질에 대한 철학적 성찰을 시도하는 작품이다.

소설의 배경은 일명 '프라하의 봄'이라 불리는 1968년 체코슬로바키아의 민주화 운동기다. 개혁파의 지도자 알렉산데르 둡체크Alexander Dubček, 1921~1992가 체코 공산당 중앙 위원회에 서기장으로 임명되면서 이른바 '인간의 얼굴을 한 사회주의Socialism with a human face'로 알려진 자유화의 개혁이 시작된 시기이기도 하다. 하지만 봄이 짧듯 '프라하의 봄Pražské jaro'도 수개월 만에 소련의 침공으로 인해 갑작스레 좌절되어 버린다. 이처럼 어둡고 무거운 공기로 가득한 투쟁의 한복판에서 남녀가 사랑을 나누고, 고뇌하고, 때론 절망하면서, 삶과 존재에 대해 각기 다른 성찰을 펼쳐 나간다.

주인공 남녀의 사랑이 마냥 행복하고 달콤하지 않은 까닭은 무거운 시대적 분위기 탓도 있지만, 근본적으로는 이들의 결합이 '모순'에 기반해 있기 때문이다. 인간은 본능적으로 반대에 끌리는 경향이 있다. 가볍고 자유분방한 만남을 추구하는 자, 그리고 진지하게 서로만 바라보는 관계를 원하는 자의 만남은 본능에 따라 자연스럽게 시작되지만, 잘못 끼워진 단추가 그러하듯 끝없는 번뇌와 좌절을 낳는다. 이처럼 '가벼움'과 '무거움'이라는 개념적 대립항 사이의 아슬아슬한 줄타기로 인해 소설의 긴장감은 배가된다.

짐이 무거우면 무거울수록, 우리 삶이 지상에 가까우면 가까울수록, 우리의 삶은 보다 생생하고 진실해진다.

반면에 짐이 완전히 없다면 인간 존재는 공기보다 가벼워지고 어디론가 날아가 버려, 지상의 존재로부터 멀어진 인간은 겨우 반쯤만 현실적이고 그 움직임은 자유롭다 못해 무의미해지고 만다.

그렇다면 무엇을 택할까? 무거움, 아니면 가벼움?

이것이 기원전 6세기 파르메니데스가 제기했던 문제다. 그의 말에 따르면 이 세상은 빛-어둠, 두꺼운 것-얇은 것, 뜨거운 것-찬 것, 존재-비존재와 같이 반대되는 것의 쌍으로 양분되어 있다. 그는 이 모순의 한쪽 극단은 긍정적이고 다른 쪽 극단은 부정적이라 생각했다.

파르메니데스는 이렇게 답했다. 가벼운 것이 긍정적이고 무거운 것이 부정적이라고. 그의 말이 맞을까? 이것이 문제다. 오직 한 가지만은 분명하다. 모든 모순 중에서 무거운 것-가벼운 것의 모순이 가장 신비롭고 가장 미묘하다.

소설의 주인공인 젊고 유능한 바람둥이 외과의사 토마시Tomás는 '가벼움'을 표상하는 인물이고, 그가 사랑하는 여리고 순종적인 여인 테레자Tereza는 '무거움'을 표상하는 인물이다. 토마시는 테레자에게 자석처럼 이끌리지만, 그녀와 교제하면서도 다른 여성들과의 가벼운 만남을 포기하지 않는다. 그는 ENTP의 주기능인 외향직관(Ne)을 활용해 세상을 늘 새로운 관점으로 바라보며 다양한 시도를 행하고, 이성 관계에 있어서도 끊임없이 새로운 여성을 만나 즐긴다. 이처럼 그는 외부의 자극에 대해 개방적이며 호기심을 가지고 즉각 반응한다. 테레자는 토마시의 지칠 줄 모르는 여성편력에 괴로워하면서도, 자신의 삶을 나락에서 구원해 줄 유일한 동아줄 같은 존재인 토마시를 떠나지 못한다. 토마시는 그녀와의 관계를 어떻게 가져가야 할지에 대해 진지하게 고민한다. 그저 쿨하고 가볍게만 살아온 그로서는 결코 흔치 않은 일이었다.

토마시는 건너편 건물 벽에 시선을 고정한 채 창가에 서서 생각에 잠겨 있었다.

그녀에게 프라하로 와서 살림을 차리자고 제안해야 할까? 그는 뒷감당이 두려웠다. 지금 그녀를 자기 집에 불러들인다면 그녀는 자신의 온 생애를 그에게 바치려 들 것이다.

아니면 그녀를 포기해야만 할까? 그럴 경우 테레자는 촌구석 술

집의 종업원으로 살 것이며, 그는 다시는 그녀를 만날 수 없을 것
이다.

　그는 그녀와 결합하기를 바라는 것일까, 아닐까?

　진정한 남자라면 당장 결정을 내려야만 하는 상황이지만 그는 머
뭇거리면서 자기 인생의 가장 아름다운 순간으로부터 모든 의미를
박탈하는 자신을 책망했다.

　평생을 제멋대로 살아온 토마시는 테레자가 자신의 삶 속에 깊숙이
들어오는 것을 거부하면서도 갈망한다. 그는 부기능인 내향사고(Ti)
기능을 발휘, 그녀와의 관계에 있어서의 모든 경우의 수에 대해 사고
실험을 하면서 고심한다. 또한 스스로 진짜 원하는 게 무엇인지에 대
해서도 최대한 객관적으로 규명해 내어 최종 판단을 내리고자 애쓴
다. 그러면서도 수없이 새로운 여자들과의 만남을 이어 가는 이기적
인 행태를 보인다. 테레자를 유일한 안식처이자 '내 여자'로 여기면서
도 수많은 여자들을 계속 곁에 두는 것이다. 이러한 이기심은 3차기능
인 외향감각(Fe)의 부족에서 비롯된 공감능력 결여에 기인한다.

　토마시는 자신의 난봉꾼 기질 때문에 괴로워하는 테레자를 안심시
키기 위해서 고민 끝에 결혼을 결정한다. 그에게는 이미 이혼 전력이
있기에 재혼을 결정하기란 쉽지 않았으나 그만큼 테레자를 사랑했기
에 어렵사리 결심한 것이다. 이처럼 치열한 고민 끝에 이루어진 결혼
이지만, 테레자와 부부가 된 이후에도 그의 바람기는 더하면 더해졌
지 조금도 나아지지 않는다. 외국에서 살기를 원하는 테레자의 제안
으로 그들은 소련군 치하의 고국을 떠나 스위스로 이주한다. 그러나

스위스에서도 계속되는 토마시의 불륜 행각으로 정신적 고통에 시달리는 테레자. 그녀는 어느 날 홀연히 그의 곁을 떠나 버린다.

　토마시가 저녁 늦게 돌아와 테이블 위에서 편지를 발견한 것은 취리히에 온 지 육 개월 혹은 칠 개월쯤 지난 때였다. 그녀가 프라하로 돌아간다는 내용이었다. 더 이상 외국에서 살 자신이 없기에 떠난다는 것이다. 그녀는 이곳 취리히에서 자신이 토마시의 버팀목이 되어야만 한다는 것을 알뿐더러 그런 일에 역부족임도 안다고 했다. 그녀는 순진하게도 외국 생활이 자기를 바꾸리라 믿었던 것이다. 소련군 침공 기간 동안 자신이 겪었던 체험 덕분에 자기가 더 이상 소심하지 않고 이제는 어른스럽고 합리적이며 용감해졌다고 생각했는데, 자신을 과대평가했다고 했다. 그녀는 토마시에게 짐이 되었고, 그것이야말로 그녀가 원하지 않았던 것이다. 그녀는 너무 늦기 전에 결론을 맺고자 했다.

　토마시는 환자를 진찰하면서도 환자 대신 테레자를 보았다. 그는 정상으로 돌아오려고 노력했다. 생각하지 마라! 생각하지 마라! 난 동정심이라는 병病을 앓는 거고 그렇기 때문에 그녀가 떠나서 다시는 그녀를 볼 수 없게 된 것이 천만다행이다 하고 중얼거렸다. 나는 그녀가 아니라 동정심으로부터 벗어나야 한다. 전에는 몰랐지만 그녀가 병균을 주입한 이 병으로부터 벗어나야 한다!

　그는 동정심에 굴복하지 말라고 스스로에게 채찍과 명령을 가했고, 동정심은 죄인처럼 고개를 숙이고 그의 말을 따랐다. 동정심은 자기가 권력을 남용했다는 것을 인정했지만 은근히 고집을 꺾지 않아서 결국은 테레자가 떠난 지 닷새 후 병원 원장에게 당장 프라하로 돌아가야만 한다고 선언했다. 그는 부끄러웠다. 무책임하고 용서받을 수 없는 행동이라고 원장이 생각할 거라는 것을 알기 때문이었다.

토마시는 테레자에 대한 원망과 그리움을 '동정심'이라는 '병균'으로 치부하면서 냉정해지려 애쓴다. 그는 부기능 내향사고(Ti)를 발휘해 이성으로 감정을 억제하고 지적인 판단에 따라 업무에 충실하며 테레자를 잊으려 한다. 그러나 무의식 깊은 곳에서 끓고 있는 열정과 번뇌를 이기지 못한 토마시. 그는 결국 직장을 그만두고 테레자를 따라 프라하로 돌아오고 만다.

거센 시위와 탄압으로 인해 탄약과 화염병 냄새가 진동하는 프라하에서 둘은 예전처럼 각자의 일을 하며 함께 생활한다. 그러던 중 위기가 찾아온다. 토마시가 과거에 쓴 기고문이 악의적으로 편집되어 억울하게 반동분자로 몰리게 되면서 내무부의 압박을 받게 된 것이다. 그는 자신이 기득권으로서의 모든 책임과 권리를 벗어던지면 국가와 정보 당국에서 자기를 거들떠보지도 않을 것이라 생각하게 된다. 그리하여 그는 또다시 직장에 사직서를 던지고 생계를 위해 창문 닦는 일을 시작하게 된다.

그가 새로운 생활에서 좌절이나 자괴감보다 자유와 쾌감을 느끼는 것은 주기능인 강력한 외향직관(Ne)의 영향이다. 탐험되지 않은 영역에 대한 호기심과 도전 의식이 ENTP를 움직이게 만드는 핵심 추동력이다. 또한 권위와 평판, 명예와 위신보다는 '지금 이 순간 내가 자유롭고 행복한가?'에 방점을 두는 개방적인 삶의 태도가 드러난다. '오히려 좋아'의 마음가짐으로 더욱 자유롭게 더 많은 여자들을 만나서 즐기는 그의 모습은 길들여지지 않는 자유로운 영혼 그 자체. 이는 열등기능인 내향감각(Si)의 결여에 따라 전통적인 방식이나 관행, 구태의연한 관습 등을 혐오하는 성향에 기인한다.

이제 그는 유리창을 닦는 긴 막대기를 들고 프라하를 누비고 다녔으며 십 년은 젊게 느껴지는 자신을 발견하고 놀랐다. 백화점 여자 점원들은 그를 '의사 선생님'이라 불렀고 그에게 감기나 복통 혹은 월경이 늦어지는 것에 대해 자문을 구하기도 했다.

그의 과거 환자들은 토마시가 유리 닦는 노동자가 된 것을 알고는 회사에 전화를 걸어 그를 보내 달라고 요구하기도 했다. 그들은 샴페인이나 코냑 병을 들고 그를 맞이하여 서류에는 유리창 열세 개를 닦았다고 써넣고 두 시간 동안 그와 수다를 떨고 술을 마시곤 했다. 토마시는 가는 곳마다 술을 마셔서 이 잔치에서 저 잔치로 불려 다니는 사람의 기분이 되어 프라하 거리를 비틀거리며 돌아다녔다. 그것은 그의 멋진 휴가였다.

그는 독신 시대로 되돌아간 것이다. 왜냐하면 그 삶에서 갑자기 테레자가 없어졌기 때문이다. 그녀가 바에서 돌아온 한밤중에나 그는 그녀를 보았는데 선잠에 빠져 한쪽 눈으로만 보았고, 아침이 되면 이번에는 그녀가 잠에 취한 터라 그는 서둘러 일터로 가야 했다. 그에게는 혼자서 보내는 열여섯 시간이 주어졌고 그것은 불시에 그에게 제공된 자유의 공간이었다. 그에게 자유의 공간은 아주 어렸을 적부터 여자들을 의미했다.

바람기를 주체하지 못하는 토마시로 인해 테레자는 죽음을 생각할
정도로 인내심의 한계에 다다르고 깊은 우울증에 빠진다. 아파하는
그녀를 보며 토마시는 비로소 자신이 그녀를 얼마나 사랑하는지 깨닫
게 된다. 테레자는 토마시에게 최후통첩과도 같은 제안을 한다. 바로
시골로 떠나 단둘이 전원생활을 하자는 제안이다. 바람 필 상대도, 즐
길 거리도 거의 없는 한적한 시골의 삶, 이는 곧 토마시의 화려한 휴가
의 종말을 의미했다. 토마시는 고민에 빠진다.

"프라하가 추해졌어." 하고 테레자가 말했다.
"맞아."
잠시 후 테레자가 낮은 목소리로 말했다. "최선의 길은 여길 떠나
는 걸 거야."
"그래. 하지만 어디에도 갈 곳은 없어."
토마시는 잠옷 바람으로 침대 위에 앉았다. 테레자는 곁에 앉아
그의 허리를 한쪽 팔로 감싸 안았다.
"시골로 떠나자." 하고 테레자가 말했다.
"시골?" 하고 놀라 그가 물었다.
"거기 가면 우리 둘뿐일 거야. 기자도, 옛 동료도 마주치지 않을
거고, 거기에는 다른 사람들이 있고 예전과 변함없는 자연도 있을
거야."
그 순간 토마시는 어렴풋하게 위에 통증을 느꼈다. 그는 자신이

늙었다고 생각했고 오로지 약간의 안정과 평화만을 바란다고 느꼈다.

"당신 말이 맞을지도 몰라."그는 아플 때는 호흡이 곤란해져서 겨우 말을 할 수 있었다.

토마시는 진짜 시골에 가서 살면 어떨지를 상상해 보려고 애썼다. 시골 마을에서는 일주일마다 새로운 여자를 만나는 것은 어려울 것이다. 그의 에로틱한 모험의 종말일 것이다.

"다만 당신은 시골에서 나하고만 지낼 테니 괴롭겠지." 테레자는 그의 생각을 꿰뚫어 보며 말했다.

토마시는 이번에도 역시 경우의 수에 대한 사고실험을 하며 자신이 얻을 것과 잃을 것이 무엇인지 계산한다. 치열한 고민 끝에 결국 그는 그녀의 제안을 받아들인다. 오로지 둘뿐인 전원생활을 하며 다행히 그들은 평화롭고 행복한 일상을 누리게 된다. 하지만 테레자는 때때로 토마시가 프라하에 두고 온 여인들을 그리워할지도 모른다는 생각에 괴로워한다. 그녀에게 온전한 위안을 주는 건 토마시에게 선물 받은 반려견 카레닌뿐이다.

카레닌과 자신을 잇는 사랑은 자기와 토마시 사이에 존재하는 사랑보다 낫다.

그것은 이해관계가 없는 사랑이다. 테레자는 카레닌에게 아무것도 원하지 않는다. 그녀는 사랑조차 강요하지 않는다. 그녀는 인간 한 쌍을 괴롭히는 질문을 한 번도 해본 적이 없다. 그가 나를 사랑할까? 나보다 다른 누구를 사랑하는 것은 아닐까? 내가 그를 사랑하는 것보다 그가 나를 더 사랑할까? 사랑을 의심하고 저울질하고 탐색하고 검토하는 이런 모든 의문은 사랑을 그 싹부터 파괴할지도 모른다. 만약 우리가 사랑할 수 없다면, 그것은 아마도 우리가 사랑받기를 원하기 때문일 것이다. 다시 말해, 아무런 요구 없이 타인에게 다가가 단지 그의 존재만을 요구하는 것이 아니라 다른 무엇, 즉 사랑을 원하기 때문일 것이다.

테레자는 카레닌을 있는 그대로 받아들였고 그를 자신의 모습에 따라 바꾸려 들지 않았다. 아예 처음부터 그가 지닌 개의 우주를 수락했고 그것을 압수하고 싶지 않았으며 그의 은밀한 성향에 대해 질투심을 느끼지도 않았다.

안타깝게도 카레닌은 병에 걸려 시름시름 앓다 세상을 떠나고 만다. 소중한 반려견의 죽음과 함께 너무나 짧았던 토마시와 테레자의 봄날도 시들어 간다. 어렵사리 평화로운 공존을 이루게 된 둘은 어느 날 불의의 차 사고로 동시에 생을 마감하게 된다.

가벼움과 무거움의 깨질 듯 불안정한 결합과 아슬아슬한 줄타기, 그리고 이후의 비극적인 결말은 과연 무엇을 상징하는가.

삶의 무거움을 견디기 힘들어하는 토마시와, 토마시의 가벼움 때문에 괴로워하는 테레자. 영혼과 육체의 분리를 통해 가벼운 유희를 즐기는 토마시, 그리고 영혼과 육체가 완전히 일치하는 무겁고 진지한 완전한 사랑을 추구하는 테레자 간의 끊임없는 갈등과 대립은 우리 스스로에게 자문하게 한다.

"나는 가벼운 사람인가, 무거운 사람인가?"

결국 토마시는 사랑 때문에 테레자의 무거움에 결박되어 버리고, 테레자는 반려견 카레닌을 통해 진정한 사랑을 깨달으며 무거움의 우울로부터 자유로워진다. 하지만 이 두 사람의 지난한 고뇌와 타협의 결말이 '오래오래 행복하게 살았습니다.'가 아닌, 어느 날 갑자기 찾아온 불운한 사고사라는 것은 삶이란 것의 본질이 결국 우연에 의해 좌우되는 가벼움이 아닌가 하는 상념에 젖어 들게 한다.

독일의 철학자 프리드리히 니체Friedrich Wilhelm Nietzsche, 1844~1900가 주장했던 영원 회귀 사상, 즉 우리가 겪는 일은 우주에서 여태껏 무수히 반복되어 왔던 것이고 앞으로도 무한히 반복된다는 가정은 우리의 삶을 깃털보다 가벼운 것으로 만들어 버린다. 우리에게 눈앞의 생은 너무나도 버겁고 무거운 것이지만 결국 우주적 관점에서 보면 모래나 먼지처럼 보잘 것 없을 테니 말이다. 인생이란 가까이서 보면 비극, 멀리서 보면 희극이라는 유명한 문구가 떠오르는 지점이다. '인생이 한 번뿐이라는 것은 아예 존재하지 않는 것과 마찬가지고, 따라서 산다는 것에는 아무런 무게도 없고 우리는 처음부터 죽은 것과 별반 차이가 없다'라는 책 속의 대목은 우리에게 삶과 존재에 대해 많은 생각을 하게 만든다.

실제로 저자인 밀란 쿤데라가 취했던 입장은, 누구도 피할 수 없는 삶의 일회성과 무의미성 앞에서 마치 농담하듯 혹은 놀이하듯 가볍게 즐기며 살다 가는 것이 우월전략이라는 것이었다. 무거운 시대적 족쇄에서 자발적으로 벗어나 비로소 온전히 누리게 된 자유, 그러나 사랑하는 여인을 위해 무거움에 결박되어 자유를 상실하자마자 허무하게 비극적 결말을 맞이한 주인공 토마시의 생애가 그의 철학적 입장을 대변한다. 대체로 인간은 '이래야만 한다'라는 숨 막히는 속박과 규율에 종속된 채 무겁게 살아가지만, 희생과 괴로움을 대가로 한 삶의 무게는 영원 회귀 앞에선 티끌만도 못한 가벼움이 되어 날아가 버리고 만다.

정답은 없다. '어떻게 살 것인가'는 각자의 판단에 달려 있는 문제이기 때문이다. 무겁게 살 것인가, 가볍게 살 것인가? 고대로부터 끊임없이 지속되어 온 철학적 물음에 대해 나만의 생각을 확실히 정립하는 것은 주체적인 삶을 살아 나가기 위해 반드시 필요한 일이 아닐 수 없다.

5

ESFJ

『위대한 유산』, 조 가저리

『허클베리핀의 모험』, 짐

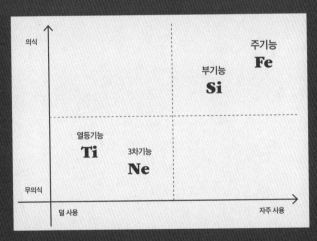

의식

주기능
Fe

부기능
Si

열등기능
Ti

3차기능
Ne

무의식

덜 사용

자주 사용

외향(E), 감각(S), 사고(T), 판단(J)
내향(I), 직관(N), 감정(F), 인식(P)

ESFJ

『위대한 유산』, 조 가저리

진정 위대한 유산이 무엇인지
깨닫게 하는 고귀한 마음의 소유자

『위대한 유산Great Expectations』(1861)은 영국의 소설가 찰스 디킨스 Charles John Huffam Dickens, 1812~1870의 장편소설이다. 평민 태생의 고아인 주인공 핍Pip이 어느 날 이름 모를 갑부로부터 어마어마한 유산 상속 자로 지정되어 런던에서 신사 수업을 받던 중 충격적인 깨달음을 얻게 되는 이야기다.

이 책은 제목부터가 의미심장하다. 제목에서 '위대한'으로 번역된 'great'란 단어는 '거대한, 엄청난'이라는 의미를 내포하며, 'expectations'는 '기대, 가능성' 등의 의미를 갖는다. 이에 따라 이 소설의 제목인 'Great Expectations'은 직역하면 '엄청난 기대', 혹은 소설의 맥락을 결부시켜 보면 '어마어마한 유산 상속의 가능성, 혹은 그에 대한 기대'라고 해석할 수 있다. '막대한 규모의 유산 상속을 목전에 둔 주인공이 어떤 기대를 품었으며, 그 상속의 과정과 결과는 어떠했을까?' 하는 의문을 품게 만드는 함축적인 제목이다. 그 유산은 어째서 '막대'할 뿐 아니라 '위대'하기까지 하다는 것일까. 다차원적으로 해석이 가능한 중의적인 제목이 호기심과 흥미를 유발하는 작품이다.

이 소설의 주인공은 영국 시골의 대장간에서 일하는 소년 핍이다. 핍은 부모님의 얼굴조차 기억하지 못하는 고아로, 자기보다 스무 살이나 많은 누나의 집에 얹혀살고 있다. 그는 대장장이인 매형 조Joe Gargery, 그리고 자신을 습관적으로 학대하는 누나Mrs. Joe Gargery, 이렇게 셋이 함께 대장간에 딸린 살림집에서 생활하며 별다른 희망이나 기대 없이 하루하루를 소일한다.

혈육의 사랑을 받지 못한 핍에게 매형 조는 아버지 같은 존재이면서도 형처럼 듬직하고 때로는 친구처럼 다정한 존재다. 부드럽고 인자하며 사려 깊은 조는 가정을 위해 묵묵하게 헌신하는 가장이자 자신의 일에 투철한 직업 정신을 갖고 임하는 장인匠人이기도 하다. 핍은 유일하게 대화가 통하는 조에게 인생의 많은 부분을 의지하며 믿고 따른다.

누나의 외모는 아름답지 않았다. 그래서 나는 매형이 누나의 강압에 못 이겨 억지로 결혼한 것이 아닐까 의심한 적도 있다. 나의 매형, 조는 정말 좋은 사람이다. 조는 늘 부드러운 표정을 지었고, 얼굴 양쪽으로 길게 늘어뜨린 금발에 파란 눈동자를 가지고 있었다. 그의 파란 눈동자는 마치 흰자위와 조금 섞인 것처럼 보였다. 조는 다정하고 느긋한 성격이었으며, 마음씨도 선하기 이를 데 없었다. 그런데 너무 착한 나머지 바보 같기도 했다. 하지만 그 때문에 나한

참을 수 없는 존재의 MBTI

테는 편한 친구가 되어 주었다. 굳이 비유하자면 조는 헤라클레스의 힘과 약점을 동시에 지닌 그런 사람이었다.

　매형 조는 ESFJ의 주기능인 외향감정(Fe)을 기반으로 핍에게 아낌없는 관심과 애정을 준다. 그는 자신의 아내에게 갖은 욕설과 구박을 당하는 핍을 가엾게 여기며 그의 이야기에 귀 기울이고 늘 곁에 함께한다. 그는 핍의 고민을 함께 나누고 같은 눈높이에서 소통한다. 조가 핍보다 나이는 훨씬 많지만 전혀 '꼰대'스럽지 않고 친구처럼 말이 잘 통하는 것은 ESFJ의 3차기능인 외향직관(Ne)에 결핍이 없이 건강하게 발달해 있기 때문이다. 주기능인 외향감정과 3차기능인 외향직관의 시너지 효과는 조를 개방적이며 유연하고 포용력이 강한 인물로 만든다. 그는 기민하게 아내의 눈치를 살피며 핍이 궁지에 몰릴 때마다 눈에 띄지 않게 핍을 도와주고 위해 준다. 핍은 세상에서 유일한 자기편인 조를 진심으로 사랑하고 존경한다.

　조는 핍이 향후 정식으로 자신의 도제가 되어 일을 배우고 대장장이가 되기를 바란다. 조는 대장간 일을 통해 큰돈을 벌지는 못하지만 자신의 기술과 값진 노동의 대가로 영위하는 정직하고 떳떳한 삶에 대한 자부심을 가지고 있는 인물이다. ESFJ의 부기능 내향감각(Si)은 꼼꼼하고, 성실하고, 보수적이고, 책임감이 강하며, 현실에 충실한 조의 성향에 지대한 역할을 미친다. 그는 우직하며 강인한 생활인이다.

　그러던 어느 날 핍은 자신의 운명을 바꾸어 버릴 한 남자를 맞닥뜨리게 된다. 동네 묘지에서 마주친 무시무시한 행색의 탈옥수 매그위치Magwitch는 핍을 위협하면서 족쇄를 끊어 낼 줄칼, 그리고 음식을 가져올 것을 요구한다. 핍은 두려움에 떨면서 누나의 눈을 피해 치즈, 돼지고기 파이, 빵, 브랜디 등의 음식과 줄칼을 몰래 챙겨 그에게 가져다준다. 탈옥수가 걸신들린 사람처럼 음식을 먹어 치우고 줄칼로 족쇄를 잘라내는 데 정신이 팔린 사이 핍은 허겁지겁 달아난다. 일단 그 자리에서 도망은 쳤지만, 이 무서운 탈옥수와의 인연은 여기서 끝이 아니다. 그와의 연결고리는 후에 중대한 사건으로 연결된다.

한편 지역 유지이자 부유한 상류층 여인 미스 해비셤Miss Havisham의 양녀 에스텔라Estella를 짝사랑하는 핍은 어느 날 중대한 결심의 계기를 마주하게 된다. 도도하고 아름다운 에스텔라가 핍을 대놓고 무시하고 면박을 주며 그의 마음에 상처를 준 것이다.

"얘는 네이브를 잭이라고 부르네요. 저 험한 손 좀 보세요. 저 두껍고 해진 구두 좀 보세요."

에스텔라가 첫 번째 게임이 끝나기도 전에 나에게 면박을 주었다.

나는 그때까지 내 손을 한 번도 부끄럽게 여긴 적이 없었다. 그러나 에스텔러가 비아냥거리자 그 손이 그야말로 볼품없어 보였다. 그녀가 너무 심하게 경멸한 탓에 그 감정이 나한테까지 옮아온 것이었다.

대장간으로 가는 도중 오늘 있었던 일을 곰곰이 되새겨 보며 나 자신에게 이렇게 비아냥거렸다.

'너는 보잘 것 없는 막노동꾼이다. 네 손은 투박하기 그지없다. 너는 두껍고 해진 구두를 신고 있다. 너는 카드놀이를 할 때 네이브를 잭이라고 부르는 멍청이다. 너는 지금까지 스스로 생각한 것보다 훨씬 더 무식한 인간이다. 너는 지금까지 형편없고 천한 신분으로 살아왔던 것이다.'

핍은 에스텔라가 자기를 무시하고 자신의 구애를 단칼에 거절하는 모습을 보며 수치심과 모멸감을 느끼고 자신의 운명을 비관한다. 더불어 부자가 되고 싶다는 간절한 희망사항을 마음에 품게 된다. 자신을 천박하고 교양 없다고 깔보는 에스텔라를 통해 핍은 비로소 자기 안에 잠재해 있던 속물적 욕구에 눈을 뜬 것이다. 가난에서 벗어나 물질적으로 풍족하고 교양을 갖춘 근사한 모습의 '신사gentleman'가 되고 싶다는 욕망, 비단 핍이라는 개인의 속물근성에만 기인한 것은 아니다. 이것은 당시 영국 사회에 만연했던 물질주의의 반영이다. 개인의 능력과 운, 노력 여하에 따라 신분 상승이 가능해지는 유동적인 계급 구조로 변화하며 사회의 주도 집단이 된 빅토리아 시대의 중산계급은 귀족 계급에 맞서 스스로를 '신사gentleman'라 명명하며 신진 상류 계급으로서의 자신들의 정체성을 명확히 하고 있었다. 이처럼 새로운 시대를 주도하는 '가진 자'이자 '배운 사람'인 '신사'로서의 풍족한 물적 기반과 세련된 외양을 갖추고 싶다는 욕망, 그 시대 영국 사회를 살아가던 보통 사람들의 마음속에 공통적으로 자리한 보편적 욕구이기도 했던 것이다.

한편 미스 해비셤은 자신의 집을 정기적으로 찾아와 말동무이자 도우미 역할을 해주는 핍에 대한 고마움의 표시로, 핍이 조의 도제로 일할 수 있도록 경제적 지원을 해준다. 핍은 기쁜 마음으로 조에게서 진지하게 일을 배우지만, 마음 한편에는 자신이 사랑하는 에스텔라에 대한 연정과 차디찬 현실의 벽으로 인한 좌절감과 자괴감이 여전히 강하게 남아 있다. 조에게 열심히 대장간 일을 배우다가도, 문득 미스 해비셤이 자신에게 또 다른 특혜를 베풀지 모른다는 망상에 사로잡히는 핍. 요행을 바라고, 시궁창 같은 현실과 이상의 괴리가 점점 커져 갈수록 그는 정신적 공황 상태에 사로잡혀 괴로워하게 된다.

그렇게 시간이 흘러 도제 생활 4년 차 되던 해의 어느 날, 조와 핍의 앞에 거짓말처럼 한 남자가 나타나 충격적인 이야기를 전한다. 자신을 변호사라고 밝힌 그 남자는 신원을 밝히길 원하지 않는 누군가가 핍에게 엄청난 규모의 유산을 남겼다고 전한다. 상속의 조건은 간단하다. 아무것도 묻지도 따지지도 말고, 주는 대로 조용히 받을 것. 더불어 그는 조에게 핍과의 도제 계약을 해지할 것을 제안한다. 핍은 '신사 수업'을 받아야 한다는 이유로 말이다. 영화에서나 일어날 법한 충격적인 일이 그의 앞에 실제로 벌어진 것이다. 핍은 거액의 유산을 곧 상속받을 것이라는 기쁨과 흥분에 사로잡힌다.

들뜨고 흥분한 핍과 달리, 조는 사랑하는 핍을 더 이상 옆에 둘 수 없다는 슬픔에 사로잡혀 흐느낀다. 변호사가 조에게 도제를 잃은 것에 대해 보상하겠다며 얼마를 원하냐고 하자 조는 이렇게 말한다.

"핍은 명예롭고 성공적인 인생을 살기 위해 어디든 자유롭게 떠날 수 있습니다. 아무도 이 아이를 막을 수는 없지요. 하지만 당신이 대장간에서 나와 같이 일한 동료이자 제일 좋은 친구였던 이 아이를…… 감히 어떻게 내가 이 아이를 잃는 슬픔을 돈으로 보상받을 수 있다고 생각하는지……."

이처럼 조는 머리가 아닌 가슴으로 핍을 대한다. 꿍꿍이가 있는 줄로 알고 보상 절차를 재차 묻는 변호사에게 주먹이 나갈 정도로 조는 핍에 대한 감정에 진심이다. 그는 이처럼 핍과 관련된 일이라면 어떠한 계산 혹은 조건도 필요로 하지 않을 정도로 핍의 행복을 진심으로 바란다. 그는 이내 마음을 추스려 핍과 함께 기뻐하고 그의 앞날을 축복하며 만감이 교차하는 심경을 달랜다. 언제나 진심 어린 애정과 한결같은 따스함으로 자신을 대해 주는 조에게서 핍은 천사의 날개를 본다. 하지만 허영에 사로잡힌 철부지 어린 소년 핍은 조의 슬픔에 전적으로 공감하진 못한다. 핍은 조가 빨리 감상에서 벗어나도록 부추긴다. 부와 명예라는 행운의 미로에 진입한 핍은, 조와 함께 대장간에서 땀 흘리며 일하던 기억을 과거로 남기려 한다. 어느 날 갑자기 전혀 새로운 인생의 2막이 열린 핍. 과연 그에겐 이제 화려한 장밋빛 탄탄대로를 쾌속질주할 일만 남은 것일까.

후원인에게서 그를 신사로 육성하기 위한 물질적인 지원이 시작됐고, 핍은 정든 집을 떠나 런던으로 향한다. 세련된 신사를 만드는 교육을 받고 수준 높은 문화생활을 통해 교양을 쌓기 위해서다. 일단 최신 유행의 고급 양복을 쫙 빼 입고서 런던에 입성한 핍. 그는 어설프지만 빠른 속도로 시골뜨기에서 도시 남자로 변모하기 시작한다.

그러나 시간이 흘러도 후원인은 그의 앞에 모습을 드러내지 않는다. 늘어난 씀씀이에 비례하여 쌓여 가는 빚과 권태감으로 핍은 지쳐간다. 사치와 향락은 그에게 더 이상 감흥을 주지 못한다. 런던에 입성할 당시 10대 소년이었던 핍은 어느덧 세속에 찌든 스물세 살의 청년이 되지만, 자신이 상속받을 유산에 대해 어떠한 새로운 소식도 듣지 못한다. 핍은 서서히 초조해지기 시작한다.

바람이 몹시 불던 스산한 어느 날 밤, 책을 읽고 있던 핍의 앞에 한 남자가 나타난다. 어둠 속에 모습을 드러낸 볼품없는 외투와 모자, 그리고 주름이 깊게 팬 쇳빛 회색 머리. 어디선가 마주친 적이 있는 듯한 그 모습. 핍은 그 남자가 자신이 어릴 때 동네 묘지에서 울다가 마주쳤던 그 무시무시한 탈옥수임을 본능적으로 알아차리게 된다. 그리고 추악한 진실을 마주한다. 핍에게 거액의 유산 상속을 약속하고 물질적 지원을 해온 그 얼굴 없는 후원인은 바로 예전에 자신이 도움을 준 적이 있는 탈옥수 매그위치였던 것이다. 그제야 핍은 이 흉측한 죄수 때문에 소중한 것들을 잃었다는 자책감에 괴로워하며 몸서리를 친다. 또한 허영과 세속적 욕망에 사로잡힌 채 매형 조를 비롯한 사랑하는 이들에게 배은망덕하게 굴었던 자신의 잘못을 반성하며 후회하게 된다.

어엿한 신사로 성장한 핍을 바라보며 죄수는 흐뭇해했지만, 핍은 자신이 죄수만도 못한 인간이라는 사실을 자각하며 뼈아픈 자괴감을 느낀다. 평생 입국이 금지된 종신 유형수로서 고국에 돌아왔다가 붙잡히면 사형에 처해질 리스크를 감수하고 핍을 만나기 위해 여기 와 있는 죄수. 핍은 그를 숨겨 주지만, 그의 더러운 돈을 받아야 하는가에 대한 내적 갈등과 복잡한 심경은 감출 길이 없다. 결국 죄수가 붙잡히면서 그의 갈등도 종지부를 찍게 된다. 그의 재산이 몰수되면서 그가 상속받을 유산도 하루아침에 물거품이 되어 사라지게 된 것이다.

이제 핍에게 남은 건 유산 상속의 기대감으로 돈을 물 쓰듯 땡겨 써댄 결과인 어마어마한 빚더미, 그리고 껍데기만 남은 초라한 몸뚱이뿐이다.

무일푼의 채무자로 전락한 핍은 병상에 몸져눕게 된다. 충격에 사로잡힌 채 병을 앓는 핍을 정성껏 보살피며 간호하는 사람은 다름 아닌 매형 조다. 한때 자신을 너무나도 가볍게 끊어 내고 출세하겠다며 런던으로 홀연히 떠났던 핍이 얄미웠을 법도 한데, 그는 전혀 흔들리거나 변심하지 않고 예전부터 품어 온 한결같은 따뜻함과 정성으로 핍을 극진히 챙겨 준다. 게다가 자신이 대장간을 운영하며 모아 둔 돈으로 핍의 채무를 대신 해결해 주기까지 한다. 이쯤 되면 조는 진짜 보살 아닌가. 이처럼 조는 핍을 위해서라면 무엇이든 내어 주는 '아낌없이 주는 나무' 같은 존재다. 이처럼 조가 핍에 대해 어떤 판단도 계산도 하지 않는 것은 열등기능인 내향사고(Ti)가 거의 작동하지 않기 때문이다. 조가 핍을 대하는 방식은 사고가 아니라 감정이다. 논리가 아닌 감성, 조건이 아닌 믿음으로 일관되게 핍을 아끼고 사랑하는 조의 진심은 핍의 심금을 울린다.

핍은 그간 자신이 추구했던 신기루 같은 세속적 욕망이 얼마나 부질없고 덧없는 것이며, 어떠한 상황에서도 변함없이 자신의 옆을 지켜 준 매형 조의 진실한 사랑과 우정이 얼마나 위대하고 소중한 것인가를 비로소 알게 된다. 또한 자기 몫을 묵묵히 해내며 인간 본연의 순수성과 인간미를 잃지 않고 성실하고 충실하게 하루하루를 살아가는 조야말로 내면의 성숙을 갖춘 진정한 신사라는 깨달음을 얻게 된다.

비록 모든 욕망과 야망이 순식간에 물거품이 되어 버렸지만 핍은 절망하지 않는다. 그는 다시 비로소 새로운 꿈을 꾸기 시작한다. 진정 소중하고 위대한 것을 찾겠다는 결연한 마음으로 말이다. 그것은 돈도, 명예도, 그 어떤 값비싼 보석도 아니다. 그건 바로 자신이 오랫동안 잃고 살았던 인간 본연의 순수성과 진정성, 그리고 사랑이다. 핍은 이제야 비로소 노동의 대가로 영위하는 정직하고 평범한 삶이 얼마나 소중한 것인가를 깨달았고, 곁에 있는 이들을 위해 아낌없이 베풀고 헌신하는 마음이 얼마나 충만한 행복을 가져다주는가를 알게 되었다. 비록 돈은 없지만 이제야 진정한 마음의 부자가 된 것이다. '위대한 유산'이란, 엄청난 재산이나 신분이 아닌, 바로 핍이 일련의 사건을 통해 깨닫게 된 고귀한 마음, 그리고 정신적 가치의 유산을 의미하는 것이다.

물질적이고 유한한 목표에는 반드시 끝이 있기 마련이다. 그렇기 때문에 계속해서 더 많은 양을 원하며 갈증을 느끼게 하지만, 이를 끝없이 충족하기란 물리적으로 불가능하기 때문에 결과적으로 내적인 좌절감을 증폭시킨다. 허영과 허세의 끝은 허무일 뿐이다. 그보다는 내면적 성장과 자기 발전, 그리고 진정한 사랑과 같은, 눈에 보이진 않지만 고귀하며 영속적인 가치를 성취하며 살아가는 것이 훨씬 의미 있다는 것을 『위대한 유산』은 우리에게 말해 주고 있다.

ESFJ

『허클베리핀의 모험』, 짐

함께하면 늘 유쾌한,
따뜻하고 다정한 친구

『허클베리 핀의 모험The adventures of Huckleberry Finn』(1884)은 미국의
소설가 마크 트웨인Twain, Mark, 1835~1910의 장편소설이다. 이에 앞서 출
간된 그의 또 다른 대표작 『톰 소여의 모험The Adventures of Tom Sawyer』
(1876)의 후속작이기도 하다. 또한 당대 미국 사회의 관념이나 제도,
갈등 구조 등의 시대상을 반영하고 있다는 점에서 현실 고발적인 가
치를 갖는 작품이기도 하다.

『허클베리 핀의 모험』은 미국 미주리주에 사는 백인 소년 허클베리
핀, 일명 헉Huck이 집을 떠나 미시시피 강을 따라 뗏목 여행을 하며 펼
쳐지는 파란만장한 모험 이야기다. 소설의 배경은 1840년대 가상의
마을인 세인트피터즈버그St. Petersburg. 헉은 자신을 양자로 삼아 교육시
키려는 왓슨 아주머니 그리고 자신을 학대하는 무지하고 폭력적인 아
버지로부터 벗어나고 싶어 한다.

　　　　　　　　　　　　　　　참을 수 없는 존재의 MBTI

헉처럼 자유를 갈망하는 또 다른 인물이 있다. 바로 자신의 노예주奴隸主인 왓슨 아주머니가 자기를 팔아넘길 것을 눈치채고 도망치는 늙은 흑인 노예 짐Jim. 당시 미국은 노예 해방이 이루어지기 전으로, 미주리주에서는 여전히 노예제가 시행되고 있었다. 짐도 헉처럼 자신을 옭아매고 있는 굴레에서 벗어나 자유로운 삶을 살고 싶어 한다. 이둘이 함께 뗏목 위에 올라 미시시피 강을 여행하면서 마주하는 다채로운 경험과 생각의 변화를 생동감 넘치고 흥미진진하게 그리고 있는소설이 바로 『허클베리 핀의 모험』이다.

헉과 짐 모두에게 뗏목은 '자유'를 의미한다. 그들에게 있어 뗏목은자신을 억압하고 짓누르는 속박으로부터 멀리 도피할 수 있게 도와주는 도구이자, 새로운 미지의 세계로 데려다주는 매개물이다. 미시시피 강을 따라 떠나는 여행은 둘 모두에게 초행길이며, 어디에 도달하게 될지 알 수 없기 때문에 더욱 흥미진진하며 호기심을 자아낸다. 아버지에게 날마다 갖은 욕설과 폭행을 당하다 산 속 오두막에 감금되어 있던 헉에게도, 또 힘겹고 고단한 노예 생활에 이력이 난 짐에게도, 뗏목을 타고 도착하게 되는 곳이 어디든 원래 있던 곳보다는 나은 곳이었기에 그들은 두려움이 없다. 더 이상 잃을 것이 없기에 거침없이미지의 세계로 직진하는 그들이 도달하게 될 곳은 과연 어디일까.

모험의 여정은 헉이 아버지의 오두막에서 탈출하는 순간부터 시작된다. 헉은 날마다 손찌검을 하는 아버지로부터 벗어나기 위해 머리를 굴려 묘안을 짜낸다. 바로 자기가 누군가로부터 살해당한 것처럼상황을 꾸며 놓고 종적을 감추는 것. 그러면 아버지가 자기를 더 이상찾아낼 생각을 못 할 것이라는 계산이었다. 그는 돼지를 죽여 피를 뿌려 놓고 자기가 살해당한 것으로 위장하고 도망친다.

잭슨 섬Jackson's Island에 도착해서 물고기와 나무 열매로 연명하며 마치 로빈슨 크루소처럼 며칠을 보낸 헉. 사람 그림자조차 보이지 않는 이 곳에서 그는 슬슬 지루함을 느끼다가 누군가 불을 피운 흔적을 발견하고는 탐사에 나선다. 누군가는 이 섬에 살고 있으리라는 기대를 가지고 말이다.

그때 나무 사이로 불빛이 반짝였다. 나는 조심스럽게 천천히 다가갔다. 웬 남자 하나가 땅바닥에 누워 있었다. 남자는 담요로 머리를 감싸고 있었는데, 머리가 거의 모닥불 속에 들어간 것 같았다. 나는 6피트(약 2미터—옮긴이)쯤 떨어진 덤불 뒤에 앉아 그에게서 잠시도 눈을 떼지 않았다. 이제 새벽이 밝아오고 있었다. 이윽고 남자가 하품을 하고 기지개를 켜더니 담요를 걷었다. 그런데 자세히 보니 왓슨 아주머니네 검둥이 짐이었다. 그 순간 나는 너무나 반가워 그를 부르며 튀어나갔다.

"이봐, 짐!"

내가 갑자기 나타나자 짐은 깜짝 놀라며 벌떡 일어나 나를 쳐다보았다. 그러더니 무릎을 꿇고 앉아 두 손으로 빌기 시작했다.

"제발 해치지 마셔유! 전 귀신에게 나쁜 짓을 한 적도 없고, 항상 죽은 사람을 좋아했어유. 그리고 그들을 위해 할 수 있는 일은 다 해 왔어유. 다시 강으로 돌아가세유. 당신이 살 곳은 강이니께유. 그러니 당신의 친구였던 이 늙은 짐에게는 손대지 말아 주세유."

내가 죽지 않았다는 것을 이해시키기까지 오래 걸리지 않았다.

나는 짐을 만나 너무나 기뻤다. 심심하지 않게 되었던 것이다.

왓슨 아주머니의 노예인 짐을 여기서 만나게 되다니! 헉은 왓슨 아주머니 집에서 정들었던 짐과 마주치자 놀랍고도 기뻤다. 사실 짐은 자기가 다른 지방으로 곧 팔려 갈 거라는 이야기를 몰래 엿듣고는 무작정 왓슨의 집에서 도망쳐 나와 여기까지 오게 된 것이었다. 그것도 흑인 노예에 대해 가혹한 착취가 일상적으로 이루어진다는 '강 아래' 남부 지방, 즉 뉴올리언스로 보내질 거라는 이야기를 듣고는 기함할 듯 놀라 도망쳐 나온 것이다. 둘은 자유를 찾아 탈출했다는 동병상련으로 서로를 보듬어 주며, 그렇게 뗏목 위에 올라 풍찬노숙의 생활을 함께 하게 된다. 그들은 노예제가 시행되지 않는 북부 자유주의 길목인 카이로Cairo를 향해 뗏목을 돌려 앞으로 나아간다.

헉과 짐의 여정은 좌충우돌의 연속이다. 헉은 계속해서 짐에게 짓궂은 장난을 친다. 이를테면 헉은 방울뱀을 죽여 자고 있는 짐의 발밑에 두고는 그가 깨어난 뒤 뱀을 발견하고 깜짝 놀랄 모습을 상상하며 즐거워하는데, 방울뱀을 잘못 건드리면 그 짝이 반드시 복수하러 온다는 사실을 잊고 있었던 것. 결국 짐은 뱀에게 물려 꼬박 나흘을 죽은 듯이 앓다가 간신히 살아난다. 헉은 자기 때문에 생고생을 하는 짐을 보며 시치미를 뗀 채 속으로 양심의 가책을 느끼지만, 짐은 그것이 헉이 꾸민 일이라고는 꿈에도 의심하지 않는다. 천성이 단순하고, 다정하고, 참을성이 많은 짐. 그는 자신보다 한참 어린 헉에게 마음을 터놓고 심정적으로 동조하며 자신의 내면 깊은 곳까지 진솔하게 털어놓기도 한다. 이처럼 짐은 ESFJ의 주기능인 외향감정(Fe)을 활용, 헉의 장

난기를 넘어선 객기를 너그럽게 받아주고 맞장구쳐 주며 그와의 동행을 이어 나간다.

그들의 동행은 마냥 순탄하지만은 않다. 이 둘의 성향이 정반대이기 때문이다. 혁은 더욱 짜릿한 스릴과 도전을 원하는 반면, 짐은 안정과 안전을 원한다. 혁은 리스크를 감수하며 위험천만한 일을 벌이려 하지만, 짐은 혹여 일이 잘못될까 우려하며 번번이 혁을 만류한다. 새로운 일을 꾸며 보자는 혁에게 짐은 자신이 더 이상의 모험을 원치 않는다고 응수한다. 짐의 보수적이고 현실주의적인 경향은 ESFJ의 부기능인 내향감각(Si)에서 비롯된다. 짐의 강한 내향감각이 그로 하여금 과거의 경험 속에서 감각 기관으로 체득한 사실들을 누적시켜 의사 결정과 판단의 기준으로 삼게 하는 것이다. 다음의 대화에서 알 수 있듯 그는 자신이 직간접적으로 체험하지 않은 것은 쉽게 믿지 않는 고집스러움을 지니고 있다.

"솔로몬 왕은 똑똑한 사람이 아니여. 난 아직 아버지가 그런 짓을 하는 건 보질 못했단 말이여. 그 왕이 두 동강이루 자르려던 아기 얘기 아남?"

"알지. 과부댁이 나한테 모두 이야기 해줬어."

"됐어, 그럼. 시상에 그런 참혹한 생각이 또 워디에 있겠느냐 말이여…… 자식이 하나나 둘밖에 없는 사람을 생각해 봐. 그런 사람이 자식들을 마구 낭비하겠느냔 말이여. 낭비하지 않지. 그럴 여유가 워디 있간? 아이를 소중하게 다루는 법을 알 테니께. 온 집 안을 뛰어다니는 5백만 명의 자식을 가진 사람을 생각해 보라구. 사정이

참을 수 없는 존재의 MBTI

다를 거여. 그 사람은 고양이를 동강이 내듯 아이를 두 토막으로 자를 거여. 얼마든지 더 있으니께. 아이 하나나 둘, 더 있으나 그렇지 않거나 솔로몬에겐 중요한 게 아니란 말이여."

나는 이런 검둥이는 본 적이 없다. 어떤 생각이 그의 머리에 일단 들어오면 다시 그것을 빼버릴 줄을 모른다. 솔로몬 왕을 이렇게 지독히 공격하는 검둥이는 이제껏 본 적이 없다.

이처럼 짐은 경험적 사실에 천착하는 만큼 자유로운 상상과 개방적 사고에 취약한 면모를 보인다. 3차기능인 외향직관(Ne)의 미숙으로 인해 사고의 폭이 제한되어 꽉 막힌 듯 고지식한 경향을 띠며, 이는 헉과의 대화가 평행선을 그리게 하는 주요인으로 작용한다. 헉의 머릿속에선 발산적인 모험적 발상이 급속하게 꼬리에 꼬리를 물고 이어지는데, 짐은 헉의 생각을 이해하기는커녕 그가 제안하는 사고의 연결고리를 끊어 버리려 하는 모습을 종종 보인다. 짐은 대체로 헉에게 협조적이지만 자신의 경험에 비추어 '이건 아니다'라는 판단이 들 때엔 꽤나 완고한 태도를 보인다. 이러한 사고방식의 차이와 서로에 대한 몰이해가 누적될수록 둘의 공존은 조금씩 위태로워진다.

한편 헉은 짐으로 인해 내면에서 커져 가는 양심의 가책과 혼란을 느낀다. 바로 자기가 노예의 탈주를 도우며 범법 행위를 저지르고 있다는 죄책감 때문. 헉은 당시 노예를 도피시키는 게 엄연한 불법임을 알고 있었기 때문에 극심한 내적 갈등을 겪는다. 짐이 난생 처음 맛보는 자유로움과 홀가분함에 대해 떠들어 댈수록, 헉은 노예를 잃게 된 왓슨 아주머니에 대한 미안함을 가슴 깊이 느끼며 자기가 잘못된 행동을 하고 있다는 괴로움에 사로잡힌다. 헉도 어쩔 수 없는 백인이었던 것이다. 헉은 어린 마음에 자신이 처한 상황을 심각하게 받아들이며 극심한 스트레스에 짓눌린다. 짐이 신나서 한 마디씩 내뱉을 때마다 헉은 기막혀 하며 속으로 오만가지 생각을 한다. '저걸 고발해, 말아?' 하며 헉은 복잡한 심경에 사로잡힌다.

짐이 다른 집에 노예로 있는 자신의 아이들을 곧 훔쳐서 데려올 거라는 계획을 밝히자, 헉은 무고한 자에 대한 짐의 재산 탈취 기도를 돕고 있다는 생각에 극심한 양심의 가책을 느낀다. 그는 고심 끝에 사람이 사는 마을에 도착하자마자 짐을 신고해 버리겠다고 다짐하고 나서 마음의 평화를 되찾는다.

헉이 속으로 무슨 생각하는지 알 턱이 없는 짐은 너무나도 해맑고 순진하게 자신의 모든 심경을 헉에게 털어놓는다. 짐이 중년의 나이에도 불구하고 소년처럼 천진하고 순박해 보이는 것은 그의 언행이 엄밀한 합리적 사고와 논리적 계산의 필터를 거치지 않기 때문이다. 상대방을 쉽게 믿고 자신의 패를 자발적으로 내보이는 이 같은 나이브함은 열등기능인 내향사고(Ti)의 결여에 기인한다. 짐에겐 자신이 불법을 저지르고 있다는 인식은 물론 헉의 악의에 대한 의심도 전혀 없다. 짐은 헉을 전적으로 신뢰하며 꾸밈없이 솔직하게 자기 속내를 공유하는데, 이러한 진솔함과 진정성은 오히려 헉의 마음을 들었다 났다 하며 헉을 괴롭힌다.

마침내 불빛 하나가 보였다. 그것을 본 짐이 소리쳤다.

"헉, 이제 살았다! 우린 이제 산 거여! 일어나서 춤이라도 추자.

드디어 카이로에 왔어. 난 다 안다니께…… 너무 기뻐서 이렇게 외치고 싶다니께. 모두 헉 덕분이라고 말이여. 네가 없었다면 나는 결코 자유의 몸이 될 수 없었을 거여. 헉, 네가 나를 자유의 몸으로 만들어 줬어. 난 너를 절대 잊지 않을 거여. 넌 나의 가장 좋은 친구여! 이 늙은 나에게 너는 단 하나밖에 없는 친구라고."

나는 짐을 고발하려고 노를 저어 가다가 이 말을 듣고는 왠지 기운이 쑥 빠졌다. 나는 노를 천천히 저으며 여러모로 생각해 보았지만 이렇게 하는 것이 잘하는 짓인지 도무지 확신할 수 없었다. 50야드(약 46미터— 옮긴이)쯤 갔을 때 짐이 다시 나에게 말했다.

"자, 배신을 모르는 진실한 친구 헉이 나가신다! 늙은 짐과 한 약속을 결코 지키지 않은 적이 없는 유일한 백인 신사가 가신다."

짐의 말을 듣고 나는 갑자기 속이 안 좋아졌다.

자신에게 진심으로 고마워하고 행복해하는 짐의 모습을 보며 마음이 약해져 버린 헉. 그는 결국 짐을 고발하는 것을 포기한다. 헉은 때마침 탈주 노예를 잡으러 다니는 노예사냥꾼들을 마주치기도 하지만, 짐처럼 선량한 친구를 배신하면 더욱더 양심의 가책을 견디기 힘들 것 같았기에 그냥 끝까지 짐을 도와주기로 결심한다. 헉은 노예사냥꾼들이 접근해 오자 뗏목에 천연두에 걸린 자기 아버지가 타고 있다고 거짓말을 해서 짐을 위기로부터 구출해 낸다.

당시 미국 사회에서는 흑인 노예가 도망가도록 조력하거나 방조하는 행위는 명백한 범죄이자, 당대 지배적이었던 종교인 기독교에 의해서도 '용서받지 못할 악행'으로 여겨졌다. 당시 미국 백인 사회에 만연했던 인종주의와 경직된 종교 교리에 따르면, 도망가는 흑인 노예를 잡거나 고발하는 것이 용기 있고 양심적인 행동이었다. 하지만 헉은 '백인으로서의 용기와 양심' 따위는 기꺼이 내려놓고, '인간 대 인간'으로서의 애정과 유대감으로 짐을 포용하고 보호하기로 마음먹게 된 것이다.

헉은 짐과 함께 생활하면서 흑인 노예도 백인과 다를 바 없는 똑같은 인간임을 비로소 자각하게 된다. 헉은 짐의 순박하고 꾸밈없는 언행에 인간적인 우애를 느끼고, 특히 그가 가족을 그리워하는 모습을 보며 '흑인들도 감정과 생각이 있다'라는 너무나도 당연한 사실을 그제야 깨닫게 된다.

내가 눈을 떴을 때 해가 떠오르고 있었고 짐은 양 무릎 사이에 머리를 파묻고 넋두리를 하고 있었다. 나는 모르는 척했다. 왜 그런지 알고 있었기 때문이다. 멀리 있는 아내와 애들 생각이 나고 집과 고향이 그리워 그런 것이다. 그때까지 그는 한 번도 집을 떠나 본 적이 없었다. 그가 가족을 소중히 여기는 점은 백인과 다를 바 없었다. 이상하게 생각할 수 있지만 나는 당연하다고 생각했다. 그는 밤이 되어 내가 잠들었다 싶으면 곧잘 이렇게 탄식하며 흐느꼈다.

"가엾은 엘리자베스! 불쌍한 조니! 정말로 보고 싶구만. 다시는 너희를 만날 수 없겠지. 다시는……."

그는 정말 착한 검둥이였다.

헉과 짐은 뗏목 위에서 진한 우정을 나누며 자유의 땅인 카이로로 전진해 간다. 그러던 중 두 명의 도망자를 만나게 되고, 제발 도와 달라는 간절한 애원에 그들을 뗏목에 태워 주게 된다. 그러던 어느 날 갑자기 짐이 사라진다. 헉은 두 도망자가 이미 돈을 받고 짐을 한 농장에 팔아넘겨 버렸다는 사실을 알고 충격을 받는다. 동시에 헉은 또 다시 극심한 내적 갈등에 빠진다. 그 순간 그간 모험에 정신이 팔려서 잊고 있었던 사실—즉 자신이 도망친 노예의 탈주를 도와주는 범법 행위를 저지르고 있다는 명백한 사실을 다시금 분명히 자각하게 되었기 때문이다. 결국 헉은 짐의 주인인 왓슨 아주머니에게 짐이 어디 있는지 알려 줘야만 비로소 자신의 마음이 편해질 것 같다는 판단을 내리고는 종이와 연필을 찾아 편지를 쓴다.

왓슨 아주머니께

도망친 당신의 노예 짐이 파이크스빌에서 2마일 떨어진 아래쪽 마을에 있습니다. 펠프스 씨가 붙잡아 두고 있으니 당신이 보상금을 보내 주시면 풀어 줄 것입니다.

헉 핀

헉은 왓슨 아주머니에게 이렇게 편지를 쓰고 나서 다시금 마음의 평화를 되찾는다. 더 늦기 전에 이렇게라도 짐을 고발함으로써 자신의 잘못된 행동을 용서받을 수 있다고 생각했기 때문이다. 그가 이 편지를 부침으로써 그들의 모험은 여기서 종지부를 찍고, 짐은 다시 노예로 돌아가게 될 것인가.

강을 내려가며 여행하던 때의 짐의 모습이 떠올랐다. 낮이나 밤이나 달밤에도 폭풍우 속에서도 우리는 서로 이야기를 주고받으며 노래하고 웃으면서 뗏목을 타고 내려왔다. 생각해 보니 나는 짐에 대해 좋지 않게 생각했던 적이 없었다. 오히려 그 반대였다. 곤히 잠든 나를 깨우지 않고 내 몫까지 불침번을 서던 짐의 모습이 눈앞에 어른거리는 것이었다. 내가 안개 속에서 돌아왔을 때 그렇게도 반가워하던 짐. 두 집안이 서로 반목하던 북쪽 마을의 늪지에서 재회했을 때의 모습. 그리고 늘 나를 착한 아이라고 부르며 귀여워해 주었고, 나를 위한 일이라면 무엇이든 해주었던 짐, 항상 선량하던 짐, 마지막으로 뗏목 위에 천연두 환자가 있다고 둘러대며 짐을 구해 주었던 일이 생각났다. 짐은 굉장히 기뻐하며 나에게 이 세상에서 사귄 친구 중 가장 훌륭하고 둘도 없는 친구라고 말했다. 이런 생각을 하며 주위를 둘러보는데 문득 편지가 눈에 들어왔다.

아슬아슬한 순간이었다. 나는 종이를 집었다. 둘 중 하나를 선택해야 하는 기로에서 나는 덜덜 떨렸다. 숨을 죽이고 잠시 생각한 끝에 스스로에게 말했다.

"좋아, 나는 지옥으로 가겠어."

나는 편지를 찢어 버렸다.

혁은 어린 마음에 자신이 내뱉은 말이 얼마나 끔찍한 것인지 깨닫고 몸서리치지만, 마음을 바꿀 생각은 없었다. 선량한 짐과 나누었던 진실한 우정의 순간들이 주마등처럼 스쳐 가던 순간, 헉은 짐을 고발하는 편지를 찢어 버리고 끝까지 짐을 돕기로 마음먹는다.

이어『톰 소여의 모험』의 주인공 톰 소여까지 투입되어 새로운 국면의 '짐 구출 작전'이 펼쳐진다. 굳이 기발하고 괴이한 작전을 통해 짐에게 자유의 몸으로 만들어야 한다고 우기는 톰 때문에 온갖 우여곡절이 더해진다. 결국 짐을 구출해 낸 건 톰이 설계한 작전이 아닌 주인 왓슨 아주머니의 유언이었다. 그녀는 짐을 노예 신분에서 해방시키겠다는 유언을 남기고 몇 달 전 세상을 떠났고, 톰은 그 사실을 알면서도 모험을 하고 싶어서 굳이 귀한 시간과 에너지를 써가며 작전을 수행한 것이다.

결국 짐은 노예에서 탈피해 자유의 몸이 되고, 톰은 또 철없이 엉뚱한 작전을 꾸미고, 헉은 미개척지인 인디언 보호구역으로 또 다른 모험을 떠나면서『허클베리핀의 모험』은 막을 내린다. 모험의 어떤 뚜렷한 결론이 없기에 '열린 결말'이라고도 볼 수 있지만, 주요 인물들 모두가 결과적으로 자신이 원하는 형태의 자유를 얻었고, 앞으로도 자유롭게 살아갈 것임을 예측할 수 있다는 측면에서 이 소설이 추구하는 궁극적 가치는 명확하다. 바로 '자유'다.

사회적 인습과 규범에 얽매이는 것을 거부하고, 뗏목 위에 누워 별을 바라보는 방랑적 삶에서 행복을 느끼는 소년 허클베리 핀. '자유로운 영혼' 자체인 그에게는 남들이 중시하는 돈이나 명예 따위는 전혀 중요하지 않았고, 그저 어디에도 속박되지 않고 자기가 원할 때 떠날 수 있는 자유가 더 소중했다. 웅장한 대자연을 헤쳐 나가는 모험의 여정에서, 인간의 존귀함과 진실한 우정의 위대한 가치를 배우고 성장하는 소년의 이야기, 『허클베리 핀의 모험』. 신선한 재미와 감동, 그리고 생각할 거리를 안겨 주는 이 책은 언제라도 우리를 유쾌한 모험으로 초대한다.

6

ESFP

『그리스인 조르바』, 조르바

『전쟁과 평화』, 나타샤

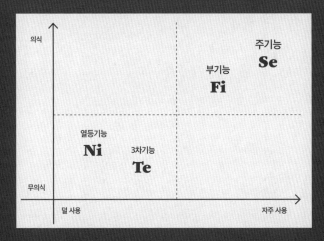

외향(E), 감각(S), 사고(T), 판단(J)
내향(I), 직관(N), 감정(F), 인식(P)

ESFP

『그리스인 조르바』, 조르바

내일이 없는 듯 오늘을 불사르는
극단적 낙천주의자

『그리스인 조르바Zorba the Greek』는 그리스의 작가 니코스 카잔차키스Nikos Kazantzakis, 1883~1957의 장편소설이다. 순간순간의 감정에 충실하며 살다간 자유로운 영혼의 소유자 조르바의 일생을 1인칭 관찰자 시점에서 낭만적으로 그리고 있는 작품이다.

이 소설의 관찰자인 '나'는 30대 중반의 작가다. 나는 갈탄 광산을 개발하려는 목적으로 그리스의 크레타 섬으로 향한다. 섬으로 가는 배를 기다리는 동안, 나는 예순쯤으로 보이는 한 남자를 만난다. 그의 이름이 바로 알렉시스 조르바. 조르바는 내게 다가와 자신을 크레타 섬으로 무조건 데려가 달라고 조른다. 이렇게 조르바와의 첫 만남은 어딘가 이상하고도 강렬했다.

"날 데려가시겠소?"

나는 주의 깊게 조르바를 뜯어보았다. 움푹 들어간 뺨, 튼튼한 턱, 튀어나온 광대뼈, 잿빛 고수머리에다 눈동자가 밝고 예리했다.

"왜요? 함께 무슨 일을 할 수 있어서요?"

그가 어깨를 으쓱해 보였다.

"왜요! 왜요!" 그는 못마땅하다는 듯이 소리쳤다. 그러고는 덧붙였다. "'왜요'가 없으면 아무 짓도 못 하는 건가요? 가령, 하고 싶어서 한다면 안 됩니까? 자, 까짓것, 날 요리사라고 치쇼. 난 수프를 만들 수 있어요. 당신이 들어 보지도 못한 수프, 생각도 못 해본 수프……."

나는 웃음을 터뜨렸다. 그의 공갈 비슷한 태도와 격렬한 말투가 우선 마음에 들었다. 수프 이야기도 마음에 들었다. 멀고 쓸쓸한 해안으로 그 헌털뱅이 같은 친구를 데려가는 것도 나쁘지는 않겠다는 생각이 들었다. 수프를 얻어먹고 이야기만 들어도……. 그는 세상을 적잖게 돌아다닌, 이를테면 뱃사람 신드바드와 비슷한 유형인 것 같았다. 마음에 들었다.

조르바야말로 내가 오랫동안 찾아다녔으나 만날 수 없었던 바로 그 사람이었다. 그는 살아 있는 가슴과 커다랗고 푸짐한 언어를 쏟아 내는 입과 위대한 야성의 영혼을 가진 사나이, 아직 모태母胎인 대지에서 탯줄이 떨어지지 않은 사나이였다.

언어, 예술, 사랑, 순수성, 정열의 의미는 이 노동자가 지껄인 가장 단순한 인간의 말로 내게 분명히 전해져 왔다.

나는 조르바의 유머러스하고도 유니크한 성격이 맘에 들어 그를 광

참을 수 없는 존재의 MBTI

산 감독으로 고용하고 함께 크레타 섬으로 향한다. 엉뚱하고도 정열적이며 야성적인 조르바의 매력에 순간적으로 이끌린 것이다. 크레타 섬이 낯선 나는 처음엔 힘들었지만, 사교적이고 호탕한 성격의 조르바 덕분에 섬 사람들과도 자연스럽게 지내게 된다. 나와 조르바는 섬 사람들에게 무시당하지 않기 위해 허세와 당당함을 장착하고 섬 생활에 적응해 나간다.

나는 곧 갈탄 광산 사업을 시작하고, 과거 광산에서 일한 경험이 있다는 조르바에게 전권을 맡긴다. 조르바는 나를 '두목'이라 부르며 잘 따른다.

어느 날 마을 촌장의 초청으로 같이 식사를 하던 중 나는 조르바의 인생 이야기를 듣게 된다. 그의 인생은 생각보다 파란만장했다. 조르바는 청년 시절, 산투르라는 악기에 꽂혀 조르바는 결혼자금을 몽땅 다 써버리고 악기 연주를 위해 떠도는 삶을 시작했다고 이야기한다. 그는 크레타 독립군에 가담하여 수많은 터키군을 죽이기도 했고, 탄광에서 일을 하기도 했다. 결혼을 하긴 했지만 구속당하기 싫어 가출하고 수많은 여인들과 관계를 가졌다. 그는 심지어 도자기를 빚다가 물레에 손가락이 걸리자 집게손가락을 도끼로 자르는 기행을 벌이기도 했다.

나는 그제야 그의 왼손 집게손가락이 반 이상 잘려 나간 걸 알았다. 그에게 가려고 일어섰는데 속이 울렁거렸다.

"손가락은 어떻게 된 겁니까, 조르바." 내가 소리쳐 물었다.

"당신은 모를 거외다, 두목!" 그가 어깨를 들었다 놓으며 말했다.

"안 해본 짓이 없다고 했지요? 한때 도자기를 만들었지요. 그 놀음에 미쳤더랬어요. 참, 그게 녹로 돌리는 데 자꾸 거치적거리더란 말입니다. 이게 끼어들어 글쎄 내가 만들려던 걸 뭉개어 놓지 뭡니까. 그래서 어느 날 손도끼를 들어……."

"아프지 않던가요?"

"그게 무슨 말이오! 나는 목석이 아니오. 나도 사람입니다. 당연히 아프지요. 하지만 이게 자꾸 거치적거리며 신경을 돋우었어요. 그래서 잘라 버렸지요."

해가 빠지면서 바다는 조용해졌다. 구름도 사라졌다. 밤별이 빛나기 시작했다. 나는 바다를 보고 하늘을 바라보면서 생각했다. …… 얼마나 사랑하면 손도끼를 들어 내려치고 아픔을 참을 수 있는 것일까…….

이처럼 조르바에게 중요한 것은 오로지 현재다. 그는 오직 당면한 순간에 집중하고, 마치 내일이 없는 것처럼 근시안적으로 삶을 꾸려 간다. 가령 밥을 먹을 때는 그 음식이 세상에서 가장 맛있는 것처럼 열성적으로 먹고, 놀 때는 마치 세상이 끝날 것처럼 화끈하게 노는 것이 조르바의 일상이다. 이처럼 눈앞의 세상을 편견 없이 받아들이고 오감을 총동원해 매 순간을 백분 즐기려는 본능은 ESFJ의 주기능인 외향감각(Se)에 기인한다. 앞서 도자기를 만들다가 손가락이 거슬려 잘라 버렸다는 일화에서도 알 수 있듯이 그는 예민한 신경을 지녔으며 충동을 제어하지 못하는 성향을 보인다. 외향감각의 과도한 발달이 인내심 부족, 즉각적인 쾌락 추구, 주의력 결핍 및 과잉 행동 등의 행

태로 나타나는 것이다.

　조르바는 깊이 생각하지 않는다. 아니, 생각 자체를 거의 하지 않는다고 보는 편이 타당하다. 그에게는 생각보다 말이, 말보다 행동이 더욱 빠르다. ESFP의 주기능인 외향감각의 과발달이 열등기능인 내향직관(Ni)을 구석으로 더욱 깊숙이 몰아낸 탓이다. 그에게 있어 삶의 의미와 가치, 혹은 철학 등에 대한 진지한 성찰과 고찰 따위는 무의미한 짓에 불과하다. 조르바가 나에게 보낸 편지의 다음과 같은 대목에서 내향직관(Ni) 기능을 철저히 부정하는 그의 의식 흐름을 엿볼 수 있다.

　많은 사람들이 천당을 믿고 거기에다 나귀 한 마리씩 매놓고 있어요. 나는 나귀도 없고, 그래서 자유로워요. 나는 지옥이 두렵지 않아요. 거기서 뒈질 나귀가 없으니까. 나는 천당도 바라지 않아요. 거기서 토끼풀을 신나게 뜯어 처먹을 나귀가 없으니까. 나는 무식한 돌대가리라서 어떻게 말해야 좋을지 통 모르겠는데, 두목은 이해할 거예요.

　많은 사람이 인생이 허무하다고 두려워했습니다. 나는 그것을 이겨 냈습니다! 많은 사람들이 어렵사리 생각을 하지만 나는 생각할 필요가 없어요. 나는 선善에 대해 기뻐하지도, 악惡에 대해 실망하지도 않아요. 그리스가 콘스탄티노플을 점령했다는 소리를 들어도 내게는 터키가 아테네를 점령했다는 소리나 마찬가지라는 겁니다.

　조르바를 지배하는 외향성은 그로 하여금 모험가처럼 몸을 던져 행동하게 한다. 그가 위험을 불사하고 용기 있게 나선 건 마을 주민들에

　　　　　　　　　참을 수 없는 존재의 MBTI

게 억울하게 마녀 사냥을 당하는 아름다운 과부 소멜리나를 구하기 위함이었다. 평소 소멜리나에게 간절히 구애하던 동네 청년 파블리가 그녀에게 거절당하자 이를 비관하여 바다에 빠져 자살하는 사건이 일어나는데, 이로 인해 동네 사람들이 소멜리나를 가해자로 몰아세우며 죽이려 하자 조르바가 못 참고 나선 것이다. 성당에서 그녀가 돌을 맞으며 모두에게 공격당할 때, 조르바는 용맹하게 뛰어들어 소멜리나를 구한다. 귀가 찢기고 칼도 맞지만 조르바는 물러서지 않는다.

그는 주먹을 쥐고 있는 힘을 다해 마놀라카스의 아랫배에다 박아 넣었다. 마놀라카스는 그 일격에 벌렁 나가떨어졌다. 그제야 그의 앙다물었던 이가 벌어지면서 반쯤 찢긴 조르바의 귀 조각이 빠져나왔다. 자줏빛이던 낯빛이 창백해졌다. 조르바는 그를 땅바닥에다 팽개치고는 단도를 빼앗아 교회 담벼락 너머로 던져 버렸다.

조르바는 흐르는 피를 손수건으로 막았다. 그러고는 얼굴을 문질 렀는데 얼굴은 피와 땀으로 얼룩져 있었다. 그는 일어나서 주위를 둘러보았다. 눈은 부어 있고 빨갛게 충혈되어 있었다. 그가 과부를 내려다보며 소리쳤다.

"일어나 나랑 갑시다!"

조르바의 필사적인 노력에도 불구하고 소멜리아는 결국 파블로의 아버지인 마브란도니의 칼에 죽고 만다. 불행은 거기에서 그치지 않고 계속해서 어두운 그림자를 드리운다. 조르바의 연인인 오르탕스 부인이 병을 앓다가 갑자기 세상을 떠나게 된 것이다. 조르바는 사랑했던 그녀의 죽음에 누구보다 큰 슬픔에 잠기지만 언제 그랬냐는 듯이 금세 홀홀 털고 일상으로 돌아온다. 나는 생각보다 금방 멀쩡해진 조르바를 보며 '그렇게도 빨리 부인을 잊었느냐'라고 책망하는데, 이에 조르바는 다음과 같이 응수한다.

"새 길을 닦으려면 새 계획을 세워야지요! 나는 어제 일어난 일은 생각 안 합니다. 내일 일어날 일을 자문하지도 않아요. 내게 중요한 것은 오늘, 이 순간에 일어나는 일입니다. 나는 자신에게 묻지요. '조르바, 지금 이 순간에 자네 뭐 하는가?' '잠자고 있네.' '그럼 잘 자게.' '조르바, 지금 이 순간에 자네 뭐 하는가?' '일하고 있네.' '잘해 보게.' '조르바, 자네 지금 이 순간에 뭐 하는가?' '여자에게 키스하고 있네.' '조르바, 잘해 보게. 키스할 동안 딴 일일랑 잊어버리게. 이 세상에는 아무것도 없네. 자네와 그 여자밖에는. 키스나 실컷 하게.'"

당면한 순간의 행위와 감정에 집중하는 조르바이기에 연인을 떠나보낸 슬픔조차 다음 순간의 감정에 쉬이 자리를 내어 준 것이다. 이처럼 자유자재로 내면의 감정 상태를 갈아 끼울 수 있는 것은 ESFP의 부기능인 내향감정(Fi)과 3차기능인 외향사고(Te)의 합작에 기인한다. 이로 인해 슬퍼하다가 태연해졌다가 갑자기 화를 내는 것과 같은 급격한 심경 변화가 나타나는 것이다. 내향감정은 '그 상태에 머물러 느끼도록' 하는 반면, 외향사고는 '떨쳐 일어나 앞으로 나아가도록' 하기 때문에 이 둘의 조합은 당연히 부자연스러울 수밖에 없다. 게다가 조르바는 부기능인 내향감정을 제치고 상대적으로 더 미숙한 외향사고를 앞세워 마치 자기 세뇌하듯 '순간의 감정에 충실하자'라고 스스로를 몰아세우는 경향을 보이는데, 이는 제3자의 시각에서는 놀라울 정도로 어색하고도 작위적인 모습으로 나타난다. 내면에는 충만한 감정이 끓어오르고 있음에도 불구하고 겉에서는 감정의 깊이가 부족하고 공감능력을 다소 결여한 듯한 모습으로 비치는 것이다.

한편 나의 갈탄광 비즈니스는 어려움에 처한다. 사업을 살릴 묘안을 강구하던 중 나는 광산 케이블을 설치하기로 결정한다. 하지만 광산 케이블 준공식에서 케이블의 속도가 제어되지 않아 그만 공들여 설치한 케이블은 풍비박산이 나고 만다.

파국은 벼락처럼 우리를 덮쳤다. 우리에겐 도망칠 틈도 없었다. 구조물 전체가 휘청거렸다. 인부들이 케이블에다 매단 통나무엔 흡사 악령 같은 가속도가 붙었다. 불꽃과 나뭇조각이 공중으로 날렸다. 몇 초 후 그 나무가 바닥에 이르렀을 때는 나무가 아니라 아예 통숯이었다.

조르바가 얻어맞은 개 같은 얼굴로 나를 바라보았다. 수도승들과 마을 사람들은 멀찍이 물러섰고 놀란 노새들이 발을 쳐들며 기승을 부렸다. 데메트리오스는 놀라 나자빠졌다.

"주여, 자비를 내리소서!" 혼꾸멍이 난 그가 중얼거렸다.

이렇게 나는 모든 것을 잃었다. 말 그대로 폭삭 망해 버린 것. 하지만 이상한 일이다. 실의에 빠져 대성통곡해도 모자랄 판에, 나는 조르바의 영향으로 오히려 슬픔보다는 자유를 느낀다. 나는 비로소 속박에서 벗어난 자유인이 되어 조르바와 해변가에서 덩실덩실 춤을 춘다.

우리는 함께 춤을 추었다. 조르바는 내게 춤을 가르쳐 주고 엄숙하고 끈기 있게, 그리고 부드럽게 틀린 부분을 고쳐 주었다. 나는 차츰 대담해졌다. 내 가슴은 새처럼 날아오르는 기분이었다.

우리는 웃고 뒹굴면서 한동안 장난으로 씨름을 했다. 그러다 바닥에 널브러져 자갈밭 위에 네 활개를 뻗었고 이윽고 서로의 팔을 베고 곯아떨어졌다.

나는 모든 것을 잃었다. 돈, 사람, 고가선, 수레를 모두 잃었다. 우리는 조그만 항구를 만들었지만 실어 내보낼 물건이 없었다. 깡그리 날아가 버린 것이었다.

그렇다. 내가 뜻밖의 해방감을 맛본 것은 정확하게 모든 것이 끝난 순간이었다. 마치 어렵고 어두운 필연의 미로 속에 있다가 자유가 구석에서 행복하게 놀고 있는 걸 발견한 것 같았다. 나는 자유의 여신과 함께 놀았다.

모든 것이 어긋났을 때, 자신의 영혼을 시험대 위에 올려놓고 그 인내와 용기를 시험해 보는 것은 얼마나 즐거운 일인가! 보이지 않는 강력한 적—혹자는 하느님이라고 부르고 혹자는 악마라고 부르는—이 우리를 쳐부수려고 달려온다. 그러나 우리는 부서지지 않는다.

이렇게 망해 버린 사업을 정리하고 나서 나와 조르바는 헤어져 각자의 길을 가게 된다. 크레타를 떠난 조르바는 죽을 때까지 내게 꾸준히 엽서를 보내며 자신의 근황을 공유한다. 마지막 죽는 순간까지도 자유롭게 방랑하다 눈 감은 조르바. 그는 분신처럼 아끼던 악기 '산투르'를 나에게 이별 선물로 남기고 세상을 떠난다.

나에게 진정한 자유와 해방이 무엇인지를 알려 준 조르바의 생애는 과연 우리에게 무엇을 시사하는가? 대부분의 현대인들은 책임과 의무에 사로잡혀 현재를 저당잡힌 채 살아간다. 미래를 계획하지 않고 지금 이 순간을 만끽하는 조르바의 모습은 흥미롭기도 하지만 '저렇게 살아도 되나' 하는 우려와 의구심을 자아내는 것이 사실이다. 무엇 하나 제대로 이룬 것 없이 이곳저곳을 부유하며 살다 간 조르바의 생애는 성과와 효율에 집착하는 산업사회의 관점에서는 분명 실패한 삶이 맞다. 하지만 외부의 시선에 휘둘리지 않고 자신만의 기준에 따라 주체적으로 완성한 삶이라는 측면에서는 나름 의미 있다고 평가할 수 있을 것이다. 어떤 삶을 살 것인지는 각자의 선택에 달려 있다. 스스로 무엇을 원하는지 정확히 파악하고 행동하는 조르바의 삶의 태도는 '주인 된 삶'을 꾸려 가기 위해 우리 현대인들이 어느 정도는 배우고 실천해야 할 자세가 아닐까.

『전쟁과 평화』, 나타샤

끊임없는 사랑과 관심을 갈구하는
드라마 퀸

러시아의 대문호 레프 톨스토이Leo Tolstoy, 1828~1910의 대하소설 『전쟁과 평화Война и мир』(1867). 19세기 초 러시아인들이 고난의 전쟁을 겪으며 깨닫게 되는 삶과 존재의 의미에 대한 깊은 성찰을 전하고 있는 작품이다.

이 소설의 시대적 배경은 19세기 초 나폴레옹이 유럽 대륙의 패권 장악을 위해 많은 국가들을 상대로 전쟁을 일으키던 혼란기다. 1805년 무렵, 이 소설의 공간적 배경인 러시아 제국에도 전운이 감돌기 시작한다. 기세등등한 나폴레옹의 프랑스에 영국을 제외한 대부분의 유럽 국가들이 굴복하지만, 동쪽의 러시아 제국은 나폴레옹의 명령에 불복하며 굽히지 않고 맞선다. 이에 나폴레옹이 1812년 여름 50만 대군을 동원해서 러시아 제국을 침공하는데, 그들은 러시아의 혹한을 예상치 못하고 무작정 쳐들어간 결과 지독한 추위와 굶주림에 시달리다가 그 해 겨울 퇴각하게 된다. 모든 전쟁이 끝나고 평화의 시기가 도래하기까지 작중 주인공들이 수많은 우여곡절을 겪으며 성장하고 발전하는 과정을 긴 호흡으로 묘사하고 있는 대작이 바로 『전쟁과 평화』다.

화려한 무도회가 열리는 러시아 제국의 귀족사회. 모두가 우아해 보이는 겉치레의 이면에는 언제 프랑스의 나폴레옹에게 침공당할지 모른다는 공포가 깔려 있다. 젊은 귀족인 안드레이 볼콘스키Andrei Nikolayevich Bolkonsky 공작은 가식과 허세가 난무하는 러시아 귀족 사회의 생활에 권태와 염증을 느끼다 참전을 결심한다. 그는 나폴레옹과 같은 전쟁 영웅이 되기를 꿈꾼다. 그는 풍운의 꿈을 안고 러시아 · 오스트리아 연합군과 프랑스 간의 전투가 펼쳐지는 아우스터리츠로 향한다.

의기가 충천하여 전장에 나선 안드레이. 그러나 그는 전투 도중 총에 맞아 의식을 잃게 된다. 흐릿해져 가는 의식 속에 그는 자신이 그토록 추앙하던 영웅 나폴레옹Napoleon의 목소리를 듣는다.

"여기 아름다운 죽음이 있군." 나폴레옹이 볼콘스키를 바라보며 말했다.

안드레이 공작은 그것이 자신을 두고 한 말이며, 그 말을 한 사람이 나폴레옹이라는 것을 깨달았다. 그는 그 말을 한 사람이 폐하라고 불리는 것을 들었다. 하지만 그에게 그 말은 마치 파리가 붕붕거리는 소리처럼 들렸다. 그는 그들에게 관심이 없었을 뿐 아니라 주의를 기울이지도 않았고, 그나마 곧 잊었다. 머리가 타는 것 같았다. 피가 빠져나가는 느낌이 들었다. 그는 저 위 아득히 높고 영원한 하늘을 보고 있었다. 그는 이 사람이 자신의 영웅 나폴레옹임을 알았다. 그러나 이 순간 구름이 달려가는 저 높고 무한한 하늘과 자신의 영혼 사이에서 지금 벌어지는 것에 비하면 나폴레옹은 너무도 작고 보잘것없는 인간으로 보였다.

리시예 고리에서의 조용한 생활과 평온한 가정의 행복이 머릿속에 떠올랐다. 그가 그 행복을 한껏 즐기고 있을 때 특유의 냉담하고 편협하고 타인들의 불행에 행복해하는 눈빛을 지닌 작달막한 나폴레옹이 갑자기 나타났다. 그러자 의심과 고뇌가 시작되었고, 오직 하늘만이 평온을 약속했다. 아침 무렵에는 모든 공상이 뒤섞여 의식 불명과 망각의 혼돈과 암흑으로 한데 어우러졌다.

안드레이는 파괴욕에 사로잡힌 나폴레옹과 그가 파멸시키려는 많은 사람들의 작은 행복을 대비해 보며 한때 자신의 로망이었던 '전쟁 영웅'이 얼마나 보잘것없는 존재인지를 깨닫게 된다. 영웅이 되겠다는 허황되고 덧없는 목표를 접고 그는 전쟁터를 떠나 집으로 돌아온다. 엎친 데 덮친 격으로 아내가 출산 도중 사망하는 비극적인 일까지 겪게 된 안드레이. 그는 세상일에 초연해진 채 냉소적으로 변해 가게 된다.

그러던 어느 날, 무력감과 염세주의에 사로잡힌 안드레이 앞에 생의 감각을 일깨우는 여인이 갑작스럽게 등장한다. 바로 로스토프 백작 집안의 아리따운 소녀, 나타샤Natasha Rostov다.

매우 가냘픈, 이상하리만치 가냘픈 검은 머리, 검은 눈의 아가씨가 뛰어오고 있었다. 노란 꽃무늬 무명 원피스를 입고 하얀 손수건을 머리에 동여맸는데, 손수건 아래로 곱게 빗은 머리카락이 몇 가닥 빠져나와 있었다.

　　안드레이 공작은 불현듯 알 수 없는 아픔을 느꼈다. 날은 너무나 화창하고, 태양은 너무나 찬란하고, 주위의 모든 것이 너무나 유쾌하다. 그런데 저 가냘프고 아름다운 아가씨는 그의 존재를 모르고 또 알고 싶어 하지도 않으며, 자신만의 어떤, 분명 철없는, 하지만 즐겁고 행복한 삶에 만족하고 기뻐했다. '저 아가씨는 무엇이 저리 기쁠까? 그녀는 무슨 생각을 할까?'

　　'그래, 서른한 살에 인생은 끝난 게 아니야.' 안드레이 공작은 단호하게 결심을 굳혔다. '내가 내 안에 있는 모든 것을 아는 것으로는 충분하지 않아. 모든 사람들이 그것을 알게 해야 해. 피에르도, 하늘로 날아오르고 싶어 하던 그 소녀도, 모두들 나를 알게 해야 해. 나의 삶이 나 혼자만을 위해 흘러가지 않도록, 사람들이 그 소녀처럼 나의 삶과 무관하게 살지 않도록 해야 해. 나의 삶이 모든 사람들에게 반영되도록, 그들 모두가 나와 더불어 살아가도록 해야 해!'

　　나타샤는 해맑고 낙천적이며 활발한 소녀다. 밝은 에너지가 외부로 향하는 그녀에게 세상은 온통 관심과 호기심의 대상이다. 그녀는 주위에서 일어나는 일과 사람들에게 관심이 많으며 오감을 통해서 모든 것을 편견 없이 받아들인다. ESFP의 주기능인 외향감각(Se)이 발달해 있어 주변의 사소한 기류 변화를 금세 눈치채며 외부 자극에 예민하게 반응한다. 그녀는 이성보다는 감정에 지배받지만 그만큼 따뜻하고 정이 많다. 재미를 좇는 충동이 크고 진지함이 결여된 모습도 보이지만 이러한 유쾌함 자체가 안드레이에게는 신선한 매력으로 다가왔던 것이다. 삶의 의지와 활력을 잃었던 그는 나타샤를 보면서 깨어나기 시작한다.

심장을 뛰게 하는 나타샤를 바라보며 다시금 인생을 살아갈 용기와 힘을 얻게 된 안드레이. 나타샤는 그의 구애를 받아들이고 금세 열렬한 사랑에 빠진다. 안드레이는 나타샤에게 청혼하고 자신의 아버지에게 허락을 구하고자 한다. 하지만 그의 아버지는 '애 딸린 유부남'인 아들 안드레이의 처지, 몰락해 가는 나타샤 집안의 상황, 자신의 건강 악화 등 여러 이유를 들어 결혼을 반대한다. 정확히는 1년간 판단을 유예한 후 결혼 여부를 결정할 것을 명한다. 안드레이와 나타샤는 좌절한다.

특히 난생 처음으로 뜨거운 사랑에 빠진 나타샤는 몸이 달아 조급해한다. 속전속결로 결혼을 원하는 그녀에게 1년이란 시간은 너무나도 길었다. 안드레이는 다시금 전쟁터로 떠나고, 나타샤는 괴롭고 외로운 나날을 보내게 된다. 그녀에게는 이미 안드레이가 전부였기에 그의 빈자리가 너무나도 컸던 것이다. 그녀는 안드레이와 떨어져 있는 시간 동안 그와의 관계가 틀어지거나 혹여나 헤어질까 봐 불안해하며 두려워하는데, 이는 ESFP의 부기능인 내향감정(Fi)에 의한 관계 지향적 특성에 의거한다. 그녀는 관계를 중시하는 만큼 이로 인한 스트레스와 압박도 견뎌 내야만 했지만, 시간이 흐를수록 그녀의 방황은 심해진다. 그녀는 곁에서 자신을 보살펴 줄 누군가를 필요로 하고,

참을 수 없는 존재의 MBTI

미래를 보장받기를 갈망하며, 극심한 외로움에 시달린다. 그럴수록 안드레이에 대한 원망은 조금씩 커져 간다.

그러던 중 한 남자가 나타샤에게 다가온다. 그는 바로 치명적인 매력을 가진 유부남 아나톨. 그는 순진한 나타샤의 영혼을 꿰뚫어 보고 그녀에게 접근한 것이다. 물론 자기가 가정이 있는 남자라는 사실을 철저히 속인 채로 말이다.

아나톨은 나타샤에게 왈츠를 청했다. 왈츠를 추는 동안 그는 그녀의 허리와 손을 잡으며 그녀가 매혹적이라고, 그리고 그녀를 사랑한다고 말했다. 단둘이 남았을 때 아나톨은 아무 말도 하지 않고 그저 그녀를 바라보기만 했다. 나타샤는 그가 왈츠를 출 때 한 말이 꿈이 아니었을까 의심했다. 첫 번째 피겨가 끝날 무렵 그는 다시 그녀의 손을 잡았다. 나타샤는 겁에 질린 눈으로 그를 올려다보았지만, 그의 다정한 눈빛과 미소에 너무나 자신만만하면서도 부드러운 표정이 어려 있어서 도저히 그를 쳐다보며 자신이 하려던 말을 할수가 없었다. 그녀는 눈을 내리깔았다.

"그런 말은 하지 말아 주세요. 난 약혼한 몸이고, 다른 사람을 사랑하고 있어요." 그녀는 서둘러 말하고는 그를 흘깃 쳐다보았다. 아나톨은 그녀의 말에 당황하지도 슬퍼하지도 않았다.

"내게 그런 말은 하지 마십시오. 그게 나와 무슨 상관입니까?" 그가 말했다. "나는 미치도록, 미치도록 당신을 사랑합니다. 그게 내가 하고 싶은 말입니다. 당신이 매혹적인 게 내 잘못입니까……?"

처음에는 나름 밀어내려 애썼지만, 아나톨의 화려한 언변과 다정함에 마음이 흔들린 나타샤. 그녀는 단 세 번의 만남에 아나톨에게 마음을 빼앗겨 버린다. 금세 또 다른 사랑에 빠져 버린 것이다. 외향사고(Te)가 3차기능으로 약한 탓에 상황에 대한 논리적인 판단보다는 감정에 동요되어 목표 추진력을 쉽게 잃는 면모가 드러난다. 급속히 아나톨에게 마음을 완전히 내어 준 나타샤는 약혼자 안드레이에게 성급하게 이별을 통보한다. 나타샤에게는 불확실한 미래보다는 행복한 현재가 더욱 중요했던 것이다. ESFP 유형에게 인생을 걸고 무언가를 꼭 이루어 내겠다는 소신이나 신념, 혹은 목표 달성을 위한 진지한 계획과 이행이 부족한 것은 열등기능인 내향직관(Ni)의 부족에 의거한다.

이별을 통보받은 안드레이는 절망한다. 하지만 청천벽력 같은 소식에 절망한 건, 비단 안드레이뿐만은 아니었다. 나타샤 또한 아나톨이 유부남이라는 사실을 어느 날 우연히 알게 되어 버린 것. 그녀는 스스로의 어리석음을 책망하며 후회와 우울증에 사로잡힌다. 극단적 선택을 시도하지만 미수에 그친다.

한편 안드레이는 이별의 아픔을 추스르던 도중 프랑스의 나폴레옹 군대가 러시아를 침공했다는 소식을 듣고 다시 전쟁터로 나간다. 그러나 안타깝게도 안드레이는 이번에도 중상을 입게 된다. 하지만 다행히 로스토프가 사람들의 보살핌으로 겨우 목숨을 부지한다.

생사의 갈림길에 선 안드레이의 머릿속에는 주마등처럼 지난 일들이 스쳐 간다. 그는 자신의 삶이 아쉬웠던 이유가 바로 사람에 대한 사랑과 연민이 부족했기 때문임을 깨닫게 된다. 사람들에게 좀 더 따뜻하고 다정하게 대할 걸, 하고 후회하는 안드레이. 그의 후회 속에는 나타샤와의 애틋하고 가슴 아픈 사랑의 기억도 큰 비중을 차지한다. 그는 그녀를 비롯해 자신이 미워하는 사람이나 원수에 대해서도 용서하고 사랑하겠다고 다짐하게 된다.

그는 잠들면서도 요즘 내내 생각하던 것, 즉 삶과 죽음에 대해 계속 생각했다. 그리고 죽음에 대해 더 많이 생각했다. 그는 자신이 죽음에 더 가까이 있음을 느꼈다.

'사랑? 대체 사랑이 무엇이지?' 그는 생각했다. '사랑은 죽음을 방해한다. 사랑은 삶이다. 모든 것, 내가 이해하는 모든 것, 내가 그것들을 이해하는 이유는 단지 내가 그것들을 사랑하기 때문이다. 모든 것은 존재하는데, 다만 내가 사랑하기 때문에 존재하는 것이다. 모든 것은 이 하나로 이어져 있다. 사랑은 하느님이다. 그리고 죽는다는 것은 사랑의 일부인 나에게 보편적이고 영원한 근원으로 돌아가는 것을 의미한다.'

죽음을 앞둔 채 병상에 누워 있던 안드레이 앞에 나타샤가 찾아온다. 부기능인 내향감정(Fi)을 활용, 안드레이에 대한 이입과 공감을 통해 자신의 잘못을 진심으로 반성한 그녀는 스스로의 과오를 인정하며 그의 앞에 무릎을 꿇는다.

그가 깨어났을 때 나타샤, 살아 있는 바로 그 나타샤가, (이제 그의 앞에 열린) 새롭고 순수한, 또 하느님의 사랑으로 세상 모든 사람들 가운데 그 누구보다도 가장 사랑하고 싶어 한 나타샤가 그의 앞

참을 수 없는 존재의 MBTI

에 무릎을 꿇고 앉아 있었다. 그는 이 사람이 살아 있는 실제 나타샤라는 것을 깨달았지만, 놀라지 않았고, 조용히 기뻐했다. 나타샤는 무릎을 꿇은 채 흐느낌을 참으며 놀란 표정으로, 그러나 꼼짝하지 않고 (그녀는 움직일 수가 없었다) 그를 쳐다보았다. 그녀의 얼굴은 창백했고, 움직이지 않았다. 다만 얼굴 아랫부분에서만 무언가가 떨리고 있을 뿐이었다.

안드레이 공작은 한결 편안하게 숨을 내쉬고, 빙그레 웃으며 손을 내밀었다.

"당신인가요?" 그가 말했다. "정말 행복합니다!"

나타샤가 재빠르면서도 조심스러운 몸짓으로 무릎을 꿇은 채 그에게 다가갔다. 그러고 나서는 조심스레 그의 손을 붙잡고 그 위로 얼굴을 숙이더니 입술이 살짝 닿도록 그 손에 입을 맞추기 시작했다.

"용서하세요!" 그녀는 고개를 들어 그를 바라보고 속삭이며 말했다. "날 용서하세요!"

"당신을 사랑합니다." 안드레이 공작이 말했다.

"용서하세요……."

"무얼 용서하란 말인가요?" 안드레이 공작이 물었다.

"내가 저, 저지른 짓을 용서하세요." 나타샤는 겨우 들릴 듯한, 이따금씩 끊어지는 속삭임으로 말했다. 그러고는 입술을 살짝 그 손에 대고 더 빈번하게 입 맞추기 시작했다.

"나는 예전보다 더 많이 당신을 사랑합니다." 안드레이 공작은 그녀의 눈을 바라볼 수 있도록 한 손으로 그녀의 얼굴을 들며 말했다.

너그러운 마음으로 나타샤를 용서한 안드레이. 나타샤는 안타까운 마음을 안고 지극정성으로 그를 간호한다. 결국 안드레이는 나타샤가 지켜보는 가운데 평화롭게 죽음을 맞이한다. 과거 누구보다도 명예욕과 세속적인 욕망이 강했던 안드레이는 전쟁통 속에 아내의 죽음, 나타샤와의 사랑과 이별, 두 번의 중상을 겪으며 삶과 죽음에 대한 나름의 깨달음을 얻고 초연한 마음으로 세상을 떠나게 된 것이다.

나타샤 역시도 변덕스럽고 충동적이던 소녀 시절의 과오에 대해 반성하고, 자신이 세상에 베풀어야 할 사랑에 눈을 뜨며 더 큰 생명력과 포용력을 지닌 인물로 다시 태어나게 된다.

여러분은 살면서 안드레이나 나타샤처럼 획기적인 인식의 전환을 이룬 순간이 있는가.

이제까지의 나와 완전히 다른 새로운 모습으로 거듭나게 만든 사건을 경험해 본 적이 있는가.

인간은 대개 타성에 젖기 쉽고, 관성에 따라 매일매일을 비슷하게 살아가기 마련이다. '사람은 안 변한다'라는 말이 이 같은 인간의 본성을 대변한다. 대개 인간이 통렬한 깨달음을 얻는 순간은 생존을 위협하는 벼랑 끝의 위기에 서는 순간일 것이다. 전쟁, 죽음, 이별과 같은 순간을 예로 들 수 있다. 이 소설 속에서 전쟁이라는 시대의 무게에 짓눌린 인간 군상들이 각기 다른 경로로 깨닫게 되는 건, 결국 인생에서 가장 중요한 것은 사랑이라는 것이다.

역사의 거대한 수레바퀴 앞에서 인간 존재란 작고 보잘것없기에 결

참을 수 없는 존재의 MBTI

코 교만해서는 안 된다는 가르침, 그리고 영웅이란 태어나는 것이 아니라 삶의 고통까지도 사랑하며 극복해 내는 과정에서 만들어진다는 교훈을 톨스토이는 『전쟁과 평화』를 통해 우리에게 전하고 있다.

ESTJ

『리어왕』, 리어왕

『이반 일리치의 죽음』, 이반 일리치

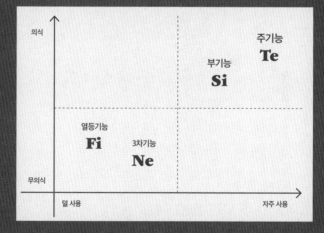

외향(E), 감각(S), 사고(T), 판단(J)
내향(I), 직관(N), 감정(F), 인식(P)

『리어왕』, 리어왕

자신만의 기준과 원칙을
밀어붙이는 성취지향적 행동가

영국의 극작가 윌리엄 셰익스피어William Shakespeare, 1564~1616의 4대 비극 중 하나인 『리어왕King Lear』(1605). 이 작품은 브리튼 왕국의 리어왕이 말년의 잘못된 판단으로 인해 모든 것을 잃고 비극적인 결말을 맞게 되는 이야기이다.

때는 기원전 8세기, 브리튼Britons 왕국의 수장 리어왕은 나이 여든의 전제 군주다. 그는 비록 늙었지만 꽤나 기력이 정정하고 억센 혈기로 가득 차 있다. 하지만 그는 나이가 나이인 만큼 자신의 왕위를 누구에게 그리고 어떻게 넘겨줄지를 고민하게 된다. 그에게는 세 딸이 있다. 맏딸 고너릴Goneril, 둘째딸 리건Regan, 막내딸 코델리아Cordelia. 리어왕은 세상을 뜨기 전 미리 국토를 3분해서 사랑하는 세 딸에게 나누어 주기로 마음먹는다.

리어왕에게는 계획이 다 있다. 그 계획이란 바로 신하들이 모두 보는 앞에서 세 딸들에게 영토를 나누어 주는 형식상의 절차다. 딸들이 얼마나 자신을 사랑하는지 그 충성심을 각자 공개적으로 고백하게 만들고, 신하들은 감탄하게 만들고, 딸들의 효심에 탄복한 자신이 그들에게 영토를 하나씩 나누어 주는 아름다운 큰 그림을 그린 리어왕.

여기서 ESTJ의 주기능 외향사고(Te)의 면모가 강하게 드러난다. 외향사고가 강할 경우 반성적 고찰 없이 목적을 추구하고, 위험을 감수하며, 남들 앞에서 탁월함을 인정받기 위한 전략체계를 이행하려는 경향이 있다. 일단 자신이 구축한 논리 체계가 통할 것이라는 확신이 서는 게 먼저고, 논리적으로 모순이 있느냐 없느냐는 나중 문제가 된다. 누가 봐도 이런 충성심 테스트를 상속의 관문으로 활용하는 것은 논리적이지도 합리적이지도 않다. 하지만 리어왕은 ESTJ답게 자신의 기준에 따라 이 방식이 최선이라는 확신이 섰기에 밀어붙인 것이다. 그는 딸들의 충성심 테스트를 일종의 요식행위로 여긴다. 딸들이 예상치 못한 답변을 할 가능성을 전혀 염두에 두지 않은 것이다. 리스크에 대한 인식이 현저히 낮음을 엿볼 수 있다.

과연 그의 계획은 마음먹은 대로 순탄하게 이루어질까? 예상한 대로 첫째 고너릴과 둘째 리건은 입에 침도 안 바르고 아버지에 대한 무한한 경의와 사랑을 표한다. 리어왕은 흡족한 표정으로 그녀들에게 3분의 1씩의 영토를 배분해 준 뒤, 마지막으로 셋째 코델리아에게 자신을 얼마나 사랑하는지에 대해 답변을 요구한다.

리어왕: 자, 이번엔 나의 막내딸 코델리아! 언니들 것보다 훨씬 풍부한 3분의 1을 맞출 수 있을까? 자, 말해 봐라.

코델리아: 아무것도 없습니다, 아버님.

리어왕: 아무것도 없다고?

코델리아: 네, 아무것도 없습니다.

리어왕: 무에서 생기는 건 무뿐이니, 다시 한 번 말해 봐라.

코델리아: 슬프게도 저는 저의 마음을 입에 올려 말할 줄 모릅니다. 저는 아버님을 자식 된 도리에 의해서 사랑할 뿐이지 그 이상도, 이하도 아닙니다.

리어왕: 어찌된 일이냐, 코델리아! 다시 말해 봐라. 그렇지 않으면 네 재산이 줄어들 것이다.

코델리아: 아버님, 아버님께서는 저를 낳아 주시고 길러 주시고 사랑해 주셨습니다.

그래서 딸 된 도리에 맞게 저는 그 은혜에 보답하려고 아버님께 복종하고, 아버님을 사랑하고, 존경합니다. 언니들은 오직 아버님만을 사랑한다고 했는데, 그렇다면 왜 언니들은 결혼했을까요? 아마 제가 결혼한다면 그 손에 저의 맹세를 받으실 분이, 제 사랑의 절반을, 제 걱정과 책무의 절반을 가져갈 것입니다. 그러므로 언니들처럼 결혼을 하면 아버님만을 사랑할 수는 없사옵니다.

리어왕은 막내 코델리아의 솔직한 대답에 충격을 받는다. 코델리아는 아첨과 거짓을 싫어하는 성격상 그렇게 이야기한 것인데, 그녀는 왕의 총애를 평소에 가장 많이 받았던 터라 그녀의 대답은 리어왕에게 비수가 되어 꽂힌 것이다. 왕은 믿기지 않아 무척 화를 내며 다시 생각해 볼 것을 여러 차례 강요하지만, 코델리아는 아주 또박또박 '왕은 단지 자신의 아버지이며 그에 합당한 도리로 아버지의 말에 복종했고 누구보다 아버지를 존경한다'라고 말해서 아버지를 더욱 분노하게 만든다. 내향감정(Fi)이 열등기능인 ESTJ의 특성상 감정을 다스리는 데 다소 서투르며 격정적으로 폭발하는 경향이 나타난다.

리어왕은 불같이 화를 내며 이성을 잃고 격정에 휩쓸려 코델리아의 몫을 두 언니와 그녀의 남편들에게 나눠 주겠다고 선포한다. 충신들이 직언을 하며 말려도 듣지 않는다. ESTJ의 부기능인 내향감각(Si)으로 인해 자신이 옳다고 믿는 것에 대한 강한 집착이 드러나는 대목이다. 이 유형은 타인의 말이 자신이 알고 있거나 옳다고 믿는 사실과 다르면 일단 걸러서 듣는 경향이 있기 때문에 누군가 고질적인 문제를 고치기 위해 합리적인 대안을 제시해도 이를 무시하거나 묵살하는 경우가 많다. 리어왕은 기본적으로 자신의 권력에 대한 자신감이 있고 자기 생각대로 주변인들이 완벽하게 움직이기를 바란다. 그러므로 곁에서 누군가가 문제점을 지적해도 이에 따르지 않고 일단 자기 생각대로 지른다. 때문에 리어왕은 자기 행동에 대한 결과를 오롯이 책임질 수밖에 없었다.

리어왕은 왕위에서 물러나 두 딸의 영지에 한 달 주기로 번갈아 찾아가 기거하겠다고 선언한다. 결국 셋째 딸 코델리아는 결국 재산을 한 푼도 상속받지 못한다. 하지만 그 자리에서 왕위 계승 장면을 지켜보던 프랑스 왕이 코델리아의 진실하고 거짓 없는 성품에 반해 그녀에게 청혼을 하고, 코델리아는 이를 수락하여 프랑스의 왕비가 된다. 코델리아는 눈물을 흘리며 아버지와 언니들과 작별하면서 무거운 마음을 안고 프랑스로 떠난다.

리어왕의 영토를 양분하여 나눠 받은 고너릴과 리건. 입 안의 혀처럼 구는 두 딸들에게 모든 권력을 물려주고 왕관을 벗은 리어왕은 이제 '이빨 빠진 호랑이'가 되었다. 두 딸들은 여전히 사랑과 충성을 다해 아버지를 잘 봉양할까?

고너릴: 아버님께서는 이제 늙으신 때문인지 정말 망령이 심하시구나. 주의해 보면, 예삿일이 아니야. 아버님께서는 늘 끝의 동생을 제일 귀여워하셨는데, 그 애를 그렇게 내쫓으시다니, 너무 경솔하시구나.

리건: 늙으신 때문이지. 하지만 지금까지도 아버님께서는 당신의 일을 전혀 모르셨어요.

고너릴: 분별력이 왕성하셨을 때도 성질이 몹시 급하셨지. 그러니 이제 늙으신 걸 생각하면, 오랫동안의 습관으로 굳어진 여러 가지 성격상의 결함뿐만 아니라, 그 밖에 노쇠하여 더욱 성미를 부리는, 걷잡을 수 없는 망령을 각오하지 않으면 안 된다.

리건: 이번에 켄트 공을 추방하신 것과 같은, 그런 발작적인 재화를 우리도 받을지 몰라요.

고너릴: 아버님과 프랑스 왕 사이에는 아직도 여러 가지 작별 인사의 의식이 남아 있을 거야. 얘야, 제발 공동 전선을 펴자. 아버님께서 지금 같은 기분으로 권력을 휘두르신다면, 일껏 이번에 권력을 양도받고도 우리로선 곤욕스러울 뿐이야.

소름끼치는 두 딸의 은밀한 대화. 고너릴과 리건은 아버지로부터 권력을 물려받자마자 입을 싹 닦고 심지어 아버지를 해치려는 음모까지 꾸미려 한다.

그들은 패륜적인 음모를 굳이 숨기려 하지 않고, 자신들의 영지를 찾은 아버지를 귀찮아하며 함부로 대한다. 딸들이 본색을 드러내자 리어왕은 그제야 자신의 실책을 깨닫고 통렬하게 후회하게 된다. ESTJ의 경우 외향직관(Ne)이 3차기능인 탓에 새로운 관점으로 어떤 것의 의미를 파악하거나 변화를 예측하는 데에 서투르다. 리어왕의 뒤늦은 후회에서 이러한 ESTJ의 면모가 드러난다. 리어왕은 일평생을 전제 군주로서 군림하며 살아왔기 때문에 자신이 권력과 재산을 모두 잃었을 때의 삶에 대해 고민해 본 적이 없었다. 딸들에게 권력과 영토를 상속하면서도 그 이후의 삶이 어떤 국면으로 변화해 나갈지에 대해서도 전혀 예상치 못했던 것이다.

날이 갈수록 두 딸들의 구박이 심해지자 리어왕은 너무나도 분하고 야속해서 대성통곡을 하다 정신착란 증세까지 보인다. 그는 실성한 상태로 한밤중에 폭풍이 몰아치는 벌판으로 뛰쳐나간다.

리어왕: 하늘이여, 제게 인내력을 주십시오. 제게는 인내력이 필요합니다.

신들이여, 보아주소서, 이 애처로운 노인을,

늙고 슬픔도 많으며, 그 두 가지 불행에 시달린 비참하기 이를 데 없는 이 노인을!

설사 여러 신들께서 이 딸들이 아비를 배반하도록 하셨다 해도, 이것을 가만히 참고 있도록 저를 우롱하지 말아 주십시오.

저를 고귀한 노여움으로 분기시켜 주시고, 여자의 무기인 눈물로
이 사나이의 뺨을 더럽히지 않게 해주십시오!

이 배은망덕한 아귀 같은 년들아!

나는 너희 두 년에게 복수하고 말 테다.

온 세계가 깜짝 놀라도록―꼭 그렇게 해보일 것이다.

그게 무엇일지 나도 아직 모르지만, 그것은 지구 전체를 온통 무
서움에 떨게 할 것이다.

실성한 리어왕은 고너릴과 리건에 대한 복수를 다짐하며 이를 간
다. 한편 그의 충신 카이어스는 프랑스로 가는 배를 타고 리어왕의 막
내딸 코델리아에게 가서 리어왕의 가련한 형편을 전하는 한편 언니들
의 불효와 만행 또한 낱낱이 고해바친다. 코델리아는 크게 슬퍼하며
남편인 프랑스 왕에게 브리튼으로 군대를 파병해서 못된 자신의 언
니들을 징벌해 달라고 간청한다. 고국으로 돌아온 코델리아는 비참
한 모습으로 변해 버린 아버지 리어왕 앞에 눈물을 흘리며 무릎을 꿇
는다.

코델리아: 아, 아버님! 저를 보세요. 그리고 손을 뻗어 저를 축복
해 주세요.

[코델리아, 무릎을 꿇는다. 리어왕도 무릎을 꿇으려 한다]

아니, 안 돼요. 아버님, 무릎을 꿇으시면 안 돼요.

리어왕: 제발 나를 조롱하지 마오. 나는 어리석은 늙은이요. 나이
는 여든을 넘었는데, 그 이상도 이하도 아니오. 그리고 솔직히 말해

참을 수 없는 존재의 MBTI

서, 내 마음은 완전한 상태가 아닌 듯하오. 나는 당신과 이 사람이 누군지 알 것 같은데 확실치가 않소. 당신은 확실히 내 딸 코델리아 같이 생각되는데.

코델리아: 그렇습니다, 그렇습니다.

리어왕: 눈물을 흘리고 있니? 그렇군, 흘리는군. 제발 울지 마라. 네가 독약을 마시라면, 나는 그것을 마시겠다. 네가 나를 사랑하지 않는 것을 나는 안다. 네 언니들은, 나는 잘 기억하지, 나를 몹시 학대했어. 네게는 그만한 이유가 있지만, 그것들에게는 그럴 이유가 없다.

코델리아: 이유 같은 건 없어요, 없어요.

리어왕: 제발 잊고, 용서해 다오. 나는 늙고 어리석으니까.

막내딸 코델리아와 재회하게 된 리어왕은 눈물을 흘리며 그녀에게 용서를 구한다.

극적인 부녀간 화해의 순간, 코델리아의 언니들은 과연 무엇을 하고 있었을까. 한심하게도 남자 때문에 싸우고 있었다. 악랄한 협잡꾼 에드먼드Edmund를 두고 두 유부녀가 다툼을 벌이다 결국 사달이 난다. 리건이 남편을 여읜 후 에드먼드와의 결혼을 발표하자, 극도의 질투심에 사로잡힌 고너릴이 리건을 독살한 것이다. 동생을 죽인 고너릴은 남편에게 간통과 음모의 죄를 추궁당하다 결국 자살하고 만다.

고너릴과 리건이 모두 죽자 브리튼의 권력을 에드먼드가 독차지하게 된다. 에드먼드가 이끄는 브리튼의 군대가 파죽지세로 프랑스 군대를 격파하면서 코델리아는 포로로 잡히고 만다. 코델리아는 결국 감옥에서 암살자의 손에 최후를 맞이하게 된다. 막내딸 코델리아의 죽음을 알게 된 리어왕 역시 얼마 후 세상을 떠난다.

이렇게 리어왕 일가 모두가 비참하게 죽음을 맞이하면서 비극은 대단원의 막을 내린다.

『리어왕』에는 온갖 종류의 죄악 ─ 즉 패륜, 배은망덕, 질투, 탐욕, 불륜, 모함과 같은 인간의 어두운 치부가 다양한 형태로 생생하게 묘사되고 있다. 다른 어떤 비극보다도 이 작품을 읽으며 우리가 더 크게 분노하고, 슬퍼하게 되는 건, 우리가 현실에서 경험하는 온갖 더럽고 기괴하고 충격적인 사건들을 『리어왕』이 상기시키기 때문이리라. 이 같은 연상 작용 속에서 지금 우리가 살고 있는 21세기나 리어왕의 시대적 배경인 기원전 8세기나 인간의 추악한 본성에는 변함이 없다는 씁쓸하고 체념적인 깨달음 또한 우리는 얻게 된다.

하지만 슬픔과 분노를 넘어 이를 극복할 지혜를 발휘하도록 촉구하는 것이 바로 비극의 진정한 힘이 아닐까. 현명하고 신의 있는 막내딸 코델리아, 그리고 자신의 과오를 늦게나마 깨닫고 진심으로 반성하는 리어왕의 모습은, 험한 세상 속에서 '어떻게 살아야 할 것인가'에 대한 성찰의 기회를 부여한다. 눈앞의 이익에 사로잡혀 시샘하고 다투고 번민하는 근시안적인 태도로는 결국 비참한 말로를 맞이할 수밖에 없지만, 너그러운 마음으로 주변인들을 사랑하고 용서하며 살아간다면 적어도 마음의 평화와 행복은 보장받을 수 있다는 너무나도 당연한 진리를 우리는 『리어왕』으로부터 깨달을 수 있다.

참을 수 없는 존재의 MBTI

ESTJ

『이반 일리치의 죽음』, 이반 일리치

사회적 기준에 맞춰 스스로를
영혼 없이 연마하는 완벽주의자

『이반 일리치의 죽음The Death of Ivan Ilych』은 러시아의 대문호 레프 톨스토이가 1884년 출간한 중편소설이다. 제목에 등장하는 '이반 일리치'라는 이름은 평범한 러시아인을 떠올리게 하는 흔한 이름이다. 남들 다 하듯이 좋은 대학 가기 위해 열심히 공부하고, 적당한 시기에 결혼해서 가정을 꾸리고, 업무적 성취를 통해 사회적 지위 상승을 꾀하며, 도움 될 만한 이들과의 교류를 통해 부와 명예를 얻고자 애쓰는 '보통의 인간'을 표상하는 중년 남성 이반 일리치. 그의 길지 않은 생애는 소설의 도입부에 다음과 같은 한 문장의 단어로 담담하게 집약되어 있다. '이반 일리치가 살아온 삶은 굉장히 단순하고 평범했으며 아주 끔찍하기도 했다.' 존경받는 사회적 지위에, 크고 좋은 집, 고액 연봉, 완벽한 가정까지 모든 것을 다 갖춘 유능한 판사 이반 일리치의 삶이 어째서 끔찍했는가를 이해하기 위해서는 그의 생애를 되짚어 봐야 한다.

이반 일리치는 다들 말하길 '집안의 자랑거리'였다. 형처럼 냉정하거나 까다롭지 않았으며 동생처럼 제멋대로 살지도 않았다. 그둘의 중간쯤으로, 똑똑하고 활달하고 유쾌하고 예의 바른 사람이었다. 그는 동생과 함께 법률학교에 다녔다. 동생은 학교를 마치지 못하고 5학년 때 퇴학을 당했지만 이반 일리치는 우수한 성적으로 졸업했다. 그가 살아가는 내내 잃지 않았던 성품은 법률학교 시절에이미 갖춰졌다. 그는 능력 있고 쾌활하고 선량하며 사교적이면서도자신의 의무라고 생각하는 일은 철저하게 해내는 사람이었다. 그가자신의 의무라고 생각하는 일은 바로 높은 지위에 있는 사람들이그렇게 생각하는 것이었다. 그는 어릴 때도 성인이 되어서도 아첨과는 거리가 멀었지만, 날벌레가 불빛을 향해 날아들듯 아주 어릴적부터 본능적으로 상류사회 사람들에게 이끌렸으며, 그들의 태도나 인생관을 습득하면서 친밀한 관계를 맺었다.

이처럼 모범적으로 살아 온 그가 40대 중반의 젊은 나이에 갑작스럽게 죽음과 마주하게 된다. 그는 나날이 수척해져 가지만 의사도 정확한 병명을 특정하지 못한다. 그는 절규한다. "왜? 도대체 무엇 때문에 내가 죽어야만 하는가?" 그는 자신의 눈앞에 다가오는 죽음을 도저히 인정하지 못한다. 끊임없는 분노와 좌절, 두려움과 혼란, 번뇌와 회한 속에서 그는 자신의 일생을 돌아보게 된다. 그가 남들과 조금 달랐던 것이 있다면 목표 달성을 위한 추진력과 성실성이 남들보다 좀 더

　　　　　　　　　참을 수 없는 존재의 MBTI

뛰어났던 것, 두뇌 회전과 계산이 빨랐던 것, 그리고 운도 잘 따라서 상류층의 화려하고 번듯한 삶을 살고 있었다는 것이었다.

그는 꽤나 이른 시기부터 '성공'을 핵심 키워드로 삼고 직진하는 삶을 살아 왔다. ESTJ의 주기능인 외향사고(Te)는 이반 일리치로 하여금 명확한 목표를 세우고 그것을 이루기 위한 계획을 효율적으로 이행하도록 이끌었다. 사회적 명성, 부와 권력이라는 분명한 지향점에 도달하기 위해 그는 외부 환경을 과단성 있게 조직하고 행동방침을 논리적으로 구성하여 실행에 옮겨 왔다. 자신보다 더 잘나거나 가진 게 많은 사람과 주로 어울리며 '노는 물'을 치밀하게 관리하고, 즐길 건 즐기면서도 선을 넘지 않는 용의주도함을 보여 온 것이다. 그는 부기능인 내향감각(Si)을 활용해 소위 '잘나가는 이들'의 세계에서 통용되는 구체적이고 현실적인 정보들을 스펀지처럼 흡수해서 내부에 저장해 왔다. 태도, 취향, 인생관, 식습관, 말투, 매너 등 일상을 구성하는 '가진 자들' 특유의 고급문화를 꾸준히 내면화시켜 온 것이다. 덕분에 그는 필요한 정보를 언제라도 내부 저장고에서 꺼내 쓸 수 있었으며, 본격적으로 '이너 서클inner circle'에 입성한 후에는 누구보다 자연스럽게 교양 있는 모습을 연출할 수 있었다. 그는 이처럼 명민하고 기민하게 여러 방면에서 이득을 살뜰히 챙기며 살았고 덕분에 빠르게 사회적 성취를 이룰 수 있었다.

그는 자신의 목표를 이루기 위해 자신과 주변을 철저히 통제하며 살아온 만큼 잃을 것 또한 수없이 많았다. 자신이 움켜쥐기 위해 평생을 바쳐온 물질과 가치들이 손 안에서 빠져나가는 것을 무기력하게 지켜보는 것은 죽기보다 괴로운 일이었다. 삶이란 쉽고, 기분 좋고, 고상하게 흘러가는 것이 결코 아니라는 아프고 쓰디쓴 진실을 그는 이제야 온몸으로 느끼게 되었다. 그간 애써 외면하며 살아온 삶의 어둡고 끔찍한 진실이 무겁게 자신을 덮치는 순간, 그는 자신이 추구해 온 삶의 전제부터가 잘못되었음을 인지하게 된다. 삶이란 마냥 아름답고 유쾌한 것이 아니라는 것. 자신은 삶의 단계에서 꾸준히 상승하고 있다고 착각했지만, 사실 끝없는 내리막길을 걸으며 추락하고 있었다는 쓸쓸한 깨달음이 그를 미치게 만든다. 누구보다도 치열하게 노력하며 살았던 삶의 결과가 고작 불치병이라는 현실을 그는 납득하지 못한다. 불가항력적으로 세차게 흘러가는 시간 앞에서, 이반 일리치는 혼란에 휩싸인 채 지난날을 반추한다.

어린 시절에서 멀어질수록, 현재에 가까워질수록, 기쁨은 점점 더 하찮고 미심쩍은 것으로 변했다. 그 시절에서 멀어질수록 좋은 순간들은 점점 더 줄어들었다.

그리고 갑작스러웠던 결혼과…… 뒤이어 찾아온 환멸. 아내의 입냄새와 성욕과 위선! 활기라고는 없던 공직 생활과 돈에 대한 걱정. 1년, 2년, 10년, 20년이 가도 늘 똑같았다. 하루하루가 지날수록 점점 더 생기를 잃었다. 산을 오르고 있다고 생각하며 걸었지만 사실은 산을 내려가고 있었던 거야. 정말 그랬어. 다들 내가 산을 오르고 있다고 생각했지만, 꼭 그만큼 내 발밑에서는 삶이 멀어져 갔던 거야……. 이제 다 끝나 버렸고, 죽음만 남아 있어!

도대체 왜 이렇게 된 거지? 무엇 때문이지? 이럴 수는 없어. 삶이 이렇게 무의미하고 추악할 수는 없는 것 아닐까? 삶이 이처럼 추악

하고 무의미한 것이라면, 왜 죽어야 하며 그것도 이처럼 고통스럽게 죽어야 하는 걸까? 분명 뭔가 잘못된 거야.

'내가 잘못 살아온 건 아닐까?' 문득 이런 생각이 들었다. '하지만 마땅히 해야 할 일들을 다 하면서 살았는데 어떻게 그럴 수가 있는 거지?'

그는 3차기능인 외향직관(Ne)의 미숙으로 인해 삶과 세계의 가능성을 다채롭게 탐색하는 데 실패했다. 그는 눈앞의 숫자와 성과만 믿었을 뿐 그 이면에 존재하는 다양한 가치와 의미에 대해서는 고찰하지 못했던 것이다. 자연히 그의 삶은 지극히 무미건조하고 단조로웠다. 그는 삶에서 앞으로 나아가는 것, 그리고 위로 올라가는 것만이 전부라 믿었다. 정체되거나 뒤처지는 것, 혹은 밑으로 떨어지는 것은 자신의 삶에서 결코 있어서는 안 될 수치로 여겼다. 자신이 그토록 경멸하던 내리막길을 걸어 내려오고 있었다는 사실을 까맣게 알지 못한 채. 이토록 허망하게 죽을 운명이었다면 자신은 과연 무엇을 위해서 인생의 즐거움을 자발적으로 포기하며 살아온 것인지 반문하며 그는 극심한 허탈감에 빠진다.

차라리 삶이란 것이 늘 우아하지 않으며, 때로는 더럽고 굴욕적이고 부조리하기도 하다는 것을 받아들이며 살았다면 오히려 후회가 덜했을지도 모른다. 하지만 그는 자신의 삶에 일정한 규격과 방향성이 있다고 믿고, 그것과 조금이라도 어긋나는 것에는 눈을 돌리지 않으며, 심지어 아예 그런 것들이 존재하지 않는 듯이 살아왔다. 결혼 생활도 적당히 유지 가능할 정도로만 아내와 일정한 거리를 두고 살았고,

참을 수 없는 존재의 MBTI

직장 생활에서의 인간관계도 철저히 공적으로 관리해 왔다. 그는 자신의 도리와 책무를 다했지만, 그 이상으로 선을 넘지 않았다. 그렇기에 그의 죽음을 대하는 사람들의 태도 또한 극히 사무적이고 차가울 수밖에 없었다. 심지어 그의 아내조차 그의 죽음에 대해 계산적인 태도를 보인다. 그는 병마로부터 고통을 느끼며 주변 사람들이 마치 어린애 다루듯 자신을 돌봐주고 안쓰러워해 주길 바랐지만, 그렇게 해 줄 수 있는 사람이 주변에 아무도 없다는 것을 깨닫고는 자신이 잘못 살았음을 인정하게 된다.

이반 일리치는 누구 하나 그가 바라는 만큼 마음 아파해 주지 않는다는 것이 몹시도 괴로웠다. 어떤 때 오랫동안 통증에 시달리고 나면, 이런 고백하기 부끄럽긴 하지만, 누군가 자신을 아픈 어린아이 보듯 가엾게 여겨주었으면 좋겠다는 마음이 들기도 했다. 아이를 안고 달래듯 다정하게 다독여 주고 입맞춰 주고 자신을 위해 울어 주길 바랐다. 중요한 자리에 있는 관리인 데다 수염까지 하얗게 센 사람이 바랄 수 있는 일이 아니란 걸 이반 일리치 자신도 잘 알고 있었지만, 그래도 자꾸만 그런 생각이 들었다.

'내 삶 전체가, 의식적인 내 삶이 정말로 잘못된 것이라면 어떻게 하지?'

예전 같으면 제대로 살지 못했다는 생각을 절대 할 수 없었겠지만, 이제는 그게 진실일 수도 있다는 생각이 들었다. 높은 자리에 있는 사람들이 좋다고 여기는 것들에 맞서 싸우고 싶다는 충동, 마음속에 어렴풋이 떠오를라치면 서둘러 떨어내 버렸던 그 충동, 그것만이 진짜고 나머지는 모두 거짓일 수도 있다는 생각이 들었다. 그의 일, 삶의 방식, 가족, 사교계와 직장의 모든 이해관계가 다 거짓일 수도 있었다.

이반 일리치는 자신을 냉랭하게 바라보는 주변인들의 모습에서 자신의 모습을, 또 자신이 어떻게 살아왔는지를 확인한다. 경험과 성찰을 통해 자아를 찾은 것이 아니라 타인들의 차디찬 시선 속에서 비로소 자기 모습을 본 것이다. 그는 열등기능인 내향감정(Fe)의 결여로 인해 스스로의 감정과 정서를 제대로 이해하지 못했으며 이러한 빈자리는 이해득실을 따지는 외향사고 작용이 거의 전적으로 지배해 왔다. 그는 스스로를 잘 안다고 착각했지만 사실 그의 정체성은 철저히 타인의 시선에 갇힌 채 주조된 것이었다. 그는 살면서 마음의 소리에 진지하게 귀 기울여 본 적이 없었다. 그저 남들의 인정과 부러움을 얻게 해주는 것들이 좋은 것이라 믿고 추구하며 살아 왔다. 그리고 그 모든 것이 삶과 죽음을 가려 버리는 무섭고도 거대한 기만이었음을 그는 똑똑히 보게 된다. 생각이 여기에 미치자 그의 육체적 고통은 열 배쯤 커진다. 그는 신음을 토해 내고 몸부림치면서 입고 있던 옷을 쥐어뜯는다. 옷이 그를 짓누르며 더욱 숨통을 조여 온다. 잘못 산 인생을 바로잡을 기회도 없이, 이반 일리치는 급작스럽게 숨을 거두게 된다.

죽음이란 것이 옵션에 없었던, 그리고 천년만년 살 것처럼 앞만 보고 달리던 이반 일리치의 허무한 죽음은 과연 무엇을 상징하는가.

이 책의 저자 톨스토이가 죽음의 문제에 대해 생각하게 된 건, 대작 『안나 카레니나Anna Karenina』(1877)를 완성한 직후였다. 그는 이 시

참을 수 없는 존재의 MBTI

점에서 '모든 것을 무의미하게 만드는 죽음이 인간의 불가피한 운명이라면 인생의 의미는 무엇일까?'라는 심각한 질문에 봉착한다. 이반 일리치가 이어 가는 치열한 번뇌의 궤적 속에는 톨스토이가 집요하게 천착했던 죽음과 인생의 의미에 대한 사유가 진하게 녹아들어 있다.

삶과 죽음은 밀접히 맞닿아 있기에 늘 언제 찾아올지 모를 죽음을 염두에 두고 사는 것이 역설적으로 '잘 살기 위해' 필요하다는 것을 톨스토이는 이반 일리치의 생애를 통해 우리에게 말해 준다. 이반 일리치는 자신이 영원히 살 것처럼 으스댔지만 남들보다 더 빨리 죽음을 향해 다가가고 있었다. 그는 자신이 진정 원하는 것에 대해 잘 알고 있다고 착각했지만 사실 그 모든 것은 남들의 기대 혹은 기준일 뿐이었다. 모든 것을 다 이룬 줄 알았지만 뒤돌아보니 완전히 실패한 삶이었음을 깨닫고 좌절하는 이반 일리치의 죽음은 동서고금을 막론하고 독자에게 통렬한 타산지석他山之石의 깨달음을 전한다.

8

ESTP

『롤리타』, 돌로레스 헤이즈

『톰 소여의 모험』, 톰 소여

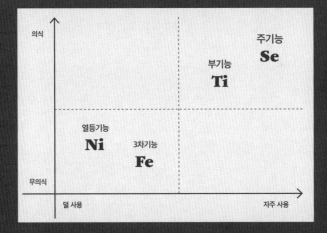

외향(E), 감각(S), 사고(T), 판단(J)
내향(I), 직관(N), 감정(F), 인식(P)

ESTP

『롤리타』, 돌로레스 헤이즈

어디로 튈지 모르는,
영악하고 짓궂은 요정 혹은 악마

『롤리타Lolita』(1955)는 러시아 출신의 미국 소설가 블라디미르 나보코프의 문제작이다. 수차례 영화화되기도 할 만큼 대중의 관심을 꾸준히 얻고 있는 소설이다. 소아성도착증Pedophilia에 걸린 37세 남성 험버트 험버트Humbert Humbert가 12세의 사춘기 소녀 돌로레스 헤이즈Dolores Haze에게 욕망을 느끼고 자신이 원하는 방식대로 그녀를 길들이려 애쓰지만 결국 파국을 맞게 된다는 플롯을 기본 구조로 하는 작품이다.

험버트는 13세 때 첫사랑 여자친구가 전염병에 걸려 세상을 떠났던 충격적인 사건을 잊지 못한 채, 나이 들어서도 첫사랑의 그녀와 비슷한 나이대의 소녀들에게 성적으로 끌리는 변태 성향을 발현하게 된다. 그는 뉴잉글랜드의 램스데일Ramsdale이라는 작은 마을에서 여름 동안 머물 하숙집을 구하는데, 집주인 샬로트 헤이즈Charlotte Haze의 딸 돌로레스를 보고 첫눈에 반해 버린다.

다른 아이들과 조금도 다를 바 없는 평범한 어린애였다. 연약하고 달콤한 빛깔인 두 어깨, 매끈매끈하고 가냘프게 드러난 등허리, 그리고 밤나무빛 머리카락도 마찬가지였다. 물방울 무늬의 검은 목도리를 두른 그녀의 가슴이 나이 많은 원숭이 같은 나의 시선을 피하고 있었지만, 어느 아름다운 저녁 내가 어루만졌던, 아직 다 자라지 못한 그 어설픈 가슴에 대한 어렴풋한 기억의 시선만은 피하지 못하고 있었다. 숨을 들이마신 그녀의 귀여운 복부를 다시 쳐다보며 나는 잠시 말을 머뭇거렸다. 눈이 뒤집혔던 바로 그 마지막 추억의 날, 반바지 고무줄 자국이 섬세한 톱니 모양으로 난 곳에 내가 입을 맞추었던 저 어린애 같은 엉덩이, 그로부터 살아온 25년이란 세월이 숨을 헐떡이며 점차 가늘어지더니 결국엔 사라져 버리고 말았다.

험버트는 돌로레스에게 접근하기 위한 목적으로 과부인 샬로트를 유혹해 그녀와 결혼한다. 그렇게 돌로레스의 의붓아버지가 된 험버트는 그녀와 한 공간 안에서 생활하며 서서히 성적으로 가까워지려 애쓰고, 머릿속 첫사랑의 기억을 그녀로 대체해 간다.

험버트는 돌로레스를 '롤리타'라는 애칭으로 부르며 그녀에 대한 병적인 애착을 키워간다. 어린 소녀에 대한 성 도착증을 가리켜 '롤리타 콤플렉스Lolita Complex'라 부르는 것은 바로 여기서 비롯된 것이다. 결혼 10주 차 되던 어느 날, 샬로트는 돌로레스에 대한 변태적인 집착이 기록된 험버트의 일기장을 우연히 보게 되고, 그 충격으로 거리에 뛰쳐나갔다가 차에 치여 죽고 만다.

샬로트가 죽자 돌로레스의 유일한 보호자가 된 험버트는, 그녀를 데리고 1년 동안 미국 대륙을 여행하며 그녀를 완전히 소유하고자 한다.

그때부터 우리는 미국 전역에 걸친 여행을 시작했다. 다른 어떤 숙박 시설보다도 나는 편리한 모텔을 좋아하게 되었다. 그곳은 깨끗하고 편안하며 안전한 은신처이고, 잠자고 싸우고 다시 화해하며 끝없는 부정을 저지르기엔 더없이 좋은 장소였다. 처음에는 이상하게 생각할까 봐 더블 침대가 하나씩 있는 두 칸 방을 빌렸으나 점점 대담해져서 나중에는 트윈 침대가 놓인 방을 거리낌 없이 빌렸다. 그곳은 천국이라 부를 만한 장소로, 노란색 창문을 내리면 베니스에 와 있는 기분이었다. 그러나 실상은 펜실베이니아였고 밖에는 비가 내리는 아침이었다.

그녀는 나의 세계 속으로 들어왔다. 그녀의 호기심 때문에 검고 어두운 나의 땅으로 발을 들여놓은 것이다. 그녀는 두려워하고 반은 스스로 즐기면서, 또 반은 진저리를 치면서 나의 세계에 함께 해주었다. 그러나 어제는 그것으로부터 도피할 준비가 되어 있는 것처럼 생각되었다. 나와의 접촉에도 그녀는 결코 흔들리는 법이 없었다. "당신이 지금 무슨 짓을 하고 있다고 생각하세요?" 귀에 거슬리는 이 말만이 내 고통의 대가였다.

험버트는 롤리타를 성적으로 유린하는 한편 그녀를 심리적으로도 장악하여 자기 의지대로 길들이고자 애쓴다. 그러면서도 그녀가 떠날까 걱정되어 한시도 조바심에서 벗어나지 못하며, 끊임없이 그녀의 환심을 사기 위해 안간힘을 쓴다. 롤리타가 곁에 있음에도 불구하고 험버트가 늘 불안한 까닭은 그녀의 예측 불가능한 성격 때문이다.

어떤 때는 아주 천진난만하다가도 나를 기만한다. 매력적인가 하면 천박하고, 샐쭉했다가도 좋아서 못 견디는 롤리타는 사람을 분통 터지게 만들기가 일쑤였다. 언제 어느 때 그녀의 산발적인 발작이 일어나 마치 부랑아들처럼 몸부림치며 격렬한 불평을 토로할지 정말로 예측하기 어려웠다.

그녀가 고약하게 성질을 부릴 때마다 기분 나쁘고 음침한 그 농가로 곧장 데려가겠다고 고가도로 중간으로 핸들을 꺾기만 하면, 순진한 롤리타는 소리를 지르며 미친 듯이 운전대를 잡고 있는 내 손을 움켜쥐는 것이었다. 그러나 서쪽으로 여행을 해서 점점 그곳에서 멀어지자 그 위협도 점점 효력이 없어져 갔다. 그래서 나는 그녀를 설득시킬 수 있는 다른 방법을 생각해야 했다. 나는 우리가 만났던 아주 처음부터 그녀가 아무리 내게 악의를 품고 있고 또 다른 쾌락을 그녀가 추구한다고 하더라도 우리의 관계만큼은 비밀로 남겨 두어야 했다. 그리고 그녀가 그것을 깨닫도록 해야 한다는 것도 잘 알고 있었다.

롤리타는 어린 나이임에도 험버트에게 결코 만만한 대상이 아니다.

참을 수 없는 존재의 MBTI

그가 설명하듯이 롤리타는 '어디로 튈지 모르는' 야누스적인 면모는 물론 상대방의 기분을 '들었다 났다' 하는 재주를 가지고 있다. 그녀는 겁이 없으며 험버트의 변태 성향에 기죽지 않고 외려 한술 더 뜰 정도로 도발적이다. 발달된 오감을 활용해 쾌락을 즐기고 대담하게 모험을 시도하는 성향은 ESTP의 주기능인 외향감각(Se)에 기인한다. 롤리타는 외부의 자극에 대해 개방적이며, 넘치는 호기심을 충족시키기 위해 엉뚱한 짓거리를 벌이기도 한다. 마음 내키는 대로 위험천만한 행동을 저지르며 스릴을 즐기는 그녀의 성격은 극의 전개를 더욱 아슬아슬하게 만드는 데 한몫한다. 그 나이 또래 아이답지 않은 롤리타의 대담함과 영악함은 험버트를 혼란스럽게 만들고, 강렬한 애증을 촉발하며 그녀로부터 도저히 헤어날 수 없는 지경까지 깊이 빠져들게 한다.

나는 로에게 정신을 단단히 집중시켜야 했다. 어린 요정 로에게 그녀의 어린애 같은 외모에도 불구하고 그녀에게서는 고단한 기색이 늘 감돌았다. 아마도 그치지 않고 계속했던 성적 행위 때문이었던 것 같다. 그녀는 주유소 사내들이나 호텔 사환들, 휴가 중인 사람, 호화판 자동차를 몰고 다니는 건달패 또는 푸른색 수영장 옆에 천막을 치고 빈둥거리는 바보 같은 녀석들의 욕정을 불러일으키는 것 같았으나 내 자존심을 오히려 즐겁게 해주면 해주었지 그런 일로 질투가 생기거나 하지는 않았다. 롤리타도 그녀 자신의 그러한 행동들을 충분히 알고 있었다. 나는 롤리타가 황금색의 건장한 팔과 팔목에는 번쩍이는 시계를 차고 있는 매력적인 남자 쪽을 자꾸 쳐다보고 있다는 것을 알아차렸다. 그래서 그녀에게 사탕과자를 사주고 등을 돌리기가 무섭게 그녀가 금발의 수리공과 농담을 주고받는 것이 들린다.

이처럼 롤리타가 짓궂은 면모를 보이는 것은 주기능 외향감각과 부기능 내향사고(Ti) 간 합작의 결과다. 그녀는 끊임없이 주변의 사물과 사람들을 예의주시하며 머리를 굴려 상황을 최대한 자신에게 유리한 방향으로 이끌어 가려 한다. 그녀는 험버트와의 관계에서 자신이 약자임을 잘 알고 있으며, 상대적 우위를 점하기 위해 자신의 관능적 매력을 십분 활용해야 한다는 것 또한 너무나 잘 알고 있다. 험버트는 롤리타와의 기괴하고 불법적인 관계를 정당화하기 위해 어린 롤리타를 끊임없이 가스라이팅하려 하지만, 그녀는 순진하게 당하고만 있지 않는다. 롤리타는 험버트를 속이고 농락할 줄 안다.

기본적인 것만 해결한다는 조건으로 그녀에게 지급했던 용돈은, 비어즐리에 처음 왔을 때는 일주일에 21센트였는데 나중에는 1달러 5센트까지 올라갔다. 그동안 그녀가 내게서 갖가지 종류의 선물을 끊임없이 받아 왔다는 것과, 언제라도 요구하기만 하면 어떤 과자라도 사주고 영화도 보여 주고 했던 점을 감안해 보면 이것은 너무도 관대한 배려였다. 물론 나는 그때마다 키스를 더 요구하거나 여러 가지 애무를 요구하기는 했었지만. 아무튼 다루기 쉬운 여자는 아니었다. 힘도 들이지 않고 그녀는 하루에 3센트나 15센트를 벌어들이곤 했다. 그것 없이는 단 며칠도 지낼 수 없는, 삶을 포기

참을 수 없는 존재의 MBTI

하게 할 만큼 이상하게 느린, 그러면서도 천국과도 같은 묘약을 자기 손아귀에 넣고 있을 때면 그녀는 잔인하게 내게 협상을 걸어왔는데 차마 힘으로는 뺏을 수가 없었다. 자신의 부드러운 입술의 마력과 힘을 익히 잘 알고 있던 그녀는 툭하면 값을 올려, 포옹 한 번 하는 데 3달러를 요구하는가 하면 어떤 날은 4달러를 받아 내기도 했다.

롤리타의 기행과 특이한 성격은 학교생활에서도 여지없이 드러난다. 그녀의 곤두박질치는 성적과 단정치 못한 품행으로 인해 험버트는 교장에게 호출당한다. 그리고 이런 이야기를 전해 듣는다.

"돌리 헤이즈는 귀여운 아이예요. 그러나 육체적으로 너무 갑자기 성숙해진 것 때문에 괴로워하는 것 같아요. 제 생각에는 생물학적 충동이 서로 융해되어 있지 않은 것 같아요. 그 애의 성적이 점점 나빠지고 있어요. 참 이상해요, 헤이즈 씨. 집에서는 뭐 별로 집안일을 도와야 한다든가 하는 것은 하나도 없다고 보고 있습니다. 헤이즈 씨는 돌리를 공주처럼 생각하시는가 보죠? 골드 선생은 돌리의 테니스 폼이 썩 훌륭한 것이어서 린다보다도 훨씬 더 낫다고 했군요. 그러나 집중력이 부족하고 점수 획득에 아주 약하다고요. 코모란트 선생은 돌리가 극히 빼어나게 감정 조절을 잘 하는 건지 아니면 아주 그렇지 못한 것인지 알 수가 없다고 합니다. 호마 선생이 쓴 보고서에서는 그녀는 자기의 감정을 말로 표현할 줄을 모른다고 합니다. 반면에 칼 선생은 돌리의 신진대사 능력은 최고라는군요."

참을 수 없는 존재의 MBTI

롤리타를 예측하기 어려운 말썽쟁이로 만드는 것은 바로 ESTP의 3차기능인 외향감정(Fe)의 미숙함이다. 그녀는 자신의 말과 행동이 다른 사람에게 미칠 영향에 대해 깊이 생각하지 않는다. 역으로 타인의 정서와 감정 상태에 의해 쉽게 영향을 받지도 않는다. 그녀가 속으로 무슨 꿍꿍이를 꾸미고 있는지 좀처럼 갈피를 잡기 어려운 것은 바로 이 같은 타인에 대한 무신경함에 근거한다.

그녀는 외부의 자극과 흥미 요소에 대해 동물적으로 민첩하게 반응하는 반면 집중력과 통찰력은 극히 떨어지는 행태를 보인다. 아직 어리긴 해도 롤리타에게선 장기적인 인생 계획이나 삶의 의미와 목표에 대한 진지한 성찰 따위는 찾아보기 힘들다. 그녀의 에너지는 바깥으로 뻗쳐 나가며, 실질적이고 구체적인 사물과 사람과 사건에 집중된다. 꿈, 미래, 비전, 장래 희망과 같이 눈에 보이지 않는 가치에 대해서는 조금도 관심이 없다. 이는 ESTP의 열등기능인 내향직관(Ni)의 결여에 기인한다. 그녀는 학교에 입학해서 잠시 연극부 생활에 재미를 느끼기도 하지만, 얼마 되지 않아 모두 질렸고 진저리가 난다며 험버트에게 다시 긴 여행을 떠나자고 조른다.

추앙과 경멸이 뒤섞인 감정을 유발하면서도 기묘한 마력을 발산하는 롤리타로 인해 이성을 상실해 가는 험버트. 그는 롤리타를 차에 태워 서부로 향한다. 광활한 대지 위에 오로지 둘뿐인 또 다른 대륙 여행의 시작. 험버트에게는 어린 연인과의 달콤하고 황홀한 시간이었지만 롤리타에게는 그렇지 않았다. 험버트의 광적인 집착에 염증을 느낀 그녀는 결국 홀연히 그를 떠나 완전히 자취를 감춰 버린다.

롤리타를 잃은 고통 속에 3년이란 세월을 악몽처럼 보낸 험버트. 그에게 어느 날 갑자기 롤리타의 편지 한 통이 날아든다.

　　사랑하는 아빠.

　　건강하세요? 저는 결혼했어요. 지금 아기를 가졌는데 아기가 굉장히 크려나 봐요. 아마 크리스마스에는 낳을 것 같아요. 편지 쓰기가 참 어려웠어요. 전 빚진 것을 갚고 여기를 떠나야 하는데 돈이 없어서 큰일 났어요. 제 남편 딕은 기계 분야가 전공이기 때문에 알래스카에서 일자리를 얻게 됐어요. 아직은 그것밖에 모르지만 아무튼 굉장한 자리래요. 우리집 주소를 밝히지 못해 죄송해요. 제게 아직도 굉장히 화가 나 계실 테지만 딕이 알아서는 안 되거든요. 이곳은 좋은 곳이에요. 스모그 때문에 얼간이들 얼굴을 보지 않아도 되거든요. 아빠, 죄송하지만 수표 좀 보내 주세요. 부탁이에요. 3, 4백이면 그럭저럭 될 것 같아요. 조금 모자라도 괜찮아요. 아무튼 얼마라도 좋으니까 제 옛날 물건이라도 팔아서 보내 주셨으면 좋겠어요. 일단 거기 가기만 하면 돈이 저절로 굴러들어올 거예요. 제발 부탁이에요. 그동안 슬프고 어려운 일 많이 겪었어요. 답을 기다리며,

　　　　　　　　　　　　　　　돌리 (리처드. F 실러 부인)

　　재회하고 보니 그녀는 다른 남자의 아이를 임신한 만삭의 임산부가 되어 있다. 롤리타는 더 이상 험버트의 사랑스러운 요정이 아닌 것이다. 험버트는 좌절한다. 험버트는 3년 전 그녀가 홀연히 사라졌던 것이 퀼티퀼티Quilty라는 늙은 극작가의 농간 때문이었다는 것을 뒤늦게

알고 분노한다. 험버트는 그녀에게 돈을 주겠다고 하며 함께 떠나서 새 출발을 하자고 제안하지만 롤리타는 단호히 거부한다. 험버트는 슬픔과 분노에 사로잡힌 채 복수를 위해 홀로 퀼티를 찾아 나선다.

롤리타를 빼앗아 간 일생일대의 원수 퀼티의 저택에 잠입한 험버트. 그는 분노로 몸을 떨며 퀼티에게 총을 겨눈다. 그리고 방아쇠를 당겨 퀼티를 살해한다. 험버트는 곧 경찰에 체포되고 옥중에서 병사한다. 한 달쯤 뒤 롤리타도 딸을 사산한 뒤 세상을 떠나는 비극적인 결말을 맞는다.

불순한 의도의 결혼, 어머니를 잃은 아동 납치, 아동과의 성행위, 살인까지 저지른 소아성애자 험버트는 의심할 여지없이 증오스러운 범죄자임에 분명하다. 낭만적인 묘사와 1인칭 시점의 변명에도 불구하고 『롤리타』의 플롯을 거부감 없이는 받아들일 수 없는 이유다. 지금 들어도 소름 끼치는 악질 범죄자 험버트의 이야기가 출간 당시 미국과 영국에서 출판 금지 처분을 받았던 것은 어쩌면 너무도 당연한 이야기일 것이다.

그럼에도 불구하고 『롤리타』가 '노벨 연구소 선정 최고의 책'을 비롯해 세계 유수 언론과 대학의 추천도서로 꼽히고 있는 건 작품의 뛰어난 문학적 가치 때문이다. 그럼에도 불구하고 여전히 질문은 남는다. 아름다운 예술을 창조하기 위해서라면 그 어떤 비윤리적인 주제를 다루어도 상관없는가? 정치적, 사회적, 인륜적인 고민 없이 단지 예술을 위해서라면 비도덕적인 주제가 용인되는가? 금기를 다루는 예술의 딜레마는 오늘날까지도 이어져 오고 있다.

예술이란 차마 입 밖으로 꺼낼 수 없는 주제를 자유롭게 논할 수 있는 거의 유일한 통로다. 즉 예술이 사회적 금기에 대한 자유로운 비판과 담론적 모색이 오가는 공론장의 역할을 해낼 수 있다는 의미다. 예술이 금지된 것에 대해 화두를 던질 때, 우리 인식의 지평과 사회적 합의의 가능성 또한 그만큼 넓어지지 않을까.

참을 수 없는 존재의 MBTI

『톰 소여의 모험』, 톰 소여

번뜩이는 재치와 센스로
무장한 사고뭉치 문제아

『톰 소여의 모험The Adventures of Tom Sawyer』은 미국의 소설가 마크 트웨인Mark Twain, 1835~1910이 1876년 출간한 장편소설이다. 19세기 미국 남부 미주리주에 있는 가공의 마을인 세인트피터즈버그St. Petersburg를 배경으로 하고 있는 소설이다. 주인공 톰 소여는 폴리Polly 이모, 그리고 이복동생 시드Sid와 함께 살고 있는 10대 초반의 말썽꾸러기 소년으로, 공부는 못하지만 머리 회전이 빠르고 기지가 넘치는 인물이다.

'문제아' 톰은 위기에 처할 때마다 번뜩이는 아이디어와 융통성으로 어려움을 보란 듯이 해결해 나간다. 그의 남다른 재치와 기지는 그가 폴리 이모로부터 벌을 받고 이에 대처하는 방식에서 여실히 드러난다. 친구와 싸운 톰에게 폴리 이모는 높이 3m, 길이 27m의 긴 울타리를 하얀 페인트로 빈틈없이 칠하라는 벌을 내리는데, 톰은 이러한 '귀찮고 짜증나는 일'을 자기 손 더럽히지 않고 해치울 수 있는 방법을 알고 있었다. 바로 그 일에 '희소성'을 부여하여 남들이 원하도록 만드는 것. 톰은 자신을 놀리러 다가온 친구 벤Ben 앞에서 짐짓 페인트칠이 즐겁고 흥미로운 일처럼 보이게끔 연기한다.

"이봐 톰, 지금 설마 이 일을 좋아하는 척하는 건 아니겠지?"

톰의 붓은 계속 움직이고 있었다.

"좋아하느냐고? 내가 이 일을 좋아하지 않을 이유도 없지. 우리 같은 꼬맹이들에게 담장에 페인트칠할 기회가 어디 매일 있을 것 같냐?"

이 말은 상황을 다른 관점으로 보게 하는 계기가 되었다. 벤은 갑자기 사과를 깨물던 입을 멈추었다. 톰은 멋을 부리며 앞뒤로 붓질을 하고는 물러서서 그 효과를 점검하고, 여기저기 덧칠을 한 뒤 다시 그 효과를 평가했다. 그러는 동안 벤은 톰의 일거수일투족을 유심히 지켜보면서 점점 흥미를 느끼기 시작했고 차츰 그 작업에 빨려들었다. 마침내 벤이 말했다.

"이봐, 톰. 나도 좀 칠해 보자… 이 사과 전부 줄게!"

톰은 마지못해 붓을 넘겨주는 표정을 지었지만 마음속으로는 빨리 넘겨주지 못해 안달이었다. 톰은 사과를 먹으면서 벤보다 더 어리석은 녀석들을 골탕 먹일 방법을 궁리했다. 걸려들 녀석들은 얼마든지 있었다. 사내아이들이 줄줄이 나타났다. 톰을 놀리러 왔다가 결국 담장을 칠하고야 말았다.

이처럼 톰은 굉장히 영악하며 자신에게 유리한 방향으로 상황을 유

참을 수 없는 존재의 MBTI

도해 갈 줄 안다. 당면한 문제의 핵심을 정확히 파악하고 효과적인 해결책을 도출해 내는 성향은 ESTP의 주기능인 외향감각(Se)과 부기능 내향사고(Ti)의 합작에 기반한다. ESTP 유형인 톰은 외향감각을 활용해 사람, 사물, 활동에 초점을 두고 감각적 정보를 즉각적으로 습득하는 데에 능하며, 내향사고의 기능을 발휘하여 습득한 정보를 빠르게 가공하고 처리하는 데에 강하다. 또한 외향감각과 내향사고의 결합으로 인한 예민한 감각과 연상 작용은 톰으로 하여금 끊임없이 감각적 쾌락을 추구하게 한다. 이처럼 넘치는 호기심 탓에 쉽 없이 모험을 이어 가고, 문제를 만들어 내며, 사고를 치는 톰. 그의 발칙한 장난끼는 보통 소년이 할 수 있는 사소한 일탈이나 거짓말 수준을 넘어선다.

그의 곁에는 환상의 콤비 허클베리 핀Huckleberry Finn이 늘 함께 한다. 허클베리 핀의 애칭은 헉Huck으로, 그와 만나서 놀았다는 사실만으로 학교에서 체벌을 당할 정도로 헉은 동네에서 불량소년으로 찍혀 있는 인물이다. 톰은 헉에게 담배와 비속어를 배운다. 톰은 수업을 빼먹고 친구 조 하퍼Joe Harper, 그리고 헉과 함께 무인도로 들어가 해적 놀이를 하며 사흘을 보내기도 한다. 아이들이 실종되자 그들이 죽었다고 생각한 마을 사람들이 장례식을 준비하는데, 그들은 장례식이 치러지는 기막힌 타이밍에 돌아와 마을 사람들과 식구들을 기절초풍하게 만들기도 한다.

이처럼 톰이 과장되고 공격적인 행동과 충동을 통해 자신을 드러내려는 경향을 보이는 것은 3차기능인 외향감정(Fe)의 미숙 때문이다. 그는 다른 사람에게 진정으로 공감하는 일은 드물지만 소위 '인싸'로서 사회적인 이미지를 구축하고 주목받는 것을 강하게 원한다. 기본적으로 주기능 외향감각의 영향에 의거해 말과 행동으로 외부 세계를 반영하는 것을 중시하기 때문이다. 사회적 의식에 참여하여 주목받고 싶어 하는 욕구가 발현되는 과정에서 그는 끊임없는 스릴과 갈등을 필요로 하며, 사람들에게 충격이나 감명을 주는 방식을 택한다. 잦은 일탈과 비행, 관습과 규칙을 우습게 보는 성향으로 인해 스스로 '아웃사이더'를 자처하면서도 끊임없는 기행과 돌발 행동, 위협과 공격을 통해 타인에게 어떻게든 영향을 미치는 '인싸'로서 발돋움하고자 하는 시도를 멈추지 않는 것이다.

톰은 위험천만한 사건에 휘말리기도 한다. 사마귀를 떼겠다며 한밤중에 헉과 함께 죽은 고양이를 가지고 공동묘지에 갔다가 살인 사건을 목격한 것이다. 톰과 헉은 인디언 조Injun Joe가 사람을 죽이는 과정을 숨어서 지켜보았지만, 조의 보복이 두려워 입을 꾹 다물기로 약속한다. 결국 술꾼 포터Muff Potter 영감이 억울하게 누명을 쓰고 살인 혐의로 재판에 넘겨지자, 톰은 고민한다. 계속 입을 다물고 지켜볼 것인가, 아니면 용감하게 증인으로 나설 것인가?

톰은 치열한 고민 끝에, 정의 구현을 위해 용감하게 입을 연다.

톰은 진술을 시작했다. 처음에는 조금 떠듬거렸지만 이야기에 열중하다 보니 말이 술술 쉽게 나왔다. 얼마 동안 톰의 말소리만 들릴 뿐 모든 소리는 정지되어 있었다. 모든 눈은 톰에게 고정되어 있었다. 방청객들은 입술을 벌리고 숨을 죽인 채 톰의 말 한 마디 한 마디에 귀를 기울였다. 그 무시무시한 이야기의 마력에 끌려 시간 가는지도 모르고 있었다. 가슴을 조이게 하는 긴장감이 절정에 다다

른 것은 톰이 이렇게 말했을 때였다.

"그러다가 의사 선생이 그 판대기로 내리쳐서 머프 포터가 땅에 넘어졌을 때 인디언 조가 칼을 들고 달려들어 그만……."

쨍그랑! 번개처럼 빠르게 인디언 조가 창문을 향해 달려가더니, 막는 사람들을 물리치고 어디론가 사라져 버렸다!

그날 이후 마을의 영웅이 된 톰. 톰은 인디언 조의 보복을 두려워하면서도, 천진난만하게 헉과 함께 보물을 찾기 위해 또 다른 모험 계획을 세운다.

톰과 헉은 보물을 찾기 위해 '유령의 집'으로 들어갔다가, 도망친 인디언 조와 그 일당을 그 안에서 발견하고는 하얗게 질려 버린다. 그들은 몸을 숨긴 채 인디언 조 일당이 집 안에서 돈 상자를 발견하는 모습까지 목격하게 된다. 톰과 헉은 그 돈 상자가 바로 자신들이 꿈꾸는 '보물 상자'라고 여기며 군침을 삼킨다. 인디언 조 일당의 대화를 엿듣고는 돈 상자의 행방을 따라 나서지만 죽을 고비만 넘기고 상자를 찾는 데는 실패한다.

한편 톰은 소풍을 갔다가 여자친구 베키Becky Thatcher와 동굴 안에서 길을 잃게 되는데, 그 동굴 안 깊숙한 곳에서 인디언 조를 발견하고 돈 상자가 그 안에 숨겨져 있음을 알게 된다. 톰과 베키는 어두침침한 동굴 안에서 조난당했다가 다행히 구조되고, 그 후 입구가 폐쇄되어 버린 동굴 안에서 인디언 조는 고립되어 있다가 굶어 죽은 채로 처참하게 발견된다.

참을 수 없는 존재의 MBTI

동굴 문이 열리자 침침한 석양빛에 참혹한 장면이 드러났다. 인디언 조가 숨진 채 바닥에 너부러져 있었는데 마지막 순간까지 저 환하고 즐거운 바깥세상에 동경의 눈초리를 보냈는지 문틈에 얼굴이 꼭 눌려 있었다. 톰은 자신이 겪었던 일을 떠올리며 이 악당이 얼마나 고생했을까 생각하니 가슴이 뭉클했다. 동정심에 마음은 아팠지만 어쨌든 무한한 안도감을 느꼈다. 자기가 이 피도 눈물도 없는 부랑자에게 불리한 증언을 한 이래로 얼마나 커다란 공포가 마음을 짓누르고 있었는지 미처 의식하지 못했음을 새삼 깨달았다.

톰은 헉에게 동굴 안에 들어가 보물 상자를 함께 찾을 것을 제안하고, 둘은 힘을 합쳐 상자를 손에 넣는다. 무려 1만 2천 달러의 현금을 반씩 나눠 갖게 된 톰과 헉은 하루아침에 부자가 된다. 그들의 위상도 현격하게 달라진다. 마을 사람들은 이제 톰과 헉을 부러워하고, 존중하고, 칭송한다.

그들은 부와 명예를 얻었지만 여전히 모험심과 장난끼 넘치는 소년들이다. 마을 어른들은 아직 어린 그들을 안전하게 보살피고, 좋은 교육을 통해 전도유망한 길로 인도하고자 하지만, 그들은 '온실 속의 화초'와 같이 정제된 삶에 염증을 느낀다. 특히 부랑자의 삶을 살아온 헉의 경우에 도피 욕구가 더욱 극심하게 나타난다. 헉은 자신의 돈을 톰에게 모두 줘버리고 자연으로 돌아가고 싶어 한다. 톰은 헉을 설득하기 위해 '해적보다 고상한' 산적단에 들어오려면 '점잖은 부자의 삶'을 지속해야 한다고 협박(?)한다.

"톰. 난 부자 안 할래. 그리고 숨이 막혀 죽을 것 같은 그놈의 집에서도 안 살 거야! 나는 숲이랑 강이랑 이 통이 좋아. 여기서 떠나지 않을 거야. 염병할! 이제 총도 생기고 동굴도 알아놓아서 산적이 될 채비를 모두 마쳤는데 이런 바보짓거리 때문에 몽땅 망쳐 버리다니!"

여기서 톰은 가능성을 엿보았다.

"야, 헉, 부자가 됐다고 산적이 되지 말라는 법은 없어."

"뭐라고! 으, 이럴 수가, 너 그 말 진짜니, 톰?"

"여기 내가 진짜로 앉아 있는 것처럼 그 말도 진짜야. 하지만 헉, 너도 알다시피 네가 교양을 갖추지 않으면 우린 널 조직에 받아들일 수 없어."

헉의 기쁨이 바로 사그라졌다.

"날 받아들일 수 없다고, 톰? 해적질하러 갈 때는 끼워 줬잖아?"

"그래, 하지만 이건 다른 문제야. 산적은 해적보다 훨씬 더 격조가 높거든. 대체적으로 말이야. 대부분의 나라에서 산적은 귀족 중에서도 아주 높아. 공작이나 뭐 그런 것처럼."

"하지만 톰, 넌 항상 나하고 친했잖아? 날 제치지는 않을 거지, 톰? 그럴 리는 없겠지, 그렇지, 톰?"

"헉, 내가 그럴 리가 있어, 그건 나도 원하지 않지. 하지만 사람들이 뭐라고 하겠니? 이렇게 말할 게 뻔해, '쳇! 톰 소여 일당이라고! 정말 시시한 놈이 끼어 있잖아!' 그건 바로 너를 두고 하는 말일 거야, 헉. 너도 그러긴 싫지? 나도 싫어."

영리한 톰의 설득에 헉은 한 달만 더 이 생활을 해보겠다고 다짐하고, 둘이 신이 나서 머리를 맞대고 산적단 입단식을 계획하면서 소설은 마무리된다.

그 이후의 톰의 삶은 어떻게 변했을까? 후속작인 『허클베리 핀의 모험』에서 얼마 후의 삶이 그려지는데, 결론부터 말하자면 크게 변하는 건 없다. 여전히 장난을 좋아하고, 모험을 하고, 위험을 감수하고, 스릴을 만끽하며 살아간다. 톰에게 있어 삶은 일종의 게임이다. 어떤 상황에 처해도 그는 심각하지 않다. 상황이 복잡하게 꼬이고 난관에 봉착해도 융통성과 기지를 발휘해 재빨리 빠져나온다. 진득한 반성과 성찰이란 그의 사전에 없다. 단지 '지금, 여기' 눈앞에 당면한 현실만이 있을 뿐. ESTP의 열등기능인 내향직관(Ni)의 결여로 인해 그의 머릿속에는 삶의 철학이나 가치, 이상향과 같은 관념적 방향성이 거의 존재하지 않는다. 때문에 사회의 관습, 규범, 질서, 도덕성 등에 대한 존중이 낮고 타인의 신념과 가치관에 대한 이해 역시 취약한 편이다. 시간이 더 지나 청년기, 장년기에 도달하게 되더라도 늘 소년 같은 톰의 현재지향성과 모험 추구 경향은 크게 변하지 않을 것으로 예상할 수 있다.

톰 소여의 모험. 이 소설의 매력은 남녀노소를 불문하고 흥미진진하게 읽히는 데에 있다. 저자 마크 트웨인은 어린이들을 위해 이 소설을 썼다고 말하면서도, 어른들 역시 이 책을 읽으며 즐거움을 찾을 수 있을 것이라 자신 있게 이야기한다.

쾌활하고 개방적이며, 센스와 위트가 넘치고, 위험천만한 활동을 즐기는 한편, 뛰어난 순발력과 문제 해결력을 지닌 톰의 모습은 소설을 읽는 내내 쾌감을 준다. 그는 발달한 오감으로 자신의 호기심을 충족시키고 삶을 스릴 넘치게 즐기는 태도를 견지하며 독자에게 대리만족을 선사하는 매력적인 캐릭터다. 바쁘게 돌아가는 일상 속에서 스트레스와 온갖 제약에 시달리는 현대인들에게, 거침없이 자유를 만끽하고 세상을 탐험하는 톰의 모험기는 '유쾌한 힐링' 그 자체다.

INFJ

『죄와 벌』, 라스콜니코프

『카라마조프가의 형제들』, 알렉세이

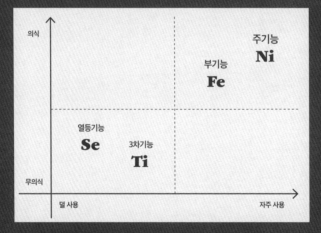

외향(E), 감각(S), 사고(T), 판단(J)
내향(I), 직관(N), 감정(F), 인식(P)

INFJ

『죄와 벌』, 라스콜니코프

추상적 사고와 내적 성찰에
치열하게 파고드는 광기 어린 영혼

　『죄와 벌Crime and Punishment』(1866)은 러시아의 대문호 표도르 도스토옙스키Fyodor Mikhailovich Dostoevsky, 1821~1881의 장편소설이다. 한 청년이 '죄를 짓는다는 것'의 의미에 대해 자신만의 문제적인 이론을 세우고 그것을 실험하는 과정에서 겪게 되는 고뇌와 번민, 양심의 가책과 회개 등의 치열한 내적 갈등에 대해 치밀하게 묘사하고 있는 대작이다.

　주인공 라스콜니코프Raskolnikov는 가난에 찌든 대학생 청년으로, 현실의 생계에 뛰어들기보다는 추상적인 사고와 내적 성찰에 몰두하는 인물이다. 그는 돈을 마련할 방도를 고민하던 중 범죄에 대해 생각하게 된다. 역사의 위대한 정복자들이 그랬듯 과연 자신도 도덕적인 책임 없이 살인을 저지를 수 있을지에 대한 생각에 사로잡힌 것이다. 그는 인류를 '비범인非凡人'과 '범인凡人'이라는 두 부류로 나누고, 비범인의 경우 절대다수의 평범한 사람들과 달리 '인류를 구원한다'는 대의 명분을 실현해야 하기에 그에게만은 '모든 행위가 허용된다'는 가설을 세운다. 그의 논리에 따르면 비범한 사람의 경우에는 사소한 범법 행위는 물론 살인 행위를 저질러도 정당화될 수 있다. 이러한 사고 회로를 거쳐 '살인이 비범한 자의 권리'라는 결론에 미치자, 그는 자신이 비범인인지 범인인지 시험해 보기로 마음먹는다. 살인을 저지르기로 결심한 것이다.

한 가지 의문이 그의 관심을 끌었다. 왜 거의 모든 범죄는 그처럼 쉽사리 발견되고 그 정체를 폭로당하고 마는 걸까? 그리고 또 왜 거의 모든 범죄의 발자취는 그토록 명료하게 남는 걸까? 그는 차츰 여러 가지 흥미 있는 결론에 도달했다. 그의 의견에 따르면, 가장 중요한 원인은 범죄를 은폐하는 물질적 불가능성이라기보다 오히려 범죄자 자신 속에 있다는 것이다. 즉 범죄자 자신은 거의 누구나 예외 없이 범죄를 저지르려는 순간 의지와 이성의 상실 상태에 빠질 뿐만 아니라 어린애 같은 경솔에 사로잡히고 말기 때문이다.

이러한 결론에 도달한 그는 적어도 자기 자신에게는 이러한 병적인 변화가 일어날 수 없다고 단정했다. 계획을 수행하는 동안 이성과 의지는 조금도 흐려짐 없이 유지될 것이다. 그 이유는 단 하나, 자신의 계획은 '범죄가 아니기' 때문이다.

라스콜니코프는 INFJ의 주기능인 내향직관(Ni)의 불건강한 발현으로 인해 반사회적인 사고 체계에 편집증적으로 매몰되는 경향을 보인

다. 그는 범죄를 정당화하는 논리를 자신의 비범한 통찰력이라 맹신하고 실행에 임하려 한다. 이 과정에서 그는 미숙한 3차기능인 내향사고(Ti)를 작동시켜 외부의 권고나 정보를 차단한 채 두 가지 내향 기능, 즉 내향직관과 내향사고 사이에서만 생각을 주고받으며 발전시킨다. 이러한 불건강한 주기능-3차기능의 루프 작용은 부기능인 외향감정(Fe)을 건너뛰고 한없이 내면의 자기 세계로 침잠하게 한다. 이로써 사회의 도덕성, 질서, 규범, 책임 등의 가치로부터 스스로를 멀리 유리시키고 '자신만은 예외'라는 왜곡된 생각을 강하게 만드는 위험한 과정이 진행된다.

범죄의 타겟은 무자비한 고리대금업자인 전당포 노파인 알료나 이바노브나Alyona Ivanovna. 라스콜니코프는 훔친 도끼를 가지고 전당포에 가서 기회를 엿보다 도끼를 마구 휘둘러 알료나를 살해한다. 그때 우연히 나타난 노파의 여동생 리자베타Lizaveta Ivanovna가 유혈이 낭자한 살인 현장을 목격하게 되고, 라스콜니코프는 우발적으로 그녀에게까지 도끼를 내려쳐 의도치 않은 두 번째 살인까지 저지르게 된다.

정작 살인을 저지르고 나자 라스콜니코프는 스스로가 위대한 인간이 아닐지도 모른다는 자괴감에 사로잡힌다. 그는 며칠 뒤 밀린 방세 문제로 경찰서에 소환되는데, 경찰들이 알료나 살인 사건에 대해 이야기하는 것을 듣고 그 자리에서 졸도해 버린다. 그는 열등기능인 외향감각(Se)의 결여로 인해 외부 자극 요인에 과하게 예민하고 취약한 경향을 보인다. 그는 극도의 신경쇠약과 피해망상, 그리고 자기혐오에 시달리며 고통받는다. 후회와 양심의 가책, 그리고 자신의 범행이 발각되어 붙잡힐지도 모른다는 불안과 공포가 엄습하면서 혼돈에 휩

참을 수 없는 존재의 MBTI

싸이는 라스콜니코프. 그는 자신이 나폴레옹 같은 영웅은 고사하고 보통 평범한 사람보다도 열등한 존재는 아닌지 자책하며 괴로워하게 된다.

"그렇다, 인생은 나에게 한 번 주어질 뿐 두 번은 주어지지 않는다. 나는 '인류 공동의 행복'이 올 때까지 기다리고 싶지는 않다. 나 자신도 살고 싶다, 그렇지 않으면 차라리 살지 않는 편이 낫다. 그런데 어떠냐? 나는 '인류 공동의 행복'을 기다리면서 자기 돈을 주머니 속에 움켜쥐고 굶주린 어머니 곁을 모른 척 지나치기가 싫었을 뿐이다. 나는 인류 공동의 행복을 건설하기 위해 벽돌 한 개를 운반하고 있다. 그럼으로써 마음의 위안을 느끼는 것이다.

어차피 나도 한 번밖에 살지 못하니까 나도 남처럼 살고 싶단 말이다… 아아, 나는 조그마한 이蝨처럼 보잘 것 없는 존재다. 그 이상의 아무것도 아니다. 어쩌면 나 자신이 살해당한 이보다 더 더럽고 혐오할 만한 인간인지도 모른다. 뿐만 아니라 죽이고 난 뒤엔 반드시 이런 독백을 하리라고 미리부터 예감하고 있었다! 아아, 이 두려움에 비길 만한 것이 또 어디 있을까!"

그는 애당초 계획대로 노파를 죽이며 갈취한 금붙이를 다수를 위해 유익하게 쓰기는커녕 어딘가에 모두 유기하고, 자신이 모든 인간으로부터 단절되었다는 섬뜩한 감정에 짓눌린 채 혼란스러워한다. 한없는 고독감과 소외감이 그의 정신세계를 지배한다.

한편 해당 사건을 담당한 예심 판사 포르피리Porfiry Petrovich는 라스콜니코프의 수상한 행적을 보면서 그가 범인일지도 모른다는 의심을 품게 된다. 그러던 중 포르피리는 라스콜니코프가 예전에 쓴 논문에 '비범한 인간에게는 (살인을 비롯한) 모든 행위가 허용된다'라는 사상이 담겨 있는 것을 확인하고 그를 범인으로 확신하게 된다. 하지만 심증뿐이었으므로, 라스콜니코프의 자백을 유도하기 위해 포르피리는 그를 심리적으로 압박하며 자극한다. 라스콜니코프는 포르피리의 압박에 자아의 분열을 느끼면서도 그의 날카로운 심문에 맞서 스스로를 힘겹게 방어한다.

"평범한 사람은 항상 복종 가운데 살아야 하고 법을 초월할 권리 따윈 갖지도 못한다, 왜냐하면 그들은 평범하기 때문이지. 그러나 비범한 사람은, 특히 비범인이란 이유만으로 모든 범죄를 행하고 어떠한 법률도 초월할 수 있는 권리를 가지고 있다… 아마 이런 의견이었지요, 내가 오해하지 않았다면?"

"…나는 당신이 말하는 것처럼 비범인이 언제나 불법을 행해야 하고 온갖 불법을 행할 의무가 있다고 주장한 것은 결코 아닙니다. 나는 그저 간단히 다음과 같은 것을 암시했을 뿐입니다. 즉 비범한 사람은 어떠한 권리를 가지고 있다… 그러나 공적인 권리가 아니라 어떤 장애를 넘어서는… 자기 양심에 허용할 권리를 스스로 가진다는 겁니다. 그러나 그것은 자기의 이념, 때로는 전 인류를 구원할 수 있을지도 모른다는 이념의 실행이 그것을 요구하는 경우에 한합니다."

포르피리 판사의 압박에 불안하고 초조한 나날을 보내던 라스콜니코프는 어느 날 우연한 사고를 계기로 소냐Sonya라는 미모의 여인을 알게 된다. 그녀는 매춘으로 계모와 동생들을 먹여 살리며 집안 생계를 책임지는 불우한 집안의 가장이다. 하지만 누구보다도 맑고 순수한 영혼을 가진 그녀를 보며 라스콜니코프는 스스로를 돌아보게 된다. 자신은 영웅이 되려고 무고한 사람을 죽였지만, 그녀는 자기 자신을 죽여 가족을 살리고 있었기 때문이다. 어려운 환경에도 불구하고 신실한 믿음을 잃지 않는 그녀를 보며 라스콜니코프는 그녀로부터 구원을 갈망하게 된다.

　그는 불건강한 형태의 주기능-3차기능 루프에 빠진 채 자기만의 세계에 갇혀 있던 스스로의 모습을 반성하게 된다. 그간 INFJ의 부기능 외향감정(Fe)을 건너뛰고 내향직관과 내향사고에만 치우친 채 타인에 대한 배려와 공감 능력을 철저히 잃어버린 라스콜니코프. 왜곡된 내부 세계로 침잠하다 살인까지 저지른 그를 세상 속으로 끌어내는 은인이 바로 소냐인 것이다. 라스콜니코프는 소냐에게 자신의 죄를 고백하고 바닥에 엎드려 그녀의 발에 입을 맞춘다. 그러자 소냐는 그를 바라보며 말한다.

　"이 세상은 넓지만 지금의 당신처럼 불행한 사람은 없어요, 지금 당장 네거리로 가서 당신이 더럽힌 대지에 입맞추세요. 그리고 큰 소리로 세상사람 모두에게 들리도록 '나는 살인자입니다!' 하고 외치세요. 그리하면 아직 하나님께서는 당신의 생명을 구해 주실 거예요."

한편 라스콜니코프를 의심하던 판사 포르피리는 그에게 와서 제안한다. 만약 자신의 범행을 자수한다면 죄를 경감시켜 주겠노라고. 포르피리의 지속적인 설득과 소냐의 독려로 인해 결국 라스콜니코프는 스스로 죄를 자백하게 된다.

라스콜니코프는 살인이라는 중죄에 비해 가벼운 형벌인 8년의 시베리아 유형을 선고받아 복역하게 되고, 소냐도 그를 따라간다.

감옥에 갇힌 채 복역하면서도 라스콜니코프는 자신의 죄를 진정으로 뉘우치지는 못한다. 그는 죄와 벌의 문제에 대해 치열하게 고뇌하며 '내가 무엇을 잘못했는가'에 대해 반문한다.

'그런데 어째서 그들의 눈에는 나의 행위가 그토록 추악하게 보이는 걸까?' 하고 그는 마음속으로 중얼거렸다. '그것이 나쁜 짓이기 때문일까? 그러나 나쁜 짓이란 대체 무엇을 의미하는가? 나의 양심은 어디까지나 평온하기만 하다. 물론 형법상 범죄는 저질렀다. 물론 법의 조문은 유린되고 유혈이 있었던 것도 사실이다. 그렇다면 법의 조문에 따라 내 목을 자르면 된다… 그러면 되는 거야! 물론 그렇게 되면, 권력을 계승하지 않고 스스로 그것을 탈취한 수많은 인류의 은인들도 그 첫걸음에서 의당 처벌되었어야 한다. 그러나 그들은 끝내 자기의 걸음을 버티어 나갔다. 그러기에 그들은 정당한 것이다. 그러나 나는 끝까지 버티지를 못했다. 그러고 보면 나는 그 첫걸음을 자신에게 허용할 권리가 없었던 것이다.'

바로 이 한 가지 점에서 그는 자기의 범죄를 인정했다. 끝까지 견디어 내지 못하고 자수했다는 그 한 가지 점에서만.

참을 수 없는 존재의 MBTI

그가 자신의 죄를 진정으로 뉘우치게 된 건, 곁에서 한결같이 그를 지켜주는 소녀 덕분이었다. 그녀는 지극정성으로 그의 옥살이를 수발하고, 라스콜니코프에게 성서를 권하며 진정한 사랑과 믿음이 무엇인가를 가르쳐 준다. 그녀를 통해 라스콜니코프는 비로소 자신의 잘못을 깨달으며 진심으로 자신이 저지른 죄를 뉘우치게 된다.

도스토옙스키는 '죄와 벌'이라는 프레임에 인간 사회에 대한 깊은 성찰을 입혀 우리에게 질문을 던진다. 과연 무엇이 죄인가? 누가 죄인인가? 벌이란 무엇인가? 벌을 통해 인간은 구원을 얻을 수 있는가?

라스콜니코프가 진정으로 자신의 죄를 뉘우치기까지는 오랜 시간이 걸렸다. 그의 내면에는 왜곡된 정의감과 타인을 심판하려는 특권의식이 잠재해 있었기 때문이다. 자신만의 갇힌 세계에서 형성된 여러 욕망들을 벗어던진 후에야, 그는 진정 스스로 죄인임을 인정하고 형벌을 받아들일 수 있었다.

우리 모두는 살아가면서 다양한 방식으로 죄를 짓고, 죄의식을 느끼고, 벌을 받으며 살아간다. 라스콜니코프의 허황된 상념과 충동성은 사실 우리 모두의 내부에 잠재해 있는 인간 존재로서의 보편적인 치부일지도 모른다. 독일의 대문호 헤르만 헤세헤르만 헤세Hermann Karl Hesse, 1877~1962가 '더 이상 견딜 수 없을 만큼 고통스러울 때, 인생 전체가 타는 듯한 상처처럼 느껴질 때' 도스토옙스키를 읽으라고 이야기한 건 바로 이런 의미에서일 것이다. 진심으로 자신의 죄를 뉘우치며 극적으로 거듭나는 순간을 소설에서는 "병들어 창백한 얼굴에서는 이미 새로워진 미래의 아침노을, 새로운 삶을 향한 완전한 부활의 서광이 빛나고 있었다."라고 묘사하고 있다. 살아가면서 죄와 벌의

문제에 대한 치열한 고민과 상념에 사로잡히는 순간, 도스토옙스키는
우리를 스스로에 대한 새로운 발견으로 이끈다.

INFJ

『카라마조프가의 형제들』, 알렉세이

맑은 눈에 깃든 신기神氣로
진실을 밝히고 박애를 실천하는 예언자

『카라마조프가의 형제들The Brothers Karamazov』은 러시아의 대문호 표도르 도스토옙스키Fyodor Mikhailovich Dostoevsky, 1821~1881가 1880년 출간한 작품이다. 한 집안의 가장이 아들에게 잔혹하게 살해당하는 패륜 범죄를 매개로 '죄와 벌', 그리고 '선과 악'이라는 거대한 이슈를 조명하는 장편소설이다. 도스토옙스키는 충격적인 사건을 둘러싼 주변 인물들의 대응과 내면 심리 상태를 세밀하게 묘사함으로써 인간 존재의 본성을 탐구하는 한편, 인간이 삶의 부조리를 어떻게 극복하고 구원받을 수 있는가의 중대한 문제에 대해 무거운 필치로 논하고 있다.

소설의 배경은 19세기 후반 러시아 제국의 지방 소도시로, 지주 집안인 카라마조프가에서 일어난 살인 사건을 중심으로 이야기가 전개된다. 집안의 가장인 표도르 파블로비치 카라마조프Fyodor Pavlovich Karamazov는 어느 날 자택에서 누군가에게 머리를 둔기로 맞아 살해당한다. 표도르를 죽인 뒤 도주해 버린 진짜 범인은 한 명이지만, 이 소설에서 작가에 의해 죄인으로 지목당하는 자들은 여럿이다. 즉 표도르를 실제로 죽인 자뿐만 아니라 그를 평소에 죽이고 싶어 한 이들까지 모두 범죄자로 보고 있는 것이다. 돈과 사랑을 둘러싼 욕망의 갈등 관계로 서로 얽힌 채 표도르에 대한 살의를 가져 온 자들이 다름 아닌 그의 아들들이라는 데에서 이 소설의 사건 구도는 극히 파괴적이다. 도스토옙스키는 이처럼 인간의 원죄성을 뚜렷하게 드러내 보이기 위해 아들이 아버지를 상대로 자행하는 '존속 살인'이라는 자극적인 구도를 통해 이야기를 전개시킨다. 그는 카라마조프 집안의 아들들이 어떠한 과정을 거쳐 아버지에 대한 살의를 품게 되고, 결정적인 사건을 당면하게 되고, 죄의식을 어떻게 극복하는가를 세밀한 내면 묘사를 통해 숨 막히게 그려 내고 있다.

카라마조프 집안사람들의 성姓 '카라마조프Карамазов'는 '검다'라는 뜻을 가진 터키어 'кара(카라)'와 '더럽히다'라는 뜻의 러시아어 동사 'мазать(마자찌)'의 합성어로, '검(붉)은 피로 더럽힌다.'라는 함축적인 의미를 갖는다. 이름만으로도 스산함이 감도는 카라마조프가의 악마적 기질은 이 집안의 가장인 표도르 파블로비치 카라마조프에게서 발원했다고 볼 수 있다. 그는 미천한 계급 출신으로 고리대금업으로 많은 돈을 거머쥐게 된 지주로서 대단히 탐욕스럽고 음탕한 호색한이도 하다. 노골적으로 돈을 좇고, 자신의 동물적 본능과 충동을 굳이 스스로 제어하지 않는 인물이다. 이 때문에 자식들과 재산을 두고 대립하는 한편, 자신의 장남과는 한 여자를 두고 추악한 쟁탈전을 벌인다.

그는 자신의 악하고 저질스러운 유전자를 네 명의 자식들에게 물려

주었다. 두 명의 부인 사이에서 얻은 세 명의 이복형제들과, 길 위를 떠도는 부랑자 여인에게서 얻은 한 명의 사생아를 포함한 네 명의 '카라마조프가 형제들'에게 말이다. 카라마조프가의 네 명의 형제들은 각자 뚜렷한 개성을 지니고 있지만 아버지에게서 물려받은 악한 기운을 각기 다른 형태로 분출하고 있을 뿐이다.

첫째 아들 드미트리Dmitri Fyodorovich Karamazov는 술과 도박을 즐기며 공격적인 에너지가 충만한 다혈질의 현직 장교로 명예욕이 충만한 인물이다. 그는 재산과 여자 문제로 아버지인 표도르와 대립각을 세워왔기에 아버지를 살해한 범인으로 가장 강하게 의심받는다. 그는 카테리나Katerina라는 정숙한 여인과 약혼했지만, 행실이 좋지 않은 그루셴카Grushenka라는 여인과 불같은 사랑에 빠져 있다. 사실 그루셴카는 아버지의 애인으로, 재산 문제와 애정 문제가 복잡하게 얽혀 부자간의 갈등이 극한 대립으로 치닫게 된 것이다.

둘째 아들 이반Ivan Fyodorovich Karamazov은 이성적이고 논리적인 지식인이다. 유신론과 무신론의 아슬아슬한 경계에 선 인물로서, '신神의 세계가 존재하지 않는다면, 어떠한 악행도, 심지어 살인까지도 허용된다.'라는 논리로 도덕적 허무주의를 주창하는 인물이다. 그는 치열하게 사색하고 고뇌하는 과정을 거쳐 신의 세계를 부정하는 차가운 이성의 소유자다.

셋째 아들 알렉세이Alexei Fyodorovich Karamazov는 신에 대한 굳은 믿음을 가진 선한 품성의 수도사로서, 구도求道의 길에 열정적으로 정진하는 인물이다. 그는 마을의 존경받는 어른인 조시마Zosima 장로에게서 얻은 깨달음을 바탕으로 인간에 대한 무조건적인 사랑을 실현하고자 노력한다. 신실하고 부드러운 품성을 지녔다.

넷째 아들인 스메르쟈코프Pavel Fyodorovich Smerdyakov는 사생아로서, 아버지인 표도르가 길 위의 떠돌이 여인을 임신시켜 얻게 된 자식이다. 그는 카라마조프가의 요리사이자 하인으로 지낸다. 그는 좀 모자라고 어리숙해 보이는 외양과는 달리 내면에 끔찍한 잔인성을 내재한 인물이다. 어린 시절부터 고양이를 목매달아 죽인 뒤 '장례식 놀이'를 하는 등 싸이코패스적인 악의 기운이 충만하며, 사람을 끔찍하게 싫어하고 마음속에 꿍꿍이가 가득한 악인이다. 간질병을 앓고 있다.

이 네 명의 아들 중에 과연 누가 아버지를 죽였을까. 범인은 바로 사생아 스메르쟈코프다. 평소 논리적이고 이성적인 이반을 흠모하여 그의 사상에 세뇌된 그는, '신이 없다면 모든 행위가 허용된다.'라는 이반의 견해를 '신이 없다면 아버지를 살해하는 행위도 허용된다.'라고 합리화하는 데 악용함으로써 살인을 저지른 것이다. 사건 당일 스메르쟈코프는 간질 발작을 일으킨 뒤 병상에 누워 있었다는 이유로 용의선상에서 제외되는데, 이는 그의 교활한 모략에 따른 알리바이였을 뿐이다. 결국 평소 표도르와 가장 강하게 대립하던 첫째 아들 드미트리가 피의자로 몰려 감옥에 갇히게 된다.

혐의를 강하게 부인하는 드미트리를 보며 알렉세이는 그가 범인이 아님을 확신하고, 진실은 밝혀져야 한다고 믿는다. 알렉세이는 뚜렷한 물증이 없음에도 육감을 활용해 진범이 스메르쟈코프라는 사실을 감지해 낸다. 평소 형들과의 대화에서 경청했던 내용들을 예사롭게 넘기지 않고 기억해 두었다가 되살려 내어 범인을 예측하는 도구로 활용한 것이다. 이처럼 알렉세이는 INFJ의 주기능인 내향직관(Ni)

을 기반으로 깊은 통찰력과 해석력을 발휘하여 정확한 예언적 추측에 능한 면모를 보인다. 그는 내면에 울려 퍼지는 소리에 귀 기울이며 아버지의 죽음과 관련해 누구에게 얼마만큼의 죄가 있는가를 도출해 낸다. 그가 보기에 드미트리에게도, 이반에게도 아버지에 대한 일말의 죄가 없는 것은 아니나, 아버지의 목숨을 끊은 스메르쟈코프의 죄가 가장 엄중하며 그에 합당한 벌이 내려져야 한다는 생각으로 이반을 찾아간다.

이반은 갑자기 걸음을 멈추고 물었다.

"그럼 넌 누가 범인이라고 생각하니?"

"누구라는 건 형님 자신이 누구보다 잘 아시잖습니까?"

알렉세이는 가슴을 파고드는 나직한 목소리로 말했다.

"누구냐? 그 미치광이 지랄병 환자인 스메르쟈코프냐?"

"형님도 잘 아시면서……."

"누구냐! 누구냐니까!"

이반은 강하게 소리쳤다.

"아버지를 죽인 것은 형님이 아녜요. 형님이 아닙니다!"

알렉세이는 단호하게 되풀이했다.

"그렇지. 내가 죽이지 않았다는 것은 나 자신이 잘 알고 있다."

"다만 형님은 '하수인은 나다.' 하고 자기 자신에게 말씀하셨습니다."

"내가 언제 그런 말을 했어? 내가 하수인? 나는 모스크바에 있었어! 내가 언제 그랬어!"

이반은 넋을 잃고 중얼거렸다.

"형님은 지난 두 달 동안 혼자 계실 때 몇 번이나 자기 자신에게 그렇게 말씀하셨습니다."

알렉세이는 자기의 뜻에 의해서가 아니라 그 어떤 물리칠 수 없는 명령에 의해 정신없이 말해 댔다.

그의 정확한 예언적 추측을 가능케 하는 것은 발달된 외향감정(Fe)이다. INFJ의 부기능인 외향감정은 그로 하여금 타인의 정서에 대한 깊은 관심을 바탕으로 한 마디 한 마디에 귀 기울이게 하며, 배려와 공감 능력에 기반한 소통을 통해 상대방의 속내를 이끌어 내도록 한다. 이로써 수많은 단서를 얻어 직관적 통찰의 재료로 삼는 것이다. 내향 직관과 외향감정의 합작은 알렉세이를 흡사 예언자적 인물로 만든다. 그의 맑은 눈에 깃든 광기는 이반에게 '내가 아버지의 죽음에 정말 책임이 있는 건가?' 하는 의구심을 불러일으킨다. 보통 이반과 같이 논리적이고 이성적인 인물을 헷갈리게 만들려면 보통의 논증으로는 어림도 없다. 천하의 이반이 알렉세이에게 설득당한 건 정교한 논리가 아니라 알렉세이가 발산하는 신비한 기운 때문이었다. 알렉세이는 이반의 마음을 움직이기 위해 3차기능인 내향사고(Ti)를 활용할 필요가 없었던 것이다. '그게 뭔진 모르지만, 어쨌든 모든 것을 알고 있다'라는 듯한 충만한 신기神氣는 이반의 마음속에 내적 갈등을 일으킨다.

물론 이반은 살해 현장에 본인이 직접 있진 않았다. 하지만 그가 평소에 지적으로나 정신적으로 교류하며 많은 영향을 끼쳤던 스메르쟈코프가 아버지를 죽였을지도 모른다는 의혹을 품게 된다. 이반은 무

참을 수 없는 존재의 MBTI

려 세 차례나 스메르쟈코프를 추궁한 끝에, 그가 아버지를 죽였다는 충격적인 대답을 듣고 경악하게 된다. 스메르쟈코프는 담담하고 의기양양하게 자신의 범행을 고백하며 표도르의 방에서 훔쳐 나온 돈을 이반에게 건넨다. 그러면서 그는 이반에게 '당신도 유죄'라고 말한다. 이반 역시 평소 아버지가 죽기를 은근히 바랐음은 물론, 그날 드미트리가 격분한 상태로 표도르의 집에 침입해 위험한 일이 벌어질 것을 알고 있었음에도 타지로 떠나며 방관했기에 최소한 미필적 고의가 있었다고 지적한 것이다. 이반은 이 모든 상황을 부정하고 싶었지만 틀린 말은 아니었다.

이반은 자신이 의도했든 의도하지 않았든 스메르쟈코프를 교사하여 아버지를 살해하도록 만들었으니 결과적으로 자기가 아버지를 죽인 것이나 다름없다는 죄책감에 사로잡힌다. '신이 없는 세상에서는 모든 행위가 허용된다.'라는 도덕적 허무주의가 스메르쟈코프의 불안정한 정신세계 속에서 뒤틀리고 왜곡되어 '살인까지도 정당화된다.'라는 결론으로 비화, 결국 아버지가 살해되는 참극을 빚게 된 것이니 말이다. 이반은 극심한 죄의식과 스트레스로 인해 정신분열 증상까지 보이며 극도로 쇠약해지게 된다.

한편 스메르쟈코프는 돌연 스스로 목을 매어 목숨을 끊은 채로 발견된다. "아무에게도 죄를 돌리지 않기 위해 나 자신의 의지와 의향에 따라 내 생명을 끊는 바이다."라는 쪽지를 남긴 채. 자신의 범행 동기나 과정 등에 대해선 아무런 설명 없이, 뜬구름 잡는 독백만을 남긴 채 세상을 떠나 버린 스메르쟈코프. 이반은 재판정에서 스메르쟈코프가 진범임을 주장하지만, 죽은 자는 말이 없기에 유죄를 입증할 수도 없었다. 증거 불충분으로 이러한 주장은 기각되는 한편, 드미트리가 예전에 약혼녀에게 '아버지를 죽여서 빚진 돈을 갚겠다.'라고 쓴 편지가 증거로 제출됨에 따라 드미트리가 진범으로 확실시 되어 간다.

드미트리는 억울한 누명을 썼다고도 볼 수 있지만, 재판 과정에서 스스로를 되돌아보고 사유하는 과정을 거치며 점차 자신에게도 일말의 죄가 있다는 의식을 갖고 반성하게 된다. 그는 자신의 아버지에게서 물려받은 정욕과 저열함으로 얼룩진 인물이었지만, 아버지의 죽음을 계기로 그러한 얼룩을 조금씩 씻어냄으로써 새로운 사람으로 다시 태어나게 된 것이다. 비록 그가 아버지에게서 받아 낸 것은 그가 그토록 원했던 돈이 아닌 누명과 징역형이었지만, 역설적으로 그에게는 이러한 육체적 형벌이 정신적 갱생의 모멘텀이 되었던 것이다.

형의 무고함을 굳게 믿는 알렉세이는 시베리아 유배형을 선고받은 드미트리에게 미국으로 도피할 것을 권한다. 중요한 것은 속죄의 형태가 아니라 실질이라고 강조하며 말이다. 즉 죄책감을 씻어 내고자 순교자적으로 모든 죄를 떠안으려 하지 말고, 이번 사건을 계기로 내면에 새로 태어난 자신을 일으켜서 살아야 한다며 그는 형을 설득한다.

"형님은 제가 거짓말을 하지 않는다는 것은 잘 아시죠? 그런 십자가는 지금 형님에겐 너무나 무겁습니다. 누구나 다 그런 무거운 짐을 질 수 있는 것은 아닙니다. 역장이 이반 형님에게 한 말입니다만, 계획대로라면 탈주는 그리 문제될 것이 없다는 것입니다."

"그 대신 난 스스로 나를 책망하지 않으면 안 되겠지?"

알렉세이는 조용히 웃어 보였다.

"내가 탈주를 성공하여 아메리카로 달아난다 하더라도 기쁨을 얻는 것도 아니고 행복을 얻는 것도 아니고 그냥 다른 징역살이를 하고 사는 것이라고 생각해. 아메리카는 시베리아보다 더 나쁠지 몰라. 그루셴카가 함께 가더라도 말이야. 알렉세이, 내 결심은 그런 것이다. 그녀와 함께 그곳에 도착하면 어디 아주 한적한 시골로 들어가 소처럼 농사를 열심히 지으면서 살아갈 참이다. 한 3년쯤 지나면 우리는 다시 러시아로 돌아오는 거야. 그러나 염려할 건 없어. 이 도시로는 오지 않을 테니까. 북쪽이든 남쪽이든 우릴 전혀 모르는 곳에서 살아가면 돼, 그리고 거기에 파묻혀 농사를 지을 것이다. 이게 내 계획이야. 어떠니, 괜찮겠지?"

미국으로 도피하여 새로운 삶을 살기로 결심한 드미트리. 그가 아버지가 다투면서까지 사랑한 여인 그루셴카가 새로운 삶을 다짐하는 그의 곁을 지키게 된다. 아버지와 아들 사이에서 애매한 포지션을 취하며 두 남자의 마음을 농락한 그루셴카 또한 표도르의 죽음에 일정한 책임이 있다고 볼 수 있다. 아버지인 표도르를 택하면 돈을 받을 순 있지만 결혼이 안 될 것 같고, 아들인 드미트리를 택하면 결혼을 할 수 있을 것 같지만 돈에 쪼들릴 것 같다는 계산으로 두 남자의 마음을 갖고 노는 과정에서 부자간의 대결 구도가 파멸로 치닫게 된 것이니 말이다. 자기가 직접 표도르를 죽이진 않았지만, 그의 마음을 들었다 놨다 하며 그를 둘러싼 집안 갈등을 증폭시킨 데 대한 자신의 책임, 그리고 유흥가에서 일하며 떳떳하지 못한 돈을 벌었던 자신의 과거에 대해서도 반성하고 회개하면서, 그루센카 또한 새로운 시작을 다짐하게 된다.

저자인 도스토옙스키는 이 소설의 주인공이 알렉세이라고 말한다. 집안사람들이 겪는 파멸과 회개의 전 과정을 인내심을 가지고 지켜보는 알렉세이가 결국 아버지의 죽음을 막지 못했으나, 이러한 비극적인 사건을 계기로 비약적인 정신적 성숙을 겪게 된다. 사실 도스토옙스키에 따르면 이 방대한 분량의 소설 『카라마조프가의 형제들』은 그가 기획한 '알렉세이 시리즈'의 1편이었다. 그가 아버지의 죽음을 계기로 한 차원 성장한 뒤 혁명가의 길을 걷는 속편들을 집필할 예정이었으나, 제대로 집필을 시작하기 전에 도스토옙스키가 사망하게 되면서 미완의 걸작으로 남게 된 것이다.

알렉세이가 진정한 주인공으로서 인류에 대한 사랑을 실천하는 스토리는 우리의 상상에만 맡겨지게 되었지만, 이러한 맥락에 의해 작가가 이 소설을 통해 말하고자 하는 바가 좀 더 분명해진다. 아직은 성장 과정에 있던 알렉세이였기에 그의 신념대로 모든 이들을 구원할 수는 없었지만, 그가 옳다고 믿었던 가치들이 결국 모든 파멸적인 것들을 갱생시킬 것이라는 확신이 이 소설에 녹아들어 있는 것이다. 즉 인간에 대한 조건 없는 사랑, 박애, 믿음, 관용, 희생, 포용과 같은 아름다운 가치를 실현함으로써 진정 자유롭고 값진 인생을 살 수 있다는 것이 이 작품의 결론이다. 탐욕과 자기기만, 허세, 정욕, 방탕, 증오와 복수심과 같은 부정적인 감정과 행위에 사로잡힌 채 사람을 이용하거나 미워하거나 해치려 하면 결국 자기 스스로 파멸에 이르게 된다는 냉철한 지적을 우리는 이 작품에서 읽어 내야 한다.

INFP

『젊은 베르테르의 슬픔』, 베르테르

『죽은 시인의 사회』, 존 키팅

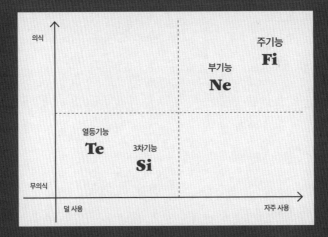

외향(E), 감각(S), 사고(T), 판단(J)
내향(I), 직관(N), 감정(F), 인식(P)

INFP

『젊은 베르테르의 슬픔』, 베르테르

끓어오르는 내면의 격정에 못 이겨
스스로를 파멸시키는 슬픈 청춘

『젊은 베르테르의 슬픔The Sorrows of Young Werther』(1774)은 독일의 대
문호 괴테Johann Wolfgang von Goethe, 1749~1832의 소설이다. 유명인이 극
단적 선택을 할 경우 대중들이 해당 인물과 자신을 동일시해 자살을
시도하는 현상인 '베르테르 효과Werther Effect'라는 용어를 남긴 작품이
기도 하다. 소설 속 주인공 베르테르의 비극은 단지 픽션이었음에도
불구하고, 이 책이 쓰여진 18세기 후반 유럽 전역에 거대한 센세이션
을 일으키며 약 2천여 명에 이르는 젊은이들의 모방자살을 불러일으
켰다고 전해진다. 이 책이 쓰여진 지 두 세기가 훌쩍 넘은 지금까지도
꾸준히 그의 이름이 언급되는 것은 고전으로서 이 작품의 가치가 얼
마나 큰지, 더불어 '슬픔'이란 감정의 파급력과 전염성이 얼마나 대단
한지를 잘 보여 준다.

베르테르를 슬프게 만든 것은 과연 무엇이었는가. 그리고 과연 무

엇이 수많은 당대 젊은 독자들의 가슴속에 불꽃을 일으켜 베르테르의 뒤를 따르도록 만들었던 것인가. 베르테르는 그의 친구 빌헬름Wilhelm 에게 보내는 편지의 형태로 자신의 절절한 속내를 전하고 있다.

조용한 자연에 묻혀서 우울증을 치료할 목적으로 어느 아름다운 산간 마을에 찾아든 23세의청년 베르테르. 그는 어느 날 참석하게 된 마을 무도회에서 멋진 춤 솜씨를 가진 쾌활한 여인 로테Charlotte를 만나게 되고, 그 순간 앞으로 자신의 인생을 송두리째 뒤바꿀 운명적인 사랑의 시작을 직감하게 된다.

나는 마차에서 내렸네. 하녀 하나가 대문 쪽으로 나오더니 로테 아가씨가 곧 나올 테니 잠시만 기다려 달라고 하더군. 나는 마당을 가로질러 잘 지어진 건물 앞으로 갔네. 앞에 놓인 계단을 올라가 문 안으로 들어서자 여태껏 내가 본 것 중 가장 멋진 장면이 눈앞에 펼쳐졌네. 거실에는 팔과 가슴에 핑크빛 리본을 달고 소박한 모양의 흰 옷을 입은, 중키에 자태가 아름다운 한 아가씨를 둘러싸고 두 살에서 열한 살 사이의 어린애들 여섯이 옹기종기 모여 있었네. 그녀는 검은 빵 하나를 손에 들고서, 빙 둘러서 있는 어린아이들에게 다정한 미소를 지으며 나이와 먹성에 따라 빵을 떼어 주고 있었네.

"죄송합니다." 그녀가 말했네. "이렇게 직접 집 안에까지 들어오시게 하고 숙녀분들을 기다리게 만들어서요. 옷을 갈아입고 제가 없는 동안에 대비해 집안일을 처리하느라 아이들에게 저녁 빵을 나누어 주는 것을 깜박했어요. 우리 애들은 제가 떼어 주는 빵 아니면 안 받아 먹거든요." 나는 그녀에게 하나 마나 한 칭찬의 말을 건넸

　　　　　　　　　　참을 수 없는 존재의 MBTI

을 뿐이네. 나의 온 마음은 그녀의 자태와 목소리와 몸짓에 가서 쏠려 있었네. 그녀가 장갑과 부채를 가지러 그녀의 방으로 간 사이 나는 놀란 마음을 간신히 추스를 수 있었네.

로테에게 한눈에 반해 버린 베르테르. 춤이라는 공통의 관심사를 통해 로테와 가까워진 베르테르는 그녀의 약혼자 알베르트에 관한 이야기를 듣고는 의기소침해진다. 그러면서도 베르테르는 로테를 향한 마음을 꺾을 수 없어 그녀를 계속해서 찾아가게 된다. 로테 또한 베르테르를 적극적으로 거부하지 않는다. 어느새 둘은 아슬아슬한 성性적 긴장감을 주고받는 미묘한 사이로 발전한다.

내 손가락이 그녀의 손가락을 건드리거나 식탁 밑에서 우리의 발이 우연히 서로 마주치면, 아, 마치 나의 모든 핏줄 사이로 전기가 흐르는 것 같다네! 나는 불에 덴 듯 손과 발을 얼른 뒤로 빼지만, 알수 없는 힘이 내 손과 발을 다시 앞으로 끌어낸다네. 그러면 나의 모든 감각이 현기증을 느끼지. 오! 그녀의 순진함과 그녀의 천진난만한 영혼은 사소한 친밀감의 표현이 내 마음을 얼마나 괴롭히는지 알지 못한다네. 그녀가 대화를 나누던 중에 자기 손을 내 손 위에 얹거나, 정신없이 떠들어 대느라 내 쪽으로 바짝 다가앉아 그녀의 입에서 나오는 천상의 입김이 내 입술에 닿기라도 하면 나는 벼락에 맞은 것처럼 쓰러질 것만 같아. 그리고 빌헬름! 내가 만일 언젠가 이 하늘 같은 여인을, 그녀의 신뢰를 어떻게 한다면! 자넨 내 말뜻을 알겠지? 아니야, 내 마음은 그렇게 타락하지 않았어! 약하지! 너무나 약하지! 그러면 그것이 타락 아닌가?

로테가 베르테르의 마음을 들었다 놨다 하며 아슬아슬한 줄타기를 즐기는 동안, 베르테르의 연정은 더욱 깊고 뜨거워져만 간다. 로테의 약혼자 알베르트Albert의 존재로 인해 '가질 수 없는 여인'임을 자각하면 할수록 역설적으로 그녀를 향한 편집증적 열정과 갈망은 더욱 활활 타오른다. INFP의 주기능인 내향감정(Fi)으로 인해 베르테르는 그녀에 대한 감정을 격하게 곱씹으며 내부에 축적시킨다. 분출되지 못하고 쌓여 가는 감정으로 인해 로테는 베르테르의 머릿속에서 더욱 이상화되고 신격화된다. 부기능 외향직관(Ne)은 이 과정에 상상력을 덧입혀 그녀와 자신을 주인공으로 한 일방적인 서사를 창조시키는가 하면 상사병으로 그를 앓아눕게 만들기도 한다. 이처럼 내향감정과 외향직관의 합작으로 인해 베르테르의 내면은 폭발 직전의 시한폭탄으로 달아오른다. 끓어오르는 감정을 해소할 유일한 분출구는 애꿎은 종이 위에 격정적인 속내를 글로써 휘갈기는 것뿐이었다.

한편 일 때문에 도시로 나가 있던 알베르트가 돌아오게 되자, 베르테르는 그 사실을 듣고 깊은 실의에 빠지게 된다.

알베르트가 왔다네. 나는 떠날 걸세. 그 사람이 더없이 훌륭하고 고상한 사람이어서 내 비록 어느 면으로 보나 내가 그보다 더 열등함을 인정할 마음의 자세가 되어 있다 해도 내 눈으로 그토록 많은 완벽함을 다 차지하고 있는 그의 모습을 직접 보는 것은 참을 수 없는 일일세. 차지하고 있다고! 그래, 빌헬름. 그녀의 약혼자가 왔네!

누구나 좋아하지 않을 수 없는 점잖고 다정한 남자일세.

그거야 어쨌든 간에 로테와 함께 있음으로 해서 누릴 수 있는 나의 기쁨은 사라졌네. 그걸 뭐라고 불러야 하나? 바보짓 혹은 망상? 사실 자체가 다 이야기해 주는걸! 나는 지금 내가 알고 있는 것들을 이미 알베르트가 오기 전부터 알고 있었네. 나는 내가 그녀에 대한 권한을 갖고 있지 못함을 알고 있었고, 실제로 어떤 권한도 행사해 본 적이 없네. 말하자면, 그렇게 넘치는 다정함을 보고도 다른 뜻을 품지 않는다는 한도 내에서 말일세. 그리고 이제 이 곤경에 처한 사람은 원래 애인이 정말로 돌아와 처녀를 그에게서 빼앗아 가도 눈만 멀뚱하니 뜨고 지켜볼 뿐이네.

말로는 떠난다 하면서도 베르테르는 쉽게 로테를 포기하지 않는다. 그는 로테를 계속 만나기 위한 목적으로 알베르트와도 가까이 지내며 그의 경계심을 무너뜨리려 한다. 이 같은 행태는 결코 일반적이지 않다. 유부녀에게 집착하다 못해 그녀의 남편에게까지 접근하여 친교를 맺는 대응 방식은 현실의 제약에 굴복하지 않겠다는 완강한 거부 의사에 다름 아니다. 이처럼 베르테르가 사회 규범과 도덕률에 쉽사리 타협하지 않는 것은 INFP의 3차기능인 내향감각(Si)의 미비에 기인한다. 그는 대책 없이 이상과 낭만을 추구하기에 비현실적이고, 위험을 기꺼이 감수하려 하기에 불안정하다. 로테의 남편 알베르트는 인품마저 훌륭해서 베르테르의 좌절감을 더욱 극대화시킨다. 로테와 알베르트의 결합이 생각보다 견고하다는 것을 깨달은 베르테르는 극도의 패배감과 괴로움에 사로잡힌다.

참을 수 없는 존재의 MBTI

아침이 되어 우울한 꿈에서 깨어나면 나는 그녀를 향해 헛되이 팔을 뻗어 본다네. 밤이면 나는 행복하고 순결한 꿈을 꾸다가 그녀가 지금 나와 함께 풀밭 위에 앉아 있고 내가 그녀의 손을 잡고 거기에 수천의 키스를 퍼붓는 듯한 착각에 빠져 침대에서 그녀를 헛되이 더듬어 본다네. 아, 아직 잠이 덜 깬 상태에서 그녀를 찾아 손을 더듬다가 정신이 돌아오면 눌렸던 내 가슴에서는 눈물 줄기가 터져 나온다네. 그러면 나는 암울한 미래를 생각하며 참담한 눈물을 흘리지.

이 비참한 인간아! 넌 바보 아니냐? 왜 네 자신을 속이는 거지? 이 끝없이 거칠게 날뛰는 격정은 대체 무어란 말이냐? 나의 기도는 이제 오로지 그녀만을 향한다네. 나의 상상력의 눈에는 그녀 이외의 다른 모습은 나타나지 않아. 그리고 나를 둘러싼 이 세계의 모든 것을 볼 때도 그녀와 관련해서만 본다네. 그렇게 하면 얼마간은 행복한 시간을 보낼 수 있거든. 하지만 나는 다시 그녀에게서 벗어나야 한다네! 아, 빌헬름! 내 마음이 자꾸만 나를 몰아붙이는구나! 두 시간이고 세 시간이고 그녀 옆에 앉아 그녀의 자태와 그녀의 행동, 그녀의 천사 같은 말투에 빠져 있다 보면 갈수록 나의 감각은 흥분되어 눈앞이 침침해지고 귀도 잘 안 들리고 마치 살인자가 내 목을 누르고 있는 듯 숨쉬기조차 힘들어진다네.

로테에 대한 복합적인 감정이 격해질수록 베르테르의 우울증은 더욱 심각해진다. 그는 돌연 로테와 알베르트에게 작별을 고하고 여행을 떠나지만, 돌아와서 그 둘이 결혼했다는 절망적인 소식만 들을 수 있었다. 유부녀가 된 로테는 베르테르에게 차가운 태도로 대하며 그를 더욱 비참하게 만든다. 하지만 베르테르는 포기하지 않는다. 로테에 대한 미움보단 사랑이 더 컸기에 시와 음악을 핑계로 그녀와의 연결고리를 이어 가려 애쓴다.

베르테르가 진정 로테와의 결합을 원했다면, 가령 알베르트에게 정면으로 맞서 결투를 신청한다든지, 로테의 마음을 빼앗기 위해 그녀를 적극적으로 설득한다든지, 혹은 그들의 결혼을 저지할 수 있는 다른 방법을 찾아야 했을 것이다. 하지만 베르테르는 체념적으로 몸을 피하거나 서글픈 감상에 빠져 있는 등 우회적이거나 염세적인 대응으로만 일관한다. 비련의 주인공을 자처하며 슬퍼하면서도 상황을 타개할 실질적인 해결책을 모색하거나 몸을 움직여 행동하지 않는 그의 소극성은 INFP의 열등기능인 외향사고(Te)의 결여에 기인한다. 베르테르에게는 그 어떤 뚜렷하고 구체적인 목적의식도, 계획도, 추진력도 없다. 그저 로테가 언젠가는 자신의 진정성을 알아주기를 바라며 곁에서 질척댈 뿐.

그녀는 내가 무엇을 꾹꾹 참고 있는지 느끼고 있는 것 같네. 오늘 그녀의 눈길은 내 가슴을 깊이 꿰뚫었네. 나를 쳐다보는 그녀의 눈길은 훨씬 강렬한 것이었네. 진심에서 우러나는 관심과 더없이 달콤한 동정의 표현으로 가득 차 있었네. 왜 그녀의 발치에 쓰러지면 안 되나? 왜 그녀를 끌어안고 수천의 키스로 답하면 안 되나? 그녀는 피아노 있는 곳으로 슬그머니 몸을 피해 피아노를 치며 달콤한 목소리로 나지막하게 아름다운 노래를 불렀네. 그녀의 입술이 그렇게 매혹적으로 보인 것은 처음이었네. 그 입술은 목마른 듯 열렸다가 피아노에서 솟아오르는 그 달콤한 소리를 후루룩 들이마시는 것 같았네. 그리고 그녀의 순수한 입에서 되돌아온 것은 은밀한 메아리였네. 이것을 자네에게 제대로 묘사할 수 있다면! 나는 더 이상 버틸 수가 없어서 앞으로 허리를 구부리고 맹세했네. 거룩한 정신이 감도는 너의 입술에 내 다시는 키스를 하려 덤비지 않겠다. 그래도—나는 하고 싶다.—아! 보라, 내 마음 앞에 칸막이벽처럼 서 있는 그것을. 저 행복, 그다음엔 죽어 가며 죄를 씻어야 하리라. 죄라고?

이토록 괴로워하는 베르테르의 속내를 로테가 몰랐을 리 없다. 그럼에도 그녀는 짐짓 태연하게 이 상황을 즐긴다. 그녀는 점잖은 남편의 묵인을 방패 삼아 큰 죄의식 없이 외간남자와의 연애를 즐기고 있는 셈이었다. 하지만 아무리 고매한 남편이라 해도 용인 가능한 범위가 있는 법. 선을 넘지 말라는 남편의 충고를 듣게 된 로테는 베르테르에게 앞으로 만남을 자제할 것을 요청한다. 오로지 로테가 전부였던 베르테르에게는 청천벽력 같은 비보가 아닐 수 없었다. 베르테르는 극도의 절망에 빠진 채, 마지막으로 로테를 찾아간다. 그리고 이날, 결국 일이 터져 버리고 만다.

베르테르의 편지를 정리하는 편집자의 시점에서 이날의 사건이 다음과 같이 묘사된다.

그는 깊은 절망에 빠져 로테 앞에 털썩 무릎을 꿇고서 그녀의 손을 잡아 그의 눈과 이마에 가져갔습니다. 그러자 그가 품은 끔찍한 계획에 대한 예감이 설핏 그녀의 마음을 스친 것 같았습니다. 그녀는 넋이 나간 것 같았습니다. 그녀는 그의 손을 꼭 잡아 그녀의 가슴에 가져가 지그시 누르고는 슬픈 마음을 가누지 못해 그를 향해 허리를 구부렸습니다. 두 사람의 불타는 뺨이 서로 맞닿았습니다. 둘은 주위 세계 같은 것은 아랑곳하지 않았습니다. 베르테르는 양팔로 그녀를 감싸서 그의 가슴에 끌어안고는 떨면서 무언가 속삭이고 있는 그녀의 입술에 불타는 키스를 퍼부었습니다. "베르테르!" 그녀가 질식할 듯한 목소리로 말했습니다. "베르테르!" 그녀는 몸을 돌리며 가녀린 손으로 그의 가슴을 자기 가슴에서 밀쳐 내려 했습니다. "베르테르!" 그녀는 고귀한 감정이 담긴 차분한 목소리로 말했습니다. 그는 더 이상 버티지 않고 그녀를 품에서 풀어 주고는 그녀 앞에 정신없이 쓰러졌습니다. 그녀는 벌떡 일어나 사랑과 분노 사이에서 몸을 떨며 걱정스럽고 혼란스러운 목소리로 말했습니다. "이게 마지막이에요! 베르테르! 당신은 나를 다시는 볼 수 없을 거예요." 그러더니 그녀는 사랑이 가득 찬 눈빛으로 그 불행에 빠진 사내를 쳐다보고는 서둘러 옆방으로 들어가 문을 닫았습니다.

"로테! 로테! 한 마디만 해줘요! 잘 가라는 말 한 마디만!" 그녀는 아무 말도 하지 않았습니다. 그는 기다렸다가 다시 청하고 그리고 다시 기다렸습니다. 그러다가 그는 벌떡 일어나 소리쳤습니다. "잘 있어요, 로테! 영원히 잘 있으라고요!"

격정을 이기지 못해 금단의 선을 넘어 버린 베르테르. 그리고 그런 그를 이제야 완강히 거부하며 영원한 작별을 고한 로테. 결국 이렇게 모든 것은 끝나 버렸다. 실의에 빠진 베르테르는 여행을 빙자하여 알베르트에게 호신용 권총을 빌리고, 로테의 손에 의해 건네진 그 총을 가지고 목숨을 끊어 버린다.

베르테르를 압도했던 슬픔, 그리고 극단적 선택. 내내 깊은 우울에 침잠해 있던 그의 짧은 생애는 그렇게 끝나 버렸다. 그는 꼭 죽어야만 했을까. 그것만이 최선이었을까.

가질 수 없는 게 더욱 빛나 보이는 건 어쩔 수 없는 사람 심리다. 기혼녀와의 이루어질 수 없는 사랑에서 비롯된 베르테르의 슬픔은 시간이 흐를수록 그 강도와 깊이가 극대화된다. 베르테르는 현실에 타협하고 순응하며 살아가는 대다수의 사람들과 다른 이상주의자였다. 그는 온갖 규범과 제도를 뛰어넘어 감정에 충실하며 살아가고자 하는 낭만주의자의 비극을 온몸으로 대변하고 있다.

베르테르의 슬픈 이야기는 괴테 자신이 젊은 시절 겪었던 실연의 경험을 바탕으로 쓰여졌다고 한다. 하지만 중요한 건, 괴테 본인은 그깟 사랑 때문에 죽지 않았다는 것. 오히려 그는 죽을 때까지 평생 다양한 여인과 사랑을 나눴다 전해진다. 베르테르의 비극을 창조한 괴테 자신이 끊임없는 연애를 즐겼다는 사실은, 젊은 시절의 슬픔은 삶 전체를 놓고 보았을 때 단지 순간에 불과하다는 걸 보여 주는 증거에 다름 아니다.

나이를 들어갈수록 감정은 무뎌지기 마련이다. 어찌 보면 그토록 절절하게 누군가를 그리워하고 사랑할 수 있다는 것은 젊음만이 누릴 수 있는 특권일 수도 있을 것이다. 나이를 먹을수록 정열적인 사랑에 빠지기란 극히 어려워지고, 애초에 사랑할 상대방을 만나는 것조차 힘들어지는 것이 사실 아닌가. 늙어서까지 줄기차게 연애를 이어 갔던 괴테의 실제 삶을 고려해 보면 『젊은 베르테르의 슬픔』은 치기 어린 청춘의 여러 모습 중 하나의 단면일 것이다. 그가 과연 자신이 가공해 낸 베르테르라는 캐릭터 때문에 젊은이들이 따라 죽을 거라고 예측이나 했을까. 그의 의도와 다르게 이 작품으로 인해 아까운 죽음이 잇따른 건 참으로 안타까운 일이 아닐 수 없다.

베르테르는 요절했지만, 실존 인물인 괴테는 죽을 때까지 사랑하며 살았다는 사실을 우리는 결코 잊지 말아야 한다. 결국 괴테가 젊은 베르테르를 통해 말하고자 한 건, '이 또한 다 지나갈 것이다.'라는 인생의 귀한 깨우침이 아닐까.

『죽은 시인의 사회』, 존 키팅

자신만의 철학과 세계관의 정립을 독려하는,
진정성 충만한 괴짜 스승

미국의 작가 N. H. 클라인바움Nancy H. Kleinbaum, 1948~의 소설 『죽은
시인의 사회Dead Poets Society』(1989). 미국의 한 명문 고등학교에 새로
부임해 온 국어교사 존 키팅John Keating과 그의 제자들이 펼치는 가슴
뭉클한 이야기가 담겨 있는 책이다.

소설의 무대인 웰튼 아카데미Welton Academy는 미국 내에서 아이비리
그 진학률이 가장 높은 사립 고등학교 가운데 하나로, 해마다 졸업생
의 70퍼센트 이상이 아이비리그Ivy League로 진학하는 명문고 중의 명
문고로 묘사된다. 웰튼에 입학한 학생들은 전원 기숙사 생활을 하면
서 엄격하게 교육받는다. 교육의 지상 목표는 물론 아이비리그 진학
이다. 학생들은 학교의 획일적인 평가 기준에 자신을 끼워 맞추며 입
시 준비에 매진한다.

학교 마당에는 한겨울의 차가운 바람이 스산하게 불고 있었다. 그 스산한 바람은 어딘지 모르게 음침한 느낌마저 감돌게 했다. 웰튼 아카데미가 가지고 있는 외형적인 화려함과 어울리지 않게 학교 여기저기에 스며 있는 어떤 칙칙함은 엄격과 규율로 다스려지는 경직된 학교 분위기와 무관하지 않았다. 또한 이것은 오랜 세월 오로지 명문대 진학만을 최고 목표로 삼아 앞만 보고 달려가는 동안 바깥세상과 동떨어져 버린 데서 오는 불협화음이 쏟아 내는 분위기이기도 했다.

웰튼 아카데미 학생들은 지독하게 공부시키는 웰튼을 지옥이라는 뜻의 '헬(Hell)'에 비꼬아 '헬톤 아카데미(Hell ton: 지옥 학교)'라고 부르곤 했다.

획일적인 기대와 훈육에 짓눌린 채 움츠러들어 있는 아이들에게 어느 날 한 줄기 빛과 같은 존재가 다가온다. 바로 새로운 국어교사로 부임한 존 키팅. 어딘가 범상치 않은 분위기를 풍기는 그는 첫 만남부터 학생들에게 강렬한 인상을 심어 준다. 그는 첫 수업부터 학생들에게 명문대 합격을 위한 암기식 공부보다는 주체적이고 창조적인 삶을 꾸려 나가기 위한 폭넓은 공부를 해나갈 것을 촉구한다. 또한 학생들에게 억압과 굴레에서 벗어나 거침없이 능동적으로 살아가는 독립적이고 개성이 강한 인간이 되라고 가르친다. 학생들의 가슴에 꽂힌 그의 한마디는 '카르페 디엠Carpe Diem', 즉 '오늘을 즐겨라'로 압축된다.

"우리가 그저 제한된 횟수의 봄과 여름, 가을을 넘기며 살아가고 있다는 건 모두 다 아는 사실 아닌가? 믿고 싶지 않겠지만 언젠가 우리는 누구 하나 빠짐없이 숨이 끊어질 것이다. 싸늘하게 몸은 식고 죽음에 이르게 된다. 아무도 이 운명에서 벗어날 수는 없어!"

키팅은 이 사진 저 사진들을 가리키면서 잰걸음으로 전시실을 돌아다녔다.

"이 사람들 가운데 한평생 소년 시절의 꿈을 마음껏 펼쳐 본 사람은 과연 몇 명이나 될까? 대부분 지난 세월을 아쉬워하며 세상을 떠나 무덤 속으로 사라져 갔을 것이다. 능력이, 시간이 없어서 그랬을까? 천만에! 그들은 성공이라는 전지전능한 신을 뒤좇는 데 급급해서, 소년 시절 품었던 꿈을 헛되이 써버리고 말았던 것이다. 결국 지금은 땅 속에서 수선화의 비료 신세로 떨어지고 만 것이지. 하지만 좀 더 가까이 다가가면, 이들이 여러분에게 속삭이는 소리가 들릴 것이다. 자 들어 봐! 어서 와서 들어 봐!"

학생들은 조용했고, 몇몇 학생들은 주저하면서도 사진에다 귀를 갖다 대어 보았다. 그 순간 어디선가 나지막이 속삭이는 소리가 들려왔다. 학생들은 일순간 알지 못할 전율을 느꼈다.

"카아르페에 디이엠……."

키팅이 쉰 목소리를 내며 나지막이 속삭이고 있었다. 그리고 계속해서 다그치듯 말했다.

"오늘을 즐겨라! 자신들의 인생을 헛되이 낭비하지 마라!"

키팅의 강한 신념과 열정에서 INFP의 주기능인 내향감정(Fi)을 엿볼 수 있다. 교사로서 전인격적 교육을 위한 자신만의 뚜렷한 철학을 갖추고 있다는 것은 직업적 소명의식과 책임감을 가지고 치열한 내적 성찰을 지속해 왔다는 방증이다. 그는 학생들이 주체적이고 개성 있는 인격체로 자라나야 한다는 믿음, 그리고 자신이 이러한 과정에서 도움이 되어야 한다는 투철한 사명감과 책임의식으로 무장하고 있다. 겉으로는 따뜻하고 부드러워 보이지만 자신만의 생각과 고집이 분명한 전형적인 외유내강형의 인물이 바로 키팅이다.

키팅을 보며 학생들은 묘한 기분을 느끼기 시작한다. 부모님이 원하는 대로 열심히 공부해서 아이비리그에 진학하고, 부모님이 원하는 직업을 갖는 것을 인생의 가장 중요한 목표라고 생각하던 그들에게 키팅의 가르침이 신선한 충격으로 다가온 것이다. 키팅은 입시 위주의 주입식 교육을 비판하며, 학생들에게 성공을 좇지 말고 현재를 즐기라고 촉구한다. 사회에서 보편적인 것으로 추구되는 가치와 전통을 가볍게 비웃는 그의 말 한 마디 한 마디는 학생들의 가슴을 자극한다. 키팅이 다소 현실감이 떨어지고 이상주의적인 면모가 강한 괴짜로 그려지는 것은 INFP의 3차기능인 내향감각(Si)의 부족에서 비롯된다. 하지만 키팅의 진정성에 학생들은 조금씩 감화되고, 그들은 무엇이 잘못되었는가를 깨달으며 변화해 가기 시작한다.

갑자기 키팅 선생은 교탁 위로 훌쩍 뛰어 올라갔다. 그리고는 우뚝 선 채 학생들을 내려다보며 물었다.

"내가 교탁 위로 뛰어 올라왔을 때는 뭔가 중요한 까닭이 있을 거라고 생각하지 않나? 조금 전에 말한 대로 나는 여러분이 다른 각도에서 끊임없이 사물을 바라봐야 한다는 점을 증명해 보이려는 것이

다. 좀 더 높은 곳에서 보면 세상은 달라 보이거든.

여러분! 여러분이 무언가에 대해 어떤 강한 확신이 들었다 하더라도 또 다른 방향에서 그 문제를 생각해 보는 지혜와 여유를 가질수 있도록 해야 한다. 가령 책을 읽을 때도 단순히 지은이의 생각에만 주의를 집중하면 곤란하다. 대신 자기 자신의 생각이 무엇인지여유를 갖고 꼼꼼히 따져 봐야 한다."

키팅의 말은 계속 이어졌다. 학생들은 그 어느 때보다 진지한 표정으로 하는 그의 강의에 귀를 기울이고 있었다.

"여러분은 여러분들 내면의 고유한 목소리를 찾아야 한다. 만약여러분이 망설인다면 그 효과는 점점 더 작아질 수밖에 없다."

이처럼 키팅이 목소리 높여 강조하는 것은 바로 자신만의 주관과개성을 확립하는 것이다. INFP의 부기능인 외향직관(Ne)의 발현으로그는 자신만의 독특하고 창의적인 시각을 갖는 것을 무엇보다 중시한다. 그는 풍부한 호기심과 상상력으로 세상을 새롭게 바라보는 것, 그리고 모든 사안에서 '내 생각'을 정립하는 것이 얼마나 중요한가를 학생들에게 온몸으로 강조하고 있다. 여기서 주목해야 할 요소가 바로키팅이 채택한 이 기상천외한 방식이다. 학창시절에 선생님이 교탁에올라서는 광경을 목격한 사람이 과연 몇이나 될 것인가. 그는 학생들의 의식을 일깨우기 위해 일상 언어가 아닌 비일상적인 몸짓을 활용하고 있다. 이러한 비일상성과 유니크함이 바로 INFP의 외향직관에서 비롯된다. INFP의 경우 강력한 내향감정으로 인해 내면의 이상향과 가치관을 외부로 정의하는 데 어려움을 겪곤 하는데, 이때 자신을

참을 수 없는 존재의 MBTI

효과적으로 표현하기 위해 동원되는 것이 바로 외향직관인 것이다. 다소 엉뚱하고 비정상적으로 보이더라도 설명이나 설득과 같은 진부한 방식보다 전달 효과 측면에서 낫다는 판단에 근거한 INFP의 전략이 바로 외향직관이다.

키팅이 과거에 문학 소년이었던 것도 이와 무관하지 않다. 웰튼 출신인 그는 학창시절 '죽은 시인의 사회Dead Poets Society'라는 고전문학 클럽의 일원으로 활동한 바 있다. 멤버들끼리 동굴 안에 모여 앉아 작품을 낭독하고 생각을 공유하는 모임이었다. 오랜 시간 문학이란 그에게 있어 세상과 소통하기 위한 통로이자 자신을 표현하기 위한 일종의 자기 현시 기제였던 것이다. 그는 졸업 후 교사가 되어 '오늘을 즐겨라!'라는 시구절을 읊으며 학생들에게 강렬한 깨달음을 주고 있다. 그에게 있어 문학은 이제 강력한 설득 수단이라는 기능 또한 갖추게 된 것이다.

이처럼 키팅은 학생들의 마음속에 서서히 스며들어 그들의 생각과 행동을 조금씩 변화시키게 된다. 그러던 중 학생들은 우연히 키팅이 활동했던 '죽은 시인의 사회' 클럽에 대해 알게 되고 호기심을 느낀다. 그들은 문학의 매력을 느끼던 차에 자기들끼리 '죽은 시인의 사회' 모임을 되살려 보기로 결의하게 된다. 그들은 문학을 통해 사색하며 삶의 순간순간을 붙잡고자 애쓴다. 그들은 각자 준비한 시를 서투르나마 진지하게 낭송하고, 다른 멤버들의 목소리에 귀 기울이며, 삶의 새로운 기쁨을 만끽하고 가슴벅차한다.

아이들은 조금씩 용감해진다. 그들은 '부모님이 원하는 것을 따르던 삶'에서 '자기 자신이 원하는 것을 찾아가는 삶'으로 스스로를 차츰 바꾸어 간다.

특히 늘 수줍어하고 무기력해 있던 전학생 토드Todd Anderson는 키팅 선생을 만난 뒤부터 활기차고 자신감 넘치는 모습으로 변해 간다. 다른 사람 앞에서 큰 소리로 대답하는 것조차 어려워하던 토드는 자작 시를 지어 친구들 앞에서 낭독하기까지 한다.

키팅을 유난히 잘 따르는 닐Neil Perry도 자신의 숨겨진 능력을 발견 하게 된다. 그는 우연히 셰익스피어의 연극 「한여름 밤의 꿈」 주연을 맡아 활약하면서 의외의 끼를 발산하게 된다. 하지만 문제는 그의 아버지였다. 닐이 명문대를 졸업한 후 의사가 되기를 바랐던 아버지는 닐의 연극 활동을 강력 반대한다. 결국 아버지의 허락 없이 무대에 선 닐은 공연 당일 매서운 눈으로 객석에서 노려보고 있는 아버지를 발견하고 모골이 송연해진다. 아니나 다를까 아버지는 연극이 끝나자마자 집에 돌아와 닐에게 무섭게 호령한다.

"닐! 어쨌든 나는 더 이상 네 인생을 망치도록 그냥 놔둘 수 없다. 이제 너는 더 이상 웰튼을 다닐 수 없어!"

닐은 심장이 멎는 것 같았다. 그것만은 안 된다는 반발심이 불쑥 머리를 스쳐 지나갔다. 하지만 그는 어떤 말도 할 수 없었다.

"내일 당장 브레이든 군사학교로 보내겠다. 넌 그곳에서 하버드 로 진학해 의사가 되는 거야! 알겠지!"

"아버지!"

닐의 충혈된 눈에서 뜨거운 눈물이 흘러나왔다. 웰튼을 떠나라는 아버지의 말은 커다란 충격이었다.

참을 수 없는 존재의 MBTI

"더 할 말이 있니?"

"없어요."

왜 하고픈 말이 없을까? 닐은 키팅 선생이 깨우쳐 준 대로 진정으로 자신이 하고 싶은 일에 대해 말하고 싶었다. 하지만 그는 아무 말도 할 수 없었다. 태어나 처음으로 아버지의 허락도 받지 않고 몰래 하고 싶은 일을 한 뒤였다. 어차피 말을 해도 들어 주지도 않을 게 아닌가. 차라리 입을 다물어 버리기로 했다.

"할 말 없으면 그만 가서 자거라."

아버지는 말을 마치자마자 서재를 나가 버렸다. 닐의 눈에서 뜨거운 눈물이 흘러내렸다.

닐은 더 이상 소통이 되지 않는 아버지의 강요에 좌절감을 느끼고, 그날 밤 아버지의 서재 서랍에 깊숙이 숨겨져 있던 총을 꺼내 극단적 선택을 하고 만다. 닐이 자살한 원인이 키팅에게 있다고 믿는 닐의 부모와, 학생의 자살에 대한 희생양이 필요했던 학교는 키팅을 제물로 삼아 사건을 수습하려 한다. 결국 이기적인 학부모들과 책임 회피에 혈안이 된 학교 측의 일방적인 결정으로 키팅은 학교에서 퇴출 통보를 받게 된다.

키팅은 학교에 항의하거나 억울함을 호소하지 않고 퇴출 통보를 묵묵히 받아들인다. 그는 학교 측의 비합리적 결정에 저항하거나 사회적으로 공론화할 의지를 가지고 있지 않았던 것이다. 이처럼 갈등에 직면했을 때 맞서지 않고 회피하는 성향은 INFP의 외향사고(Te)의 열등함에 기인한다. 적극적으로 현실을 바꿔 보려는 추진력을 결여하고 있는 것이다.

그래도 자신의 소임을 다 했다고 스스로를 다독이며 마지막 날 교실에 들어서는 키팅의 비장한 모습은 아쉬움과 여운을 동시에 남긴다. 담담한 표정의 키팅을 바라보던 학생들이 하나둘 책상을 밟고 올라서며 진정한 가르침을 전해 주었던 선생님에게 경의를 표하는 가슴 뭉클한 장면을 끝으로 소설은 막을 내린다.

결국 이렇게 키팅은 떠났지만, '카르페 디엠', 즉 '오늘을 즐겨라'라는 가르침은 학생들뿐 아니라 독자들의 마음에 강한 울림과 함께 남아 있다. 내 삶의 주인은 오로지 나이며, 내 삶의 무대는 지금 현재라는 사실은 그가 떠나도 조금도 변하지 않는다. 내게 주어진 한 번뿐인 인생을 즐길 수 있는 주체 또한 나뿐이며, 내 선택에 책임을 져야 하는 사람 또한 나임을 깨달아야만 우리는 좀 더 주체적이고 능동적으로 살아갈 수 있다. 바로 이것이 궁극적으로 행복에 이르는 길이라는 것을, 키팅은 우리에게 가르쳐주고 있다.

참을 수 없는 존재의 MBTI

INTJ

『구토』, 앙트완 로캉탱

『위대한 개츠비』, 제이 개츠비

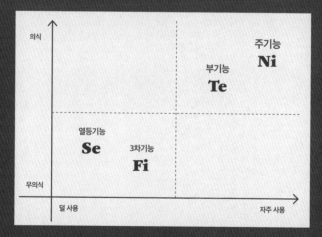

외향(E), 감각(S), 사고(T), 판단(J)
내향(I), 직관(N), 감정(F), 인식(P)

INTJ

『구토』, 앙트완 로캉탱

세계의 본질과 인간 존재의 의미에
집요하게 천착하는 실존주의자

『구토La Nausée』(1938)는 프랑스의 철학자이자 작가인 장 폴 사르트르Jean-Paul Sartre, 1905~1980의 장편소설이다. 실존주의 문학의 새로운 지평을 연 작품이기도 하다. 사르트르는 이 소설을 통해 '존재란 무엇인가?'라는 질문을 던지며 인간 실존에 대해 성찰하고, 허영과 위선에 사로잡힌 당대 부르주아를 비판하는 한편, 실존의 의미를 깨달은 자가 구원받을 수 있는 가능성에 대해 탐색하고 있다.

소설의 주인공인 앙트완 로캉탱Antoine Roquentin은 프랑스 부빌Bouville이라는 가공의 도시에 거주하는 30대의 연금 생활자로, 결혼도 하지 않고 특별한 직업이나 소속도 없이 홀로 살고 있는 인물이다. 그는 세계 각지를 유랑한 뒤 3년 전부터는 도서관에서 18세기 혁명기 인물들의 전기를 정리하는 작업을 홀로 진행하고 있다.

그러던 어느 날 그는 물가에서 물수제비 놀이를 하려다가 난생처음 경험하는 묘한 느낌과 맞닥뜨리게 된다. 그는 돌멩이를 집어 들어 던지려는 순간 원인 모를 토기吐氣, 즉 '토할 것 같은 느낌'을 받고, 그 순간 자신을 자극한 구토의 본질을 규명하는 데에 몰입하게 된다.

토요일에 아이들이 물수제비뜨기 놀이를 하고 있었고, 나도 그 애들처럼 돌멩이 하나를 바다에 던지고 싶었다. 바로 그 순간, 나는 동작을 멈췄고, 돌멩이를 손에서 놓고는 거기를 떠났다. 아마 내가 얼빠진 모습이었던 모양으로, 등 뒤에서 아이들이 웃음을 터뜨렸다.

이것이 바깥에서 일어난 일이다. 내 안에서 일어난 일은 명확한 흔적을 남기지 않았다. 무엇인가가 보였고, 나는 역겨움을 느꼈는데, 그때 바다를 보고 있었는지, 돌멩이를 보고 있었는지 알 수 없다.

물체들은 살아 있지 않기 때문에 다른 것을 만질 수 없어야 마땅하다. 우리는 그것들을 사용하고, 사용한 후에는 제자리에 두고, 그것들 가운데에서 살아간다. 그것들은 유용한 것일 뿐, 그 이상은 아무것도 아니다. 그런데 내게는 다르다. 그것들은 나를 만지는데, 이게 견딜 수 없이 느껴진다. 난 마치 살아 있는 짐승들과 접촉하듯 그것들과 접촉하는 것이 두렵다.

이제 알겠다. 내가 언젠가 바닷가에서 그 돌멩이를 들고 있었을 때의 느낌이 분명히 생각난다. 그것은 일종의 달착지근한 욕지기였다. 얼마나 불쾌한 느낌이었던가! 그 느낌은 분명히 돌멩이로부터 왔다. 돌멩이에서 내 손으로 전해지고 있었다. 그래, 그거였다. 바로 그거였다. 손안에 느껴지는 일종의 구토증이었다.

머릿속을 떠나지 않는 상념으로 한 달여를 방황하던 로캉탱은 어느날 우연히 마주한 공원의 마로니에 나무로부터 구토의 정체를 자각한다. 그는 땅에 박혀 있는 마로니에 나무뿌리를 바라보던 중, 그것이 '마로니에 나무뿌리'라는 언어의 형체를 벗고 그 자체로서의 본래적 실존을 드러내는 광경을 목격하고 '끔찍한 황홀경'을 느낀다. 그는 모든 존재가 고유의 필연성이나 의미를 갖지 않으며, 단지 '우연히' 내던져져 있음으로써 실존하는 존재임을 깨닫고, 실존함으로써 갖게 되는 자유와 이에 수반되는 현실적 불안과 당혹감 사이에서 구토가 발생한다는 원리를 발견하게 된다.

구토는 나를 떠나지 않았고, 나를 빨리 떠날 것 같지도 않다. 하지만 난 더 이상 그것에 휘둘리지 않는다. 그것은 어떤 병이나, 일시적인 발작이 아니라, 바로 나 자신이기 때문이다.

조금 전에 나는 공원에 있었다. 마로니에 나무의 뿌리가 내가 앉은 벤치 바로 아래의 땅에 박혀들고 있었다. 나는 이것이 뿌리라는 사실이 더 이상 생각나지 않았다. 말들은 사라져 버렸고, 그것들과 함께 사물들의 의미와 사물들의 사용법, 또 사물들의 표면에 인간이 그어 놓은 희미한 표지들도 사라져 버렸다. 나는 너무나 생경하고 공포스러운 이 검고 울룩불룩한 덩어리 앞에 머리를 숙이고 약간 구부정하게 앉아 있었다. 그러다가 퍼뜩, 모든 게 분명해진 것이다.

나는 숨이 멎었다.

갑자기 존재가 자신을 드러낸 것이다. 그것은 공격적이지 않은 추상적 범주의 모습을 벗어 버렸다. 그것은 사물들의 반죽 그 자체였고, 그 나무뿌리는 존재로 빚어져 있었다. 아니 나무뿌리, 공원의 철책, 벤치, 잔디밭의 듬성듬성 자란 잔디, 이 모든 것들이 한순간에 꺼져 버렸다. 사물들의 다양성, 그들의 개아성個我性은 외관, 반들거리는 표면일 뿐이었다. 이 반들거리는 표면이 녹아내리며, 흉측하고, 물렁물렁하고, 무질서한— 벌거벗은, 그 소름 끼치는 음란한 나신의— 덩어리들만 남았다.

로캉탱은 이처럼 INTJ의 주기능인 내향직관(Ni)에 따른 깊은 통찰력을 발휘, 일관성 없이 마구잡이로 뒤섞인 무질서한 현상과 사물을 해체하여 깔끔하게 재구성해 낸다. 세계의 본질과 인간 실존의 의미를 파악해 내려는 집요한 철학적 성찰의 기반은 과도할 정도로 강한 내향직관에서 비롯된다. 그는 토기를 최초로 느낀 순간부터 그러한 구토의 의미에 천착하여 내면의 사유를 끈질기게 이어 나가는 강한 내향성을 보인다. 이를 보상하기 위해 작동하는 것이 그의 열등기능인 외향감각(Se)으로, 이는 외부의 자극 요소에 대해 지나치게 예민하고 강박적으로 반응하는 형태로 나타난다. 이를테면 그가 공원에서 나무뿌리, 철책, 벤치, 잔디와 같은 일상적인 사물에서 메스꺼움과 공포를 느끼고, 이러한 감각을 바탕으로 추상적이고 개념적인 문제의 본질을 꿰뚫어 들어가는 사고 작용을 발전시키는 모습에서 과하게 작동하는 주기능과 과보상된 열등기능의 합작 체계를 엿볼 수 있다.

참을 수 없는 존재의 MBTI

로캉탱에 따르면, 이처럼 무질서하게 내던져진 온갖 존재들의 우연성과 무상성은 '관념적인 메스꺼움'을 유발한다. 일체의 언어적 규정에 따른 존재의 의미가 박탈되고 살아야 할 이유가 사라진 '부조리' 앞에서, 그렇다면 과연 어떤 선택을 내릴 것인가의 문제가 남는다. 존재 의미의 상실에서 비롯된 공포와 불안을 회피하기 위해 과거의 인습에 의존하며 스스로의 안위에만 집착하는 비겁자가 될 것인가, 타인이 대체할 수 없는 자기 존재의 의미를 찾기 위해 끊임없이 성찰하고 행동하며 '목적이 이끄는 삶'의 주인이 될 것인가? 로캉탱은 치열한 내적 갈등과 고뇌 끝에 후자의 길을 택한다.

'부조리'라는 단어가 내 펜 끝에서 흘러나온다. 조금 전 공원에서 나는 이 단어를 찾아내지 못했지만, 그것을 찾지도 않았다. 그게 필요치 않았으니, 나는 단어들을 사용하지 않고 사물들에 대해, 사물들을 가지고 생각했던 것이다. 부조리는 내 머릿속의 어떤 관념이나 어떤 목소리가 아니었고, 내 발치에 있는 그 기다란 죽은 뱀, 그 나무로 된 뱀이었다. 그게 뱀이든, 맹수의 발톱이든, 뿌리든, 콘도르의 발톱이든, 그건 별로 중요치 않다. 그리고 나는 아무것도 명확하게 표현하지는 않았지만, 내가 존재의 비밀을, 내 구토의 열쇠를, 나 자신의 삶의 열쇠를 발견했다는 것을 깨달았다. 사실 내가 그다음에 이해할 수 있었던 것들은 모두 이 근본적인 부조리로 귀착된다. 부조리, 이 역시 하나의 단어다. 나는 단어들에 맞서 싸운다. 거기에서 나는 사물을 직접 접촉했다. 하지만 여기에서는 이 부조리의 절대적인 성격을 명확하게 규정해 보고 싶다.

참을 수 없는 존재의 MBTI

INTJ의 부기능 외향사고(Te)는 로캉탱으로 하여금 비합리적이고 부조리한 사회의 현상과 관행에 비판의 칼날을 들이대도록 이끈다. 그의 날 선 비판의식은 단지 사유의 단계에만 머무르지 않고 부조리의 절대적 성격을 명확하게 규정하겠다는 분명한 목표와 지향점을 향한다. 그의 예리한 칼날은 부빌의 속물적인 소시민들을 향해 있다. 아무런 삶의 목적도 의미도 찾지 못한 채 단지 기존의 가치에 무비판적으로 의존하며 진실을 외면하려는 속물들의 가련한 자기기만은 로캉탱에게는 경멸과 혐오의 대상이다. 고뇌와 성찰을 통해 존재의 무의미성에 대항하는 대신, 기존의 편견과 관습의 굴레에 갇힌 채 자기 존재를 정당한 것으로 믿는 그들을 로캉탱은 일종의 선민의식을 가지고 바라보며, 비판적으로 평가한다.

이 언덕 위에 있으니 저들이 얼마나 멀게 느껴지는지! 내가 다른 종種에 속한 듯한 기분이 든다. 저들은 일과를 마치고 사무실에서 나와 흡족한 눈으로 집이며 광장을 바라보며, 이곳은 자신들의 도시, '멋진 부르주아 도시'라고 생각한다. 저들은 두렵지 않으니, 지금 자기 집에 있다고 생각하기 때문이다. 저들은 수도꼭지에서 흘러나오는 길들여진 물, 스위치를 누르면 전구에서 튀어나오는 빛, 지지대로 받쳐 놓은 잡종 나무들만을 봐왔다. 그들은 모든 게 메커니즘에 의해 이뤄지며, 세상은 고정된 불변의 법칙들을 따른다는 증거를 하루에도 백 번은 본다. 허공에 떨어뜨린 물체는 전속력으로 낙하하며, 공원은 겨울철에는 매일 오후 5시에, 여름철에는 오후 6시에 닫히며, 납은 섭씨 335도에 용해되고, 시청에서 막차는 밤

11시 20분에 출발한다. 그들은 평온하며 약간 침울하다. 내일을, 다시 말해서 새로운 오늘을 생각한다. 도시들이 사용할 수 있는 것은 매일 아침 똑같은 모습으로 돌아오는 하루뿐이다. 일요일에 아주 조금 모양을 낼 수 있을 뿐이다. 멍청이들. 저들의 두껍고도 안심하는 얼굴을 다시 봐야 한다고 생각하니 역겹기 그지없다. 저들은 법을 제정하고, 대중소설을 쓰고, 결혼하고, 아이들을 낳는 극도로 멍청한 짓거리들을 한다.

로캉탱은 타인의 감정에 대한 공감능력이 거의 없을 뿐 아니라 스스로의 감정 상태에 대한 이해 또한 부족하다. 그는 행복이나 사랑의 감정을 온전히 가슴으로 느끼지 못하며, '나는 ~하기 때문에 행복하다고 느낀다.'와 같이 어떠한 행위의 결과로서의 기계적인 행복 상태를 상정하거나, '나는 그녀를 사랑했다고 생각한다.'와 같이 감정을 사고와 판단의 영역으로 편입시키는 행태를 보인다. 당연히 연인 관계에서도 파트너의 행동 패턴을 분석하고 조목조목 따져 비판하려는 성향은 여지없이 발현된다. 그는 과거의 연인을 사랑했다고 적고 있으나 그의 회상에 따르면 그가 그녀의 요구와 필요에 부응한 적은 거의 없었다. 이처럼 나와 타인이 '어떻게 느끼는가'에 무디고, 감정의 영역을 이성적 사고와 합리적 판단의 영역으로 돌림으로써 편안함을 느끼는 행태는 3차기능인 내향감정(Fi)의 미숙에서 비롯된다.

로캉탱은 비판적 사유의 과정을 통해 '진실로 구원의 길은 존재하는가?'의 의문에 당도하게 된다. 그는 존재의 필연성과 의미를 찾고자 치열하게 모색하는 과정에서 예술의 위대한 가치를 재인식한다. 그는

참을 수 없는 존재의 MBTI

우연성이 개입할 여지가 없는 견고한 구조와 필연성의 세계를 예술 작품으로 창조하는 작업이 자기 삶의 목적이 되어야 함을 확신하게 된다. 예술의 다양한 장르 중에서도 그가 택한 것은 문학이었다. 그는 마치 음악처럼 순수하고 필연적이며, 아름답고 견고한 소설을 써내기로 다짐한다.

나도 그저 순수한 존재이고 싶었다. 심지어는 그것만을 원했고, 그것이 내 삶의 밑바닥에 깔려 있는 비밀이었다. 일견 무질서해 보이는 내 삶이 이제 명확히 들여다보인다. 서로 관계가 없어 보였던 그 모든 시도들의 저변에서 동일한 바람을 발견하니, 그것은 존재를 내 밖으로 쫓아 버리고 싶은 바람, 각 순간에서 기름기를 빼내고 싶은 바람, 각 순간을 빨래 짜듯 짜서 말리고 싶은 바람, 나를 순수하고 단단하게 만들고 싶은 바람, 그리하여 결국 색소폰의 음처럼 분명하고 정확한 소리를 만들고 싶은 바람이다. 이런 나의 이야기로 교훈적인 우화를 한 편 지을 수도 있으리라.

한 권의 책. 물론 그것은 우선은 지루하고도 피곤한 작업이 될 것이다. 그리고 내가 존재하는 것을, 존재한다고 느끼는 것을 막을 수는 없을 것이다. 하지만 그 책이 완성되고, 내 뒤에 놓일 때가 올 테고, 그것이 발하는 약간의 빛이 내 과거 위에 떨어지리라 생각한다. 그러면 나는 그 책을 통해 나의 삶을 혐오감 없이 떠올릴 수 있으리라. 어쩌면 어느 날, 나는 바로 이 시간을, 내가 웅크리고 앉아 열차에 오를 시간을 기다리고 있는 이 우울한 시간을 생각하면서, 심장이 더 빨리 뛰는 것을 느끼며 '모든 게 시작된 것은 바로 그날, 그 시간이었어.'라고 중얼거릴 수도 있으리라.

로캉탱이 보여 주는 사유의 궤적은 가히 실존적이고 비판적이다. 그는 이성과 논리를 바탕으로 세상의 모든 대상을 개념화, 추상화하는 면모를 보이며, 그의 지식과 사고는 수렴적으로 파고 들어가는 양상을 띤다. 그는 남들의 눈에는 그저 평범해 보이는 일상적인 물체들도 예사롭게 넘기지 않고, 관념적 사유의 대상 혹은 도구로 활용하는 사고의 흐름을 보여 준다. 물가 근처에서 손에 집어든 돌멩이, 공원에서 마주친 마로니에 나무뿌리, 그 밖에 일상에서 접하는 식탁이나 문고리와 같은 일상적인 물체들이 각자의 실존을 주장하며 앙트완 로캉탱의 감각기관을 침투해 들어오는 순간. 그것이 바로 이 소설에 묘사된 '구토의 순간'이다.

어떠한 존재가 언어로 규정된 기능적, 목적적인 '본질(l'essence)'을 벗어 던지고 날것 그대로의 '실존(l'existence)'을 드러내는 순간 유발되는 당혹감이 바로 구토감의 요체다. 당신은 이러한 구토의 순간을 느껴 본 적이 있는가.

인간을 비롯한 모든 존재가 하등의 필연성을 결여한 우연하고 하찮은 존재라는 자각은 극도의 공포와 불안을 자극하기 마련이다. 특히 인간의 경우에는 우아하게 포장된 '본질'을 벗겨 내는 순간 드러나는 '실존'이 더욱 추악하기에 더욱 불편감을 자아내는 것이 사실이다. 그럼에도 불구하고 이 작품의 저자인 사르트르는 말한다. 실존에 대한 감각과 의식의 끈을 놓아서는 안 된다고.

매 순간 구토를 느껴서도 곤란하겠지만, 구토를 유발하는 실존 자

참을 수 없는 존재의 MBTI

각의 순간은 반드시 필요하다는 것이다. 그래야만 사회와 타인들로부터 규정 당한 본질의 틀에 갇히지 않고 자유로운 주체로서 살아갈 수 있기 때문이다. 너와 내가 어떠한 목적도 없이 우연히 세상에 던져진 실체임을 인정하는 건 이루 말할 수 없는 역겨움을 동반하지만, 사르트르에 따르면 그래도 이러한 고통을 극복할 방법은 있다. 그것은 바로 예술 속에서 질서, 조화, 균형, 순수를 지향하고, 나아가 나만의 예술 세계를 창조하려는 노력이라고 그는 이야기한다.

사르트르의 『구토』는 인간 존재에 대해 깊은 성찰, 나아가 나의 세계를 어떻게 구축할 것인가에 대한 진지한 고찰로 우리를 이끈다.

INTJ

『위대한 개츠비』, 제이 개츠비

자기 자신이 주인공인 시나리오를 현실화하는
목표에 인생을 바친 행동주의 몽상가

『위대한 개츠비The Great Gatsby』는 미국의 작가 F. 스콧 피츠제럴드 Francis Scott Key Fitzgerald, 1896~1940가 1925년 출간한 작품이다. 이 소설의 시공간적 배경은 '재즈 시대Jazz Age'로 명명되는 제1차 세계대전 직후의 미국 동부로, 전후 패권국으로 발돋움해 유례없는 번영을 누리던 미국 경제 호황기의 사회 풍조를 반영하고 있다. '자유'와 '즉흥성'을 표상하는 재즈가 울려 퍼지고, 전쟁에 대한 환멸의 반작용으로 극단적인 이상과 낭만을 추구하는 사회 분위기가 팽배하던 시기, 젊은 이들이 기존의 도덕률을 거부한 채 황금만능주의에 사로잡히고, 수정 헌법 제18조의 금주령으로 인해 밀수업자들이 떼돈을 벌고 온갖 계획 범죄가 난무하던 1920년대 미국 사회의 허영과 도덕적 타락상에 대한 비판이 내포되어 있는 소설이다.

소설은 1인칭 화자인 닉 캐러웨이Nick Carraway의 시점에서 주인공 제

참을 수 없는 존재의 MBTI

이 개츠비Jay Gatsby를 관찰하고 평가하는 구조로 전개된다. 닉은 예일 대를 졸업한 30세 청년으로, 주식과 채권 거래를 배우기 위해 뉴욕에 입성한 인물이다. 그의 눈에 비친 1922년의 뉴욕은 이른바 '광기에 빠진 도시'로, '빌딩들은 높아지고, 주가는 끝없이 치솟고, 술값은 떨어지고, 파티는 커지고, 도덕심은 무너지고, 불법은 난무하는, 역사상 가장 크고 가장 화려한 부자들의 세상'이었다.

그는 뉴욕주 롱아일랜드 웨스트에그에 셋집을 구해 거주하는데, 바로 이웃한 대저택에서 매주 주말 초호화 파티가 열리는 광경을 보게 된다. 그 집의 주인이자 파티의 호스트가 바로 '위대한 개츠비'다. 개츠비는 주류 밀수업 등의 불법적인 방식으로 막대한 부를 축적한 32세의 청년으로, 거짓 정보로 스스로를 포장하며 과거를 철저히 숨겨 왔기에 그의 재산 형성 과정에 대해서는 소문만 무성했을 뿐 정확한 진상을 알고 있는 사람은 거의 없었다.

제임스 개츠James Gatz — 바로 이것이 그의 진짜 이름, 아니면 적어도 법률상의 이름이었다. 그는 열일곱 살 때, 진정으로 인생이 시작되던 바로 그 특별한 순간에 제이 개츠비로 이름을 바꿨다.

어쩌면 그는 이미 오랫동안 그 이름을 준비해 두고 있었는지도 모른다. 그의 부모는 무능하고 별 볼 일 없는 농사꾼이었다. 그의 상상력으로는 결코 그들을 부모로 받아들일 수가 없었다. 사실인즉, 롱아일랜드 웨스트에그의 제이 개츠비는 스스로 만들어 낸 이상적인 모습에서 솟아 나온 인물이었다. 그는 하느님의 아들이었다— 만약 이 말에 의미가 있다면 바로 그 말 그대로 그는 '자기 아버지의 일', 즉 거대하고 세속적이며 겉만 번지르르한 아름다움을 섬기는 일을 떠맡아야만 했다. 그래서 그는 열일곱 살의 청년이 만들어 낼 법한 제이 개츠비 같은 인물을 만들어 낸 뒤 이 이미지에 끝까지 충실했던 것이다.

개츠비는 INTJ의 주기능인 내향직관(Ni)을 과도하게 활용하여 망상에 가까울 정도의 자기 세계를 창조한다. 그는 자기가 원하는 방향으로 세상을 개념화하고 자신의 역할과 이미지를 설정하여 철저히 그에 맞춰 스스로를 포장하고 행위하는 치밀함을 보인다. 머릿속의 이상적인 캐릭터상과 어울리는 이름, 외모, 직업, 출신 등을 창조해 내어 마치 역할극 하듯 스스로를 연출하며 십여 년 넘게 살아온 결과 지금의 개츠비가 완성된 것이다.

개츠비는 밀수업을 통해 큰 부자가 된 이후에도 과거의 연인 데이지Daisy Buchanan를 잊지 못한 채 그녀를 늘 마음에 품고 살고 있다. 그가 매주 화려한 파티를 여는 이유는 단 하나, 맨해튼 만 건너 부촌 이스트에그에 살고 있는 데이지를 언젠가는 마주칠 수 있을 거라는 희망 때문이다. 사실 애초에 그가 웨스트에그에 이사 온 것도 데이지를 염두에 둔 것이었다. 파티에서 그는 쉽사리 모습을 드러내지 않는다. 파티에 온 손님들과 어울려 흥청망청 즐기지도 않는다. 그저 어둠 속에서 조용히 데이지가 나타나기를 기다릴 뿐이다. 이처럼 그는 부기능인 외향사고(Te) 기능을 활용해 머릿속의 목표와 이상을 현실화시키는 데 집중한다. 그는 철저하고 용의주도한 계획하에 행동하며 목적지향적이다.

과거 연인이었던 개츠비와 데이지가 이별했던 것은 전쟁 때문이었다. 미국이 제1차 세계 대전에 참전하면서 개츠비가 유럽 전선으로 떠나자 데이지는 돈 많은 남자 톰 뷰캐넌Thomas "Tom" Buchanan과 결혼해 가정을 이루었다. 하지만 톰의 화려한 여성 편력과 불륜으로 인해 그녀의 결혼 생활은 불행하기만 하다. 돈 때문에 참고 사는 데이지의 상황을 파악한 개츠비는 그녀를 다시 자기 것으로 만들기 위해 계획을 짠다. 돈 욕심이 많고 허영심이 강한 데이지의 마음을 사기 위해 그가 세운 전략은 부자가 되는 것이었다. 이것이 바로 개츠비가 갖은 수단과 방법을 가리지 않고 많은 재산을 모으고자 안간힘을 썼던 가장 중요한 이유였던 것이다.

"참으로 기묘한 우연이군요." 내가 말했다.

"하지만 그건 우연이 아니었어요."

"아니라니요?"

"개츠비가 그 집을 산 것은, 데이지가 바로 그 만 건너편에 살고 있기 때문이었으니까요."

그렇다면 그 6월의 밤에 그가 그토록 애타게 바라보던 것은 밤하늘의 별만이 아니었다. 개츠비는 아무런 목적도 없는 호화로움의 자궁에서 갑자기 분만하여 생생한 모습으로 나에게 다가왔던 것이다.

"그는 알고 싶어 해요……." 조던이 말을 이었다. "……어느 날이든 오후에 당신이 데이지를 집으로 초대하면 자기도 불러 줄 수 있는지 말이에요."

참을 수 없는 존재의 MBTI

그토록 겸손한 부탁을 듣자 나는 너무 놀라서 몸이 다 떨릴 지경이었다. 그는 오 년을 기다려서 우연히 날아드는 나방이들에게 별빛을 나눠 줄 저택을 구입한 것이다.

닉은 데이지의 오랜 친구인 조던Jordan Baker에게서 개츠비의 부탁을 전해 듣고 적이 놀란다. 개츠비는 닉이 데이지와 친분이 있는 것을 확인한 후, 닉에게 데이지와의 만남을 주선해 줄 것을 요청해 온 것이다. 닉은 개츠비에 대한 막연한 호감과 호기심으로 요청을 수락하여 두 남녀의 해후邂逅를 돕는다. 긴장된 모습으로 데이지 앞에 모습을 드러낸 개츠비. 가난하고 볼품없던 예전과 확연히 달라진 개츠비의 당당하고 여유로운 모습에 데이지는 마음이 흔들린다.

화려한 자신의 모습에 데이지의 마음이 동했음을 확인한 후, 개츠비는 데이지는 물론 그녀의 남편과 그 지인들까지 집에 초대해 함께 어울리며 자신감을 드러낸다. 이러한 오버액션과 과시욕은 INTJ의 3차기능인 내향감정(Fi)의 부족에서 비롯된다. 그는 데이지와 그의 남편 톰, 그 주변인들의 반응과 감정을 진지하게 고려하지 않는다. 그의 에너지는 오로지 데이지가 자신에게 돌아오게 만드는 것, 그리고 그녀가 자신을 사랑하고 있음을 사람들 앞에서 보여 주는 데에 집중되어 있기 때문이다. 다행히도 이러한 개츠비와 죽이 잘 맞는 데이지는 남편이 있는 앞에서도 개츠비에 대한 호감을 굳이 감추지 않는다. 이에 데이지의 남편 톰도 만만치 않게 응수한다. 놀랍게도 톰은 개츠비의 어두운 과거를 캐내어 다 같이 있는 자리에서 데이지 들으란 듯이 폭로하고, 그녀는 놀라 당황하며 불안에 떤다.

"당신 도대체 누구야?" 톰이 갑자기 외쳤다. "마이어 울프심과 몰려다니는 패거리 중 하나지……. 그 정도는 나도 우연히 알게 됐소. 당신의 사업 관계도 좀 알아봤지……. 그리고 내일 좀 더 자세히 알아볼 참이고."

"좋을 대로 하시구려, 형씨." 개츠비가 침착하게 말했다.

"당신의 '약국'이라는 게 뭔지 알아냈소." 그는 우리를 향해 재빨리 말했다. "이 사람과 그 울프심이라는 작자가 이곳과 시카고의 뒷골목 약국을 여러 곳 사들여 에틸알코올을 판 거요. 그게 저 친구의 작은 재주 중 하나지. 난 저 친구를 처음 봤을 때부터 밀주업자일 거라고 생각했는데 그리 틀린 게 아니었어…… 약국 사업은 푼돈 놀이에 지나지 않지. 월터가 겁이 나서 내게 말은 못하지만 당신들은 지금 다른 꿍꿍이짓을 벌이고 있소." 톰이 천천히 말을 이었다.

나는 개츠비와 자기 남편을 공포에 질려 번갈아 응시하고 있는 데이지를 쳐다보고 나서 눈에 보이지 않는 어떤 재미난 물건을 턱 끝에 올려놓고 균형을 잡기 시작한 조던을 쳐다보았다. 그런 뒤 개츠비 쪽으로 몸을 돌렸다. 그런데 그의 표정을 보고 깜짝 놀라지 않을 수 없었다. 그는 마치—그의 정원에서 사람들이 쑥덕거리던 소리는 전혀 무시해 버리고 하는 말인데—'살인이라도 한' 사람의 표정을 짓고 있었던 것이다. 그 순간 그의 굳은 얼굴 모습은 그렇게 기이한 방법으로밖에는 묘사할 수 없을 것 같았다.

그 표정이 사라지고 난 뒤 개츠비는 데이지에게 흥분해서 말하기 시작했다. 모든 것을 부정하고 아직 나오지 않은 비난에 대해서까지 자신을 변명하면서 말이다. 그러나 말을 하면 할수록 그녀의 마음은 점점 안으로 움츠러들었고, 그래서 결국 그는 포기해 버리고 말았다.

개츠비는 톰의 공세에 금세 취약성을 드러낸다. 타인의 시선과 평가를 중시하는 그인 만큼 남들 다 보는 앞에서 자신의 추악한 진실이 드러나자 멘탈이 무너져 내린 것이다. 특히 그의 가장 중요한 목표물인 데이지 앞에서 체면이 손상되자 그녀의 반응에 전전긍긍하며 변명을 늘어놓는 등 수세적인 태도로 돌변한다. 이처럼 개츠비가 외부의 자극에 이토록 과민하게 반응하는 것은 INTJ의 열등기능인 외향감각(Se)의 결여로 인한 것이다. 개츠비는 자신의 목표물에 대한 집중을 막는 자극 자체로부터 쉽게 지치며 예민한 반응을 드러낸다. 의외로 너무나 쉽게 꼬리를 내린 개츠비를 보면서 톰은 이미 게임이 끝났다고 생각하게 된다.

이처럼 개츠비의 석연치 않은 과거를 안 이상 그가 아무리 데이지에게 구애해도 소용없을 것이라는 자신감으로 톰은 그 둘을 함께 있게 내버려 둔다. 개츠비와 데이지는 톰의 차에 단둘이 올라 이동하게 되는데, 흥분한 상태에서 운전대를 잡은 데이지는 그만 사람을 치는 사고를 내고 만다. 운명의 장난일까. 차에 치여 숨진 사람은 데이지의 남편 톰의 애인 머틀Myrtle Wilson이었다. 데이지는 두려움에 떨며 그대로 차를 몰아 현장을 떠나 버리고, 이후 개츠비는 자신이 운전한 것이었다고 위장하여 그녀를 감싸 준다. 결국 개츠비는 분노해서 찾아온 머틀의 남편 조지George Wilson의 총에 맞아 죽고 만다.

개츠비의 장례식은 비가 추적추적 내리는 오후 조용히 진행된다.

5시쯤 자동차 세 대로 이루어진 장례 행렬이 제법 방울이 굵은 가랑비를 맞으며 묘지에 도착하여 입구에 멈춰 섰다. 맨 앞에는 섬뜩할 만큼 검고 비에 젖은 영구차가, 그다음에는 개츠 씨와 목사와 내가 탄 리무진이, 그리고 그 뒤에는 하인 네댓 명과 웨스트에그에서 온 우편배달원 한 명이 개츠비의 스테이션왜건을 타고 비에 흠뻑 젖은 채 도착했다.

두꺼운 안경에 비가 퍼붓자 그는 개츠비의 무덤을 가린 천막이 벗겨지는 것을 보려고 안경을 벗어서 닦았다.

나는 그때 개츠비에 관해서 잠깐 생각해 보려고 했지만 그는 이미 아주 먼 곳에 가 있었다. 데이지가 조문 전보 한 장, 조화弔花 한 바구니 보내오지 않았다는 사실을 아무 분노도 느끼지 않고 떠올렸을 뿐이었다.

올빼미 눈이 묘지 입구에서 나에게 말을 걸었다.

"집에는 들르지도 못했군요." 그가 말했다.

"아무도 찾아오지 않았습니다." 내가 대답했다.

"아니, 저런! 맙소사, 도대체 그럴 수가 있나! 그 집에 드나든 사람이 몇백 명이나 되는데." 그가 놀라 말했다.

그는 안경을 벗어 다시 한 번 안팎을 닦았다.

"불쌍한 놈." 그가 말했다.

개츠비 살아생전의 화려했던 파티와는 극히 대조적으로 달랑 몇 명의 지인만이 참석한 채 치러진 초라한 장례식 이후, 닉은 인간사의 가식과 위선에 환멸을 느낀 채 뉴욕을 떠나 중서부 지방으로 돌아가는 결말로 소설은 막을 내린다.

개츠비는 변질된 '아메리칸 드림'을 상징하는 인물이다. 메이플라워호를 타고 뉴잉글랜드에 도착하여 위대한 국가 건설을 꿈꾸었던 청교도들의 정신은 본디 근면과 성실로 무장한 건전한 것이었다. 하지만 미국의 눈부신 발전과 지속적인 성공 신화 이면에 '아메리칸 드림'은 세속적, 물질적인 방향으로 치달아 비인간적이고 비도덕적인 사회상을 낳으며 타락하는 어두운 결과를 야기하기도 했다. 개츠비를 형용하는 '위대한'이라는 단어에는 얼마간의 반어법과 비판의식이 녹아들어 있는 것이 사실이다.

개츠비가 살던 시대로부터 백여 년이 흐른 지금, 허영과 위선, 허세와 물질주의의 사회 풍조는 더욱 심각해지고 있다. 내면보다 외면에 치중하고, 요행과 일확천금을 꿈꾸는 요즘 사람들의 사고방식은 개츠비의 그것과 크게 다르지 않다. '위대한' 꿈을 품었던 개츠비의 '비참하고 초라한' 결말은, 내면의 풍부함을 키우고 건전한 가치관을 지켜나가는 자세가 필요하다는 메시지를 우리에게 전해 주고 있다.

INTP

『햄릿』, 햄릿

『호밀밭의 파수꾼』, 홀든 콜필드

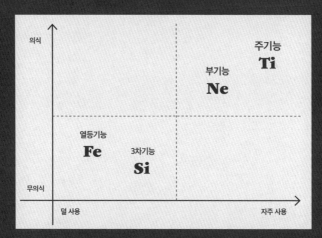

외향(E), 감각(S), 사고(T), 판단(J)
내향(I), 직관(N), 감정(F), 인식(P)

INTP

『햄릿』, 햄릿

생각이 너무 많아 행동력이 부족한
충동적 이성주의자

『햄릿Hamlet』은 영국의 극작가 윌리엄 셰익스피어William Shakespeare, 1564~1616의 대표작이자 그의 4대 비극 중 하나다. 작품의 원제인 『덴마크 왕자 햄릿의 비극The Tragedy of Hamlet, Prince of Denmark』(1599~1601)이 시사하듯, 주인공인 덴마크 왕자 햄릿이 자신의 숙부 클로디어스Claudius가 자신의 부왕父王을 죽여 왕위에 오르고 자신의 어머니 거트루드Gertrude를 가로챈 것에 분노해 복수하는 과정에서 일어나는 비극을 주된 플롯으로 하는 작품이다.

아버지가 돌아가신 후 아버지의 동생 클로디어스가 왕이 되면서 자신의 어머니 거트루드를 왕비로 들이자 그야말로 '멘붕' 상태에 빠져 있는 왕자 햄릿. 그는 클로디어스와 거트루드 모두에게 극렬한 거부감과 경멸의 감정을 품고 있는 상태다. 그러던 어느 날 햄릿은 죽은 아버지의 혼령을 만나게 되는데, 이때 혼령은 삼촌 클로디어스가 자신의 귀에 독을 넣어 자신을 죽인 것이라 밝히며 햄릿에게 복수를 부탁한다.

> **혼령:** 너의 숙부, 그자가 몰래 가까이 와서
> 병에 든 독약을 내 귀에다 부었다.
> 문둥병처럼 살을 썩게 하는 그 무서운 헤브논의 독약을.
> 이 독약은 사람의 피에는 비상,
> 삽시간에 온몸 안을 수은처럼 두루 돌아
> 마치 젖에 식초 한 방울 떨어뜨리듯
> 순식간에 온몸의 피를 굳 어버리게 하는 것이다.
> 난들 무슨 도리가 있겠느냐. 매끄러운 몸이 삽시간에
> 문둥병자처럼 흉측스럽게 딱지로 덮여 버렸구나.
> 그리하여 보기에도 징그러운 이 아비는
> 잠시 잠든 틈에 친아우 손에
> 목숨뿐이냐, 왕관과 왕비마저 고스란히 뺏기고 말았다.
> 네게 만일 효심이 있거든 그냥 내버려 두지 말아 다오.

햄릿은 아버지가 숙부에 의해 억울하게 죽음을 당했다는 사실을 알게 되자 극도의 분노에 휩싸이며 복수를 다짐한다. 그러면서도 그는 아버지의 한을 풀어 주기 위해서는 필연적으로 자신의 손에 피를 묻혀야 하며, 스스로도 죽음의 문턱에 다가가게 될 것이라는 사실을 알고 있다. 악인을 죽임으로써 정의를 구현해야 하고, 피해자이면서 가해자가 되어야 하는 비극적인 역설 앞에서 햄릿은 탄식한다.

햄릿: 사느냐 죽느냐, 그것이 문제로다.

어느 쪽이 더 사나이다울까?

가혹한 운명의 화살을 받아도 참고 견딜 것인가?

아니면 밀려드는 재앙을 힘으로 막아 싸워 없앨 것인가?

이승의 번뇌를 벗어나 영원한 잠이 들었을 때

그때 어떤 꿈을 꿀 것인지 그게 망설임을 준단 말이다.

한 자루의 단도면 쉽게 끝낼 수 있는 일인데.

누가 지리한 인생길을 무거운 짐에 눌려 진땀을 뺄 것인가?

다만 한 가지, 죽은 다음의 불안이 있으니까 문제지.

나그네 한번 가서 돌아온 적 없는 저 미지의 세계

그것이 우리의 결심을 망설이게 해.

알지도 못하는 저승으로 날아가 고생하느니

차라리 현재의 재앙을 받는 게 낫다는 것이지.

이런 옳고 그름의 분별심 때문에 우리는 겁쟁이가 되고 말아.

결의의 생생한 혈색은 생각의 파리한 병색으로 그늘져서

충천할 듯 의기에 찬 큰 과업도 흐름을 잘못 타게 되고

마침내는 실행의 힘을 잃고 말게 돼.

'사느냐, 죽느냐 그것이 문제로다.' 이 유명한 대사 속에는, 상대가 악인이라 할지라도 내가 감히 그를 벌할 수 있는가에 대한 고뇌가 녹아들어 있다. 햄릿은 복수를 하고 나서 사후 저승 세계로 보내져 고통받을 것에 대해 두려워하고 있다. 복수 자체는 칼 한 번 휘두르면 끝날 간단한 것이지만, 자신이 그러한 복수를 저질러도 되는가 하는 정당

성의 문제, 그리고 복수 이후의 죄책감의 문제에 대해 치열하게 갈등하고 있는 한 인간의 복잡한 내면을 확인할 수 있다.

이처럼 선택의 기로에 놓여 있는 햄릿은 최대한 객관적이고 이성적으로 판단을 내리려 한다. 그는 INTP의 주기능인 내향사고(Ti)에 의거해 감정에 이끌리지 않고 논리적으로 결정을 내리고자 한다. 복수를 포기하고 숙부를 내버려 둠으로써 현실에서 고통받을 것인지, 아니면 복수를 실행해 숙부를 죽임으로써 사후세계에서 고통받을 것인지에 대한 양자택일의 선택지뿐이다. 선택의 결과에 대해 사고실험을 하며 더 나은 쪽을 가려보려 하지만, 어떤 선택을 하든 필연적으로 고통으로 귀결되는 현실에 좌절하는 햄릿. 부기능 외향직관(Ne)으로 인해 각 선택의 결과에 대한 상상과 연상 작용이 끝도 없이 이어지며 햄릿을 깊은 고뇌와 번뇌에 빠지게 한다.

햄릿은 냉정을 찾으려 애쓰며 일단 혼령에게 들은 말의 진위를 확실히 밝히기 위해 떠돌이 극단을 이용해 보기로 마음먹는다. 햄릿은 혼령이 묘사한 장면을 연극으로 꾸며 클로디어스와 거트루드의 반응을 살핀다. 아니나 다를까 연극에서 살인자 역이 왕의 귀에 독을 넣는 독살 장면이 등장하자 클로디어스는 황급히 자리를 떠버린다. 이에 햄릿은 혼령의 전언이 사실이었음을 확신하게 된다. 그리고 제 발 저린 클로디어스는 햄릿을 죽이라는 밀서를 동봉해 그를 영국으로 추방하기로 결정한다.

한편 거트루드는 상황 파악을 위해 아들 햄릿을 자신의 방으로 부른다. 햄릿은 어머니에게 가던 도중, 자기 방 안에서 혼자 기도하고 있는 클로디어스를 발견하고, 그를 살해할 절호의 기회를 잡았음을 인

지한다. 그 순간 햄릿은 생각한다.

> **햄릿 :** 옳지, 하려면 지금이다.
>
> 기도를 하는 동안 해치워 버리자. (칼을 뽑아든다)
>
> 그러면 저자는 천당엘 가게 되고 나는 원수를 갚게 된다.
>
> 가만 있자, 이건 생각해 볼 일이로군.
>
> 아버지를 죽인 놈은 천하의 악당
>
> 그 악당을 오직 하나 남은 자식인 내가
>
> 보복으로 천당엘 보내 준다?
>
> 그건 복수가 아니라 품삯 주고 시키는 짓이나 다를 바 없지.
>
> 하늘의 심판이 어떠할지 누가 알랴만
>
> 아무리 생각해도 가벼울 수는 없을 테지.
>
> 그런데 기도로써 영혼을 말끔하게 씻어
>
> 저승길 준비에 한창일 때 이놈을 죽여?
>
> 그게 무슨 복수람. 안 될 일이지.
>
> 이 칼은 다시 집어넣고서 좀 더 끔찍스런 때를 기다리자.

숙부를 처치할 수 있었던 결정적인 순간, 햄릿은 찰나의 고민 끝에 그를 그냥 지나쳐 버린다. 명분은 '더 끔찍한 순간에 죽이자'였지만, 사실 살해에 대한 결의와 정당성에 대한 결론이 정리가 안 되었던 상황이었기에 머뭇거리다 절호의 기회를 날려 버린 것이다. 이처럼 생각이 너무 많은 반면 행동력은 부족한 것이 INTP의 특징이다.

그렇게 거트루드의 방에 도착한 햄릿은 어머니와 격렬한 말다툼을

참을 수 없는 존재의 MBTI

벌인다. 햄릿은 촌철살인의 잔인한 언어로 거트루트에게 비수를 꽂는다. 그에게 있어 어머니란 존재란 어떤 일을 저질러도 용서받을 수 있는 성역聖域이 아니다. 이성적인 판단으로 용서할 수 없으면 인간 이하의 존재로 치부하는 것이다. 햄릿은 어머니를 면전에 두고 원색적인 비난과 욕설을 서슴지 않는다.

> **햄릿**: 대체 무슨 귀신한테 홀려 이렇게 눈뜬장님이 되셨단 말이오?
> 만지지 못하거든 눈이 있거나
> 만지고 보이지 않아도 귀가 있다면
> 또 아무것도 없더라도 냄새를 맡는 코가 있다면
> 아니 병신이라도 좋으니 감각의 한 조각만이라도 남아 있다면
> 이따위 망령은 부리지 못하실 거요.
> 대체 염치도 부끄러움도 없단 말씀인가.
> 에이, 고약한 것!

이처럼 분노에 찬 격한 감정을 절제하지 못하며 폭주하는 햄릿의 모습은 열등기능인 외향감정(Fe)의 결여에 기인한다. INTP는 보통 자신의 감정을 숨기기를 원하기 때문에 그것이 바깥으로 나올 때에는 미성숙한 어린아이처럼 분출하듯 폭발하는 경향이 있다. 즉 통제하기 어려운 수준으로 감정의 선을 넘게 되면 '이것 아니면 저것'이라는 흑백 논리에 사로잡혀 이성을 잃고 감정에 온전히 지배당하는 상황이 펼쳐지는 것이다.

햄릿은 어머니와 언쟁을 벌이다가 벽걸이 융단 뒤에서 인기척을 느

끼는데, 그는 그 정체가 클로디어스라 확신한다. 그 근거는 합리적이지도 논리적이지 않다. 그저 격한 감정에 사로잡힌 채 그것이 클로디어스라고 믿었을 뿐이다. 이처럼 INTP을 움직이게 하는 것은 정교한 계산과 계획이 아니라 충동이다. INTP의 3차기능인 내향감각(Si)의 부족은 구체적인 경험과 감각으로 수집된 증거보다는 육감에 의존하게 한다. 햄릿은 이번에는 주저 없이 그리고 가차 없이 칼을 뽑아 융단 뒤에 숨어 있는 자를 힘껏 찌른다.

하지만 융단 뒤에 숨어 있는 사람은 클로디어스가 아니라 자신의 연인 오필리어Ophelia의 아버지인 폴로니우스Polonius였다. 엉뚱한 사람이 억울하게 희생된 것이다. 이러한 부조리한 상황 속에서 햄릿은 결국 배에 실려 영국으로 향하게 된다. 햄릿은 이도저도 못 한 채 외부의 의지대로 휘둘리고 있는 스스로를 책망하며 마음을 굳게 먹는다.

> **햄릿:** 조물주가 베풀어 준 영특한 이성,
> 앞뒤를 살펴보고 분별을 할 줄 아는 능력.
> 설마 곰팡이가 슬도록 내버려 두라고 주신 것은 아닐 테지.
> 그것을 나는 짐승처럼 까먹고 만 것인가.
> 아니면 소심한 자의 버릇,
> 이것저것 사정을 보다가 움짝달싹 못하게 된 탓일까.
> 하긴 생각이란 따지고 보면 사분의 일이 지혜요,
> 나머지 사분의 삼은 비겁함에 지나지 않아.
> 나도 모를 일, '이건 해야겠다.'라고 그저 말뿐이니
> 명분과 의지와 힘과 수단을 다 갖추고 있는데 말이다.

참을 수 없는 존재의 MBTI

아, 이제부턴 나도 마음을 잔인하게 먹어야겠다.

그것도 못 한다면 쓸개 빠진 인간, 무슨 소용이 있겠는가.

자신의 우유부단함과 행동력 부족을 자책하며 마음을 다잡은 햄릿. 그는 해적의 도움을 받아 기적적으로 다시 덴마크로 돌아오게 된다. 돌아온 그를 기다리고 있던 건 햄릿의 손에 억울하게 죽은 폴로니우스의 아들 레어티즈Laertes로부터의 결투 신청이었다. 옆에서 지켜보던 클로디어스는 이때다 싶어 '모든 것이 햄릿 때문'이라고 몰아가며 레어티즈에게 햄릿을 죽일 것을 종용한다. 폴로니우스는 레어티즈를 돕겠다며 그의 칼에 독을 묻혀 주고, 레어티즈가 햄릿을 살해하는 데 실패할 경우를 대비해 독이 든 포도주까지 준비해 둔다.

우연의 장난인가. 검술 대결이 시작된 그때, 왕비 거트루드가 다가와 그 문제의 독이 든 포도주를 마시고 피를 토하며 쓰러진다. 어머니의 죽음을 눈앞에서 목격한 햄릿. 하지만 슬퍼할 새도 없이 햄릿은 레어티즈와 계속해서 결투를 벌인다. 그러던 중 독이 묻은 칼이 햄릿의 손에 들리게 된다. 햄릿은 레어티즈를 찌르지만, 자신도 치명상을 입는다. 그는 의식을 잃어 가는 와중에 클로디어스를 깊숙이 찔러 복수에 성공하면서 비극은 막을 내리게 된다.

"사느냐, 죽느냐, 그것이 문제로다."라는 작품 속 햄릿의 명언이 시사하듯, 이 작품의 비극성을 극대화시키는 결정적인 요소는 햄릿의 치열한 고뇌와 우유부단성이다. 햄릿은 생각이 지나치게 많은 탓에 정작 행동의 기회를 놓쳐 버리는 이해하기 힘든 면모를 보인다. 그는 결정적인 순간에 절호의 찬스를 자발적으로 날려 버리기도 하고, 제

3자의 시각에서는 이해가 되지 않는 충동성과 우발성을 드러내며 목표 달성을 지연시키기도 한다.

이처럼 인생의 딜레마 앞에서 불합리한 선택을 하면서 살아가는 불완전한 인간 존재를 온몸으로 표상하는 인간형, 햄릿. 그의 비극은 '삶이란 거대한 역설'이라는 진실을 비춘다. 벗어날 수 없는 끝없는 부조리 속에 고뇌하며 살아가는 우리 모두에게 위로와 공감을 선사하는 작품이기에, 햄릿의 비극은 이토록 오랜 시간에 걸쳐 동서고금을 막론하고 널리 읽혀 온 것이 아닐까.

INTP

『호밀밭의 파수꾼』, 홀든 콜필드

세상의 가식과 위선을 경멸하며
순수성을 지향하는 삐딱한 사색가

『호밀밭의 파수꾼The Catcher in the Rye』은 미국의 소설가 제롬 데이비드 샐린저Jerome David Salinger, 1919~2010의 1951년 작품이다. 삐딱한 소년 홀든 콜필드Holden Caulfield가 무능한 어른들과 사회 부조리에 환멸을 느낀 채 학교와 집으로부터 튕겨져 나와 뉴욕의 길바닥을 전전하며 밑바닥 인생을 경험하다 스스로 깨달음을 얻어 방황을 끝내고 집으로 돌아오게 되는 이야기를 담고 있다. 과연 무엇이 그를 다시 따뜻한 세계로 돌려보냈던 것일까.

홀든은 세상의 가식과 위선에 치를 떨고, 불의와 더러움을 참아 내지 못하는 인간형이다. 이런 홀든에게 소위 '명문고'인 펜시 아카데미Pencey Preparatory Academy에서의 기숙사 생활은 견디기 힘든 것이었다. 홀든의 눈에 비친 선생님들은 위선자였고, 친구들은 너무나도 멍청해서 대화조차 통하지 않았기 때문이다. 학교생활에 환멸과 염증을 느긴 채 이런저런 사고를 치던 그에게 학교에서는 크리스마스를 앞두고 퇴학 통보를 내린다. 벌써 그의 인생 네 번째 퇴학이었다.

나는 학교에서 쫓겨났다. 크리스마스 휴가가 지나고도 학교에 돌아오지 못하게 된 것이다. 나는 무려 네 과목을 F학점으로 장식했다. 게다가 장차 학업에 열중할 의욕도 전혀 없었다. 선생들은 나에게 자주 경고를 했다. 특히 부모님이 늙은 교장 서머의 호출을 받고 학교에 왔던 학기 중간 무렵에는 더욱 그러했다. 그러나 나는 공부에 전념하지 않았고, 마침내 쫓겨나게 된 것이다. 펜시에서는 퇴학이 자주 있는 일이었다. 아주 훌륭한 학교여서 그렇다는 것이다. 정말 훌륭한 건 사실이다.

홀든은 대체로 이성적이며 냉소적이다. 자신이 이해할 수 없는, 혹은 자신을 이해하지 못하는 이들을 멍청하고 한심하게 여기는 일종의 선민의식 또한 가지고 있다. 세상을 바라보는 자신만의 뚜렷한 잣대와 가치 기준을 가지고 세상의 작동 원리를 비판하는 성향을 보인다. 이는 INTP의 주기능인 내향사고(Ti)에서 비롯된다. 그는 퇴학 통보를 받고도 지나치리만치 담담하다. 감정보다 생각이 앞서기 때문이다. 그는 학교의 결정이 마음에 들지는 않아도 자신이 한 행동의 필연적인 귀결이라는 점을 인정한다. 그러면서 '학교가 아주 훌륭하다.'라며 비꼬듯이 반어적인 평가까지 내린다. 이처럼 세상 돌아가는 객관적 인과 논리에 대한 인식은 분명하지만 그와는 별개로 자신이 하고 싶은 일은 어쨌든 저질러야만 직성이 풀리는 강한 고집을 가지고 있

는 인물이 바로 홀든이다.

이처럼 규칙이나 틀에 갇히는 것을 혐오하고 자유를 갈망하는 성향은 3차기능인 내향감각(Si)의 부족으로 인해 발현된다. 교육 시스템 내에서 부적응을 겪으며 낙오하게 된 것도 이와 무관하지 않다. 주변 사람들과 타협하고 협력하며 문제를 해결하기보다는 자신이 생각하는 대로 행동하는 '마이 웨이(my way)'의 성향을 홀든은 강하게 드러낸다.

홀든은 퇴학 처분을 받은 뒤 학교를 빠져나와 평소 비교적 가깝게 지냈던 스펜서Spencer 선생 댁으로 향한다. 그래도 작별 인사는 해야 할 것 같아서 선생님을 찾아간 것이다. 덕담을 들을 거라고까지 기대하진 않았지만, 어이없게도 그 자리에서까지 그는 매우 험악한 훈계를 듣게 된다.

"자네가 내 입장이라면 어떻게 했겠나? 정직하게 말해 봐." 하고 스펜서 선생이 물었다.

하여튼 선생이 내가 낙제된 것에 대해 언짢게 느끼고 있는 것만은 확실했다. 그래서 나는 잠시 허튼 소리를 지껄였다. 나는 정말 얼간이라느니 하는 식의 말을 늘어놓았던 것이다.

그런 허튼 소리를 지껄이고 있는 동안에도 내 머릿속에는 다른 생각들이 가득 차 있었다. 내가 살던 곳은 뉴욕이다. 그 때문인지 나는 센트럴 파크의 남단에 있는 연못을 생각하고 있었다. 내가 집에 돌아갈 무렵에는 그 연못이 얼어붙어 있지나 않을까. 만일 얼어붙었다면 오리들은 어디로 갔을까. 누군가 트럭을 몰고 와서 그것들을 동물원 같은 곳으로 실어 가지나 않았을까. 아니면 그냥 날아 가 버리지나 않았을까.

마지막까지 훈계를 해대는 스펜서 선생 때문에 격한 반항심과 자괴감에 사로잡힌 홀든. 그는 이야기를 한 귀로 흘리면서 생뚱맞게도 공원의 오리를 생각한다. 인간에 대해서는 회의와 불신을 갖고 있지만 귀여운 동물은 사랑하는 INTP의 동족혐오 본능과 엉뚱함이 드러나는 대목이다. 또한 부기능인 외향직관(Ne)의 영향으로 눈앞의 상황에 몰두하기보다는 끊임없이 머릿속에서 아이디어를 발산하는 면모가 드러나기도 한다. 마치 브레인스토밍 하듯 그는 뉴욕을 떠올렸다가 센트럴 파크의 연못을 생각했다가 연못의 오리가 어디로 갔을까에 대해서까지 호기심을 품는다. 그리고 나서 그는 선생 댁을 나와 무작정 뉴욕으로 향한다. 이 같은 발산적 사고의 흐름과 즉흥적 판단은 INTP가 갖는 고유한 특성이다.

뉴욕의 길바닥을 전전하게 된 홀든 콜필드. 키가 190cm에 달하는, 몸만 어른인 그는 짐짓 성인인 척 행세한다. 그는 퇴학 통보 편지가 집으로 도착해 부모님이 알아채기 전까지는 집 밖에서 어떻게든 버텨보려 한다. 그는 할머니가 주신 용돈으로 싸구려 호텔을 잡아 투숙하고, 술집을 전전하며, 예전에 알고 지내던 여자아이들을 불러내 데이트도 하며 시간을 보낸다.

제도권 밖의 세상은 비정하기만 하다. 거리에서 마주치는 사람들은 험상궂고, 혐오스럽고, 이기적이다. 어느덧 돈도 다 떨어져 빈털터리가 된 홀든은 추위에 떨며 공원 벤치에 앉아 자신이 폐렴에 걸려 죽을지도 모른다는 두려움에 사로잡힌다. 그러자 머릿속에 떠오르는 한 사람의 얼굴이 있다. 바로 그의 여동생 피비Phoebe. 홀든이 아끼고 사랑하고 신뢰하는 지구상의 거의 유일한 사람이다. 죽더라도 피비 얼굴은 보고 나서 죽어야겠다는 생각을 하며 홀든은 집으로 향한다.

피비는 영리한 아이인 만큼, 홀든의 이상한 낌새를 눈치채고 그가 퇴학당한 사실까지 알아채 버린다. 홀든을 나무라고, 또 한편으론 걱정하는 피비. 학교에서의 일들이 넌덜머리가 난다고 털어놓는 홀든에게, 피비는 그럼 오빠가 좋아하는 건 대체 뭐냐고 묻는다. 홀든은 의식의 흐름에 따라 이야기를 이어 간다.

"어쨌거나 나는 넓은 호밀밭 같은 데서 조그만 어린애들이 어떤 놀이를 하고 있는 것을 항상 눈앞에 그려 본단 말야. 몇 천 명의 아이들이 있을 뿐 주위에 어른이라곤 나밖엔 아무도 없어. 나는 아득한 낭떠러지 옆에 서 있는 거야. 내가 하는 일은 누구든지 낭떠러지에서 떨어질 것 같으면 얼른 가서 붙잡아 주는 거지. 애들이란 달릴 때는 저희가 어디로 달리고 있는지 모르잖아? 그런 때 내가 어딘가에서 나타나 그 애를 붙잡아야 하는 거야. 하루 종일 그 일만 하면 돼. 이를테면 호밀밭의 파수꾼이 되는 거야."

이처럼 홀든의 머릿속을 가득 채우고 있는 건 주로 비현실적이며 추상적인 가치와 이상향이다. 구체적이며 실현 가능한 사물이나 계획이 아닌, 공상과 상상 혹은 원리적인 아이디어가 머릿속에서 부유하고 있는 상태인 것이다. 이러한 구상을 현실에서 실행해 낼 방안 또한

참을 수 없는 존재의 MBTI

딱히 존재하지 않는 것이 당연하다. 홀든은 '호밀밭의 파수꾼'이 되겠다고 하면서도 무엇부터 해야 할지 정작 자신도 알지 못한다. 그저 서부로 떠나겠다는 충동적인 결심뿐이다.

홀든이 무작정 뉴욕을 떠나겠다고 하자, 피비는 자기도 학교를 그만두고 그를 따라 함께 가겠다며 커다란 짐을 들고 따라 나선다. 홀든은 사랑스러운 동생이 그렇게까지 나오는 걸 보며 당혹감을 감추지 못한다. 그는 자기 때문에 학교에 결석한 피비를 데리고 동물원으로 향한다. 그곳에 회전목마가 돌고 있었다. 홀든은 피비가 즐겁고 천진하게 목마를 즐기는 모습을 본다.

피비는 달려가서 표를 사더니 목마로 되돌아갔는데, 회전목마가 움직이기 직전이었다. 그리고는 빙 돌아가서 자기 말을 찾아 올라탄 뒤에 내게 손을 흔들었다. 나도 손을 흔들어 보였다.

피비가 목마를 탄 채 돌아가고 있는 것을 보자 나는 갑자기 행복을 느꼈다. 너무나 기분이 좋아서 큰 소리로 마구 외치고 싶었다. 왜 그랬는지 모른다. 여하튼 피비가 파란 외투를 입고 빙빙 돌고 있는 모습—이건 너무나 멋있었다. 정말이다. 이건 정말 보여 주고 싶다.

이렇게 홀든은 피비를 통해 카타르시스를 느낀다. 여기서 흥미로운 것은 이러한 감정의 정화를 가슴으로 느끼기보다는 머리로 깨닫는다는 것이다. 열등기능인 외향감정(Fe)의 결여로 인해 INTP는 감정마저 생각을 통해 도출해 내는 속성을 갖는다. 마음으로 느껴지는 감정을 거부하고 두뇌의 사고 과정을 거쳐 합당하다고 여겨지는 감정을 비로소 자기 것으로 인정하는 것이다. 이처럼 외부 자극이 야기하는 감정에 자연스럽게 동화되기를 거부하는 반작용은 미발달된 외향감정의 영역에 대한 두려움에서 비롯된다. 이로 인해 평상시에 생각은 많은데 반해 감정은 메말라 있는 경향을 보인다. 홀든은 목마를 타는 피비의 모습이 근사하다고 생각하면서 감정이 고양되고 비로소 이것을 행복이라 인정하는 사고 과정을 보여 준다.

홀든은 이로써 방황을 마치고 집으로 돌아간다. 가식과 위선에 찌든 세상을 혐오하며 늘 순수의 세계를 동경해 온 홀든. 여동생 피비는 그 티 없이 맑은 순수성을 온몸으로 대변하는 인물이었고, 제도권 밖으로 튕겨져 나가려는 홀든을 따뜻한 세계로 끌어당기는 구심점이기도 했다.

내가 이야기하고자 하는 것은 이것뿐이다. 집에 돌아가서 내가 무엇을 했으며, 어째서 병이 생겼으며, 병원을 나오면 다음 학기에 어느 학교에 가기로 되어 있는가 하는 것까지 말할 수도 있겠지만 지금은 그럴 기분이 아니다. 정말 전혀 기분이 나지 않는다. 당장은 그런 것에 별 관심도 없다.

많은 사람들, 특히 이곳 병원에 있는 정신분석 전문의가 그러는데, 이번 9월부터 학교에 돌아가면 열심히 공부하겠느냐고 자꾸만 묻는다. 내 생각에 그건 어리석은 질문이다. 실제로 해보기 전에는 우리가 무엇을 하게 될지 어떻게 알 수 있단 말인가? 나야 열심히 공부할 생각이긴 하지만 그것을 어떻게 알 수 있단 말인가? 그건 정말 어리석은 질문이다.

'호밀밭의 파수꾼'이 되는 것 외엔 별다르게 생각해 본 것도, 되고 싶은 것도 없는 홀든. 아이들이 자라서 어른이 되는 것은 누구도 막을 수가 없다는 건 우리 모두가 알고 있다. 아무리 파수꾼이 호밀밭에서 열일 해도 어린이들은 자연스럽게 나이 먹으며 어른이 될 수밖에 없으니 말이다. '어린 아이들이 순수성을 잃고 어른으로 타락하는 걸 막는 파수꾼이 되고 싶다.'라는 홀든의 독백이 쓸쓸하고 공허하게 느껴지는 이유이기도 하다. 소설 전반의 분위기가 불안정하고 위태로운 것도 이와 같은 좌절될 수밖에 없는 희망에서 비롯된 것이리라.

　이야기가 열린 결말로 끝나는 것 또한 의미심장하다. '해보기 전엔 알 수 없다.'라는 홀든의 말이 허무주의자 내지는 염세주의자의 냉소적인 독백처럼 들리기도 하지만, 그만큼 홀든이 방황하며 겪었던 모든 경험들이 가치 있었기를 바라게 되는 것은 왜일까. 그 이후에 홀든이 좋은 어른이 되었는지, 아니면 정말 삐딱선의 끝을 달리다 타락한 어른이 되었는지 알 방법은 없지만, 자신이 거리의 바닥을 뒹굴며 온몸으로 겪은 시련의 경험을 바탕으로 현명하고 성숙한 어른이 되어 건강하고 행복하게 잘 살았으면 좋겠다는 마음이 들게 하는 것은 분명하다.

　살면서 누구나 고뇌와 시련을 겪는다. 어른이 된다고 해서 방황을 멈추게 되는 것도 아니다. 인간은 죽을 때까지 성장통을 겪으며 경험으로부터 배우고, 깨닫고, 또 다시 실수하고, 다시 앞으로 나아가는 과정을 무한히 반복하게 된다. 부딪치고 깨지며 성장하는 과정에서 마주치는 홀든 콜필드는 연민과 공감의 대상이자, 미완의 존재인 나 스스로를 발견하게 만드는 자화상이기도 하다. 그렇기 때문에 『호밀밭의 파수꾼』은 청소년에게 권장되는 성장 소설이기도 하지만 어른들이 가장 좋아하는 책으로도 꾸준히 손꼽히는 게 아닐까.

세상으로부터 도망치고 싶을 때, 사람들이 미울 때, 나 자신이 한없이 작아질 때, 이유 없는 분노가 차오르고, 견딜 수 없는 불안에 사로잡히고, 자괴감으로 숨쉬기조차 힘들 때—이 책을 펴서 홀든을 만나보는 건 어떨까.

참을 수 없는 존재의 MBTI

ISFJ

『변신』, 그레고르 잠자

『잃어버린 시간을 찾아서』, 마르셀

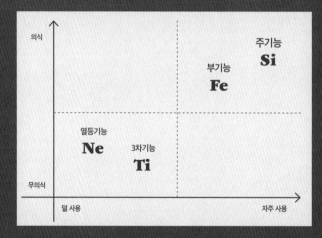

외향(E), 감각(S), 사고(T), 판단(J)
내향(I), 직관(N), 감정(F), 인식(P)

ISFJ

『변신』, 그레고르 잠자

추억을 곱씹으며 현실의 비극을 감내하는
희생과 헌신의 아이콘

『변신Metamorphosis』(1915)은 오스트리아-헝가리 제국의 유대계 소설가인 프란츠 카프카Franz Kafka, 1883~1924의 소설이다. 어느 날 갑자기 거대한 벌레로 변신하는 주인공에게 잇따르는 충격적인 사건을 매개로 인간 실존의 비극에 대해 조명하고 있는 작품이다.

주인공 그레고르 잠자Gregor Samsa는 한 회사의 영업사원으로 열심히 일하며 봉급을 받아 집안의 생계를 책임지는 성실하고 평범한 청년이다. 그런데 어느 날 그는 아침에 눈을 뜨자마자 벌레로 변해 있는 스스로를 발견한다. 하룻밤 사이 갑자기 거대한 갑충으로 변신하면서 그레고르의 전혀 평범하지 않은 일상이 시작된다.

어느 날 아침, 악몽에서 깨어난 그레고르 잠자는 자기 몸이 흉측한 벌레로 변해 있는 걸 발견했다. 갑옷처럼 딱딱한 등을 바닥에 대고 침대 위에 누워 있었는데, 고개를 약간 쳐들어 보니 살짝 불룩하고 단단한 갈색 배가 여러 개의 활 모양으로 나뉘어 있었다. 이불 끝자락이 금방이라도 흘러내릴 것처럼 아슬아슬하게 배를 덮고 있었고, 몸통에 비해 터무니없이 가늘고 연약해 보이는 여러 개의 다리들이 눈앞에서 무기력하게 버둥거렸다.

그레고르가 흉측한 벌레로 변했다는 사실을 알아차린 집안 식구들은 모두 경악한다. 보통 그 시간에 이미 출근 열차를 타러 집 밖에 나서야 했을 그레고르가 벌레가 된 채 방안에 누워 버둥거리고 있는 모습을 본 그의 아버지, 어머니, 여동생은 충격에 휩싸인다. 연락도 없이 결근한 그를 집까지 찾아온 회사 지배인은 벌레로 변해 있는 그의 모습을 확인하고는 괴성을 지르며 달아나 버린다. 집안의 유일한 돈줄이었던 그레고르는 하루아침에 실업자 신세로 전락하고 만 것이다. 아버지는 이성을 잃고 그레고르를 방 안으로 밀어 넣는다.

언제나 밝고 따뜻하고 화목했던 그레고르의 집안에는 이제 적막만이 감돈다. 그동안 그레고르가 벌어온 돈으로 그럭저럭 넉넉하게 생활해 오던 부모님과 여동생은 더 이상 웃지 않는다. 그들은 입을 굳게 닫은 채, '이제 어떻게 먹고 살아야 하나'를 열심히 궁리하기 시작한 것이다. 그레고르는 그런 가족들을 보며 침울해진다.

그레고르는 그간 집안의 실질적인 가장 노릇을 해왔다. 그는 홀로 닥치는 대로 뼈 빠지게 일하며 가족들을 먹여 살려 왔다. 사업이 망한 후 파산한 늙은 아버지는 실의에 빠져 있었고, 어머니는 천식을 앓고 있었고, 어린 여동생은 돈이 많이 드는 악기를 전공하기를 원했다. 그레고르는 사랑하는 가족을 위해 쉬지 않고 몸을 갈아 가며 일해서 돈을 벌어 왔다. 그는 ISFJ의 주기능 내향감각(Si)에 기반한 현실 감각을 바탕으로 집안 재정 상황을 살뜰하게 챙기며 헌신적으로 가족을 부양해 왔다. 육체적, 정신적으로 고된 순간에도 그는 가족과의 행복했던 추억을 떠올리며 다시 힘을 얻곤 했다. 이처럼 기억과 감정에 민감한 그는 책임감이 강하고 온정적이며 인내력이 있다. 내향감각에 따른 그의 정확한 현실 인식은 부기능인 외향감정(Fe)과 결합하여 가정을 지키기 위한 관계중심적인 사고와 가족들을 배려하는 행동으로 나타난다. 그는 가족들이 그레고르가 벌어오는 돈을 점차 당연시 여기는 모습을 보이자 서운해하면서도 그들을 이해하려 애써 왔다. 그레고르의 강한 공감능력은 가정을 지탱해 온 가장 견고한 힘이었다.

그러던 중 그레고르가 갑자기 벌레로 변해 버려서 하루아침에 직장을 잃고 당장 돈줄이 끊기니, 이제야 가족들은 정신이 번쩍 들어 긴장한 것이다. 마치 벼랑 끝에 선 듯 날 선 가족들의 웃음기 사라진 얼굴을 바라보며, 그레고르는 벌레로 변하기 이전의 마냥 좋았던 시절을 떠올리며 그리워한다.

당시 아버지의 사업 실패는 가족을 완전한 절망 속으로 몰아넣었다. 그래서 그때 그레고르의 관심은 오직 어떻게 하면 가족 모두를 절망에서 최대한 빨리 빠져나오게 할 수 있을까 하는 것뿐이었다.

그는 오직 그것만을 위해서 자기의 모든 것을 걸었다. 그레고르가 집에 돌아와서 그 돈을 식탁 위에 자랑스럽게 늘어놓으면 가족들은 기뻐서 어쩔 줄 몰라 했다.

그땐 참 좋은 시절이었다. 그 뒤로 죽 그레고르는 계속 그렇게 돈을 벌어서 가족 전체의 생계를 책임질 수 있게 되었으며 실지로도 지금까지 그가 온 가족을 부양하고 있었다. 하지만 처음에 그토록 뿌듯했던 기쁨은, 적어도 그 정도의 기쁨은 두 번 다시 찾아오지 않았다. 어느덧 그레고르가 가족을 부양하는 일이 그레고르 자신에게도 가족들에게도 자연스러운 일이 되었던 것이다. 물론 가족들은 여전히 감사하며 그레고르가 벌어온 돈을 받았고 그 역시 기꺼이 자기가 번 돈을 가족들에게 내놓았지만 특별한 기쁨은 이미 사라지고 없었다.

바로 여기에서 비극의 씨앗이 잉태된 것이다. 눈이 오나 비가 오나 군말 없이 밖에 나가서 돈을 벌어 오던 그레고르의 성실성이 그를 의도치 않게 '돈 벌어오는 기계', 즉 '공용 ATM'으로 전락시켜 버린 것이다. 그는 가정의 안정과 평화를 중시한 나머지 매정한 가족들의 태도를 비판하거나 그들에게 문제를 제기하지 못했다. 3차기능인 내향사고(Ti)의 미숙으로 인해 이성적으로 자기 목소리를 내야 할 상황에서 그는 도리어 가족들에게 심정적으로 의존하면서 문제는 심각하게 곪아 가기 시작했다.

벌레로 변신한 뒤 더 이상 ATM으로서의 용도와 쓰임에 충실하지 못하는 그레고르, 그리고 그를 대하는 가족들의 냉담한 태도에서 뚜렷이 모습을 드러낸 비극. 아무리 외모가 낯설게 변했다 하더라도 그레고르는 여전히 그레고르 아닌가. 그레고르는 자기가 벌레가 되기 이전과 변함없이 사랑하는 부모님의 아들이자 귀여운 여동생의 오빠라는 존재감을 온몸으로 힘겹게 입증하려 한다. 하지만 그는 ATM으로서의 용도 폐기와 더불어 실존까지도 급속히 폐기 처분의 위기에

참을 수 없는 존재의 MBTI

놓이게 된다. 그는 가족들에게 '돈 버는 기계'라는 본질이 자신의 존재 가치를 뛰어넘는 부조리 상황을 애초에 관념적으로 이해했어야 했지만 그러지 못했다. 그는 그저 보이는 대로 받아들였고 믿고 싶은 대로 믿었던 것이다. 이러한 나이브함은 ISFJ의 열등기능인 외향직관 (Ne)의 결여에서 비롯된 것으로, 변화되는 상황에 소극적으로 대처하며 위험의 감수를 피한 대가로 그는 결국 비극을 온몸으로 떠안아야 했다.

그러던 어느 날 그레고르의 어머니가 그의 방에 들어왔다가 그의 모습을 보고 놀라 기절하는 사건이 발생한다. 이를 계기로 벌레로 변해 무위도식하는 그레고르에 대해 차곡차곡 쌓여 온 아버지의 혐오감과 적개심이 폭발하고 만다.

아버지는 찬장 위 그릇에서 사과를 잔뜩 꺼내 주머니를 채우고 제대로 겨냥도 하지 않고 사과를 계속 던지고 있었다.

이 작고 빨간 사과들이 마치 전기 장치로 작동되는 것처럼 마루 위에 굴러다니면서 이리저리 부딪쳤다. 사과 하나가 천천히 날아와서 그레고르의 등을 스치고 지나갔지만 상처는 입지 않았다. 하지만 바로 뒤에 날아온 사과는 정확히 그레고르의 등에 날아와 꽂혔다. 그레고르는 이 뜻하지 않은, 믿을 수 없는 고통으로부터 도망치고 싶었다. 그는 장소를 옮기기만 하면 고통이 사라질 것처럼 무거운 몸을 질질 끌고 걸어가려 애썼다. 하지만 마치 그 자리에 못 박힌 것처럼 그의 몸은 꼼짝도 하지 않았다. 그의 모든 감각이 일어나 뒤엉키는 것을 느끼며 그는 그대로 쓰러졌다.

참을 수 없는 존재의 MBTI

그레고르는 아버지가 던진 사과에 등을 맞고 치명상을 입는다. 밥만 축내는 벌레 같은 아들에 대한 경멸과 혐오감을 담아 있는 힘껏 손에 집히는 물건을 투척했던 것이다. '만약 벌레로 변한 그레고르가 서커스라도 뛰어서 돈을 벌어왔더라면 이렇게까지 했을까?' 하는 의문을 자아내는 대목이다.

이제 가족 구성원들은 각자 일자리를 구해 돈을 벌어 온다. 아버지는 은행 경비로 일하고, 어머니는 삯바느질을 하고, 여동생은 판매원으로 취직해 일을 한다. 그럴수록 가정 내의 유일한 경제무능력자인 그레고르의 위상은 지하를 뚫고 내려간다.

그나마 그레고르에게 먹을 것도 갖다 주고 그의 방 청소도 해주며 챙겨 주던 여동생 그레테Grete마저 조금씩 그에게 냉랭한 태도를 보인다. 그간 여동생이 좋아하는 악기 연주를 계속할 수 있도록 물심양면으로 지원을 아끼지 않았던 그레고르는 이러한 여동생의 급격한 태도 변화에 극심한 상실감을 느끼게 된다.

그녀는 이제 더 이상 그레고르가 무슨 음식을 좋아하는지 따위는 생각할 겨를도 없었다. 아침과 낮에 가게에 나가기 바빠서 그저 아무 거나 발로 급하게 밀어 넣을 뿐이었다.

그리고 저녁때 돌아와서도 그가 조금이라도 먹었는지, 전혀 손도 대지 않았는지 따위는 정말 신경도 쓰지 않고 빗자루로 싹싹 쓸어서 치워 버리는 것이었다. 그러니 그가 요즘은 음식을 거의 안 먹고 있다는 것을 알 리가 없었다. 요즘은 청소도 늘 밤에 해주는데, 세상에 이토록 빨리 끝나는 청소는 없다 싶을 정도로 그레테는 후다

닥 끝내 버렸다. 먼지 얼룩이 벽에 띠를 이루었고 바닥에는 여기저기 먼지와 오물이 엉겨 붙어 있었다.

이제 그레고르는 철저히 혼자가 되었다. 쓰레기 더미가 가득한 방 안에 갇힌 채 외로운 나날을 보내게 된 그레고르. 그는 식음을 전폐하고 우울하게 하루하루를 소일한다. 한편 가족들은 집안의 방 하나를 세 명의 남자들에게 세놓으면서 그레고르의 방에 온갖 잡다한 물건들을 옮겨다 쌓아놓기까지 한다. 그의 생활환경은 점점 더 좁고 더럽고 열악해진다.

어느 날 세입자들이 우연히 동생이 바이올린 연습하는 소리를 엿듣고는 흥미를 느껴 정식 연주를 청한다. 여동생은 거실의 청중 앞으로 나와 열심히 바이올린을 켠다. 세입자 남자들은 동생의 그저 그런 연주를 듣고 곧 실망해서 딴청을 피우지만, 방에서 그 소리를 엿듣게 된 그레고르는 가슴이 벅차오른다. 여동생에 대한 한없는 애정 때문이다. 그는 사랑스러운 여동생이 바이올린을 연주하는 모습을 직접 자신의 눈으로 바라보고 싶다는 충동에 사로잡혀 무엇에 홀린 듯이 방을 나선다.

그레고르가 듣기에 누이동생의 연주는 참으로 아름다운 것이었다. 동생은 얼굴을 한쪽으로 갸웃 기울이고 슬픔이 가득 담긴 눈으로 악보를 하나하나 확인하듯 따라 가고 있었다.

그레고르는 조금 더 앞으로 기어 나갔다. 그는 동생과 눈이 마주치기를 기대하며 머리를 바닥에 대고 낮게 문질렀다.

참을 수 없는 존재의 MBTI

음악이 이토록 나의 마음을 사로잡는데 그래도 내가 벌레인 걸까?

그가 지금까지 그토록 갈망하면서도 알지 못했던 미지의 자양분을 얻을 수 있는 길이 눈앞에 훤히 트이는 것만 같았다. 그는 결심했다.

누이동생 앞으로 가서 그녀의 치마를 잡아당겨 그의 방에 와서 연주해 달라고 말하겠어. 저런 사람들 앞에서 아무리 연주해 봐야 알아줄 사람도 없고 감사할 사람도 없으니 말이야.

거실 밖으로 용기 있게 나선 그레고르. 추악하고 거대한 벌레의 형상을 한 그가 세입자들의 눈에 띄고 만다. 아버지는 당황하여 그레고르를 방 안으로 밀어 넣으려 애쓰지만 이미 때는 늦었다. 그를 흥미로운 구경거리처럼 바라보던 세입자들은 돌연 방을 빼겠다며 임대차 계약의 해약을 통보한다. 미리 고지받지 못한 내용이므로 여태껏 방에 머무른 대가도 치를 수 없다는 폭탄선언과 함께. 없는 살림에 보탬이 될 거라 믿었던 셋방 계약마저 그레고르 때문에 깨져 버릴 위기에 놓이자 아버지는 분노할 여력조차 없이 무너져 내리고 만다.

아버지는 손으로 앞을 더듬으며 비틀비틀 그의 의자로 돌아와 털썩 쓰러지듯 앉았다. 그냥 봐서는 아버지가 여느 저녁처럼 잠시 눈을 붙이느라 늘어져 있는 것처럼 보이기도 했지만, 도저히 지탱할 힘이 없는 것처럼 머리가 계속 푹 꺾이는 것으로 보아 잠든 것은 전혀 아니었다.

그레고르는 세 남자가 그를 처음 발견한 곳에 꼼짝 않고 엎드려서 이 모든 일을 지켜보고 있었다. 모처럼의 계획이 실패로 돌아간 데 대한 실망감이 컸던 탓도 있었지만, 아마도 그동안 아무것도 먹지 않고 지낸 날이 너무 길어서 그는 이미 움직이기도 힘들 정도로 쇠약해져 있었던 모양이었다. 그는 당장이라도 세계가 자기의 머리 위에서 와르르 무너져 내릴 것을 두려워하며 기다렸다.

예전처럼 돈을 벌어오기는커녕 혐오스러운 행색으로 방 안에서 뒹굴며 자신들을 방해하는 그레고르에 대한 가족 구성원들의 혐오감이 이젠 극에 달하게 된다. 그레고르는 이제 모두의 인내심이 한계에 다다랐다는 직감으로 몸을 떨며 자기 앞에 놓일 처분을 기다린다. 그런데 그 결정적 처분은 뜻밖의 사람으로부터 나온다.

"아버지, 어머니!"
누이동생이 손으로 식탁을 쿵 두드리며 말했다.
"더 이상 이런 식으로는 살 수 없어요. 부모님은 어떨지 몰라도 전 그래요. 이런 괴물 같은 벌레를 오빠라고 부르는 것 자체가 말도 안 되는 일이에요. 그러니까 제가 하고 싶은 말은 우리가 이 괴물을 없애야 한다는 거예요. 우리는 지금까지 이 괴물을 위해서 인간으로서 할 수 있는 일은 다 했어요. 그동안 이 끔찍한 괴물을 보살피고 그 모든 고통을 참느라 우리가 얼마나 힘들게 살았냐고요. 이제 없애 버린다 해도 아무도 우리를 나쁘다고 비난할 수는 없어요."
"그레테 말이 옳아, 옳고말고."
"무슨 일이 있어도 저 괴물을 없애야 해요."

참을 수 없는 존재의 MBTI

가엾은 그레고르는 이제 온 집안 식구들에게 '괴물'로 불리며 집안에서의 생존마저 위협 당하는 처지에 놓이게 된다. 한때 집안의 기둥이자 희망이었던 그의 영광스런 시절은 이제 아무도 기억하지 못하는 먼 과거가 되어 버렸다. 여동생은 그의 방문을 세차게 쾅 닫고 밖에서 자물쇠로 잠가버림으로써 그를 옴짝달싹 못하도록 감금해 버린다.

"이제 어떡하지?"

그레고르는 어둠 속을 둘러보았다. 얼마 지나지 않아서 그는 자신이 더 이상 전혀 움직이지 못한다는 것을 깨달았다. 이상하다는 생각은 들지 않았다. 오히려 그동안 어떻게 그렇게 가늘고 허약한 작은 다리들로 돌아다녔는지 부자연스럽게 느껴질 정도였다. 기분도 그다지 나쁘지 않았다. 차라리 편안한 느낌이었다. 등에 깊숙이 박힌 채 썩고 있는 사과도, 희뿌연 먼지로 뒤덮여 있는 그 주위의 염증들도 이젠 더 이상 그에게 고통을 주지 않았다.

그는 가족들을 생각해 보았다. 눈물겨운 애정이 다시 한 번 그의 마음속에 솟구쳤다. 어디로든 사라져 버려야 한다는 생각은 누이동생보다 자신 쪽이 훨씬 더 간절했을 것이다. 이런저런 생각들이 두서없이 머릿속에서 엇갈렸다. 허무하기도 하고 평온하기도 한 느낌이었다.

시계탑이 새벽 세 시를 알렸다. 창문 밖 세상이 조금씩 밝아오는 것을 그는 지켜보았다. 머리가 저절로 수그러졌다. 마지막 숨이 콧구멍을 통해 약하게 흘러나왔다.

그레고르는 이렇게 마지막 여린 숨을 내쉬며 세상을 떠나고 만다. 사랑하는 가족에게 경멸과 혐오를 당하며 삶의 모든 희망을 상실해 버린 그레고르는 극도로 쇠약해진 채 이미 서서히 죽어 가고 있었다. 의식을 잃어 가면서도 결코 가족을 원망하지 않고, 오히려 그들에 대한 변함없는 애정과 연민으로 눈물짓는 그레고르의 모습이 애잔하고 가엾지 않은가.

이튿날 아침, 가족들은 숨이 끊어진 채 차디차게 식어 있는 그레고르의 시체를 발견하게 된다. 그들의 반응은 어떠했을까. 한때 몸을 갈아 가며 일해 자신들을 먹여 살렸던 혈육인데, 그래도 인간이라면 최소한의 양심으로 그의 죽음을 슬퍼해야 마땅할 것이다. 또한 그를 측은히 여기며 돌봐주기는커녕 가혹하게 학대하며 몰아세웠던 자신들의 만행을 반성해야 하지 않겠는가.

놀랍게도, 남은 세 가족은 그레고르의 죽음을 애도하고 반성하기는커녕, 신에게 감사의 기도를 올린 뒤 홀가분한 기분으로 피크닉을 나선다. 한때 자신들을 부양했던 아들 혹은 오빠의 죽음을 눈으로 확인한 지 채 몇 시간도 되지 않아, 그들은 새로운 '꿈'과 '기쁜 계획'을 구상하며 새 출발을 기약한다.

이것이 바로 카프카가 지적하고자 하는 현실의 부조리다. 자본주의의 노예로 전락한 채 존엄성을 상실하고 '돈 버는 기계'가 되어 버린 인간 존재. 가족조차도 자본주의적 평가 기준의 예외가 아닌 것이다. 카프카는 인간들이 물질 앞에서 그 존재 가치를 스스로 내려놓은 채 껍데기만 남은 벌레가 되어 버렸다며 날카롭게 현실을 비판하고 있다. 도구적 쓰임에 충실하지 못하면 실존마저 부정당한 채 실질적으

참을 수 없는 존재의 MBTI

로 사형 선고를 받게 된다는 은유가 바로 그레고르의 죽음에 집약되어 있는 것이다. 인간들이 자신의 이익을 취하기 위해 서로를 수단으로 대하며 이용하려 득달같이 달려드는 비정한 현실 속에, 정체하고 도태되는 자들은 마치 쓰레기 취급받으며 버려지고 있다는 시대적 비극을 고발하고 있는 것이다.

돈과 물질 앞에 무릎 꿇고 인격과 존귀함을 내려놓는 순간, 인간은 벌레만도 못한 존재로 급속히 전락해 버리게 된다는 사실을 결코 잊어서는 안 된다. 그레고르가 혐오스러운 모습의 벌레로 변신해 죽음에 이르는 비참한 과정을 카프카가 그토록 구체적이고 세밀하게 묘사한 것은, 독자가 스스로의 모습을 비추어 보도록 거울을 들이대려는 의도가 아니었을까. 벌레가 되려고 노력하는 사람은 아무도 없다. 벌레는 그저 자기도 모르는 사이 만들어질 뿐이다. 각박한 세상 속에서 스스로의 가치를 절하시키며 혐오스러운 존재가 되기를 자처해서는 안 된다는 카프카의 준엄한 경고가 이 책 『변신』에 서슬 퍼렇게 살아 있다.

ISFJ

『잃어버린 시간을 찾아서』, 마르셀

예민한 감수성과 섬세한 관찰력,
풍부한 상상력을 타고난 디테일의 최강자

『잃어버린 시간을 찾아서À la recherche du temps perdu』는 프랑스의 작가 마르셀 프루스트Marcel Proust, 1871~1922가 무려 14년에 걸쳐 집필한 장편소설로, 1913년부터 1927년까지 총 7편 11권 분량으로 출간된 대작이다. 작가가 자신의 분신과도 같은 주인공 마르셀을 1인칭 화자로 내세워 작가의 길로 들어서기까지의 기나긴 인생 여정을 담담하고도 유려한 문체로 그리고 있는 자전소설이다. 작가의 실제 경험이 풍부하게 녹아들어 있는 작품으로 시간과 공간을 뛰어넘는 '의식의 흐름' 기법을 통해 지나간 삶을 반추하며 자신과 주변 인물들의 내면 심리를 치밀하게 묘사하고 있는 것이 특징인 작품이다.

소설의 주인공 마르셀Marcel은 벨 에포크 시대(Belle Époque: '아름다운 시절'이라는 뜻으로, 19세기 말부터 제1차 세계 대전 발발 직전까지 프랑스가 정치, 사회, 경제, 기술 발전으로 번성한 시기) 프랑스 신흥 부르주아

참을 수 없는 존재의 MBTI

집안의 아들로 태어나 주로 사교계와 문학 살롱에서 시간을 보내는 인물이다. 그는 예민한 감성과 풍부한 상상력, 그리고 섬세한 관찰력을 타고난 덕에 어린 시절부터 마주친 많은 사람들에 대한 기억을 또렷이 지니고 있다. 이는 소설의 집필 시점이 화자가 중년으로 접어든 시기임에도 불구하고 과거의 추억들을 마치 어제 경험한 일처럼 생동감 있게 묘사할 수 있게 하는 동력이기도 하다. 작가의 꿈을 품게 되는 소년 시절, 그리고 사교계의 살롱과 파티에서 상류층과 교류하며 예술과 철학에 눈뜨게 되는 청년 시절의 다양한 경험과 소회가 회상에 의해 생생하게 재구성된다.

그가 과거로의 시간 여행을 시작하는 계기는 어느 날 우연히 찾아온다. 어릴 때 즐겨 먹던 마들렌(madeleine: 프랑스의 전통 과자)을 오랜만에 홍차에 적셔 한 입 베어 문 순간, 그 익숙한 맛과 향이 강렬한 쾌감을 불러일으키며 마치 마법처럼 소년 시절의 기억을 소환해 낸 것이다.

그것이 레오니 아주머니가 주던 보리수차에 적신 마들렌 조각의 맛이라는 것을 깨닫자마자 아주머니의 방이 있던, 길 쪽으로 난 오래된 회색 집이 무대장치처럼 다가와서는 우리 부모님을 위해 뒤편에 지은 정원 쪽 작은 별채로 이어졌다. 그리고 그 집과 더불어 온갖 날씨의, 아침부터 저녁때까지의 마을 모습이 떠올랐다. 점심 식사 전에 나를 보내던 광장이며, 심부름하러 가던 거리며, 날씨가 좋은 날이면 지나가곤 하던 오솔길들이 떠올랐다. 일본 사람들의 놀이에서처럼 물을 가득 담은 도자기 그릇에 작은 종잇조각들을 적시면,

그때까지 형체가 없던 종이들이 물속에 잠기자마자 곧 펴지고 뒤틀리고 채색되고 구별되면서 꽃이 되고, 집이 되고, 단단하고 알아볼 수 있는 사람이 되는 것처럼, 이제 우리집 정원의 모든 꽃들과 스완 씨 정원의 꽃들이, 비본 냇가의 수련과 선량한 마을 사람들이, 그들의 작은 집들과 성당이, 온 콩브레와 근방이, 마을과 정원이, 이 모든 것이 형태와 견고함을 갖추며 내 찻잔에서 솟아 나왔다.

마르셀의 시간 여행은 마르셀의 어린 시절 추억이 가득한 파리 근교의 작은 마을 콩브레Illiers-Combray에서 출발한다. 콩브레 마을에는 두 개의 길이 나 있는데, 하나는 마을의 유지인 스완Swann 씨네 집 쪽으로, 또 다른 하나는 귀족 가문인 게르망트Guermantes 저택 쪽으로 향해 있다. 이 두 개의 길은 모두 마르셀의 사랑을 상징한다. 마르셀은 사춘기 시절 스완 씨의 딸인 질베르트Gilberte와 풋사랑을 나누기도 하고, 우아하고 아름다운 게르망트 공작부인Oriane, duchesse de Guermantes을 먼발치에서 흠모하며 그녀에 대한 연정을 품기도 한다. 서툴고도 아련한 사랑의 기억들이 그가 성장하며 겪게 되는 다양한 사건들과 맞물리며 섬세하고 디테일하게 묘사된다.

어떤 날 내가 게르망트 부인을 만나지 못하고 이리저리 몇 시간이나 길에서 돌아다니고 있을 때, 갑자기 이 서민적인 귀족 동네의 두 저택 사이에 감춰진 한 유제품 가게 구석에서 '쁘띠 스위스'를 보여 달라고 청하는 한 우아한 여인의 어렴풋하고 친숙하지 않은 얼굴이 뚜렷이 드러나, 내가 여인의 얼굴을 채 식별하기도 전에 공작

참을 수 없는 존재의 MBTI

부인의 시선이 어느 얼굴의 부분보다 내게 이르는 데 시간이 덜 걸린다는 듯 섬광처럼 나를 후려쳤다. 또 어떤 날은 그녀를 만나지 못한 채 정오를 알리는 종소리를 들으며 이제 기다려 봐야 소용이 없음을 깨닫고 쓸쓸히 집에 돌아가는 길로 접어들며 실망에 잠긴 채 멀어져 가는 마차를 멍하니 바라보고 있을 때, 갑자기 한 부인이 나를 향해 마차 문에서 목례를 보낸다는 걸 깨달았으며, 그리하여 긴장이 풀린 듯한 그 창백한 모습이, 혹은 반대로 활기차고 긴장한 모습이, 높다란 깃털 장식 달린 둥근 모자 아래로 내가 알아보지 못하는 한 낯선 여인의 얼굴을 이룬다고 여겼는데, 바로 그 여인이 게르망트 부인이며 이런 부인이 인사를 하는데도 내가 답례조차 하지 않은 것을 깨달았다.

전반적인 소설의 서사를 이끌어 가는 주된 동력은 주인공 마르셀의 기억력이다. 과거의 경험과 상황의 디테일을 또렷하게 기억하고 곱씹는 경향은 ISFJ의 주기능인 내향감각(Si)에서 비롯된다. 심리학자 마리루이제 폰 프란츠Marie-Louise von Franz, 1915~1998가 언급했듯 강한 내향감각은 '고도로 예민한 사진건판寫眞乾板'과 같아서 사람이나 풍경의 세밀한 빛깔과 형태의 세밀한 부분까지 꼼꼼히 지각하고 기억하게 한다.

마르셀에게도 풋사랑이나 짝사랑이 아닌 진지한 사랑의 대상이 있다. 발베크의 해변가에서 만난 자유분방한 여인 알베르틴Albertine은 그의 인생에 찾아온 일종의 '대박 사건'이다. 하지만 마르셀의 사랑은 순탄하게 진행되지 않는다. 사랑의 기쁨은 그녀와 함께 있는 순간에만 잠시 느낄 수 있을 뿐, 그녀가 눈앞에서 사라지는 순간부터 그는 극도의 불안과 초조에 시달리며 불행해진다. 그에게 있어 사랑은 '질투'의 동음이의어이기 때문이다. 어디에선가 알베르틴이 바람을 피우며 또 다른 사랑의 쾌락을 즐기고 있을지 모른다는 망상과 그로 인한 배신감으로 인해 마르셀은 자아가 분열될 정도로 번뇌한다. 결국 마르셀은 알베르틴을 항상 곁에 두며 감시하겠다는 욕심으로 그녀와의 동거를 시작한다. 그는 그녀를 파리의 집에 가둬 놓다시피 하며 집착하지만 그럴수록 그녀에 대한 의혹과 질투는 더욱 깊어져만 간다. 그에게 있어 사랑이란 곧 애증이며, 헛된 고뇌 속에 자아와 시간을 상실하게 만드는 주된 요인이었던 것이다.

연정은 내겐 실현할 수 없는 것, 인생의 권외에 있는 것으로 생각되었다. 나의 질투로 말하면, 알베르틴한테서 영원히 떨어짐으로써만 완전히 나으리라는 것을 알지만 도리어 질투는 나에게 알베르틴의 곁을 떠나지 말아야겠다는 쪽으로 부추겼다. 나는 그녀의 곁에서마저 질투를 느끼곤 하였는데, 그런 때 내 마음속에 질투를 눈뜨게 한 상황이 되풀이되지 않도록 조절하곤 하였다.

심한 불안을 달래기 위해, 콩브레에서 어머니를 껴안았듯이 알베르틴을 껴안으면서, 나는 알베르틴의 순결을 거의 믿었다. 아니 적어도 내가 발견한 그녀의 악습에 대해 연달아 생각해 보지 않았다. 그러나 혼자된 지금, 말상대가 입 다물자마자 들리는 귓속울림처럼 그런 말이 다시 웡웡 울리기 시작하였다. 이제 나로서는 그녀의 악습은 의심할 여지도 없었다. 점점 솟아오르는 햇빛은 내 주위의 사

참을 수 없는 존재의 MBTI

물의 모양을 바꾸면서, 잠시 그녀를 위한 내 위치를 옮겨 놓는 듯, 다시금 나의 괴로움을 더 가혹하게 의식하게 했다. 이토록 아름답고, 이토록 애처롭게 시작되는 아침은 일찍이 본 적이 없었다.

사랑의 고통은 연애로 인해 잃어버린 시간을 되찾고 싶게 만드는 주된 동인으로 작용한다. 마르셀은 그녀와 헤어질 결심을 수백 번 하면서도 분리불안으로 인해 막상 실행에 옮기진 못한다. 이처럼 ISFJ의 부기능 외향감정(Fe)은 마르셀에게 유독 강하게 나타나며, 이는 알베르틴과의 완전한 육체적 결합과 감정적 일체화를 갈망하게 만드는 기제로 작용한다. 하지만 알베르틴은 마르셀과 함께 살면서도 자신의 사적인 영역을 지키고 싶어 하기에 끊임없는 갈등을 유발한다. 알베르틴에 대해 모든 것을 알고 그녀를 온전히 소유하기를 원하는 마르셀의 욕구는 결코 충족되는 법이 없기에 그는 좌절한다. 이것이 마르셀을 괴롭게 만드는 주된 요인이다.

보수적인 마르셀과 자유분방한 알베르틴과의 결합은 시작부터 잘못 끼워진 단추와도 같았다. 마르셀은 외향직관(Ne)을 열등기능으로 보유한 탓에 자신과 다른 성향이나 관점에 대한 수용도가 낮은 편이다. 그의 불행의 기저에는 어디로 튈지 모르는 알베르틴에 대한 두려움이 깔려 있다. 그는 알베르틴을 사랑한다고 믿었지만 사실 거기엔 공포심에 의해 자극된 아드레날린의 작용이 일정 부분 기여했다고 보는 게 타당하다. 이처럼 마르셀은 그녀와의 동거 생활에서 극도의 스트레스를 받는다. 그는 일일이 다 내색하지는 않지만 그녀로부터 받은 상처를 쉽게 떨쳐 내지 못하고 지속해서 곱씹고 고통받으며 멘탈이 완전히 붕괴되는 지경에 이른다.

그러던 어느 날 놀랍게도 알베르틴이 홀연히 그의 곁을 떠나 버린다. 그리고 얼마 뒤 그녀가 사고로 세상을 떠났다는 소식이 들려온다. 참으로 역설적이게도 마르셀은 그녀가 이 세상에 없어진 그 순간부터 차분해지며 그녀에게 연민과 공감을 느끼기 시작한다. 정작 그녀가 곁에 있을 때는 질투와 증오 등의 복합적인 감정으로 지긋지긋해하며 헤어지겠다는 결심만 하던 그가, 그녀와 영영 이별하고 나서야 비로소 자신의 과오를 깨달으며 그녀를 그리워하게 된 것이다. 그의 집요한 회상 속에서 그녀는 안타깝고도 아름다운 모습으로 재구성되며, 그에게 삶의 통찰을 일깨워 주기도 한다.

알베르틴에 대한 사랑이 고스란히 존속하는 동안은 고통이 너무나 컸을 것이고, 그러한 최초의 직관에서는 하나의 흔적, 곧 자기 눈에 보이지는 않지만, 곁에서 줄곧 일어나고 있는 일에 대한 의혹만이 남아 있는 편이 낫다. 아니, 아직도 다른 하나의 흔적이 있는데, 그것은 더 이전의 더 큰 것, '나의 사랑 그 자체'이다. 사실, 이성理性이 아무리 부인해도, 알베르틴을 그녀의 모든 추악 속에서 안다는 것은, 그녀를 선택하고 그녀를 사랑하는 일이 아니었던가? 그리고 이미 시의심이 완전히 사그라졌을 때에도, 사랑은 역시 그것의 존속이며 변화가 아니겠는가? 사랑은 하나의 통찰력에 대한 증거가 아닐까(사랑하는 사나이 자신은 모르는 증거). 왜냐하면, 욕망은 언제나 우리들과는 가장 반대적인 것을 행해 가면서, 우리에게, 우리를 괴롭히는 것을 사랑하라고 강요하기 때문이다. 어떤 사람의 매력, 그 사람의 눈이나 입이나 키가 지닌 매력에는, 우리가 모르는, 우리를 가장 불행하게 만들 수 있는 요소가 분명히 들어 있다. 그래서 어떤 사람에 대해 매력을 느끼는 일, 사랑하기 시작하는 일은, 우리가 그것을 아무리 순진한 것인 양 말할지라도, 이미 또 다른 글자에 의하여 그 사람의 온갖 배신이나 과오를 읽는다는 뜻이다.

알베르틴, 그리고 그녀와 함께했던 시간을 곱씹으면서 마르셀은 '회상'이 인생을 완성시킬 수 있는 마법이자 은총임을 비로소 깨닫게 된다. 시간은 미완성인 채로 흘러가서 과거가 되어 버리지만, 시간이 지나갔다고 해서 그 자체로 잃어버린 것은 아니라는 중요한 진실을 그는 마주하게 된다. 회상은 우리의 삶을 새롭게 재탄생시킬 수 있는 힘을 가지고 있으며, 현재 역시 미래의 어떤 시점에 완성될 어떠한 진실을 배태하고 있는 미완성의 시간이라는 중대한 깨달음의 순간에 그는 결심한다. 그간 망설이며 미루어 왔던 자신의 꿈, 즉 문학 작품 창작에 여생을 바치기로 말이다. 작품의 소재는 거창한 그 무엇이 아니라, 바로 그가 살아온 삶 그 자체였던 것이다.

마르셀은 이처럼 문학으로 방향을 틀면서 알베르틴과의 일들에 대해 논리적으로 추론하고 잘잘못을 따지는 작업을 멈춘다. ISFJ의 3차 기능인 내향사고(Ti)의 부족으로 인해 이성적으로 분석하는 것 자체에서도 꽤나 스트레스를 받는 마르셀. 그는 이제 자신의 경험으로부터 한 걸음 물러나 관조와 상상력의 기능을 개입시킴으로써 비로소 탈출구를 찾게 되었다. 상처받기 쉬운 영혼의 고통이 문학적 감수성과 예술작품의 창조로 승화된 것이다.

요컨대 이 '시간'의 관념은 나에게 가장 귀중한 것이자, 자극물이었으니, 이제까지의 생애에서, 가령 게르망트 쪽을 산책하는 도중이나, 빌파리지 부인과 함께 마차를 몰고 다닌 도중에, 번쩍하는 번갯불같이 인생을 살 만한 값어치가 있다고 간주하게 한 것에 도달하고 싶다면, 지금이야말로 착수할 때라고 나한테 일러 준 것 역시 '시간'의 관념이었다. 더더구나 우리가 어둠 속에서 지내는 삶이 밝혀지고, 끊임없이 왜곡되는 삶을 진정한 본연의 모습으로 되돌아오게 할 수 있는 성싶은, 요컨대 책 속에서 삶이 실현될 성싶은 이제, 삶은 얼마나 살 만한 것으로 여겨지는가! 그러한 책을 쓸 수 있는 사람은 얼마나 행복할까 하고 나는 생각하였다.

과거와 미래를 현재와 나란히 병치하는 회상과 상상의 작업을 통해 마르셀은 잃어버렸던 시간을 되찾는다. 이것이 바로 문학의 힘이다. 먼 길을 돌아오기까지 그는 온갖 고뇌와 상념과 우울증에 시달리기도 했지만, 그런 시간들조차 결코 헛되지 않았음을, 우리는 이 위대한 소설의 행간에서 발견해 낼 수 있다.

누구에게나 잃어버린 시간은 존재한다. 하지만 조급하게 생각할 이유는 없다. 인생의 여정에서 귀한 깨달음의 순간이 찾아올 때, 회상과 성찰을 통해 빈 부분을 채워 넣을 힘을 우리 모두 갖고 있으니까. 삶의 진실을 발견하는 마법, 읽고 쓰고 생각하는 작업을 통해 우리는 인생을 더욱 풍부하게 완성시킬 수 있다. 마르셀처럼 삶의 매 순간 섬세한 관찰력과 기억력, 그리고 상상력을 발휘하며 살아갈 수만 있다면, 얼마든지 가능한 이야기일 것이다.

ISFP

『데미안』, 에밀 싱클레어

『수레바퀴 아래서』, 한스 기벤라트

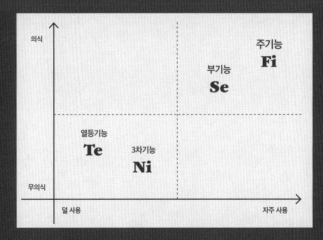

외향(E), 감각(S), 사고(T), 판단(J)
내향(I), 직관(N), 감정(F), 인식(P)

ISFP

『데미안』, 에밀 싱클레어

유약한 소년에서 주체적인 인간으로
알을 깨고 나오는 데미안의 분신

독일의 대문호 헤르만 헤세Hermann Karl Hesse, 1877~1962의 소설 『데미안Demian-Die Geschichte von Emil Sinclairs Jugend』(1919). '에밀 싱클레어의 젊은 시절 이야기'라는 부제가 붙어 있는 이 작품은 영혼의 지도자 데미안을 통해 '진정한 나'를 찾아가는 소년 에밀 싱클레어의 성장 과정을 유려한 문체로 묘사하고 있는 성장소설이다.

싱클레어는 부모의 따뜻한 보살핌과 기독교 신앙의 가르침 등으로 이루어진 '밝은 세계'에 살고 있는 열 살의 순종적인 소년이다. 그는 넉넉한 가정환경 덕에 유복한 가정의 자제들이 다니는 라틴어 학교에 진학하는데, 공립학교에 다니는 프란츠 크로머Franz Kromer 등의 불량학생 무리와 어울리게 되면서 처음으로 '어둠의 세계'에 발을 들이게 된다. 그는 어린 마음에 아이들에게 세보이려고 과수원에서 사과를 훔쳤다고 거짓말을 하며 허세를 부린다. 그러자 악랄한 크로머는 싱클레어의 허풍을 약점 잡아 집요하게 물고 늘어진다. 그는 두려움에 떠는 싱클레어를 몰아세우며 돈을 내놓지 않으면 절도 사실을 고발하겠다고 협박까지 한다.

프란츠가 내 몸에 팔을 감고, 자기에게로 바싹 끌어당겼으므로 나는 그의 얼굴을 바로 코앞에서 들여다보지 않을 수 없었다. 두 눈은 악의에 차 있었다. 그는 흉악스럽게 미소를 짓고 있었다. 그의 얼굴은 잔인함과 억센 기운으로 충만해 있었다.

"그래, 이봐, 그 과수원이 누구 것인가 말해 줘야겠구나. 사과를 도둑맞았다는 것을 난 벌써 오래전부터 알고 있었지. 그리고 그 주인이 과일을 훔친 놈이 누군지 알려 주는 사람에겐 2마르크를 주겠다고 말한 것도 난 알고 있거든."

"하느님 맙소사!"

나는 소리쳤다.

세상은 내 주위에서 산산이 깨어졌다. 그는 나를 고발할 것이다. 나는 범죄자니까. 아버지에게도 말할 것이다. 아마 경찰까지 올지도 모른다. 온갖 어지러움의 공포감이 나를 위협하고, 온갖 흉측스럽고 위험한 일들이 나에게 몰아닥친 것이다. 내가 훔치지 않았다는 것은 이제 아무런 문제가 아니었다. 거기에다 나는 맹세까지 하지 않았던가? 세상에, 맙소사!

처음으로 나는 죽음을 맛보았다. 죽음은 너무나도 쓰디썼다. 왜냐하면 그것은 탄생이며 무서운 변혁에 대한 불안이며 공포이기 때문이었다.

참을 수 없는 존재의 MBTI

여린 싱클레어는 혼자 괴로워하며 자신이 '밝은 세계'를 떠나 '어둠의 세계'에 발을 들인 것을 후회한다. ISFP의 주기능 내향감정(Fi)의 발현으로 예민한 감수성과 상처받는 것에 대한 두려움을 지닌 싱클레어는 세상과 자신 사이에 벽을 쌓기 시작한다. 그는 크로머에게 지속적으로 괴롭힘을 당하면서 항상 올바르고 선한 것의 대명사인 신神, 그리고 밝은 세계에 대한 절대적인 믿음에 회의를 느끼기 시작한다. 그리고 신과는 대조적인 악惡의 세계, 즉 '어둠의 세계'가 자신의 내부에 깃들기 시작했음을 깨달으며 몸을 떤다. 타인과 교류할 용기를 상실해 가며 무기력하고 수동적으로 변해 가던 그에게, 어느 날 데미안과의 운명적인 만남이 찾아온다.

내 고민으로부터의 구원은 전혀 예기치 않았던 쪽에서 왔다. 동시에 지금까지도 나에게 영향을 미치고 있는 새로운 무엇인가가 내 인생에 들어왔다.

우리 라틴어 학교에 그 무렵 전입생이 한 명 들어왔다.

그는 우리 도시에 이사 온 어느 부유한 미망인의 아들이었는데 옷소매에 상장喪章을 두르고 있었다. 그는 나보다 한 해 윗반에 다녔고 나이도 몇 살 더 많았다. 그러나 모든 사람들의 경우와 마찬가지로 머지않아 나 또한 그에게 주목하게 되었다. 이 묘한 학생은 외양보다 훨씬 더 나이가 들어 보였으며 누구에게도 소년의 인상을 주지는 않았다. 우리 어린 소년들 사이에서 그는 어른처럼 혹은 신사처럼 색다르고 능숙하게 행동했는데, 호감을 사지는 못했다. 그는 놀이에 끼지도 않았고, 더욱이 싸움에는 일절 가담하지 않았다. 다만 선생님에게 맞서는 그의 늠름하고 단호한 음성만은 다른 아이들의 마음을 끌었다. 그의 이름은 막스 데미안이었다.

싱클레어는 데미안에게 묘한 끌림을 느끼며 그와 가까워진다. 그런데 놀라운 일이 벌어진다. 데미안과 친해졌을 뿐인데, 자기를 죽도록 괴롭히던 크로머가 어느 순간부터 자신을 슬슬 피하기 시작한 것이다.

우리집 앞에서 들리던 크로머의 휘파람 소리는 하루가 지나고 이틀, 사흘, 일주일이 지나도록 들리지 않았다. 나는 도저히 그 사실을 믿을 수 없었다. 그래서 그가 전혀 예기치 않게 돌연히 다시 나타나지나 않을까 내심 긴장하고 있었다. 그러나 그는 나타나지 않았다. 새로운 자유에 대하여 나는 여전히 믿을 수가 없었다. 그것은 마침내 내가 프란츠 크로머와 맞닥뜨릴 때까지 그러했다. 그는 자일러 골목에서 똑바로 나를 향해 걸어 내려오고 있었다. 그런데 나를 보자 그는 흠칫하고 거칠게 얼굴을 찌푸리고는 나를 피해 그대로 되돌아서 버렸다.

그것은 일찍이 본 적이 없는 순간이었다. 나의 원수가 내 앞에서 달아나다니! 나의 마귀가 내 앞에서 겁을 집어먹다니!

데미안은 대체 크로머에게 무슨 짓을 한 것인가! 이 신비스럽고 묘한 소년 데미안은 싱클레어에게 계속해서 충격적인 가르침과 새로운 깨달음을 준다. 싱클레어는 '선'과 '악' 혹은 '금지된 것'과 '허용된 것'

등 사회에서 가르치는 도덕과 윤리의 이분법을 편리하게 신봉해 왔는데, 데미안은 이러한 편견을 산산조각 내준다. 사실 모든 기준은 편의를 위해 인위적으로 만들어진 것이며, 그 어떤 것도 결코 절대적이지 않다는 논리로써 말이다. 데미안은 각자가 자신에게 '금지된 것'과 '허용된 것'을 자기 내부에서 스스로의 힘으로 찾아내는 것이 가장 중요하다는 것을 싱클레어에게 강조한다.

"'금지된 것'은 그러므로 영원한 것은 아니며 변경될 수도 있단 말야. 오늘 당장에라도 여자와 함께 신부님한테 가서 결혼을 하면 누구나 여자와 잘 수 있지. 하지만 그렇지 않은 민족도 있어. 오늘날에 있어서도 역시 다르단 말야. 그러므로 우리 각자는 허용된 것과 금지된 것을, 자기에게 금지된 것을 제 자신의 힘으로 찾아내야 하는 거야. 한 번도 금지된 일을 해보지 않고서도 대악당이 될 수가 있거든. 그리고 마찬가지로 반대의 경우도 있지. 그것은 단지 편의상의 문제일 따름인 거야! 너무나도 안일해서 스스로 생각하고 스스로 자기의 판단자가 되지 못하는 그러한 사람은 결국 있는 그대로의 금령에 당장 복종하는 법이지. 그것이 쉽거든. 다른 사람들은 자기의 내부에서 법령을 스스로 느낀단 말야. 모든 신사 나리들이 매일같이 하는 일이 그들에게는 금지되어 있고, 그리고 다른 경우에 있어서는 엄금되어 있는 일이 이들에겐 허용되어 있거든. 사람은 각자 독자적이 되어야 하는 법이야."

외부에서 정한 이분법적 기준에 휘둘리지 말고 스스로 바로 서야 한다는 강렬한 깨우침이 싱클레어를 감화시킨다. ISFP는 내향직관(Ni)이 3차기능에 속하여 통찰력이 약하고 추상적 사고에 미숙한 측면이 있는데, 데미안의 깊은 사고와 치열한 성찰의 궤적을 따라가며 싱클레어는 자신의 부족한 부분을 보완하게 된 것이다. 인간은 반드시 자기 스스로에 대한 재판관이 되고, 자기 자신의 편이 되어야 하며, 선과 악이 공존하는 스스로를 인정하며 자기 자신을 지켜야 한다고 데미안은 싱클레어를 일깨운다. 싱클레어는 데미안의 가르침으로부터 영감을 받아 비로소 자신의 단편적인 생각을 부수고 통찰을 통해 자신만의 세계를 형성해 간다.

새는 알에서 나오려고 싸운다. 알은 새의 세계다. 태어나려고 하는 자는 하나의 세계를 깨뜨리지 않으면 안 된다. 새는 신을 향하여 날아간다. 그 신의 이름은 아프락사스Abraxas다.

선과 악, 신과 악마를 겸한 복합체로서의 독특한 신 '아프락사스'에 대한 신앙. 그것은 다름 아닌 주체성 있는 자기 자신의 내면의 소리에 대한 믿음이다. 싱클레어는 데미안의 가르침을 곱씹으며 내적인 성숙을 이루어 나간다.

싱클레어가 데미안에게 영감을 얻고 깨우치며 성장해 가는 가운데, 유럽 대륙에 전운이 짙게 드리우며 기존의 세계가 깨어지는 소리가 들려온다. 전쟁은 세계를 깨뜨리며 기존의 것들을 파괴하지만, 동시에 알을 깨고 나오는 새로운 탄생을 예고하기도 한다는 것을 데미안은 담담하게 이야기한다. 제국주의의 망령으로 피폐해진 사회상을 전

쟁으로 일소하는 것 외에는 방법이 없다는 체념, 한편으로는 새로운 시작에 대한 기대가 섞인 오묘한 뉘앙스의 선언이다.

"아직 포고된 것은 아니지만 전쟁이야. 내 말을 믿어. 나는 그때 이후로 이 문제를 가지고 너를 괴롭히지 않았지. 그러나 나는 그 당시부터 세 차례나 새로운 징조를 보아 왔어. 요컨대 그것은 세계의 몰락도 아니고, 지진도 아니며, 혁명도 아니야. 전쟁이 일어나는 거야. 사태가 어떻게 되어 갈지 곧 보게 될 거야! 사람들에겐 그것이 기쁨이 되겠지. 벌써 지금도 모든 사람들은 전쟁 개시를 기뻐하고 있거든. 그들에겐 생활이 그만큼 무의미해진 거야. 하지만 싱클레어, 이건 단지 시작에 불과해. 모르긴 해도 대전쟁, 굉장한 대전쟁이 될 거야. 하지만 그것도 역시 단순한 시작에 불과하지. 새로운 것이 시작될 거야. 새로운 것이 낡은 것에 집착하고 있는 사람들에게는 질겁할 일이 되겠지."

이제 전쟁이 일어난다는 이야기였다. 이제 우리가 종종 이야기했던 일이 일어나기 시작하려는 것이었다. 데미안이 옳았다. 감상적으로 받아들여서는 안 되는 것이다. 단지 이상한 일은 이제 내가 그렇게도 고독했던 '운명'을 그렇듯 많은 사람들과 아니 온 세상과 더불어 함께 경험해야 된다는 사실이었다. 물론 좋다!

나는 준비가 되었다.

데미안의 예언대로 선전포고와 함께 제1차 세계대전이 시작되고, 그는 참전한다. 싱클레어도 망설임 없이 그 뒤를 이어 전쟁터로 나간다. 여리고 감수성이 예민했던 나약한 소년 싱클레어가 이제 전쟁을 운명으로 받아들이고 의기충천해 앞장서는 애국 청년으로 장성한 것이다. 외향사고(Te)가 열등기능인 탓에 행동력이 부족하고 우유부단했던 싱클레어는 이제 스스로 생각하고 판단하고 움직이는 주체적인 인간으로 바로 서게 되었다. 싱클레어는 홀로 전장에 서서 삶과 인간 존재, 그리고 세계에 대해 깊이 성찰한다.

내가 전쟁터에 왔을 때는 이미 겨울이 다가와 있었다. 처음에 나는 총격전의 충격에도 불구하고 만사에 대해서 실망했다. 옛날에 나는 인간이 하나의 이상을 위해 사는 일이 왜 그토록 드문지에 대해 무척 곰곰이 생각해 보았다. 그런데 지금 나는 많은 사람들이, 아니 모든 사람들이 이상을 위해 죽을 수 있음을 보았다. 그러나 그것은 개인적이거나 자유롭거나 선택된 이상은 아니었다. 그것은 떠맡겨진 공통의 이상임이 분명했다. 그러나 시간이 지나감에 따라 나는 내가 인간을 과소평가했음을 알았다. 아무리 군무軍務와 공통적인 위험이 그들을 획일화했다 하더라도, 살아 있는 사람들이나 죽어 가는 사람들이 훌륭한 태도로 운명의 의지에 접근하는 것을 나는 보았던 것이다.

그 깊숙한 곳에서는 무엇인가가 형성되고 있는 것이었다. 새로운 인간성과 같은 무엇인가가. 그 피비린내 나는 싸움의 소산은 내면의 발산이며, 새로이 태어날 수 있기 위해 미쳐 날뛰고 죽이고 파괴하고 죽어 버리려고 하는 내부에서 분열된 영혼의 발산이었다. 한 마리의 거대한 새가 알에서 나오려고 투쟁하는 것이었다. 그 알은

이 세계였고 따라서 이 세계는 산산조각이 나지 않으면 안 되었던 것이다.

싱클레어는 전쟁터에서 데미안의 가르침을 곱씹게 된다. 이 세계라는 거대한 알이 깨어진 뒤 새로운 탄생은 어떤 모습을 하고 있을 것인가. 비정한 전쟁터에서 보고 듣고 느끼는 모든 상황들을 통해 싱클레어는 자신의 통찰을 완성해 나간다. 내적인 판단과 성찰을 외부 발산적으로 확립해 나가는 ISFP의 부기능 외향감각(Se)의 면모가 여실히 드러나는 대목이다.

그러던 중 싱클레어는 그간 전쟁통에 헤어져 있던 데미안을 조우하게 된다. 마치 우연처럼 그의 병상 바로 옆 침대에 데미안이 누워 있던 것이다. 데미안은 싱긋 웃으며 싱클레어에게 말을 건넨다.

"프란츠 크로머를 아직 기억해?"
그는 물었다.
나는 그에게 눈을 깜박였다. 이제는 미소를 지을 수도 있었다.
"꼬마 싱클레어, 들어 봐! 나는 떠나지 않으면 안 돼. 너는 아마 언젠가 나를 다시 필요로 하겠지. 크로머나 또는 그 밖의 일에 대해서. 그때 네가 나를 부른다 하더라도 나는 이제 말을 타거나 기차를 타고 갈 수는 없을 거야. 그럴 때에는 자기 자신의 내부에 귀를 기울여야 돼. 그러면 내가 너의 내부에 있음을 알아차릴 거야, 알겠어? 그리고 한 가지 더! 에바 부인이 말했어. 만일 네가 언젠가 좋지 않은 처지에 놓였을 때 그녀가 나에게 보낸 입맞춤을 너에게 해주라고 말이지…… 눈을 감아, 싱클레어!"

나는 선선히 눈을 감았다. 그치지 않고 계속해서 조금씩 피가 흐르는 나의 입술 위에 그가 가볍게 입을 맞추는 것을 나는 느꼈다. 그리고 나는 잠이 들었다.

다음 날 아침 눈을 떴다. 나는 붕대를 감지 않으면 안 되었다. 마침내 완전히 잠을 깨자 나는 급히 옆의 매트리스로 몸을 돌렸다. 그위에는 내가 한 번도 본 적이 없는 낯선 사람이 누워 있었다.

그리고 데미안은 홀연히 사라졌다. 이제 더 이상 이 세상에 데미안은 존재하지 않지만, 싱클레어는 담담하다. 자신을 이끌어 준 영혼의지도자였던 데미안의 계도가 더 이상 필요 없을 정도로 성장한 스스로를 발견한 것이다.

붕대를 감는 것은 아팠다. 그리고 그 이후에 내게 일어난 모든 일이 아팠다. 그러나 나는 때때로 열쇠를 찾아 나 자신의 내부, 어두운 거울 속에 운명의 상이 졸고 있는 그곳으로 완전히 내려가기만 하면, 단지 그 어두운 거울 위에 몸을 굽히기만 하면 되었다. 그러면 이젠 완전히 데미안과 같은, 내 친구이자 지도자인 데미안과 같은 나 자신의 모습을 거기에서 볼 수 있었다.

외부의 훈육과 규율을 그저 순종적으로 받아들이던 여린 소년에서, 주체적인 판단과 성찰을 통해 온전한 자아를 완성한 어른으로 우뚝선 싱클레어. '한 사람 한 사람의 삶은 자기 자신에게로 이르는 길이다.'라는 도입부의 선언대로 싱클레어는 스스로의 길에 도달하며 홀로서기에 성공했다. 데미안은 싱클레어에게 부족한 통찰력과 행동력을 심어 준 은인이자 스승이었던 것이다.

정체성의 혼란을 겪으며 방황하는 이들에게 자기 자신만의 확고한 관점과 개성을 확립할 것을 촉구하는 책, 『데미안』. 타인의 시선과 편협한 잣대에 얽매이지 말고, 스스로 옳다고 생각하는 바를 용기 있게 밀고 나가는 결기를 가져야 한다는 메시지를, 책 속의 데미안과 싱클레어가 눈을 반짝이며 우리에게 전해 주고 있다.

참을 수 없는 존재의 MBTI

ISFP

『수레바퀴 아래서』, 한스 기벤라트

억압적인 체제의 바퀴에 짓눌려
희생된 온화하고 섬세한 영혼

『수레바퀴 아래서Beneath the Wheel』(1906)는 독일의 대문호 헤르만 헤세Hermann Karl Hesse, 1877~1962의 장편소설이다. 억압적인 사회 체제와 교육 시스템을 상징하는 '수레바퀴' 아래에 짓눌려 좌절하며 파멸해 가는 한 가엾은 소년의 이야기가 서정적으로 묘사된 작품이다.

소설의 주인공인 한스 기벤라트Hans Giebenrath는 독일의 작은 시골 마을 슈바르츠발트에 사는 10대 초반의 소년이다. 그는 똑똑하고 재능이 있는 데다 외모까지 수려하다. 그의 아버지 요제프 기벤라트Herr Joseph Giebenrath는 중개업자로서 신흥 계급으로서의 콤플렉스를 지니고 있다. 그는 집안에서 보기 드물게 똘똘하게 태어난 아들을 성공시켜서 대리만족을 느끼고 인정받고 싶어 한다. 아버지뿐만 아니라 교장 선생님을 비롯한 많은 어른들이 한스에게 관심을 갖고 성공의 길을 주입시킨다. 당시 시골 출신으로 성공하는 방법은 오로지 하나, 주시험에 합격해서 튀빙겐의 신학교 수도원에 들어가 목사가 되거나 교수가 되는 것이었다. 한스는 당당하게 신학교에 입학해서 넓은 세상으로 나아가 성공하고 싶다는 꿈을 품는다.

그는 꿈결 같은 세계에서, 학교도 시험도 모두 다 초월한 이상적인 세계를 꿈꾸었다. 그러면 볼이 토실토실한 귀여성 있는 친구들과는 아주 다른 훌륭한 인간이 되어, 언젠가 한 번은 꼭 아득히 높은 지위에서 유연히 그들을 내려다보게 되리라는 느낌이 들었다. 지금도 그는 방 안 가득 자유롭고 시원한 바람이 충만해 있기나 한 듯이 숨을 깊이 들이마시고는 침대에 기대앉아 꿈과 희망과 예감에 사로잡혀서 몇 시간이고 멍하니 보냈다. 밝은 눈시울이 과도한 공부에 지친 그의 큰 눈 위로 차츰 내려앉기 시작했다. 다시 한 번 눈을 떴으나 몇 번 깜박이고는 이내 감기고 말았다. 창백한 소년의 얼굴은 여윈 어깨 위에 꺾이고 가느다란 두 팔은 맥없이 늘어졌다.

한스는 열심히 공부해서 주에서 실시하는 기숙 신학교 입시시험을 치르고, 전체 2등이라는 우수한 성적으로 당당하게 합격한다. 마을에는 경사가 났다. 한스에 대한 주변 사람들의 기대가 더욱 커진 것은 물론이다. 그는 9월 신학교 입학을 앞두고 마지막 방학을 즐긴다. 이제 입학을 하면 방학도 없이 밤낮 공부에만 매진해야 하는 앞날이 눈앞에 펼쳐져 있었다. 감수성이 풍부한 소년 한스는 기쁨과 슬픔, 설렘과 두려움이 교차하는 내면을 다스리며 많은 생각을 한다.

참을 수 없는 존재의 MBTI

한스는 두통을 약간 느꼈다. 이번에는 다른 때처럼 그렇게 심하지는 않았다. 지금은 옛날처럼 물가에 앉아 있을 수가 있다. 그는 둑에 부딪혀 부서지는 물거품을 보다가 눈을 가늘게 뜨고 낚싯줄을 바라보았다. 물뿌리개 안에 낚은 고기들이 떠 있었다. 한량없는 기쁨이 온몸을 휘감았다. 때때로 주 시험에 합격했다는, 더구나 2등으로 붙었다는 생각이 그의 머리를 스쳤다. 그럴 때면 이유 없이 맨발로 물을 휘정휘정 젓다가 바지 주머니에 두 손을 집어넣고 휘파람을 불곤 했다. 그러나 사실 그는 휘파람을 잘 불지 못했다.

그것은 그전부터 괴로운 일이었다. 그 때문에 친구들에게 말할 수 없는 놀림을 받기도 했다. 그는 치아 사이로 약간 소리를 낼 수 있었는데, 다른 사람에게 들려주려는 것이 아니므로 그 정도면 충분했다. 지금은 물론 아무도 듣는 사람이 없다. 친구들은 지금 교실에 앉아서 지리 수업을 받고 있다. 자신만이 학교에 가지 않아도, 수업을 받지 않아도 좋은 것이다. 그는 다른 사람들을 앞질렀다. 다른 친구들은 지금 한스의 발아래 있다. 그는 아우구스트 외엔 친구가 없고, 씨름이나 장난에 별로 흥미가 없어서 또래들의 놀림감이 되기도 했다. 이제 그 얼간이들과 멍청이들이 자신을 부러워하고 있지 않은가. 별안간 그들에 대한 감정이 지나치게 경멸적인 것을 느끼고 잠깐 휘파람을 그쳤다. 그리고 입술을 깨물었다.

한스가 감수성이 예민하고 쉽게 감상에 젖는 것은 ISFP의 주기능인 내향감정(Fi)에 기인한다. 그는 아름다운 자연을 바라보며 마음의 소리에 귀 기울이는 습관이 있다. 그가 어린애답지 않은 감성과 사색의 깊이를 갖고 있는 것은 내부로 파고드는 감정 작용의 영향이다. 한편 부기능인 외향감각(Se)의 작용으로 그는 자신을 둘러싼 세계를 보이는 대로 이해하고 주변인들의 이야기를 편견 없이 받아들이는 모습을 보인다. 한스에게는 만물이 아름답게 보이며 미래는 희망으로 가득하다. 공부로 성공해야 한다는 어른들의 말씀은 그의 호기심과 도전 정신을 자극하고, 우수생으로서의 우월의식과 자신감은 앞날에 대한 의지와 열정을 샘솟게 한다. 합격의 기쁨을 누리며 보낸 여름은 그렇게 기대와 설렘으로 가득한 아름다운 계절이었다.

쏜살같이 방학이 끝나고 가을이 왔다. 드디어 꿈에 그리던 신학교에 입학한 한스. 그는 살얼음판을 걷듯 긴장한 상태로 모범적인 생활을 해나간다. 하루하루 지날수록 엄격한 신학교의 전통과 권위는 마치 거대한 수레바퀴처럼 한스를 무겁게 짓누른다. 수업과 공부에 찌들어 그는 점점 행복을 잃어 간다. 그러던 중 한스는 신학교에서 특이한 친구를 발견하게 된다. 그의 이름은 헤르만 하일러Hermann Heilner. 하일러는 좀처럼 신학교의 엄숙한 분위기와 어울리지 않는 자유로운 영혼의 소유자다. 그는 이미 학교의 여러 금기를 어기고 사고를 치며 문제아로 낙인찍혀 있었다. 하일러는 시 쓰는 데 탁월한 재능이 있는데, 교사들은 길들여지지 않는 천재 스타일의 그를 탐탁지 않아 한다. 한스는 그에게 호감을 느낀다. 어딘지 감성적이고, 예술가 같기도 하고, 자신만의 세계관이 뚜렷한 하일러에게 한스는 깊이 빠져든다.

한스가 깊은 행복을 느끼며 우정에 열중하면 할수록 학교생활은 서먹서먹해졌다. 새로운 행복감은 신선한 포도주와도 같이 그의 피

참을 수 없는 존재의 MBTI

와 사상 속에서 부글부글 끓어올랐다. 그에 비하여 리비우스와 호머는 그 중요성과 빛을 잃어 갔다. 선생들은 여태까지 모범적인 학생이었던 기벤라트가 수상쩍은 요주의 인물 하일러에게 물든 것을 보고 경악했다. 이러한 변화는 선생들이 두려워하는 것 중 하나로 청년기가 발효되는 위험한 시기에 조숙한 소년들에게 나타나는 이상 현상이었다. 그러잖아도 하일러에게서 발견되는 모종의 천재적인 요소는 선생들을 두렵게 했다.

선생들은 한 명의 천재보다 열 명의 얼간이를 원할지도 모른다. 어떻게 생각하면 그것은 당연한 것이리라. 선생의 역할은 정상을 벗어난 인간이 아니라 라틴어를 잘하고 수학을 잘하는 꼼꼼한 인간을 만들어 내는 것이기 때문이다. 그러나 어느 쪽이 더한 피해자이며 어느 쪽이 더한 가해자인가. 그리고 상대방의 영혼과 인생을 망치고 더럽히는 것은 둘 중 어느 쪽인가.

교사들의 우려 속에 하일러와 둘도 없는 단짝이 된 한스. 하일러와 깊이 교감할수록 한스는 공부에 흥미를 잃어 간다. 그리고 하일러의 시적인 감수성과 우울함에 물들어 간다. 하일러는 때론 삐딱한 말과 행동으로 한스에게 상처를 입히기도 한다. 하지만 그럴수록 하일러에 대한 한스의 연민과 집착은 커져만 간다. 통제와 압박에 취약한 한스는 경직된 환경 속에서 급기야 부기능 외향감각(Se)을 닫아 버리고, 대신 미숙한 3차기능인 내향직관(Ni)을 작동하게 된 것이다. 불건강한 주기능-3차기능 루프로 인해 그는 고집불통이 되어 간다. 그는 변해 가는 자신을 이상하게 바라보는 교사들과 동급생들의 시선을 아랑곳

참을 수 없는 존재의 MBTI

하지 않는다. 그는 현실에 적응하거나 타협하는 방법을 거의 잊어버린 채 자신의 신념과 하일러의 통찰력이 세계의 전부인 양 착각한다.

하일러는 한스가 필요했으므로 그에게 애정을 가지고 있었다. 그는 누구든지 마음을 털어놓을 수 있는 사람, 자기 말을 잘 들어줄 수 있는 사람을 필요로 했다. 학교와 인생에 대하여 혁명적인 말을 할 때 조용히 경청해 줄 수 있는 사람이 아쉬웠던 것이다. 또 우울할 때 위로해 주고, 상대의 무릎에 머리를 기댈 수 있는 사람을 원했다.

그런 성격을 가진 사람은 일반적으로 다 그렇지만, 이 젊은 시인도 역시 근거 없는, 다소 어리광스러운 우울증 발작으로 괴로워하고 있었다.

그것은 한숨이 되고 말이 되고 시가 되어 죄 없는 한스의 머리 위에 뿌려졌다.

이런 고뇌에 시달리고 괴롭힘을 당한 다음에야 한스는 간신히 시간을 얻어 그사이에 공부해야만 했다. 그러나 공부는 차츰 어려워졌다. 그는 두통이 재발한 것에 별반 놀라지 않았지만 피곤한 나머지 하는 일 없이 시간을 보낼 때가 많아졌다. 꼭 필요한 공부를 하는데도 자신을 채찍질하지 않으면 안 되는 것이 그를 몹시 서글프게 했다. 괴상한 친구와의 우정 때문에 골탕을 먹고 자신의 순결한 부분이 차츰 멍들어 가는 것을 어렴풋이 느끼기도 했지만 상대가 우울해 하고 눈물겨워 할수록 측은하다는 생각이 들었다. 그리고 친구에게 자기가 없어서는 안 될 사람이라는 생각이 우정을 더 깊게 해주는 동시에 그를 한층 더 자랑스럽게 해주었다.

한스의 학교 성적은 곤두박질치고, 교장 선생님에게 호출되어 개인 면담까지 갖게 된다. 교장 선생님은 한스에게 '수레바퀴 밑에 깔리지 않도록' 더욱 노력할 것을 당부한다. 하지만 이미 한스는 이미 공부에 큰 뜻이 없었다. 그러던 중 사건이 일어난다. 문제아 하일러가 기숙사에서 탈출하는 등 일탈을 거듭하다 돌연 진짜로 사라져 버린 것이다. 한스는 어마어마한 상실감과 슬픔에 사로잡힌다. 가장 소중했던 친구를 낙오시킨 거대한 수레바퀴에 대한 한스의 반감은 극에 달하게 된다. 반항심에 찬 그는 자신의 의무를 하나하나 내려놓는다. 한스의 본격적인 파멸은 여기에서부터 시작된다. ISFP의 열등기능인 외향사고(Te)의 결여로 인해 그는 스스로에게 채찍질을 가하거나 목표의식을 갖고 위기를 타개할 방법을 찾지 못한다. 그는 자신이 해야 할 것들을 무기력하게 포기하며 힘없이 무너져 간다.

그는 부질없이 골머리를 앓을 필요성을 느끼지 않았다. 구약성서 최초의 다섯 권 다음으로 호머를 포기하고, 크세노폰 다음에는 대수를 포기했다. 선생들 사이에서 그에 대한 평판이 조금씩 내려가며 우에서 미로, 미에서 양으로, 드디어 가로 떨어지는 것을 태연히 지켜보았다. 또다시 두통이 버릇처럼 일어났다. 두통이 일어나지 않을 때는 헤르만 하일러를 생각하거나 하염없는 꿈을 좇으며 몇 시간씩 멍청하게 생각에 잠겼다.

여윈 소년의 얼굴에 깃든 실없는 웃음 뒤로 꺼져 가는 영혼이 수렁에 빠진 듯 절망적으로 주위를 살피고 있다는 것을 눈치채는 사람이 아무도 없었다. 학교와 아버지와 몇몇 교사의 잔인한 명예욕

참을 수 없는 존재의 MBTI

이 숨김없이 드러낸 상처받기 쉬운 영혼을 가차 없이 짓밟아 나약하고 아름다운 소년을 이런 지경에까지 이르게 했다고 생각하는 사람은 없었다.

어째서 그는 가장 감수성이 예민하고 위험한 소년 시절에 매일 밤늦게까지 공부를 해야만 했던가? 왜 그에게서 토끼를 빼앗아 버렸던가? 왜 라틴어 학교 시절 그를 친구들에게서 떨어뜨려 놓았던가? 왜 낚시질이며 돌아다니며 노는 것을 금지했던가? 왜 심신을 갈가리 찢어 놓을 뿐인 쓸데없는 공명심을 부추겨 공허하고 저속한 이상을 불어넣었던가? 왜 시험이 끝나고 나서도 마땅히 누려야 할 휴식조차 허락하지 않았던가? 이제 지칠 대로 지친 노새는 길가에 쓰러져서 아무 쓸모도 없는 존재가 되어 있었다.

결국 한스는 신경쇠약으로 신학교 생활이 불가능하다는 진단을 받고 고향으로 되돌아가게 된다. 기대를 한 몸에 받으며 신학교로 향했던 그가 병약한 행색의 낙오자로 전락하여 고향으로 돌아오게 된 것이다. 아버지는 누구보다 낙담했지만 아픈 한스 앞에서 크게 내색하진 않는다. 한스는 자신이 경멸하던 기계공으로서 새로운 삶을 시작하면서 자괴감에 빠진다.

기계공의 일터로 들어가야 할 금요일이 다가왔다. 아버지가 아마로 된 푸른 작업복과 푸른 반모직 모자를 사주었다. 한스는 옷을 입어 보았다. 작업복을 입으니 아주 딴사람이 된 것처럼 우스워 보였다. 학교와 교장선생 댁과 플라크 씨의 일터와 목사의 집을 지나칠 때는 비참한 생각이 들 것 같았다. 그토록 고생하며 애썼던 공부와 그동안 흘린 땀, 수많은 기쁨, 대단했던 자만심과 공명심, 그리고 희망에 부푼 몽상! 그 모든 것이 구름처럼 사라지고 말았다. 결국 그 모든 것이 다른 친구들보다 뒤늦게, 사람들의 조소를 받으며 가장 서투른 견습공이 되어 일터로 가기 위함이던가.

다른 기계공들은 '주 시험에 합격한 대장장이'라며 한스를 조롱한다. 놀림감이 된 한스는 동료들과 어울릴 줄도, 술을 마실 줄도 모른다. 어느 일요일 기계공들의 파티에 참석하지만 즐겁기는커녕 어지럽기만 하고, 자신을 희롱하고 떠나 버린 여인이 자꾸만 떠올라 괴롭기만 하다. 또 술에 취한 자신을 아버지가 나무랄까 봐 걱정만 태산이다. 누군가 건넨 위스키를 들이키고 만취해 버린 한스는 몸을 가누며 집으로 돌아가려 한다. 하지만 마음먹은 대로 몸이 움직이질 않는다.

혼자서 비틀거리며 계단을 내려왔지만 어디로 가야 마을을 빠져나갈 수 있을지 갈피를 잡을 수가 없었다. 집이며 울타리며 정원이 옆으로 빙빙 돌며 눈앞에서 소용돌이쳤다.

그는 사과나무 아래 축축한 풀밭에 드러누웠다. 온갖 불쾌한 감정과 불안감, 걷잡을 수 없는 생각 때문에 잠을 청할 수가 없었다. 더럽혀지고 모욕당한 것 같은 기분이 들었다. 어떻게 하면 집으로 돌아갈 수 있을까? 아버지에게 도대체 뭐라고 말해야 하나? 내일은 어떻게 될까? 이제 영원한 품속에서 쉬어야 할 것 같았고, 잠들어야 할 것 같았고, 부끄러워해야 할 것 같았다. 아주 녹초가 되어 비참

참을 수 없는 존재의 MBTI

한 생각이 들었다. 머리와 두 눈이 쑤시고 아팠다. 일어서서 걸어갈 기운조차 없었다.

바로 그 시각, 그처럼 위협을 받던 한스는 벌써 차가운 몸이 되어 소리 없이 천천히 어두운 강물을 따라 골짜기로 흘러가고 있었다. 구역질도, 부끄러움도, 괴로움도 없이. 어둠 속에 떠내려가는 그의 허약한 몸뚱이를 차갑고 푸른 가을밤이 내려다보고 있었다.

한스는 다음 날 강에 빠져 익사한 채로 발견되고, 이렇게 소설은 비극적으로 막을 내린다. 한스의 이야기에는 이 소설의 저자 헤르만 헤세가 소년 시절 겪었던 좌절과 고통이 반영되어 있다. 헤세도 어린 시절 명문 신학교에 진학했지만, 시인이 되고 싶어 1년 만에 중퇴한 과거가 있다. 헤세는 견습공이 되어 시계 부품 공장과 서점을 전전하면서도 꾸준히 글을 쓴 결과 비로소 자신의 길을 찾게 되었다. 한때 수레바퀴 아래에 짓눌려 힘겨워했던 헤세의 실제 경험이 녹아 있기 때문일까. 한스의 이야기는 가슴 저밀 정도로 생생한 아픔으로 다가온다. 억압적인 체제와 규제를 의미하는 '수레바퀴', 누구도 이로부터 자유롭지 않다. 우리는 모두 저마다의 수레바퀴를 굴리며 하루하루를 힘겹게 살아가고 있다. 중력을 견뎌 내며 앞으로 나아가야 하는 것이 인생의 숙명이라면, 우리는 좀 더 강하고 단단해져야 한다. 실패를 딛고 위대한 작가로 거듭난 헤세처럼 말이다. 인생의 무수한 고비에서 좌절하고 아픔에 함몰되기보다는 수레바퀴를 힘차게 밀며 달려 나가야 한다는 귀한 교훈을, 헤세의 또 다른 자아 한스는 우리에게 전해 주고 있다.

ISTJ

『안나 카레니나』, 카레닌

『오만과 편견』, 다아시

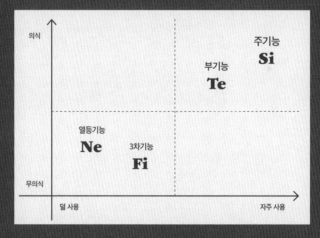

외향(E), 감각(S), 사고(T), 판단(J)
내향(I), 직관(N), 감정(F), 인식(P)

『안나 카레니나』, 카레닌

이성으로 판단하고 원칙대로 행동하는
엄숙, 근엄, 진지의 아이콘

러시아의 대문호 레프 톨스토이Lev Nicolayevich Tolstoy, 1828 ~ 1910의 장편소설 『안나 카레니나Anna Karenina』(1877). 제목인 '안나 카레니나'는 주인공의 이름이다. 교양과 미모를 겸비한 그녀는 고관대작의 어린 아내이자 한 아이의 어머니로서, 그리고 페테르부르크 사교계의 '꽃'으로서 화려한 생활을 누리며 남부러울 것 없이 살고 있던 여인이다. 그러던 그녀가 어느 날 우연히 마주친 매력적인 젊은 기병장교와 폭풍 같은 사랑에 빠져 버려, 가정을 파탄 내고 사랑의 도주를 감행했다가 결국 파국을 맞게 되는 이야기가 바로 『안나 카레니나』의 핵심 플롯이다. 이 소설은 극히 현실적인 구성과 전개, 세밀하고 생생한 내면 묘사, 그리고 담담한 문체로 정곡을 찌르며 작중 인물들을 평가하는 촌철살인의 서술 방식 등으로 '러시아 사실주의Realism 문학의 정수'로 손꼽히는 위대한 역작이다.

현실에서의 사랑은 다양한 모습을 띠고 있다. "모든 행복한 가정은 닮았고, 불행한 가족은 제 나름대로 불행하다."라는 『안나 카레니나』의 유명한 첫 문장은 바로 이러한 우리네 인생의 현실적 사랑의 양태를 정확히 지적하고 있다. 톨스토이는 이 소설에서 다양한 커플의 각기 다른 사랑 이야기를 사실주의 기법으로 묘사하고, 또 이들을 대비시킴으로써 현실에서 있을 법한 연애와 결혼 생활의 여러 형태에 대해 보여 주고 있다. 동시에 이들의 사랑이 각기 어떠한 과정을 거쳐 어떠한 결말을 맞게 되는가 또한 극명히 대조시킴으로써, 우리가 어떠한 자세로 사랑에 임해야 할 것인가에 대한 방향성을 제시하고 있다.

이 소설을 이끌어 가는 핵심적인 로맨스는 안나 카레니나와 청년 장교 브론스키Alexei Kirillovich Vronsky의 불같은 불륜이다. 하지만 이혼과 재혼이 쉽지 않았던 당대 시대상의 영향으로 안나의 남편 알렉세이 카레닌Alexei Alexandrovich Karenin의 결정과 판단이 작품 전반에 걸쳐 그들의 심리 상태와 심경 변화에 커다란 영향을 미친다. 안나의 지체 높고 점잖은 남편 카레닌은 독실한 러시아 정교회 신자로, 사회적 평판과 명예, 체면에 민감하고 만사를 종교적 기준과 원리원칙에 맞춰 판단하는 고지식한 성격의 고위 관료다. 잘생긴 청년 브론스키의 싱그러운 매력과 저돌적인 열의에 안나가 너무나도 쉽게 무장해제 되어 버린 것은 늘 이성적이고 사무적으로 자신을 대하는 늙은 남편에 대한 불만 때문이기도 했다. 그녀가 자신이 열애 중이라는 사실을 스스로의 입으로 처음 고백했을 때 카레닌의 반응은 이러하다.

"내가 이미 당신에게 이르지 않았소. 당신에 대해 어떤 나쁜 말

참을 수 없는 존재의 MBTI

도 나오지 않도록 사교계에서 처신 잘하라고. 내면의 관계에 대해 얘기한 적도 있소만, 지금은 그에 대해 얘기하지 않겠소. 지금은 겉으로 나타나는 관계에 대해 말하겠소. 당신은 부적절하게 처신했고 다시는 이런 일이 반복되지 않기를 바라오.”

“난 그 사람을 사랑해요. 난 그 사람 연인이에요. 더 이상 견딜 수가 없어요. 두려워요. 난 당신을 증오해요……. 당신 하고 싶은 대로 하세요.”

“그렇군! 하지만 나는 당신이 겉으로는 예의범절을 갖춰 주기를 부탁하오.” 카레닌의 목소리가 떨렸다. “내가 내 명예를 지킬 방법을 찾아내기 전까지. 조치를 취할 준비가 되면 당신에게 알리겠소.”

카레닌은 냉정을 찾고자 하지만 혼란을 감추지 못한다. 안나의 외도는 카레닌에게는 청천벽력이나 다름없었다. 여태껏 쌓아 온 관료로서의 성공뿐 아니라 평생 지켜 온 합리적이고 기계적인 삶의 원칙마저 와르르 무너뜨린 이 대형 사고에 당면하여 그는 태연하려 하지만 어찌할 바 몰라 한다. 그는 ISTJ의 주기능인 내향감각(Si)을 발동하여 해법을 모색하지만 난생처음 겪는 일이기에 자기 내부의 지식과 경험치에는 의지할 곳이 없음을 알고 황망해한다. 그는 차선책으로 사랑의 배신을 겪은 역사 속의 인물들은 물론이고 자기 주변에서 불륜을 저지른 이들의 사례를 복기하며 최선의 해결책을 찾고자 한다. 강고하게 지켜온 원칙의 바운더리를 침범하는 뜻밖의 사건에 그는 극심한 스트레스에 시달린다.

카레닌은 고민을 거듭하며 안나와 타협점에 이르고자 하지만 이러한 시도는 번번이 어긋난다. 그는 이성적 사고를 중시하는 현실주의자인 반면 안나는 감정을 내세우는 낭만주의자이기에 둘의 대화는 평행선을 그릴 뿐이다. 그는 ISTJ의 부기능인 외향사고(Te)를 활용해 이미 엎질러진 물이라도 최대한 잘 수습해 보려 애쓴다. 그는 자신의 평판과 위신에 최대한 흠집을 덜 가게 하고, 스스로의 정신적 피해를 최소화하면서 아내에게는 최대의 고통과 타격을 가할 수 있는 최선의 방책에 대해 치열하고도 냉정하게 고민한다.

단지 한 가지, 지금 그의 관심사는 어떻게 하면 아내가 타락하면서 그에게 튀긴 이 흙탕물을 가장 잘, 가장 절도 있게, 가장 편한 방식으로, 즉 가장 정당하게 떨쳐 내고 활동적이고 명예로우며 유익한 자신의 인생행로에 정진하느냐였다.

'경멸스러운 여자가 죄를 저질렀다고 해서 내가 불행해질 수는 없고말고. 그 여자가 나를 밀어넣은 이 어려운 상황에서 탈출할 최상의 방법을 찾기만 하면 된다. 물론 난 찾아내고 말 테다.' 그는 스스로에게 이렇게 말했지만 얼굴은 점점 더 어두워졌다.

이혼하려 했다가는 스캔들만 불러일으킬 것이고, 그의 적과 비방꾼들에게 먹잇감이 되어 사회에서 위신이 추락할 것이었다. 따라서 최소한의 출혈로 상황을 정리하겠다는 그의 일차 목표는 이혼으로 달성되지 않을 터였다.

카레닌은 다각적인 견지에서 사고실험을 해보지만 뾰족한 해법을 도출해 내진 못한다. 열등기능인 외향직관(Ne)의 결여로 인해 그가 떠

올릴 수 있는 선택 가능항은 애초에 그 수가 많지 않았다. 또한 잃을 것이 많은 그가 어떤 획기적인 시도를 할수록 더 많은 것을 포기해야 하는 잔인한 게임이라는 점 또한 그는 너무나 잘 알고 있었다. 현실에 발붙이고 살아가는 지극히 이성적인 그에게 운신의 폭은 좁기만 했다.

한편 브론스키는 안나가 자신의 아기를 임신한 것을 알고는, 그녀에게 남편과 이혼하고 자신과 멀리 떠나 함께 살자고 제안한다. 하지만 안나에게 있어 이 문제는 결코 간단치가 않았다. 여러 가지가 얽혀 있는 사안이었고, 자신이 포기할 것이 너무나 많았기 때문에 그냥 훌쩍 도망치는 것만으론 해결이 어려웠던 것이다. 당시 러시아 정교회 교회법에 따르면 이혼해도 아내는 이혼한 남편이 죽을 때까지 재혼할 수 없었다. 따라서 이혼해서 브론스키와 함께 살아도 안나는 브론스키의 아내가 아닌 정부(情婦, mistress)일 뿐이었다. 즉 사랑하는 아들까지 포기하고 브론스키와 도망가서 동거하더라도 법적인 가정으로 인정받을 방법이 없었던 것이다. 최악의 경우, 젊고 전도유망한 브론스키가 갑자기 새로운 여자와 사랑에 빠져 결혼을 해버린다면 안나는 모든 것을 다 잃고 '낙동강 오리알'이 되는 것이나 다름없는 상황이었던 것이다.

카레닌에게 있어서도 이혼이란 당연히 복잡한 문제였다. 그는 자신의 위신을 깎아내린 아내에 대한 원망과 분노, 질투, 배신감, 자신과 아들의 앞날에 대한 불안, 브론스키에 대한 경멸과 피해의식 등의 복잡한 감정에 사로잡혀 괴로워한다.

이혼 소송은 정적들에게 그의 높은 사회적 지위를 비방하고 깎아

내리기에 좋은 도구가 될 추한 재판이 되어 버릴 수도 있었다. 중요한 목적은—소란을 최소화하고 자기의 지위를 보호하는 것—이혼을 통해서도 이룰 수 없었다. 그 외에도 이혼하면, 아니 이혼을 시도하기라도 하면, 아내가 자신과의 관계를 끊고 정부와 결합하리란 것은 분명했다. 카레닌의 마음속에는, 그 자신은 아내에 대해 완전히 경멸적으로 무관심하다고 생각하고 있는데도 불구하고, 그녀에 대한 한 가지 감정, 그녀가 자유롭게 브론스키와 결합하게 되는 것, 즉 그녀의 죄가 그녀에게 오히려 유리하게 되는 것을 바라지 않는 그 감정은 남아 있었다.

안나와 카레닌에게 있어 이혼이란 복잡한 셈법의 난제였던 만큼, 그들은 이혼 문제를 두고 입장을 번복하며 혼선을 거듭한다. 때로는 안나가 카레닌에게 이혼을 요구하기도 하고, 때로는 카레닌이 이혼에 더 적극적인 순간들도 있다. 카레닌은 자신의 명예가 실추될까 두렵기도 하고 안나와 브론스키가 괘씸하기도 하여 이혼을 안 해주려고 버티다가 결국 이혼에 동의한다. 흥미롭게도 막상 남편이 이혼에 동의하자 안나는 움찔하며 주저한다. 바로 아들 세료자Seryozha 때문이다. 안나는 이혼할 경우 아들과의 연결고리가 완전히 끊어질까 두려웠던 것이다.

안나는 브론스키의 아이를 낳으며 산고로 사경을 헤맨다. 죽어 가는 그녀를 보며 카레닌은 기독교적인 자비와 관용을 베풀어 그녀를 용서한다. 또한 그는 안나가 방치해 둔 갓난아기에게도 연민을 느껴 제 자식이 아님에도 불구하고 정성껏 돌봐 준다. 주기능과 부기능으로 문제가 해결이 되지 않자 미숙한 3차기능인 내향감정(Fi)에나마 의지해 보려는 카레닌의 절실한 심정이 이 같은 결단에 반영되어 있다. 그는 아무런 사심 없이 아내의 죄를 사赦해 주지만, 안나는 그러한 용서를 수용할 만큼의 그릇이 되지 못했던 것인가. 그녀는 죽음의 고비를 넘기자마자 남편의 호의를 가볍게 짓밟고 애인과 함께 외국으로 떠나 버린다. 이혼을 완강히 거부한 채. 카레닌은 그 이후 두 번 다시 안나를 용서하지 않는다.

안나와 브론스키는 그들의 딸을 데리고 석 달 동안 베네치아, 로마, 나폴리를 여행한 후 이탈리아의 어느 작은 도시에 머무른다. 산욕열로 죽을 고비를 넘기며 몸이 상했던 안나는 이 외딴 도시의 자유로운 공기 속에서 빠르게 건강을 회복한다. 삶의 조건이 새롭고 유쾌해진 만큼 안나는 큰 행복을 느끼며 브론스키에게 더욱 깊이 빠져들게 된다. 반면 브론스키는 안나에게 내색하진 않았지만 일종의 '현타'를 느끼고 있었다. 자기도 나름 출세의 기회를 포기하고 안나를 선택했는데, 사랑의 도피 생활이 생각했던 것만큼 행복하진 않았고, 마음속에 일종의 권태감과 우울감이 자라났기 때문이다.

브론스키는 그 반대로 오랫동안 원했던 것이 완전히 실현되었음에도 완전히 행복하지는 않았다. 그는 곧 그의 소망의 실현이 그가 원했던 행복이라는 산에서 단지 모래 한 줌 정도를 얻은 것에 지나지 않는다는 느낌을 받았다. 그 실현은, 사람들이 행복이라는 것을 소망의 실현으로 생각하는 그 영원한 실수를 그도 했음을 깨닫게 만들었던 것이다. 그녀와 결합하면서 평복으로 갈아입을 당시, 그는 그전에는 알지 못했던 자유의 매력, 무엇보다 자유롭게 사랑할 수 있는 기쁨에 만족스러워했지만, 오래가지는 않았다. 그는 이내 자기 마음속에 새로운 소망을 향한 소망으로 우울한 기분이 생겨나는 것을 느꼈다.

모든 걸 다 포기하다시피해서 더 이상 잃을 것조차 없었던 안나는, 자신에게 남은 유일한 존재인 브론스키에게 집착하게 된다. 그녀는 브론스키가 행여나 한눈을 팔까 전전긍긍하며 자기에게 더 많은 관심과 사랑을 쏟아부을 것을 요구한다. 브론스키는 안나의 집착과 속박으로 인해 갑갑함과 부담감을 느끼기 시작한다. 그는 허무감을 극복하려 그림 그리는 일에 잠시 정신을 몰두해 보기도 하지만 소도시 생활은 지루하기만 하다. 공명심과 야망을 품었던 자신의 예전 모습이 그리워지기도 한다.

한편 안나는 페테르부르크에 두고 온 아들 세료자를 그리워하며 만남의 기회를 타진한다. 그녀는 결국 얼굴을 가린 채 도둑처럼 집으로 몰래 숨어 들어가 아들과 극적인 상봉을 한다. 안나는 그새 부쩍 성장한 아들을 끌어안고 슬픔에 겨워 울다가 남편 카레닌을 마주치고는 쫓기듯 빠져나온다. 그녀의 허무함과 쓸쓸함은 배가된다. 한편 브론스키는 아들의 문제에 있어서는 결코 자신의 감정을 이해해 주지 못한다. 브론스키와 행복하게 연애할 때는 사랑이 모든 걸 다 해결해 줄 것만 같았는데 현실은 극히 냉혹하다는 걸 이제야 똑똑히 깨닫게 된 안나는 마치 이 세상에 혼자 남겨진 기분이 든다.

불같은 사랑의 열정이 사그라들며 이제 모든 것이 명확히 보이기 시작한다. 안나는 브론스키가 자신을 고통 속에 방치해 둔다고 원망하며 절망에 빠진다. 한편 브론스키는 집착과 심술을 부리며 자신의 처지에 대해 전혀 이해하지 않으려 애쓰는 안나의 모습에 실망감을 느낀다. 안나는 브론스키의 애정이 식었음에 한탄하며 현실 도피를 위해 모르핀과 같은 향정신성 약물에 의지한다. 그녀는 신경 과민 상태가 되어 브론스키가 다른 여자를 만나고 있다는 망상에 사로잡히기도 하고, 이유 없이 그에게 화를 내며 분노를 폭발하기도 한다. 이제 남은 건 브론스키 한 사람뿐인데, 그의 사랑마저도 희미해져감을 느낀 안나는 거의 미쳐 가기 시작한 것이다.

둘이 심하게 다툰 어느 날, 안나는 더 이상 화해 시도조차 하지 않고 너무나도 평온한 모습으로 자신을 무시하며 지나치는 브론스키의 모습을 보며 '이제 모든 것이 끝났다.'라는 절망감에 무너져 내린다. 그녀는 더 이상 제정신이 아니다. 그녀는 마치 조현병 환자처럼 무엇에 홀린 듯 혼잣말을 하기도 하고, 헛것을 보기도 하고, 자기가 죽으면 브론스키가 기뻐할 거라는 망상에 사로잡히기도 한다. 그녀의 머릿속은 이미 고장 난 컴퓨터처럼 정상적인 사고가 불가능한 상태였고, 극단적인 생각에 사로잡히고 있었다. 마치 박살난 유리처럼 산산조각이 나버린 삶의 파편들을 망연자실하게 바라보며 안나는 '내가 행복할 수 있을까?'를 자문한다.

'나는 행복해지기 위해서 무엇을 원하는지 잘 생각해 봐야겠어. 그래. 이혼을 얻어 내고, 카레닌이 나에게 세료자를 넘겨 주고, 나는 브론스키와 결혼하는 거야.' 그녀는 카레닌을 마치 눈앞에 있는

참을 수 없는 존재의 MBTI

사람처럼 아주 뚜렷하게 떠올렸다. 그의 온순하고 생기 없는 흐리 멍덩한 눈과 하얀 손 위에 불거져 나온 파란 핏줄, 말하는 어조와 손 가락 꺾는 습관, 그리고 그들 사이에 역시 사랑이라고 불렸던 그 감 정을 상기하고는 혐오감에 몸을 떨었다. '세료자는 자기 엄마의 두 남편에 대해 더 이상 묻지 않게 될까? 그리고 나와 브론스키 사이에 어떤 새로운 감정이 생겨날까? 이젠 어떤 행복도 불가능하고, 오직 고통만이 남아 있지는 않을까? 아냐, 아냐!' 하고 그녀는 조금도 망 설이지 않고 자기 물음에 답했다. '불가능해! 삶이 우리를 갈라놓는 거야. 나는 그를 불행하게 만들고, 그는 나를 불행하게 만들 뿐이 야. 그 사람이나 나를 바꾸는 것은 불가능해. 모든 시도를 다 해봤 지만 헛일이었어.'

이제 현생에서 더 이상의 행복은 불가능하며, 인생의 막장에 도달 했다는 결론에 이른 안나. 결국 그녀는 브론스키를 처음 만났던 기차 역에서 달려오는 열차에 몸을 던져 스스로 생을 마감하게 된다. 그녀 는 인생에 스스로 마침표를 찍는 그 순간에야 비로소 인생의 의미를 자신에게 묻는다. "나는 어디에 있는 거지? 내가 뭘 하고 있는 거야? 무엇 때문에?"

이러한 비극적인 결말을 보여줌으로써 톨스토이가 우리에게 하고 싶었던 말은 무엇일까? 인간이란 결코 원하는 대로만 삶을 이끌어 갈 수 없는 유한한 존재라는 것이다. 안나의 행동과 심리에 대한 세밀하 고 적나라한 묘사는 인간의 존재와 삶의 본질에 대해 규명해 내려는 톨스토이의 진지한 시도다. 하나의 생명체로서 자연스럽게 갖게 되는 감정과 본능의 영역을 억누르고 제도권 안에 자신을 욱여넣은 채 살아갈 수밖에 없는 것이 인간의 숙명임을 톨스토이가 이야기하고자 했다면, 이러한 현실 속에서 순종도 하고 반항도 해보며 괴로워하다 자살한 안나를 바라보는 시선은 경멸이나 혐오가 아닌 연민일 것이다. 다들 내심 안나를 꿈꿔 보기는 하기에. 누구나 살면서 한 번쯤은 일탈을 행한다. 사람들이 안나 카레니나를 읽으며 '나쁜 여자'라고 비난만 할 수 없는 것은, 바로 자기 마음속에 웅크리고 있는 안나를 부정할 수 없기 때문일 것이다.

톨스토이가 이 장대한 서사를 통해 결국 말하고자 하는 바는 '사랑과 삶이 같이 가야 한다.'는 것이다. 삶 속에 사랑이 조화롭게 녹아들고, 사랑이 삶을 더욱 의미 있게 만들어 주는 가운데 인간은 행복하게 살 수 있다는 것이다. '사랑 따윈 필요 없어.'라며 외롭게 사는 삶도 불행하고, '내겐 오로지 사랑뿐이야.'라면서 자신의 모든 생활을 포기하고 한 사람에게만 매달리는 삶도 마찬가지로 불행하다. 삶과 사랑 어느 한쪽에 극단적으로 치우침 없이, 어느 것 하나도 포기함 없이, 둘을 이상적으로 조화시켜 나가는 현명함이 필요하다고 이 책은 이야기한다. 소중한 사람과 함께 성장하고 발전하는 건강한 관계를 이어 나가며 삶이 더욱 윤택해지고 아름다워진다면 이보다 더 좋은 사랑의 형태가 또 있을까.

바람직한 사랑의 모습, 나아가 이상적인 삶의 방향성에 대해서까지 깊이 생각하게 만드는 톨스토이의 역작 『안나 카레니나』. 이 책은 삶과 사랑이라는 중대한 문제에 대해 진지하게 고찰해 볼 기회를 우리에게 부여해 준다.

ISTJ

『오만과 편견』, 다아시

무심한 듯 시크한 겉모습 뒤에
따뜻한 배려와 자상함을 숨겨 둔 사랑꾼

 영국의 소설가 제인 오스틴Jane Austen, 1775~1817의 장편소설 『오만과 편견Pride and Prejudice』(1813). 여성이 부모의 재산을 상속받는 데서 제외되고, 경제활동 기회를 제약받는 등 사회적 억압으로부터 자유롭지 못했던 18~19세기 영국 사회를 배경으로 하고 있는 작품이다. 여성에게 오로지 '결혼'만이 재산과 지위를 획득하고 안정된 노후를 보장받을 수 있는 유일한 수단이었던 그 시절, '사랑 없는 결혼은 하지 않겠다'라고 당당히 외친 당찬 여인과 그녀의 진가를 알아본 한 남자의 사랑 이야기를 핵심 플롯으로 하는 소설이다.

 이 소설의 주인공 엘리자베스 베넷Elizabeth Bennet은, 가난한 젠트리 계층 출신인 베넷 가문의 다섯 딸 중 둘째로 태어나 그 당시 관습과 집안 어른들의 뜻에 따라 이른 나이부터 혼처를 물색하며 결혼적령기를 보내고 있다. 베넷 가문은 아들이 없고 딸만 다섯인 집안이었기에, 그 당시 영국의 '한정 상속제도'에 따라 베넷 씨가 죽으면 그의 재산은 베넷 부인과 다섯 딸들이 아닌, 친척 남성에게 상속될 판이었다. 때문에 베넷 부인은 베넷씨가 죽은 뒤 전 재산을 모두 잃을 처지에 놓일까 봐 전전긍긍하며 다섯 딸들이 과년하기 전에 결혼시키는 데 혈안이 되어 있다.

엘리자베스는 그녀의 언니인 첫째 딸 제인Jane Bennet보다 미모는 좀 떨어지지만, 유달리 총명하고, 당찬 성격을 지닌 아가씨다. 어느 날 마을의 무도회에서 런던의 '영 앤 리치young and rich' 빙리Charles Bingley와 다아시Fitzwilliam Darcy가 베넷가의 두 딸과 대면하게 되면서, 이야기는 시작된다.

빙리는 잘생기고 신사다웠으며 유쾌한 표정에 소탈한 태도를 갖춘 사람이었다. 그의 누이들은 나무랄 데 없이 멋진 상류층 여성들이었다. 빙리의 매부 허스트 씨는 그저 신사처럼 보이는 게 다였다. 하지만 빙리의 친구 다아시는 큰 키에 멋지고 잘생긴 외모와 당당한 태도에 더해 그가 무도회장에 들어선 지 5분도 안 돼 연 수입이 1만 파운드에 달한다는 소문이 쫙 퍼지면서 단숨에 사람들의 관심을 끌어모았다. 남자들은 그를 멋진 남자로 추어올렸고, 여자들은 빙리보다 미남이라고 입을 모았다. 이렇듯 다아시는 그날의 저녁 시간이 절반가량 지날 때까지 감탄 어린 시선을 한 몸에 받았다. 그러나 그가 오만하고 잘난 척하며 한없이 까다로운 사람이라는 사실이 드러나자 그의 인기는 불쾌감으로 바뀌고 말았다. 그 결과 더비셔에 많은 재산이 있다는 사실도 아랑곳없이 다아시는 극도로 거만

참을 수 없는 존재의 MBTI

하고 무뚝뚝한 표정을 띠고 있어 친구와 비교할 가치조차 없는 인물로 찍히고 말았다.

다아시를 가장 격렬하게 싫어하는 이들 중에는 베넷 부인도 끼어 있었다. 안 그래도 다아시의 전반적인 행동이 마음이 들지 않았던 베넷 부인은 그가 자신의 딸들 가운데 한 명을 무시하자 진저리를 치다 못해 분개했다.

빙리는 꿔다 놓은 보릿자루마냥 서 있는 다아시에게 춤이라도 추라고 제안한다. 그러면서 그는 엘리자베스의 미모를 칭찬하는데, 이에 다아시는 '함께 춤추고 싶을 만큼 예쁘지는 않다.'라고 딱 잘라 냉정하게 평가한다. 사실 모두가 즐거운 파티 자리에서 남의 외모 품평을 그렇게까지 적나라하게 할 필요는 없었을 것이다. 그러나 친구 빙리가 별 생각 없이 던진 말에 대해 오류를 지적하지 않고는 그냥 못 넘어가는 직설적이고 원리 원칙적인 성격에서 다아시의 ISTJ적인 면모가 강하게 드러난다. 자연스럽게 분위기에 묻어가지 못하고 '그렇다.' 혹은 '아니다.'라는 자신의 견해를 명확히 표현해야만 직성이 풀리는 정확하고 고지식한 성격을 지닌 인물이 바로 다아시다. 타인의 감정과 기분을 고려하는 내향감정(Fi)이 둔감한 ISTJ의 특성상 다아시는 주변을 살피지도 않고 자신의 생각을 무덤덤하게 이야기한다. 그로 인해 그의 가시 돋친 말을 가까이에서 생생히 듣게 된 엘리자베스는 기분이 무척 상한다. 이 일을 계기로 다아시의 오만함과 부정적인 첫인상은 편견으로 굳어져 그녀는 어떤 일이 있어도 그와는 절대로 결혼하지 않겠다고 굳게 마음먹는다.

그러던 어느 날 엘리자베스는 베넷가의 재산을 물려받게 된 친척 남자 콜린스William Collins에게 프러포즈를 받는다. 비록 빙리나 다아시 같은 귀족급의 부자들에 비하면 초라한 수준이지만, 그래도 나름 나쁘지 않은 혼처라고 생각하며 베넷 부인은 기대감을 갖는다. 하지만 엘리자베스는 콜린스에게 전혀 이성적 매력과 끌림을 느끼지 못했기에 그의 청혼을 단칼에 거절한다. 결혼에는 사랑이 전제돼야 한다는, 그 당시로서는 꽤나 앞서간 생각을 하는 당돌한 그녀였다.

한편 거만한 다아시를 못마땅하게 바라보던 엘리자베스. 그녀는 자신을 흠모하는 또 다른 남성 위컴George Wickham으로부터 다아시에 대한 험담을 듣게 되고, 또 잘 되어 가던 빙리와 제인 언니 사이를 갈라놓은 원흉이 다아시라고 오해까지 하게 되면서, 그에 대해 갖고 있던 편견을 이제 완전히 기정사실화하게 된다. 그녀는 다아시를 극도로 경멸하게 된다.

재미있게도 다아시에 대한 엘리자베스의 혐오감이 극에 치닫고 있을 때, 엘리자베스에 대한 다아시의 호감도는 높아져만 가고 있었다. 당돌하고 총명하고 어떤 말도 위트 있게 받아치는 그녀의 통통 튀는 매력에 점차 빠져들게 된 것이다. 그녀를 처음 봤을 때는 빼어나게 예쁘지도 않고 별 감흥이 없었지만, 볼수록 좋은 감정이 커지면서 그녀가 여자로 보이기 시작한 것이다. 외향직관(Ne)이 열등기능인 ISTJ의 특성상 낯선 존재에 대한 거부감이 큰 탓에 다아시는 엘리자베스에 대해 파악하고 그녀에게 마음을 여는 데에 유독 많은 시간과 에너지가 필요했던 것이다. 그는 엘리자베스에게 겉으로는 차갑고 데면데면하게 대하면서도 그녀의 일거수 일투족을 면밀히 관찰하며 마음에 담

아 두며 점진적으로 호감을 키우고 있었던 것이다.

행동지향적인 외향사고(Te)를 부기능으로 가진 ISTJ답게, 다아시는 엘리자베스에 대한 자신의 감정을 명확히 하자마자 곧 그녀에게로 직진한다. 그러고는 그녀 앞에서 폭탄선언을 한다.

"있는 힘을 다해 봤지만 소용이 없었습니다. 도저히 안 될 것 같습니다. 제 감정을 억누를 수가 없습니다. 제가 당신을 얼마나 열렬히 찬미하고 사랑하는지 고백할 수밖에 없습니다."

엘리자베스는 너무 뜻밖이라서 말이 나오지 않았다. 그저 그를 빤히 쳐다보며 얼굴을 붉혔고, 믿기지 않아서 입이 떨어지지 않았다. 다아시는 이런 반응에 한껏 고무되어 그 순간은 물론 오래전부터 그녀에게 품어왔던 감정을 모두 털어놓았다. 고백의 말은 훌륭했지만 그에게는 가슴에 간직해 왔던 감정 말고도 자세히 설명해야 할 감정이 또 있었다. 그는 애정 문제를 말할 때보다 자신의 자존심을 이야기할 때 더욱 설득력 있었다. 다아시는 그녀의 열등한 사회적 지위, 그로 인해 신분 하락과 불명예를 감수해야 한다는 것, 그녀의 가족이 보여 주는 문제 때문에 지금까지 계속해서 이끌리는 감정을 이성으로 붙잡았다는 사실을 격렬한 어조로 전했다. 그런 흥분된 고백은 그가 스스로 자신의 지위에 흠집을 내고 있다는 사실 때문인 듯했지만, 어쨌건 청혼하는 입장에서 득이 될 리 없었다.

엘리자베스는 자신이 그에게 그토록 강한 사랑을 불러일으켰다니 자기도 모르게 통쾌한 생각까지 들었다. 그러나 그의 오만함, 치가 떨리도록 오만한 그의 태도, 부끄러운 줄도 모르고 제인에게 저

참을 수 없는 존재의 MBTI

지른 일을 실토하던 그 뻔뻔함, 해명하지도 못하면서 당당하게 인정하는 용서할 수 없는 그 자신감, 위컴에 대해 말할 때의 그 무정한 태도, 부인조차 하려 들지 않는 위컴에 대한 잔인한 처우 등을 떠올리니 그의 애정을 생각하는 동안 잠시 일어났던 연민의 정이 순식간에 식어 버렸다.

엘리자베스는 느닷없는 다아시의 청혼을 냉정하게 거절한다. 그녀의 눈에 비친 다아시의 '오만'과 머릿속의 '편견'은 결코 화해를 이루지 못하고 평행선을 그린다. 그러나 다아시의 시선과 마음은 여전히 그녀를 향한다.

한편 엘리자베스는 자신이 전해 들었던 다아시에 대한 험담은 위컴이 꾸며 낸 거짓이었음을 우연히 알게 된다. 그리고 위컴이 자신의 동생 리디아Lydia Bennet를 데리고 '사랑의 도주'라는 만행을 저지르는데, 이 사건에 개입해서 그 둘이 탈 없이 결혼할 수 있도록 힘을 보탠 인물이 다름 아닌 다아시라는 사실 또한 알게 된다. 다아시는 엘리자베스가 자신을 거절했음에도 불구하고 책임감과 신의로써 그녀의 집안 관련 일을 묵묵히 도운 것이다. 엘리자베스는 자신의 편파성과 어리석음을 깨닫고 자책하는 한편, 다아시에 대한 편견을 거두게 된다.

엘리자베스는 점점 자신이 굉장히 부끄러워졌다. 다아시를 생각하든 위컴을 떠올리든 자신이 무지하고, 편파적이며, 편견에 사로잡혔고, 어리석었다는 자책밖에 들지 않았다.

"어쩜 그렇게 덜떨어지게 굴었을까!" 그녀는 탄식했다. "분별력이 뛰어나다고 자부했던 내가! 능력자라고 잘난 척했던 내가! 마음이 넓고 솔직한 언니를 툭하면 무시하고, 남들을 쓸데없이 의심하면서 허영심을 채웠던 내가 이제야 진실을 알게 됐다니 얼마나 부끄러운 일인가! 그렇지만 열 번 백 번 부끄러워해야 하는 게 마땅하지! 사랑에 빠졌대도 이렇게까지 볼썽사납게 눈이 멀지 않았을 텐데. 하지만 나는 사랑이 아니라 허영심 때문에 바보짓을 한 거야. 처음 만났을 때 한 사람은 나를 좋아한다며 기뻐하고, 다른 한 사람은 나를 무시한다며 화가 났던 거야. 그래서 두 사람이 관련된 일을 접했을 때 편견과 무지에 빠져 이성을 몰아냈던 거야. 이 순간까지도 나는 나 자신에 대해 아무것도 몰랐던 거야.”

엘리자베스의 마음속에서는, 다아시에 대한 편견이 사라지는 동시에 그에 대한 호감 또한 급상승한다. 또한 자신이 일언지하에 거절했던 그의 프러포즈를 되살리고 싶은 후회와 안타까움도 커져 간다. 다아시에 대한 편견을 없애니 그에게 덧씌워져 있던 오만 또한 사라지고, 대신 그에 대한 감사와 사랑의 감정이 물밀 듯 밀려오게 된다.

엘리자베스는 자신이 초라하고 비참하게 느껴졌다. 그리고 왠지 모르지만 후회가 밀려왔다. 더 이상 그에게 존중받을 수 없게 되자 그것을 바라는 마음이 더 간절해졌다. 그의 소식을 전혀 들을 수 없을 것 같다는 생각이 들자 그의 소식이 몹시 듣고 싶어졌다. 더 이상 만나기 어려울 것 같은 시점이 되어서야 다아시와 함께라면 행복할 수 있을 것이라는 확신이 들었다.

참을 수 없는 존재의 MBTI

불과 넉 달 전에 그녀가 보란 듯이 퇴짜 놓았던 청혼을 이제는 기쁘고 감사하게 받아들일 것이라는 사실을 알게 된다면 그가 얼마나 우쭐해할까! 엘리자베스는 그가 어떤 남자보다도 너그러운 남자임을 의심하지 않았다. 하지만 그도 사람이기에 우쭐해할 게 틀림없었다.

엘리자베스는 이제야 다아시가 성격으로나 재능으로나 자신과 가장 잘 어울리는 남자임을 깨닫기 시작했다. 이해력과 기질은 서로 다르지만, 그는 그녀가 바라는 모습 그대로일 것 같았다. 두 사람이 맺어졌다면 양쪽 모두 이로웠을 게 틀림없었다. 엘리자베스의 스스럼없고 쾌활한 성격 덕분에 그의 마음은 부드러워지고 태도는 좋아졌을 것이다. 또한 그의 판단력과 학식과 세상사에 대한 지식에서 그녀는 더욱 값진 도움을 받았을 것이다.

어느 날, 엘리자베스는 다아시와 단 둘이 길을 걷게 된다. 그녀는 자신의 마음을 감추기 위해, 괜히 가족들 핑계를 대면서 그들이 다아시에게 고마움을 느끼고 있다는 인사를 전한다. 그러자 다아시는 기다렸다는 듯, 그녀에게 결연히 말한다.

"제게 고마워하실 거라면 오직 당신의 이름으로만 해주십시오. 제가 그렇게 한 데에는 다른 동기도 있었지만, 엘리자베스 양을 기쁘게 해드리고 싶은 소망이 영향을 미쳤음을 부인하지 않겠습니다. 하지만 가족분들까지 제게 고마워할 이유는 전혀 없습니다. 그분들을 많이 존중하긴 하지만 저는 엘리자베스 양만 생각하고 한 일이니까요."

참 먼 길을 돌아온 두 사람. 엘리자베스와 다아시는 우여곡절 끝에 드디어 서로의 마음을 확인하게 된다. 사랑의 확신이 들자 둘은 일사 천리로 미래를 약속하고, 집안 어른들의 허락을 받게 된다. 결혼을 앞 둔 어느 날, 엘리자베스는 다아시에게 이런 질문을 던진다.

"어떻게 시작된 거예요?" 엘리자베스가 말했다. "저를 사랑하고 나서부터는 멋지게 그 사랑을 지속하신 건 알아요. 그렇지만 맨 처음 어떻게 좋아하게 된 거죠?"

"생기발랄한 마음 때문입니다."

"그냥 건방지다고 하셔도 괜찮아요. 거의 그랬으니까요. 사실은 다 아시 씨가 예의니 경의니 주제넘은 관심 같은 것들이 지긋지긋해서 그랬을 거예요. 늘 다아시 씨의 인정을 받기 위해서만 말하고 쳐다보 고 생각하는 여자들에게 정나미가 떨어졌겠죠. 그런데 저는 그런 여 자들하고 상당히 다르니까 눈에 들어오고 흥미가 생긴 거예요. 다아 시 씨가 진정으로 마음씨가 좋은 분이 아니었다면 저를 싫어했을 거 예요. 본모습을 감추려고 애썼음에도 다아시 씨의 감정은 늘 고결하 고 정당했어요. 기를 쓰고 잘 보이려는 사람들을 속으로는 철저히 경 멸했던 거죠. 거봐요, 설명하는 수고를 제가 덜어드렸잖아요. 정말이 지 요모조모 다 따져봐도 더없이 타당한 설명이라는 생각이 드네요. 확실히 다아시 씨는 제 진짜 장점들을 전혀 모르고 있었어요. 하긴 사 랑에 빠지면 누구도 그런 것을 생각하지 않으니까요."

참을 수 없는 존재의 MBTI

대다수의 사람들이 사회적 인습과 시선의 제약에 얽매여 사랑 없는 계약으로서의 결혼을 하던 그 시절. 결혼이 다급한, 더구나 조건 처지는 여성에게는 엄청난 사치일 수도 있었을 '사랑'이란 것을 찾아 헤매던 당찬 여자 엘리자베스는, 다아시와의 우여곡절을 통해 사랑이 무엇인지를 깨닫고 결국 모든 걸 쟁취하게 된다. 사랑과 결혼, 그리고 부의 획득과 신분 상승까지, 그 당시 누구나 꿈꾸고 바라지만 결코 이루기 힘들었던 모든 걸 단번에 손에 넣게 된 엘리자베스. 이 파란만장한 이야기는 '그리고 그들은 서로 사랑하며 오래오래 행복하게 살았습니다'라는 해피엔딩의 결말로 아름답게 마무리를 짓는다.

일각에서는 이 소설을 '진부한 신데렐라 스토리'라고 비판하기도 하지만, 이 작품에는 좀 더 중요한 메시지가 깃들어 있음을 알아야 한다. 그녀가 '어떻게' 행복에 도달할 수 있었는지, 그 과정을 보아야만 한다는 것이다. 그녀가 여러 남성의 구애와 청혼에 퇴짜를 놓으면서 스스로의 감정에 귀를 기울이고 자신의 가치관을 정립하면서 내면의 성장을 이루는 과정, 사회적 억압에 스스로를 내맡기고 인습에 순종하기를 거부하며 자신이 정한 행복에 한걸음씩 가까이 다가가는 과정, 치기 어린 편견과 무지를 벗어 던지고 보다 폭넓은 사고와 열린 시선을 갖추며 성숙한 어른이 되는 과정, 이 모든 성숙과 발전의 과정들에 주목해야 한다.

그리고 이러한 성장과 깨달음의 과정에 다아시가 함께 했다는 것은 두말할 여지가 없다. 그는 침착하게 그녀에 대해 파악하고, 신중하게 자신의 마음을 결정하고, 용기를 내어 그녀에게 마음을 표현하고, 보이지 않는 곳에서 그녀를 도우며 언제나 한결 같은 자세로 그 자리에 있었다. 때론 충동적이고 감정적인 그녀로 하여금 이성적으로 사고하고 반성하도록 이끈 존재 역시 바로 다아시였던 것이다. 중요한 건 겉치레가 아니라 진정성이라는 것, 그리고 인연이라면 반드시 이어지게 된다는 소중한 진리를 다아시와 엘리자베스의 사랑 이야기가 우리에게 말해 주고 있다.

참을 수 없는 존재의 MBTI

ISTP

『노인과 바다』, 산티아고

『향수』, 장 바티스트 그르누이

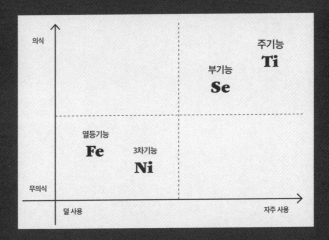

외향(E), 감각(S), 사고(T), 판단(J)
내향(I), 직관(N), 감정(F), 인식(P)

ISTP

『노인과 바다』, 산티아고

실패에 굴하지 않고 담담하게
현실에 맞서는 바다 장인匠人

미국의 소설가 어니스트 헤밍웨이Ernest Miller Hemingway, 1899~1961의 대표작 『노인과 바다The Old Man and the Sea』(1952). 숱한 좌절과 패배를 맞닥뜨리게 되는 일상 속에서 어떤 자세로 삶을 대하고 인생을 살아나가야 하는가에 대한 깊은 깨달음을 주는 한 바다 노인의 이야기다.

소설의 배경은 쿠바의 수도 아바나에 위치한 한 고즈넉한 어촌 마을이다. 주인공 산티아고Santiago는 이곳에 살면서 수십 년째 고기 잡는 일을 해온 늙은 어부다. 왕년에는 힘깨나 썼던 레전드급 어부였지만, 야속한 세월 탓에 이젠 고기를 한 마리도 잡지 못하고 허탕을 치고 돌아오는 날들이 늘어난다. 과거에 비해서 온몸이 늙고 쇠약해졌지만, 언제나 그의 눈만은 반짝인다. 비록 84일째 고기를 잡지 못했지만, 다시 젊은 시절처럼 대어를 낚을 수 있다는 자기 확신만은 여전히 살아 있기 때문이다.

그에게는 좋은 친구가 있다. 그에게서 한동안 고기잡이를 배웠던 어린 이웃 소년 마놀린Manolin이다. 한결같이 자신을 진심으로 존경하고 따르며 따뜻하게 챙겨 주는 소년 덕분에, 노인은 혼자 살아도 외롭지 않다.

"산티아고 할아버지."

조각배를 끌어 올려놓은 뒤 두 사람은 둑으로 올라가고 있었다. 그때 소년이 노인에게 말했다.

"실은 할아버지 배를 다시 탔으면 해요. 그동안 돈을 좀 벌었으니까."

노인은 소년에게 고기잡이를 처음으로 가르쳤고, 그래서 소년은 노인을 무척 좋아했다.

"거기 남아 있어라. 네가 내 실력을 의심해서 내 곁을 떠난 게 아니라는 걸 알고 있었어."

"아버지 때문에 떠났던 거예요. 난 아직 어리니까 아버지 말을 들어야 했고요."

"그래, 알아. 암, 물론 그래야지."

노인이 고개를 끄덕이며 다시 말했다.

"우리 아버지는 신념이 별로 깊지 못해요."

"그래?"

노인이 소년을 돌아보며 눈을 찡끗했다.

"하지만 우리는 신념이 있어. 안 그래?"

참을 수 없는 존재의 MBTI

산티아고는 지극히 이성적이다. 자신이 그토록 아끼는 소년이 다른 어부에게 일을 배우러 떠났다가 자기에게 다시 돌아오고 싶어 하는 모습을 보며 속으로는 감격스러워할지언정, 겉으로는 감정적으로 동요하지 않는다. 소년의 부모가 실력이 녹슨 자신을 탐탁지 않아 하는 걸 알기 때문이다. 산티아고는 제3자의 관점에서 객관적으로 상황을 바라보고 판단한다. 여기서 내향사고(Ti)를 주기능으로 하는 ISTP의 면모가 드러난다. 그가 이처럼 냉정하고 합리적으로 사고하고 행동할 수 있는 것은 강직한 성품 덕분이다. 그는 시련 앞에서도 결코 좌절하지 않고, 스스로에 대해 의심하지 않으며, 놀라운 회복 탄력성을 지녔다.

산티아고는 늘 그렇듯 소년이 살뜰히 챙겨다 준 음식을 먹고, 소년과의 공통 관심사인 야구 이야기 등의 소소한 대화를 나누며 일상을 보낸다. 소년은 노인 곁에서 끊임없이 재잘대다가 노인이 다음 날 고기잡이 출정을 위해 잠자리에 들 즈음에야 집으로 돌아간다.

그날 밤, 잠에 든 노인은 꿈을 꾼다.

노인은 요즈음 잠만 들면 날마다 그 해안에서 살다시피 했고, 꿈 속에서 부딪치는 파도 소리를 들었다. 그리고 그 거친 파도를 헤치고 원주민의 배들이 달려오는 것을 보았다. 노인은 자면서도 갑판의 타르 냄새와 뱃밥 냄새를 맡았고, 아침이면 뭍에서 불어오는 미풍 속에서 아프리카의 냄새를 맡곤 했다.

노인은 미풍에 실려 온 바다 냄새를 맡게 될 때쯤 습관적으로 잠에서 깨어났다. 그리고 옷을 입고 소년을 깨우러 가곤 했다. 그러나

오늘은 그 바다 냄새를 너무 일찍 맡은 것 같았다. 꿈을 꾸면서도 너무 이르다는 것을 느낀 노인은 다시 꿈속으로 돌아가 바다에서 솟아오르는 섬의 흰 봉우리를 보았고, 다음에는 카나리아 제도의 여러 항구며 정박장에 대한 꿈을 꾸었다.

노인은 이제 더 이상 폭풍우나 여자, 큰 사건이나 큰 고기, 싸움, 힘겨룸과 아내에 대한 꿈 같은 것은 꾸지 않았다. 다만 그동안 돌아다녔던 여러 장소며 해안의 사자 꿈을 꿀 뿐이었다. 사자는 마치 새끼 고양이처럼 황혼에서 뛰놀았고, 노인은 소년을 사랑하는 것처럼 그 사자들을 사랑했다.

비록 늙고 힘없는 노인의 몸이 되었지만, 그는 꿈속에서만은 늘 생명력 넘치는 자연과 그 안에서 뛰노는 용맹한 사자 꿈을 꾼다. 나이가 들어도 사그라들지 않는 열정과 에너지를 노인이 늘 마음에 품고 살아가고 있다는 방증이다. 노인은 다음 날 아침 일찍 일어나 소년의 배웅을 받으며 고기잡이배에 오른다. 새로운 날의 새로운 희망을 품고서.

노인은 물 위에서 시선을 거두며 천천히 노를 저었다. 노인은 가끔 물속을 내려다보았다. 어두운 물속 깊이 곧게 내리뻗은 낚싯줄이 보였다.

노인은 누구보다도 낚싯줄을 똑바로 드리울 줄 아는 사람이었다. 그래서 물속 어디서든 그곳을 오가는 고기가 바로 미끼를 먹을 수 있도록 원하는 곳에 정확히 미끼를 놓아두었다. 다른 어부들은 종

참을 수 없는 존재의 MBTI

종 조류에 낚싯줄을 담가 놓기 때문에, 180미터 되는 곳에 낚싯줄을 드리웠다고 생각하겠지만 실제로는 110미터 수심에 떠 있는 수가 있었다.

그러나 나는 항상 정확하지, 하고 노인은 생각했다. 단지 난 운이 없을 뿐이야. 하지만 누가 알아? 오늘은 운이 좋은 날일지. 하루하루가 새로운 것이니까 재수가 있으면 더욱 좋겠지만. 그래도 나는 항상 정확하게 해야 해. 그래야 운이 닿아도 놓치지 않을 테니까.

바다 위에서 가장 예민하고 민첩해지는 산티아고는 타고난 어부다. 그는 부기능인 외향감각(Se)을 적극적으로 활용해 발달된 오감을 통해서 기후와 풍랑 등 주변 환경을 정확하게 파악하고 이에 대응한다. 그렇기에 그의 판단은 매우 현실적으로 정확하고 분석적이다. 몸을 쓰고 손을 활용해 배를 움직이고 고기를 낚는 일에 탁월한 재능을 가진 그는 전형적인 장인 스타일의 ISTP 유형이다.

생각보다 먼 바다까지 나오게 된 산티아고는 정신을 맑게 가다듬고 낚싯줄을 드리운다. 오늘은 반드시 커다란 고기를 낚을 수 있을 거라는 긍정적인 생각과 함께 그는 고기의 입질을 기다린다. ISTP의 경우 내향직관(Ni)이 3차기능으로 약한 편이기에 미래 지향적인 사유보다는 지금 눈앞에서 일어나고 있는 일에 집중하는 유형이다. 쓸데없는 상념이 적다. 바로 이것이 산티아고가 좌절하지 않고 현재를 살아가게 만드는 힘이다. 고기를 오랫동안 못 잡아도 '내일도 허탕 치면 어쩌지?' 하고 걱정하지 않는다. 다만 지금 이 순간, 바다 위에서 파도와 싸우며 고기와의 사투를 벌이는 순간으로부터 희열을 느끼는 타입이다.

드디어 입질이 온다. 그런데 묵직한 느낌이 심상치가 않다. 한낱 물고기 주제에 범상치 않은 괴력을 뽐내며 노인과 힘겨루기를 하는 이 생명체는 과연 어떤 모습을 하고 있을까. 피곤한 밀당 끝에, 노인은 드디어 고기가 자신의 손 안에 조금 더 가까이 들어왔음을 직감한다. 노인은 이제껏 오른손 줄에 느껴지던 힘이 달라진 것을 알았고, 뒤이어 물속에서 낚싯줄이 천천히 위로 올라오는 것을 보았다.

"이 배보다 60센티미터는 길구나."

굉장한 고기다. 그러나 반드시 놈을 해치워야 한다고 그는 생각했다. 제 힘이 얼마나 되는지, 또 자기가 달아나기로 마음먹으면 어떤 짓이든 할 수 있다는 것을 알게 해서는 안 된다. 내가 저 고기라면 지금 당장 어떤 짓이라도 해서 나를 잡고 있는 인간을 요절내 놓고 말 텐데. 그러나 고맙게도 고기들은 우리 인간처럼 영리하지를 못하거든. 물론 어떤 때는 우리보다 훨씬 기품 있고 능력이 있기는 하지만.

노인은 그동안 큰 고기를 많이 보았다. 450킬로그램 이상 나가는 것도 많이 보았고, 평생에 그런 큰 고기를 두 마리나 잡기도 했었다. 물론 그때는 혼자서 잡은 것이 아니었다. 그런데 지금은 혼자서, 육지도 보이지 않는 이곳 먼바다에서, 평생에 처음 보는 큰 고기를, 그것도 말로 들어 본 것보다 훨씬 더 큰 고기를 잡으려고 하고 있다.

역시 예상했던 대로 고기는 어마어마한 사이즈를 자랑하고 있었다.

참을 수 없는 존재의 MBTI

여전히 물 밑에서 밀당을 시전하는 거대한 고기를 어떻게 낚을까를 궁리하면서 노인은 소년을 생각한다. '그 아이를 배에 태워 함께 나왔더라면 외롭지도 않고 서로 힘을 보태며 고기를 좀 더 수월하게 잡을 수 있었을 텐데' 하고 말이다. 이처럼 노인의 속마음이 밝혀지는 대목에서 외향감정(Fe)이 열등기능인 ISTP의 특성이 드러난다. 외향감정의 부족은 타인의 감정에 공감하고 교감하는 것에 미숙하게 만든다. 특히 누군가가 감성에 호소하고 감정적으로 다가오는 순간 이 유형들은 바로 회피하는 경향이 있다. 앞서 소년이 노인에게로 다시 돌아와 일을 배우고 싶다고 진심을 털어놓았을 때 산티아고는 객관적인 이유를 들어 거절한 바 있다. 하지만 돌아서서 소년을 생각하며 그리워하는 모습은, 겉으로는 차갑고 무뚝뚝한 느낌을 주지만 마음속에는 온기가 있으며 감정 표현 자체가 원래 미숙할 뿐이라는 것을 보여 준다.

노인은 망망대해에 혼자였고, 오롯이 혼자 힘으로 고기를 낚아 올려야 했다. 노인은 점점 기력이 소진함을 느끼면서도, 그럴수록 더욱 팽팽한 정신력을 유지하려 애쓴다.

노인은 온갖 고통을 이겨 내려고 애썼다. 자신의 남은 힘과 과거의 긍지까지 다 동원하여 고기가 던져 주는 극심한 고통과 겨루었다. 마침내 고기는 주둥이를 뱃전에 닿을락 말락 하면서 노인 곁으로 유유히 헤엄쳐 오더니 그대로 배를 스쳐 지나가기 시작했다. 길이가 길고, 높고, 넓은 자줏빛 줄무늬가 보였다. 그리고 온몸이 온통 은빛으로 빛나는 그 무한히 큰 고기가 배를 지나쳐 가기 시작한 것이다.

노인은 손으로 잡고 있던 줄을 놓고 발로 밟았다. 그리고 드디어

작살을 높이 쳐들어 있는 힘을 다해서, 아니, 지금까지 써왔던 힘과는 비교도 안 되는 그런 힘을 내서, 물 위로 드러난 거대한 가슴지느러미 바로 뒤 옆구리를 내리 찔렀다.

노인은 고기가 은빛 배를 드러내고 떠 있는 것을 보았다. 작살이 고기의 어깨 쪽에 비스듬히 꽂혀 있었고, 심장에서 흘러나온 피에 바다가 붉게 물들고 있었다. 처음에 그 피는 1,600미터도 더 되는 푸른 물속에 사는 고기 떼처럼 시커멓게 보이더니, 곧 구름처럼 퍼져 나갔다. 은빛으로 빛나던 고기의 몸뚱이는 이제 조용히 물결 위에 떠 있었다.

"정신을 차려야 해."

노인은 이물의 널빤지에 기대면서 자신을 다그쳤다.

"나는 늙은이고, 또 너무나 지쳐 버렸어. 하지만 나는 방금 내 형제인 이 고기를 죽였다. 이제 뒤처리만 하면 되는 거야."

노인은 사력을 다해서 고기를 죽였다. 하지만 아직 고기는 완전히 노인의 것이 아니었다. 이 거대한 고기를 어떻게 끌고 집으로 돌아갈 것인가가 문제였던 것이다. 배보다 큰 고기를 배에 싣는다는 건 불가능했기에, 밧줄로 묶은 채 끌고 가야 했다. 그런데 바로 여기서 문제가 발생한다. 고기의 피냄새를 맡은 상어의 습격이 시작된 것이다.

"18킬로그램은 족히 가져가 버렸어."

고기는 병신이 되고 말았다. 노인은 더 이상 고기를 보고 있지 않았다.

고기가 상어에게 뜯길 때 노인은 마치 자기 자신의 살점이 뜯기는 것 같았다.

그러나 내 고기를 물어뜯은 상어를 나는 죽였어. 노인은 생각했다. 그런데 그놈은 내가 본 것 중에서 가장 큰 상어야. 사실 나는 큰 놈들을 많이 보아 왔는데······.

이렇듯 엄청난 행운이 오래갈 리가 있나, 하고 노인은 생각했다. 차라리 이것이 꿈이었으면. 고기를 낚은 일도 없고, 신문지를 깔고 침대에 혼자 누워 있는 중이라면 차라리 좋겠다.

하지만 사람은 이 정도의 일에 지지 않아, 하고 노인이 말했다.

사람은 죽을지언정 고기에게 지지는 않는다.

상어는 대부분 잔인하고 유능하며 힘세고 영리하다. 그러나 내가 저 상어보다 더 영리했어. 하지만 내가 더 영리한 것이 아니라 무장이 잘 되어 있었던 것뿐인지도 몰라. 쓸데없는 생각일랑 말라고, 늙은이.

노인은 스스로를 꾸짖듯 말했다.

상어가 천신만고 끝에 낚은 고기를 만신창이로 만들어 버린 것이다. 바다에 나와 벌였던 온갖 사투가 허무하게도 원점으로 돌아간 것이다. 하지만 산티아고는 담담하게 혼잣말을 중얼거리며 스스로를 위로한다. "인간은 파멸할지언정, 패배하지는 않는다."라고. 상어 때문에 고기도 잃고, 작살도 잃고, 완전 무방비 상태가 되었지만, 노인은 실패를 인정하지 않는다. 그는 온갖 잡생각을 비워 내려 애쓰면서 집으로 향한다. 그러나 노인은 집으로 돌아가는 길에 상어 한 마리를 더

참을 수 없는 존재의 MBTI

만난다. 사력을 다해 싸우지만 역부족이었다.

고기의 4분의 1이나, 그것도 제일 맛있는 부분을 잃어버렸군.

노인은 침통한 목소리로 중얼거렸다.

"이것이 꿈이라면, 아니, 차라리 내가 너를 잡지 않았더라면 좋으련만. 미안하다, 결국은 모든 일을 그르치고 말았구나."

노인은 말을 잃고 말았다. 이제는 고기를 쳐다보기조차 싫었다. 너무 많은 피를 흘리고 물에 씻기고 불어서 고기의 색깔은 거울 뒷면의 탁한 은빛 같았다. 그래도 아직 그 줄무늬는 보였다.

"그렇게 멀리 나가지 말걸 그랬다, 고기야."

노인은 또다시 중얼거리기 시작했다.

"그게 너를 위해서나 나를 위해서나 더 좋았을 텐데……. 미안하다, 미안해."

노인은 계속 혼잣말을 했다.

바다에서의 일이 꿈만 같았다.

아무것도 아닌 걸 가지고.

노인은 소리 내어 말했다.

"단지 내가 너무 멀리 나갔던 탓이야."

결국 산티아고는 뼈만 남은 고기와 성한 곳이 없는 몸을 이끌고 집으로 돌아온다. 다음 날 아침 그의 집에 찾아와 자고 있는 노인의 피투성이 손을 보게 된 소년은 하염없이 눈물을 흘린다. 소년은 밖에서 뜨거운 커피를 가져와서 산티아고에게 권하고는, 이제 다시 그의 배를 타고 함께 고기를 잡으러 나가겠다는 뜻을 재차 전한다. 산티아고는 이번엔 거부하지 않는다. 그는 더 이상 혼자가 아니다. 이제 더 이상 바다 한가운데에서 외롭고 쓸쓸하게 혼자만의 사투를 벌이지 않아도 되는 것이다.

소년이 음식과 신문, 그리고 상처를 치료할 약을 가지러 나가고, 산티아고는 다시 잠에 빠져든다. 그가 늘 그렇듯 평화롭게 해변을 뛰노는 사자 꿈을 꾸는 가운데 소설은 마무리 된다.

홀로 사투를 벌이며 천신만고 끝에 잡은 고기를 상어에게 모두 뜯긴 채 상처만 입고 돌아온 쓸쓸한 노인의 모습. 산티아고는 자신을 둘러싼 모든 상황이 우호적이지 않았음에도 불구하고 결코 무너지지 않는다. 그는 늙고, 상처 입고, 고독하며, 운조차 따르지 않는 상황에 비관하거나 좌절하지 않고, 모든 상념을 훌훌 털어 내며 현재를 살아간다. 바로 그것이 산티아고를 계속 바다로 나아가게 만드는 힘이다. 그 어떤 고난과 시련이 닥쳐올지라도 그것을 어떻게 받아들이느냐에 따라 스스로를 파멸시키는 도화선이 될 수도 있고, 혹은 자신을 성장시키는 자양분이 될 수도 있음을 산티아고는 우리에게 말해 주고 있다.

끊임없이 도전하고 새로운 지향점을 세우며 앞으로 달려 나가는 가슴 뛰는 삶. 이러한 삶의 여정에서 넘어지고 상처 입을 수는 있겠지만, 성취와 성장을 이루어 가는 과정이라 생각하며 늘 묵묵히 최선을 다하는 산티아고의 진지한 태도. 우리는 그로부터 어떤 자세로 삶을 살아야 하는가를 배울 수 있다.

『향수』, 장 바티스트 그르누이

고도로 발달된 감각과 비상한
기억력을 지닌 혐오스러운 천재

독일의 작가 파트리크 쥐스킨트Patrick Süskind, 1949~의 소설 『향수Das Parfum: Die Geschichte Eines Morders』(1985). '어느 살인자의 이야기'라는 섬 찟한 부제가 붙어 있는 책이다. 아름다운 향기를 가진 여인들을 죽이 고 그 냄새를 추출해 최고의 향수를 만들고자 하는 한 남자의 생애를 그리고 있는 작품이다.

소설의 주인공 장 바티스트 그르누이Jean-Baptiste Grenouille는 1738년 프랑스 왕국의 어느 시장 거리에서 태어난다. 이곳에서는 생선 썩은 냄새, 부패한 음식 냄새, 쓰레기 냄새 그리고 사람들이 풍기는 악취 등 온갖 고약한 냄새가 진동한다. 시장에서 생선을 파는 그르누이의 어 머니는 어느 날 갑자기 복부에 통증을 느끼고는 좌판 아래로 혼자 아 기를 낳는다. 이렇게 '혐오스러운 천재' 장 바티스트 그르누이가 세상 에 태어난다.

가엾게도 그르누이는 태어나자마자 어머니에게 유기당한다. 이미 아기를 낳아서 버린 전적이 수차례나 되는 그르누이의 생모는 곧 체포되어 영아 살해죄를 선고받고 참수되고 만다. 보호자가 사라진 아기 그르누이는 수도원으로 보내진다. 그런데 어쩐지 이 아기, 심상치가 않다.

테리에 신부는 아기의 눈이 자신의 존재를 전혀 알아차리지 못한다는 인상을 받았다. 그러나 코는 달랐다. 갓난아기의 흐릿한 눈이 아직 목표물에 초점을 맞추지 못하는 반면에, 코는 확실하게 목표물을 겨냥하고 있는 것처럼 보였다. 테리에 신부는 그 목표가 바로 자신의 몸인 것 같은 이상한 기분을 느꼈다. 아기의 얼굴 중앙에서 두 개의 구멍을 싸고 있는 콧방울이 피어나는 꽃잎처럼 벌어졌다. 아니, 오히려 왕의 정원에 있는 식충 식물의 꽃받침처럼 그의 코가 뭔가를 기분 나쁘게 빨아들이고 있었다.

아직 진짜 코라기보다는 단지 납작한 살덩이에 불과한 그 작은 기관이 지금 끊임없이 움찔거리고 벌름거리며 떨고 있었다. 테리에는 소름이 끼치면서 구역질이 올라왔다. 이제 그는 자기 쪽에서 뭔가 맡고 싶지 않은 악취를 맡은 것처럼 코를 찡그렸다.

테리에는 벌떡 일어서서 바구니를 책상 위에 올려놓았다. 그는 되도록 서둘러, 가능한 한 빨리 이 악마로부터 벗어나고 싶었다.

비정상적일 정도로 발달한 후각을 갖고 태어난 그르누이. 소름 끼칠 정도로 집요하게 냄새를 맡는 아기를 보고 수도원의 신부는 충격을

참을 수 없는 존재의 MBTI

받는다. 그는 불길한 예감을 느끼고 아기를 수도원 밖으로 내보내 버린다. 다행히 수도원 근처의 가이아르Gaillard 부인댁에서 돈을 받고 그르누이를 거두어 준다.

그르누이는 불과 여섯 살의 나이에 후신경嗅神經을 통해 주변의 모든 사물들을 완전히 파악한다. 말 그대로 절대후각을 타고난 그르누이는 수십만 가지의 독특한 냄새를 수집하고 그것을 자유자재로 정확하게 다룬다. 그는 과묵하면서도 강한 호기심으로 주변을 면밀히 관찰하고, 상황을 정확하게 파악하며, 특히 정밀을 요하는 작업에 뛰어난 능력을 보인다. 내면이 심오하고 복잡해질수록 그르누이는 외부 세계에 대해서는 점점 더 폐쇄적인 태도를 보인다. ISTP의 열등기능인 외향감정(Fe)의 부족으로 인한 사회성 결여를 드러내기 시작한 것이다.

외부 세계에 대해서는 그르누이는 점점 더 폐쇄적으로 되어 갔다. 그가 가장 좋아하는 일은 혼자서 생탕투안 북부 지역이나 채소밭, 포도 농장이나 초원을 돌아다니는 것이었다. 가끔 그는 저녁에도 집에 들어가지 않았으며 며칠씩 사라지기도 했다.

한편 가이아르 부인은 그가 아주 특별한 능력과 재능을 갖고 있다는 사실을 눈치챘다. 그르누이는 방 안에 들어가 보지 않고도 아이들이 몇 명이고 또 누구인지를 알아냈다. 잘라 보지도 않고 양배추 속에 벌레가 있다는 사실도 알고 있었다. 한번은 그녀가 돈을 너무 잘 숨기는 바람에—그녀는 비밀 장소를 자주 바꾸었다—자신도 다시 그것을 찾지 못하고 있을 때, 그르누이가 단 1초도 걸리지 않아 굴뚝 대들보 뒤의 장소를 가리켰다. 이럴 수가, 정말 그곳에 돈이 있었던 것이다! 그는 미래도 예측하는 듯이 보였다. 누군가가 집에 들어서기 훨씬 전에 그는 그 사람의 방문을 예언했으며, 구름 한 조각 없는 하늘을 보고도 폭풍이 다가오고 있다는 것을 예상했다. 물론 이 모든 것을 그는 눈이 아니라 점점 더 예민하고 정확해지는 후각으로 감지한 것이었다.

그녀는 두 개의 얼굴을 가진 이 아이가 재앙과 죽음을 몰고 오리라는 것을 느끼고 있었기 때문에 그가 두려워졌다.

결국 그르누이는 이 집에서도 또다시 쫓겨나게 된다. 여덟 살 되던 무렵, 그는 시내 한 무두장이의 손에 넘겨져 온갖 잡일을 하게 된다. 비록 거리로 나앉았지만 그르누이에겐 그 시점이 경이로운 신세계의 시작이었다. 자유롭게 거리를 배회하며 세상의 온갖 냄새를 맡을 수 있었기 때문이다. 그는 더욱 집착적으로 미세한 냄새의 조각, 향기의 원자까지 규명해 내려 애쓴다. 이처럼 그는 성장할수록 현상의 본질과 원인을 깊이 파고들어 분석하는 내향사고(Ti)의 경향성을 강하게 보인다. 이러한 내향사고는 그의 정체성을 지배하는 주기능으로서 그 이후 그의 삶을 결정짓는 핵심 요소로 작용한다. 더불어 그는 ISTP의 부기능인 외향감각(Se)의 발현을 통해 왕성한 호기심을 갖고 눈앞의 새로운 감각에 적극적으로 관여하는 행동성을 보인다.

15세 무렵의 어느날, 파리 시내를 배회하던 그르누이의 코를 정체불명의 향기가 강하게 자극한다. 그는 '이 냄새를 붙잡는 데 실패한다면 자신의 인생은 실패다'라는 극단적인 생각을 하며 무언가에 홀린 듯 향기의 진원지를 추적한다. 한참을 헤매다 발견한 향기의 주인은

참을 수 없는 존재의 MBTI

바로 한 예쁘장한 소녀였다.

그녀의 향기는 다른 향기들이 모범으로 삼아 따르는 좀 더 고차원적인 법칙이라고 할 수 있었다. 그것은 순수한 아름다움이었다.

그르누이는 이 향기를 소유하지 못하면 자신의 인생은 아무짝에도 쓸모가 없어진다고 확신하게 되었다. 가장 미세한 부분에 이르기까지, 가장 부드러운 마지막 한 조각까지 그는 이 냄새를 속속들이 알아야만 했다.

그는 천천히 그녀에게로 걸어갔다.

그 순간 그를 발견한 그녀는 너무 놀라서 몸이 굳어져 버렸다. 때문에 그는 그녀의 목을 조를 충분한 시간적 여유를 얻게 되었다. 그녀는 소리를 지르지도, 몸을 움직이지도 않았다. 반항 한 번 해보지 못했다. 한편 그르누이는 그녀를 쳐다보지 않았다. 주근깨가 박혀 있는 갸름한 얼굴, 붉은 입술, 반짝이는 초록색 큰 눈을 그는 보지 않았다. 그녀의 목을 조르는 동안 향기를 하나라도 놓칠세라 눈을 꼭 감고 있었기 때문이다.

그녀가 죽자 그는 시체를 자두씨가 널려진 바닥 한가운데에 눕히고 옷을 벗겼다. 향기가 물결이 되어 밀려와서는 그의 가슴속을 가득 채우고 넘쳐흘렀다. 그는 그녀의 피부에 얼굴을 바짝 들이대고 코를 벌름거리면서 배에서 가슴으로, 목과 얼굴을 거쳐 머리카락으로 냄새를 훑어 올라갔다. 그러고는 다시 배로 내려와 국부를 지나 넓적다리와 하얀 종아리를 훑어 내려갔다. 그는 머리끝에서 발끝까지 그녀의 모든 냄새를 훑어 내렸고 턱과 배꼽, 팔꿈치의 주름살 사이에 있는 마지막 한 방울의 향기까지 다 들이마셨다.

이렇게 그르누이는 첫 번째 살인을 저지른다. 너무나 섬뜩한 범죄를 저지르고도 그는 양심의 가책을 느끼지 않는다. 누군가에게서 가장 좋은 것을 빼앗아 내 것으로 만드는 '향기의 법칙'을 발견했기 때문이다. 희열과 환희에 사로잡힌 그는 자신의 길을 명확히 하게 된다. 세상 가장 좋은 향기를 자기 것으로 만들어 최고의 향수를 만들겠다는 목표를 세운 것이다.

다시 태어난 기분이었다. 아니, 다시 태어난 정도가 아니라 이제 처음으로 태어난 기분이었다. 왜냐하면 지금까지는 지극히 몽롱한 상태에서 동물처럼 살아왔다면 오늘에야 비로소 자신이 어떤 사람인지를 알게 되었기 때문이었다. 그는 자신이 천재라는 것, 자신의 인생은 의미와 목적과 목표, 그리고 보다 높은 사명을 갖고 있다는 사실을 깨닫게 되었던 것이다. 그것은 바로 향기의 세계에 혁명을 일으키는 일이었다. 이 세상에서 그렇게 할 수 있는 능력을 가진 사람은 그 자신뿐이었다. 예민한 코, 비상한 기억력, 그리고 가장 중요한 것으로 마레 거리의 그 소녀한테서 빼앗아 깊이 각인해 놓은 그 향기가 있었다. 그 속에는 위대한 향기, 향수를 구성하는 모든 것, 즉 부드러움, 힘, 지속성, 다양함, 놀라우면서도 뿌리칠 수 없는 아름다움이 주문처럼 들어 있었다. 그는 자신의 미래를 이끌어 줄 나침반을 발견한 것이다. 악마성을 지닌 천재들이 모두 외부로부터의 어떤 계기를 통해 정신적 혼돈의 소용돌이 속에서 자신의

길을 찾아낸 것처럼 그르누이는 이제야 비로소 발견한 자신의 운명을 회피할 생각이 없었다. 자신이 이를 악물고 그토록 끈질기게 생에 집착해 온 이유가 분명해졌다. 그는 향기의 창조자가 되어야 했다. 그것도 그저 그런 정도가 아니라 역사상 가장 위대한 향수 제조인이.

새로운 인생의 목표를 세운 그르누이에게 어느 날 운명적인 만남이 찾아온다. 주세페 발디니Giuseppe Baldini라는 향수 제조인의 집에 염소 가죽을 전하러 심부름을 가게 된 것이다. 발디니는 한때 프랑스에서 알아주는 실력자였지만 나이가 들어 후각이 둔해지면서 고민이 많은 상황이었다. 향으로 가득한 발디니의 집에 들어선 그르누이는 물 만난 고기마냥 킁킁 냄새를 맡으며 향을 하나하나 구분하기 시작한다. 놀란 발디니는 '사랑과 영혼'이라는 유명한 향수를 똑같이 만들어 낼 수 있는지 그르누이를 테스트했고, 그르누이는 뚝딱뚝딱 하더니 거짓말처럼 10분 만에 똑같은 향을 만들어 낸다. 재료들의 이름을 전혀 모른 채 단지 냄새만으로 재료들을 찾아 배합해 섞어 만들어 낸 것이다. 발디니는 자기가 그토록 찾아내려 애쓰던 '사랑과 영혼' 레시피를 단 10분 만에 도출해 낸 그르누이에게 엄청난 놀라움을 느끼고 그를 제자로 삼는다. 그리고 자신의 사업을 위해 그를 최대한 활용한다.

한편 그르누이도 도제 수업을 받으며 자기가 필요로 하는 노하우를 발디니로부터 캐내는 데 성공한다. 자신이 가장 궁금해 하던, 물질로부터 향기를 얻어 내 보존하는 비책을 입수한 것이다. ISTP의 3차 기능인 내향직관(Ni)을 발휘, 조용히 자기 일을 하면서도 나름 눈치 있게 주변 상황을 면밀히 파악하며 원하는 것을 얻어 낸 것이다. 그는 불필요한 노력은 아끼면서 최대한 효율적으로 업무에 매진한다. 그리고 3년 뒤, 열여덟 살 되던 해에 그르누이는 스승과 결별하고 본격적으로 자신의 목표를 달성하기 위한 여정에 나선다.

겨울 동안에 그르누이는 실험을 하나 더 했다. 도시를 떠돌아다니는 어떤 벙어리 여자에게 1프랑을 주고 그녀로 하여금 여러 종류의 유지와 올리브에 적신 헝겊 조각을 맨살 위에 하루 종일 붙이고 다니도록 한 것이다. 그 결과 양의 신장에서 나온 유지, 여러 번 여과한 돼지기름과 쇠기름을 2대 5대 3의 비율로 섞은 후 올리브기름을 약간 첨가하면 그것이 인간의 냄새를 빨아들이는 데 가장 적합하다는 사실을 알게 되었다.

그것으로 그르누이는 만족했다. 살아 있는 인간의 냄새를 채취하는 일에는 항상 위험이 뒤따를 뿐만 아니라 더 이상 새로운 지식을 얻을 것도 없었기 때문이다. 그는 이제 인간에게서 냄새를 탈취하는 기술을 다 익힌 셈이었다. 따라서 새삼스럽게 그것을 증명할 필요는 없었다.

인간의 냄새 그 자체는 그에게 아무런 관심거리도 아니었다. 자신의 대용품 향수만 갖고도 인간의 냄새는 충분히 흉내 낼 수 있었다. 그가 원하는 것은 '특별한' 사람들, 즉 아주 드물지만 사람들에게 사랑을 불러일으키는 그런 사람들의 냄새였다. 그 사람들이 바로 그의 제물이었다.

수차례의 살인과 실험을 거쳐 사람의 향기를 향수로 만드는 기술을 완전히 체득한 그르누이. 그에게는 이제 더욱 까다롭고 구체적인 목표가 생겼다. '특별한' 사람, 즉 그라스 시 부집정관의 아름답기로 소문난 딸 로르Laure Richis의 향기를 얻어 내 향수로 만드는 것. 그르누이는 이제 막 처녀로 피어나는 소녀들을 타겟으로 범행을 저지르고 있었고, 그 나이대의 딸을 가진 부모들은 모두 불안에 떨고 있었다. 부집정관도 자신의 딸이 무사하지 못할 거란 불길한 예감에 딸 로르를 데리고 피신한다. 하지만 그들도 그르누이의 후각으로부터 안전할 순 없었다. 그는 냄새만으로 로르의 존재를 찾아내 그녀를 잔혹하게 살해하고 기어이 그녀의 향기를 얻어 낸다.

결국 그르누이는 목표한 바대로 최고의 향수를 만드는 데 성공한다. 총 스물다섯 명 소녀들의 체취로 만들어진 향수, 여기엔 마지막으로 로르의 향기가 최적 배합의 결정적 성분으로 작용했다. 최고의, 그리고 최후의 향수를 만들자마자 그는 곧 신고당하고 체포된다. 28세의 나이에 그르누이는 사형 선고를 받게 된다.

사형 집행 장면을 보기 위해 만여 명의 구경꾼들이 구름 떼처럼 몰려든다. 곧 처형될 그르누이도 잠시 뒤 모습을 드러낸다. 그런데 뭔가 이상하다. 그 자리에 있던 사람들 모두가 집단적으로 무엇엔가 홀린 듯 '그르누이가 살인범일 리가 없다'라고 믿고 있었던 것이다.

사형집행인 파퐁은 쇠몽둥이를 들어 올릴 수 없을 것 같았다. 살아생전에는 결코 이 죄 없는 작은 남자에게 쇠몽둥이를 내리칠 힘이 생길 것 같지 않았다. 무릎이 덜덜 떨리면서 힘이 쭉 빠졌기 때문

참을 수 없는 존재의 MBTI

에 그는 쓰러지지 않기 위해 처형에 사용할 쇠몽둥이에 몸을 기댔다. 그 힘세고 장대한 파퐁이 말이다.

그곳에 모여 있던 만여 명의 사람들에게도 똑같은 일이 일어났다. 남녀노소 모두 마찬가지였다. 마치 연인의 매력에 흠뻑 빠진 어린 소녀처럼 그들 모두 마음이 약해졌던 것이다. 애정, 부드러움, 어린아이의 맹목적 애착심 등이 강력하게 모든 사람을 사로잡았다. 그렇다. 그건 그 작은 살인마에 대한 사랑이었다. 그들은 그 사랑에 저항할 수 없었고, 저항하고 싶지도 않았다. 그것은 마치 억제할 수 없이 눈물이 솟구치는 것과 같았다. 오랫동안 억눌러 왔던 눈물이 가슴속에서 솟구쳐 올라 놀랍게도 저항하는 모든 것을 파괴하고, 결국은 그 모든 것을 녹여 쓸어버리는 것 같은 기분 말이다. 이제 사람들은 순수한 액체 상태였다. 그들의 정신과 영혼은 완전히 용해되어 형태가 없는 액체가 되어 버렸다. 느낄 수 있는 것이라고는 오직 자신들의 내면에서 불안정하게 동요하고 있는 심장뿐이었다. 좋건 나쁘건 이제 모든 것은 푸른 옷을 입은 그 작은 남자의 손에 달려 있었다. 모든 여자, 모든 남자가 다 그를 사랑했다.

이러한 기이한 현상의 원인은 바로 그르누이의 향수였다. 그르누이가 제작한 그 문제의 향수를 몸에 바르고 오자 그 향수 냄새에 도취된 군중이 집단 환각 증세를 보이면서 사형 집행장이 대규모의 환락 파티장으로 변해 버린 것이다. 군중은 무아지경 속에 그르누이의 이름을 제창하며 그를 찬양한다. 그르누이는 자신의 일생에서 가장 위대한 승리를 맛보며 미소 짓는다.

하지만 곧 그는 깨닫는다. 이 모든 것이 부질없다는 것을. 평생 갈 망해 왔던 일, 사람들로 하여금 자신을 사랑하게 만드는 목표를 달성한 이 순간에 그 일 자체가 혐오스럽다는 것을 비로소 자각하게 된 것이다. 그 향기를 사랑하기는커녕 증오하고 있는 스스로를 발견하게 된 그르누이. 결국 자신은 사랑이 아니라 증오 속에서만 만족을 얻을 수 있다는 사실을 깨닫고 그는 차라리 죽고 싶다고 생각한다.

자신의 몸에 신神의 향유를 바르기만 한다면…….

마음만 먹으면 못 할 일이 없다. 그는 그렇게 할 수 있는 능력이 있다. 그의 손에 그 힘이 들어 있다. 이것은 돈이나 테러, 혹은 죽음보다 더 큰 힘을 갖고 있다. 이것은 사람들로부터 사랑을 이끌어 내는 힘이 있다. 아무도 그걸 거역할 수는 없다. 그런데 그 힘이 미치지 못하는 곳이 꼭 한 군데 있으니, 그곳이 바로 그르누이 자신이다. 그는 이 사랑의 향기를 느낄 수가 없는 것이다. 물론 그는 이 향수를 통해 세상에 신으로 나타날 수도 있다. 그러나 이 향수를 느낄 수가 없으니 그걸 바르고도 자신이 누군지 모른다면 도대체 그게 무슨 의미일까? 그는 세상과 자신, 그리고 향수를 비웃었다.

목표를 이루자 찾아온 것은 허무함 뿐. 우울해하던 그는 향수를 자신의 온몸에 뿌린다. 그러자 향수 냄새를 맡은 주위 사람들이 그 향기에 취해 달려들어 그르누이의 옷을 찢고 온몸을 핥고 팔다리를 물어 뜯어 버린다. 그렇게 그르누이는 순식간에 흔적도 없이 세상에서 사라져 버린다. 마치 자신이 만든 향수처럼.

혐오스러운 천재 그르누이. 그는 고도로 발달된 감각을 지닌 장인의 면모를 지녔지만, 열등기능인 외향감각(Fe)의 극단적인 결여로 인해 불건강한 ISTP의 특성을 보인다. 그는 사람들과 정상적으로 교감하거나 공감하지 못하며, 죄책감을 느끼지도 못한다. 하지만 주기능인 내향사고(Ti)는 살아 있기에, 결국 머리로 자신의 삶이 시작부터 잘못되었음을 깨닫게 되는 것이다.

그의 생애에서 황홀한 순간은 찰나였을 뿐, 결국 자신의 삶을 비관하며 괴로움 속에 비참하게 생을 마감한다. 마치 잘못 끼워진 첫 단추처럼 그가 소년기에 설정한 인생 목표부터가 잘못 설정되었기 때문이다. '남에게서 가장 좋은 것을 빼앗아 최고의 것을 만든다.'라는, 착취적이고, 이기적이며, 목표가 수단을 정당화하는 삶의 방식은 그의 인생을 나락으로 이끌었다. 아무리 훌륭하고 멋진 목표를 이루었다 한들, 그 과정에서 온갖 부정한 행위를 저지른 자신이 스스로의 성취를 혐오스럽게 느낀다면 삶과 존재 자체가 무의미해진다는 반면교사의 깨달음을 그르누이는 우리에게 전해 준다.

성과에 집착하고 오로지 효율과 결과로 모든 것을 이야기하는 시대. 사람들은 점차 양심과 공감능력, 그리고 도덕관념을 상실해 간다. 무엇이 옳고 그른지, 무엇이 좋고 나쁜지에 대한 기준이 모호해지고, 타인의 시선과 평가에 얽매이며 자기 자신을 잃어 가는 요즘의 우리에게 그르누이의 비참한 생애는 '어떻게 살 것인가'에 대한 통렬한 경각심을 일깨워 준다.

완벽한 사람은 없다

저는 어린 시절부터 만족을 모르는 아이였습니다. 좋아 보이는 것, 멋져 보이는 것, 대단해 보이는 것이 있으면 무작정 스펀지처럼 흡수해서 내 것으로 만들려 애쓰던 기억이 납니다. 활발하고 적극적인 어린이가 되라는 어른들의 독려에 무엇에든 앞장서서 말 한 마디라도 더 하려 노력했고, 1분 1초 단위로 시간을 쪼개 쓴다는 기업인의 말에 감명받아 하루 계획표를 촘촘히 짜서 무리하게 이행해 본 적도 있습니다. 위인전을 읽으며 위대한 인물들의 청소년 시절 객기 어린 일화를 괜히 따라해 보기도 하고, 유명인들의 자서전 속 결기 충만한 문구들을 적어서 책상머리에 붙여 놓기도 했죠. 어린 마음에 닮고 싶고 따라하고 싶은 타인의 여러 모습들을 보며 스스로에게 던진 의문은 다음과 같았습니다. "왜 나는 '원래' 저렇지 못할까?"

스스로를 다그치고 채찍질하며 이상적인 언행을 의식적으로 장착하려 노력하다 보니 주변 사람들에게 듣는 말은 비슷했습니다. "네가 어떤 사람인지, 무슨 생각하는지 잘 모르겠어." 외향적이다가도 내성적이고, 고지식하다가도 엉뚱하고, 감성적이다가도 이성적이고, 계획적이다가도 충동적인 저의 모습에 지인들은 저에 대해 예측하거나 한마디로 정의 내리기 어려워했죠. 이러한 주변의 평가는 청년기가 되어 자아 정체성에 대해 고민하던 시기에 스스로에게 던진 중요한 의문이자 화두가 되었습니다. "난 어떤 사람일까? 좋아 보이는 것을 따라하려고만 하지 말고, 나의 타고난 성격과 성향과 취향을 정확히 파악해 보자!" 그때 MBTI를 만났고, 세상을 바라보는 시선과 스스로에 대한 인식은 획기적으로 달라졌습니다.

저는 이런 사람입니다. 속박 없이 온전히 자유로운 상태에서 창의력과 상상력을 발휘하는 사람. 남의 사생활에 관심이 없는 사람. 추상적이고 원론적인 논의를 반기는 사람. 조직의 끈적한 위계를 혐오하는 사람. 먼저 연락하기보다 오는 연락에 답하는 사람. 인간보다 동물을 더 사랑하는 사람. 영화보다 책을, 드라마보다 다큐를 선호하는 사람. 강강약약强强弱弱. 타인의 비판을 환영하는 사람. 반골 기질과 청개구리 성향의 아이콘. 엉뚱한 호기심이 많은 사람. 일명 '마음씨 따뜻한 로봇'. 네, 저는 INTP입니다. 백 번을 검사해도 백 번 INTP가 나오더군요. 때로는 '나도 감정형은 아닐까? 아마 계획형일지도 몰라.' 하며 '이번에는 진짜로 솔직하게 해보자!' 하고 검사에 임해 봐도 결과는 단 한 번도 다르지 않았습니다.

참을 수 없는 존재의 MBTI

자신의 부족한 포인트를 정확히 알아야 개선할 수 있죠. MBTI가 특히 유용한 점은 그 결과에 비추어 스스로의 약점을 인정하고 보완할 계기를 부여해 준다는 것입니다. MBTI의 결과에서 제가 특히 염두에 두는 측면은 3차기능과 열등기능입니다. 과거의 경험과 전통을 행위의 근거로 삼는 내향감각(Si), 그리고 사람들이 보편적으로 느끼는 감정에 공감하는 외향감정(Fe)의 미숙함을 받아들이고, 나의 감정과 생각이 얼마든지 틀릴 수도 있다는 자기 오류 가능성에 대해 열린 자세를 가지려고 의식적으로 노력합니다. 잘못된 판단으로 물의를 빚거나 무신경한 언사로 다른 사람에게 상처 주지 않기 위해 늘 조심하고 스스로를 돌아봅니다. 사람은 잘 변하지 않는다지만, 그래도 끊임없이 갈고 다듬을 필요는 있다는 생각으로 말이죠. 이것이 바로 저의 MBTI 활용법입니다.

어린 두 눈에 비쳤던, 그저 멋지고 완벽해 보였던 이들 또한 나름의 고민과 약점을 가지고 있다는 것을 이제는 너무도 잘 압니다. MBTI는 우리에게 '완벽한 사람은 없다.'라는 자명한 진리를 일깨워 주죠. 누구든지 각자 숙련되고 발달된 기능을 가지고 있는 만큼 미숙하고 열등한 측면 또한 동시에 잠재해 있다는 것이 MBTI의 기본 전제니까요. 이 말을 역으로 해석해 보면 '누구에게나 살 길은 있다.'라는 의미가 되죠. 나만의 강점과 주력 분야는 따로 있습니다. 그걸 알면 인생은 좀 더 쉽고 편안해지죠. 탁월성을 발휘할 수 있는 분야, 능률을 극대화할 수 있는 방식, 시너지를 낼 수 있는 상대, 편안함을 느끼거나 잠재력을 끌어올릴 수 있는 상황 등 좀 더 현명하고 효율적으로 삶을 꾸려가는 데 필요한 유용한 팁을 우리는 MBTI로부터 얻을 수 있습니다.

본문의 고전 캐릭터 분석을 읽으면서 느끼셨겠지만, 아무리 위대한 성인聖人도, 또 아무리 비열한 사이코패스도 각자 나름의 탁월성과 취약성을 지니고 있습니다. MBTI의 4기능(주기능, 부기능, 3차기능, 열등기능)의 특징과 발현 양상에 주목하셨다면, 특히 미숙한 3차기능과 열등기능 측면을 어떻게 활용하느냐가 삶의 방향에 결정적인 영향을 미친다는 점을 발견하셨을 겁니다. 인생이 위대한 경지로 상승하거나 혹은 나락으로 파멸하는 과정에 크리티컬하게 작용하는 요소는 바로 미비한 기능을 어떻게 다루느냐의 차이죠. 왜곡된 방향으로 3차기능이나 열등기능에 집착하다 보면 파국을 면치 못하는 반면, 자신의 한계를 인정하고 부족한 측면을 개선하려 노력하면 더욱 훌륭하고 빛나는 삶을 만들어 나갈 수 있다는 귀한 교훈을 고전 속 인물들이 우리에게 전해 주고 있습니다.

이 책과 함께 끊임없이 스스로를 갈고 닦으며 발전적인 삶의 여정을 정진해 가는 여러분이 되시기를 기원합니다.

임수현 드림

참을 수 없는 존재의 MBTI
명작 속에서 나를 발견하다

발행일 2023년 3월 30일 초판 1쇄
2023년 6월 20일 초판 3쇄

글 임수현 **그림** 이슬아

발행처 디페랑스 **발행인** 노승현
책임편집 민이언

출판등록 제2011-08호(2011년 1월 20일)
주소 서울특별시 마포구 양화로81, H스퀘어 320호
전화 02) 868-4979 **팩스** 02) 868-4978
이메일 davanbook@naver.com **홈페이지** davanbook.modoo.at
포스트 post.naver.com/davanbook **인스타그램** @davanbook

© 2023, 임수현
ISBN 979-11-85264-65-3 03800

「디페랑스」는 「다반」의 인문, 예술 출판 브랜드입니다.